OLHE OUTRA VEZ

Coleção *Suspense*

Títulos publicados:
O COMANDO NEGRO, de Álvaro Cardoso Gomes
OLHE OUTRA VEZ, de Lisa Scottoline

Lisa Scottoline

Olhe outra vez

tradução:
Renato Rezende

Copyright © 2009 by Lisa Scottoline
Copyright © da tradução 2009 by Editora Globo

Todos os direitos reservados. Nenhuma parte desta edição pode ser utilizada ou reproduzida — em qualquer meio ou forma, seja mecânico ou eletrônico, por fotocópia, gravação etc. — nem apropriada ou estocada em sistemas de bancos de dados sem a expressa autorização da editora.

Texto fixado conforme as regras do Novo Acordo Ortográfico da Língua Portuguesa (Decreto Legislativo nº 54, de 1995)

Esta é uma obra de ficção. Todos os personagens, organizações e eventos retratados neste livro são produtos da imaginação da autora ou são usados de modo ficcional.

Título original: Look again
Preparação: Antonio Faria
Revisão: Cida Medeiros
Design de capa: Andrea Vilela de Almeida
Foto de capa: Matt Carr/The Image Bank/Getty Images

1ª edição, 2009

CIP-BRASIL. CATALOGAÇÃO-NA-FONTE
SINDICATO NACIONAL DOS EDITORES DE LIVRO, RJ

S439o

Scottoline, Lisa
　Olhe outra vez / Lisa Scottoline ; tradução Renato Rezende.
- São Paulo : Globo, 2009.
　-(Suspense)

　Tradução de: Look again
　ISBN 978-85-250-4757-1

　1. Mulheres jornalistas - Ficção. 2. Crianças desaparecidas - Ficção. 3. Romance americano. I. Rezende, Renato. II. Título. III. Série.

09-3847.　　　　　　　　　　　　　　　CDD: 813
　　　　　　　　　　　　　　　　　　　CDU: 821.111(73)-3

04.08.09　　　　　07.08.09　　　　　　　014211

Direitos da edição em língua portuguesa
adquiridos por Editora Globo S.A.
Av. Jaguaré, 1485 — 05346-902 — São Paulo — SP
www.globolivros.com.br

Para minha querida filha

Where did you come from, baby dear?
Out of the everywhere into the here.
Where did you get your eyes so blue?
Out of the skies as I came through.*

George MacDonald
At the Back of the North Wind

Where have you been, my blue-eyed son?**

Bob Dylan
"A Hard Rain's A-Gonna Fall"

---

* "De onde você vem, meu querido bebê? / De todos os lugares para o aqui / Onde arranjou seus olhos tão azuis? / Dos céus, ao atravessá-los para cá." George MacDonald, *Para além do vento norte*.

** "Por onde você andou, meu filho de olhos azuis?". Bob Dylan, "Uma chuva forte vai cair".

Capítulo 1

Ellen Gleeson destrancava a porta da frente de sua casa quando algo na correspondência chamou-lhe a atenção. Era um cartão branco com fotos de crianças desaparecidas e um dos garotinhos possuía uma estranha semelhança com seu filho. Ela olhava para a foto enquanto torcia a chave na fechadura, mas, provavelmente por causa do frio, o mecanismo estava travado. A neve formava uma crosta sobre as picapes e as fileiras de balanços, e o céu noturno tinha a cor de mirtilos congelados.

Ellen não conseguia parar de olhar para o cartão branco, no qual se lia: "você viu esta criança?". A semelhança entre o garoto da foto e seu filho era perturbadora. Eles tinham o mesmo olhar arregalado, nariz pequenino e sorriso enviesado. Talvez fosse a iluminação da varanda. O teto tinha uma daquelas lâmpadas que deveriam repelir insetos, mas que apenas os tingiam de amarelo. Ela olhou a foto mais de perto e chegou à mesma conclusão. Os meninos poderiam ser gêmeos.

Estranho, pensou Ellen. Seu filho não tinha um irmão gêmeo. Ela o havia adotado como filho único.

Ela girou a chave na fechadura sentindo-se subitamente impaciente. Tivera um longo dia de trabalho e mal conseguia segurar a bolsa, a valise, a correspondência e um saco contendo comida chinesa. O aroma das costeletas de porco grelhadas pairava sobre a abertura do saco fazendo seu estômago roncar, e ela girou a chave com mais força.

A fechadura finalmente cedeu e a porta escancarou-se. Ela jogou suas coisas na mesinha de canto e tirou o casaco, trêmula e feliz sob o calor de sua aconchegante sala de estar. Cortinas com laços emolduravam as janelas por detrás de um sofá de xadrez vermelho e branco, e as paredes continham desenhos de vacas e corações aplicados por ela, um gracejo do qual gostava mais do que uma repórter deveria gostar. Um baú de plástico para guardar brinquedos transbordava de bichos de pelúcia, livros de papelão do Spot e figurinhas Happy Meal, uma decoração jamais vista na revista *House & Garden*.

"Veja, mamãe", chamou Will, correndo em direção a ela com uma folha de papel nas mãos. A franja agitou-se no rosto dele, e Ellen vislumbrou o menino desaparecido do cartão branco em sua correspondência. A semelhança a alarmou antes de dissolver-se numa onda de amor, tão poderosa quanto o sangue.

"Olá, querido." Ellen abriu os braços quando Will aproximou-se dos joelhos dela, e o ergueu em um amplo abraço, roçando-o com o nariz e inalando o aroma de aveia de Cheerios[*] secos e o evanescente odor de Play-Doh[**] aderido ao seu macacão.

"Ai, mamãe, seu nariz está frio!"

"Eu sei. Ele precisa de amor."

Will sorriu, contorcendo-se e sacudindo o desenho. "Olha o que eu fiz! É para você!"

"Vamos ver." Ellen o colocou no chão e olhou para o desenho de um cavalo pastando sob uma árvore. Ele fora feito a lápis e era

---

[*] Marca de cereais muito popular nos EUA. (N. T.)
[**] Marca de brinquedos feitos de massa de modelar. (N. T.)

bom demais para ter sido produzido à mão livre. Will não era nenhum Picasso, e seu tema habitual eram os caminhões.

"Uau, está demais! Muito obrigada."

"Oi, Ellen", disse a babá, Connie Mitchell, vindo da cozinha com um sorriso de boas-vindas. Connie era pequena e meiga, suave como um marshmallow em seu moletom branco no qual se lia "penn state", e que ela usava com jeans folgados e botas de pele de carneiro laceadas. Pés-de-galinha despontavam no contorno de seus olhos marrons, e ao castanho de seu rabo-de-cavalo entremeavam-se fios brancos. Connie, porém, possuía o entusiasmo e muitas vezes a energia de uma adolescente. "Como foi o seu dia?", perguntou ela.

"Incrivelmente movimentado. E o seu?"

"Foi bom", respondeu Connie, e esse era apenas um dos motivos pelos quais Ellen a considerava uma bênção. Ela já havia tido sua cota de dramas com babás, e não havia sensação pior do que deixar seu filho com uma babá que não estava falando com você.

Will, ainda excitado, sacudia seu desenho. "Eu que desenhei! Fiz tudo sozinho!"

"Ele copiou de um livro para colorir", sussurrou Connie. Ela andou até o armário e pegou sua parca.

"Eu que desenhei!" A testa de Will franziu-se numa carranca.

"Eu sei, e você fez um ótimo trabalho." Ellen acariciou os cabelos sedosos do menino. "Como foi a natação, Con?"

"Ótima. Perfeita." Connie vestiu seu casaco e tirou o rabo-de-cavalo de dentro da gola num gesto hábil com as costas da mão. "Ele foi um verdadeiro peixinho." Ela pegou sua bolsa marrom e colocou dentro uma sacola que estava no banco sob a janela. "Will, conte para a mamãe como você se saiu bem sem a prancha de apoio."

Will fez cara feia, numa mudança de humor típica das crianças pequenas e dos maníaco-depressivos.

Connie fechou o zíper de seu casaco. "Então nós fizemos desenhos, não é? Você me disse que a mamãe gostava de cavalos."

"Eu que desenhei", disse Will, irritado.

"Adorei o meu desenho, querido." Ellen tentava evitar um ataque de fúria infantil, e não podia culpar Will por isso. Ele estava obviamente cansado, e não era pouco o que se exigia de uma criança de três anos hoje em dia. Ela perguntou a Connie: "Ele não tirou um cochilo, não foi?"

"Eu tentei, mas ele não dormiu."

"Isso é ruim." Ellen ocultou sua decepção. Se Will não havia cochilado, não conseguiria desfrutar de sua companhia antes de pô-lo na cama.

Connie inclinou-se na direção de Will. "Até...". Ele deveria dizer "jacaré", mas não disse.* Seu lábio inferior já estava se contraindo.

"Você não quer me dar adeus?", perguntou Connie.

Will sacudiu a cabeça e desviou o olhar. Seus braços pendiam ao longo do corpo. Naquela noite ele não conseguiria ficar acordado até o fim de um livro, e Ellen adorava ler para ele. Sua mãe iria se revirar na tumba se soubesse que Will estava indo para a cama sem um livro.

"Está bem, então. Tchau", disse Connie. Cabisbaixo, Will não respondeu. A babá tocou seu braço. "Eu amo você, Will."

Ellen sentiu uma pontada de ciúme, embora isso não fosse nem um pouco razoável. "Obrigada de novo", disse ela, e Connie saiu, deixando entrar uma golfada de ar gelado. Ellen fechou a porta e a trancou.

"EU QUE DESENHEI!" Will desmanchou-se em lágrimas, e o desenho voou para o chão de madeira de lei.

"Sim, meu amor. Vamos jantar."

---

* Jogo de palavras rimado. Em inglês: *See you later, aligator*. (N. T.)

"Fiz tudo sozinho!"

"Venha aqui, querido." Ellen tentou alcançá-lo, mas sua mão bateu no saco de comida chinesa, derrubando-o no chão e espalhando a correspondência. Ela ajeitou o saco antes que a comida caísse, e seu olhar pousou no cartão branco com a foto do garoto desaparecido.

Muito estranho.

Ellen pegou o saco de comida chinesa e deixou a correspondência no chão.

Por enquanto.

Capítulo 2

Ellen colocou Will na cama, pôs uma cesta de roupas para lavar e depois pegou um garfo, um guardanapo e uma caixa de papelão com restos de comida chinesa. Sentou-se na mesa da sala de jantar e o gato acomodou-se na outra extremidade, com os olhos cor de âmbar fixos na comida e a cauda enfiada sob seu corpo rechonchudo. Ele era todo preto, exceto por uma faixa branca bem no centro de sua cara e pelas patas também brancas, como luvas de desenho animado. Will o havia escolhido porque ele se parecia com o Fígaro, do DVD do *Pinóquio*. Não conseguiam decidir se o chamariam de Fígaro ou Oreo, então ficaram com Oreo Fígaro.

Ellen abriu a caixa, puxou o frango ao curry com o garfo para o seu prato e despejou as sobras de arroz, que caíram sólidas, em ângulo reto, como areia comprimida num balde de brinquedo. Ela separou os grãos com o garfo e avistou os Coffman, seus vizinhos que moravam do outro lado da entrada de veículos compartilhada, fazendo a lição de casa na mesa da sala de jantar. Os garotos Coffman eram altos e fortes. Ambos jogavam lacrosse em Lower Merion, e Ellen se perguntou se Will também praticaria algum esporte no colegial. Houve um tempo em que ela nem sequer podia imaginá-lo com saúde, muito menos agitando um bastão de lacrosse.

Ela comeu um pedaço de frango mergulhado em curry amarelo brilhante e que ainda estava meio quente. Perfeito! Ela pegou a correspondência, separou as contas e as colocou de lado. Ainda não era o fim do mês, de modo que ela não tinha de ocupar-se disso por enquanto. Comeu outro bocado e estava a ponto de perder-se em devaneios por entre as páginas do catálogo da Tiffany quando seu olhar recaiu sobre o cartão branco. Parou em meio a uma garfada e pegou o cartão. "você viu esta criança?". Embaixo estava escrito: Centro Americano para Crianças Desaparecidas e Raptadas (cacdr).

Ellen baixou o garfo e olhou novamente a foto do garoto desaparecido. Dessa vez não havia como culpar a iluminação. Sua sala de jantar tinha um candelabro de latão em estilo colonial pendendo do teto, e sob sua luz brilhante o garoto da foto parecia-se ainda mais com Will. Era uma foto em preto e branco, de modo que ela não poderia dizer se seus olhos tinham a mesma cor. Ela leu a legenda sob a foto:

Nome: Timothy Braverman
Residência: Miami, Flórida
Data de nascimento: 19/01/2005
Olhos: azuis
Cabelos: loiros
Raptado em: 24/01/2006*

Ela piscou. Ambos possuíam olhos azuis e cabelos loiros. E até as idades eram as mesmas, três anos. Will tinha acabado de completar três anos em 30 de janeiro. Ela examinou a foto, analisando as feições do garoto desaparecido. A semelhança começava nos olhos, que possuíam uma boa distância um do outro e formato arredondado. Ambos tinham narizes pequenos e partilhavam um sorriso identicamente enviesado, caído para o lado direito. Acima de tudo, havia uma semelhança em seus aspectos, no modo firme e direto com que olhavam para o mundo.

Muito estranho, pensou Ellen.

Ela leu outra vez a legenda, notou o asterisco e conferiu a parte de baixo do cartão. Estava escrito: "Timothy Braverman, idade projetada para três anos". Ela se deteve no significado de "idade projetada", e então entendeu. A foto de Timothy Braverman não era atual, embora desse essa impressão. Era uma aproximação de como o garoto deveria se parecer agora, feita por computador ou por um artista. O pensamento a acalmou consideravelmente, e ela lembrou-se do dia em que conheceu Will.

Ela estava escrevendo uma matéria sobre enfermeiras da unidade de terapia intensiva de cardiopediatria do Hospital Dupont, em Wilmington, e Will estava na UTI, sendo tratado de um defeito no septo ventricular, um buraco em seu septo. Ele estava no fim da iluminada UTI, um garotinho minúsculo em fraldas, num berço de hospital cercado de grandes barras brancas. Seu tamanho era menor do que o normal, ele não se desenvolvia bem e isso fazia seu crânio parecer desproporcional em relação ao corpo, como uma cabeça de boneca em um suporte ossudo. Os grandes olhos azuis eram seus traços mais proeminentes, e eles abarcavam tudo ao redor, exceto as pessoas. Ele nunca fazia ou mantinha contato visual com ninguém, o que, conforme Ellen descobriu depois, poderia ser um indício de abandono, e o berço dele era o único que não possuía bichos de pelúcia ou móbiles coloridos presos às grades.

Ele estava numa pausa entre uma e outra cirurgia cardíaca quando Ellen o viu pela primeira vez. O procedimento inicial consistia em consertar o buraco com um tubo de Dracon, e o segundo em reparar o tubo quando um dos pontos se soltasse. Ele ficava deitado em silêncio, sem nunca chorar ou choramingar, cercado por monitores que revelavam seus sinais vitais para as enfermeiras em brilhantes números vermelhos, verdes e azuis. Eram tantos os tubos ligados a ele que o bebê parecia estar encilhado como um animal. Um tubo de oxigênio fora colocado sob seu nariz, outro tubo, de alimentação, desaparecia narina adentro, e um tubo de drenagem pendia grotescamente de seu peito nu, despejando fluidos em uma vasilha de plástico. O tubo intravenoso serpenteava até sua mão, onde terminava preso com fita adesiva em uma placa e coberto por metade de um copo de plástico, para ter certeza de que ele não tentaria soltá-lo. Ao contrário dos outros bebês, Will nunca tentou.

Ellen continuou fazendo pesquisas para a matéria e, quando se deu conta, estava visitando Will com mais frequência do que seria necessário. A matéria tornou-se uma série, e o ângulo mudou das enfermeiras para os bebês, entre os quais, Will. Mas em meio aos bebês que arrulhavam, gargarejavam e choravam, era o mais silencioso de todos que chamava sua atenção. Ela não tinha permissão para se aproximar de seu berço por causa dos regulamentos da UTI, mas observava-o a uma pequena distância, embora ele sempre parecesse distraído com a parede branca e nua. Então, numa manhã, seus olhos a encontraram, fixando-se e mergulhando num olhar tão azul quanto o mar. Seus olhares se afastaram, mas depois disso ele fixou-se nela por períodos cada vez mais longos, conectando-se de um modo que, para Ellen, parecia ser de coração para coração. Mais tarde, quando todos lhe perguntaram por que quis adotá-lo, ela respondeu:

"Foi por causa do jeito que ele olhou para mim."

Will nunca recebia nenhuma visita, e uma das mães, cuja filha aguardava um transplante de coração, contou a Ellen que a mãe dele era uma garota jovem, solteira, que nem sequer o vira após sua primeira cirurgia. Ellen informou-se com a assistente social, que investigou o caso e lhe disse que a adoção era uma possibilidade. Naquela noite ela foi para casa exultante e incapaz de dormir. E permaneceu exultante desde então. Nos últimos dois anos Ellen percebeu que, embora Will não tivesse nascido dela, ela havia nascido para ser a mãe dele.

Seu olhar pousou novamente no cartão branco e ela o colocou de lado, sentindo uma ponta de simpatia pela família Braverman. Não conseguia imaginar como quaisquer pais podiam suportar tanto sofrimento, ou como ela reagiria se alguém raptasse Will. Alguns anos atrás, ela fizera uma matéria sobre um pai que havia raptado seus filhos após uma briga pela guarda das crianças, e considerou a possibilidade de ligar para a mãe, Susan Sulaman, para dar sequência à reportagem. Ela precisava ter ideias para novas reportagens se quisesse manter o emprego, e isso lhe daria uma desculpa para encontrar-se com seu novo editor, Marcelo Cardoso, um brasileiro sexy que chegara ao jornal havia um ano, após deixar para trás o *L. A. Times* e a modelo que era sua namorada. Talvez uma mãe solteira fosse uma boa mudança, e se ele já tinha visto o bastante das altas rodas, ela poderia lhe mostrar as baixas.

Ellen sentiu um sorriso espalhar-se por seu rosto e ficou constrangida, ainda que a única testemunha fosse um gato. Ela costumava pensar que era esperta demais para ter uma queda por seu patrão, mas Marcelo era Antonio Banderas com um diploma de jornalismo. E já fazia muito tempo desde que tivera em sua vida um homem com mais de três anos de idade. Seu antigo namorado havia dito que ela era "difícil" de lidar, mas Marcelo podia lidar com alguém assim. E, definitivamente, mulheres difíceis eram as únicas com as quais valia a pena lidar.

Ela raspou o curry de alguns poucos pedaços de frango e empurrou seu prato para Oreo Fígaro, que comeu com um ruidoso ronronar, dobrando a ponta de seu rabo como uma agulha de crochê. Ela esperou que ele terminasse e limpou a mesa, colocou as contas numa cesta de vime e jogou fora a papelada inútil que viera pelo correio, incluindo o cartão branco com as crianças desaparecidas. O cartão deslizou para dentro do saco plástico, e a foto de Timothy Braverman a encarou com aquele olhar sobrenatural.

"Você é um espírito do lar", Ellen ouviu a mãe lhe dizer, tão claro como se ela estivesse lá. Mas, para Ellen, todas as mulheres eram espíritos do lar. Era algo que vinha com os ovários.

Ela fechou a lixeira e tirou o cartão branco de sua mente. Ellen encheu a máquina de lavar louça, ligou-a e contabilizou novamente as suas bênçãos. Balcões de madeira, armários brancos com portas de vidro e um protetor de parede com flores silvestres pintadas à mão combinando com paredes pintadas de um branco levemente rosado. Era uma cozinha de menina, até mesmo no nome da cor das paredes — Cinderela —, muito embora não houvesse nenhum príncipe encantado à vista.

Ela executou seus últimos rituais ao trancar a porta dos fundos e remover o filtro de café usado da cafeteira. Abriu a lixeira e começou a jogar fora a borra, mas Timothy Braverman retribuiu seu olhar, deixando-a novamente inquieta.

Num impulso, recuperou o cartão branco do lixo e o enfiou no bolso de seus jeans.

Capítulo 3

O alarme disparou às seis e quinze. Ellen levantou-se da cama no escuro. Vacilante e descalça no piso frio do banheiro, deixou que a água quente do chuveiro a despertasse. Até mesmo as pessoas que costumavam elencar as suas bênçãos nunca o faziam de manhã. Por um simples motivo: essa não era a hora certa.

Ela acabou de se vestir por volta das sete, e assim poderia acordar e vestir Will para a pré-escola, que começava às oito e meia. Connie chegava às sete e meia para alimentá-lo e levá-lo, e Ellen lhe entregava Will quando já estava de saída, numa troca de turnos doméstica. As mães correm essa maratona a cada manhã, e merecem medalha de ouro no mais importante dos eventos — a vida.

"Querido?" Ellen acendeu o abajur do elefante Babar. Will, porém, dormia profundamente, com a boca entreaberta. Sua respiração soava congestionada, e ao acariciar sua testa Ellen sentiu-a quente ao toque. Disse a si mesma para não se preocupar, mas é impossível não conter a respiração quando se tem uma criança doente em casa.

"Will?", sussurrou ela, já se perguntando se iria mandá-lo para a pré-escola. Uma crosta se formara ao redor de suas narinas, e suas bochechas pareciam pálidas sob a suave luz do abajur. Seu nariz era como o dela, uma pista de esqui, porém em versão para iniciantes, e as pessoas com frequência o tomavam por seu filho biológico, o que a agradava mais do que deveria. Ela se pegou imaginando se Timothy Braverman também se parecia com a mãe.

Ellen tocou o braço de Will, e, ao ver que ele não se movia, decidiu não mandá-lo para a escola. Sua perspectiva estava em ordem, e a construção de flocos de neve de papel poderia esperar mais um dia. Ela não o beijou para não acordá-lo e, em vez disso, acariciou Oreo Fígaro, que dormia aos pés da cama, enrolado como um suspiro de chocolate. Ellen desligou o abajur, saiu nas pontas dos pés e voltou ao seu quarto para aproveitar os quinze minutos extras.

"Como você está bonita!", disse Connie, vindo da sala de jantar com um sorriso nos lábios. Ellen fez uma careta enquanto descia as escadas nas pontas dos pés. Ela usara o tempo extra para trocar-se, e agora vestia uma jaqueta de veludo cotelê cor de canela que acabava em sua cintura e botas de camurça marrom por cima do jeans. Ellen havia feito uma maquiagem mais caprichada do que habitualmente, secado os cabelos com secador e colocado seu delineador líquido em uso outra vez. Ela ia ver Marcelo naquela manhã, e não tinha certeza se queria parecer seu casaco com vel, ou ambos.

"Will está com um pouco de febre, então achei melhor que ele ficasse em casa hoje."

"Boa decisão", assentiu Connie. "Está uns seis graus lá fora."

"Caramba." Ellen foi até o armário e pegou seu casaco com forro de penas. "Então fique dentro de casa e não se afobe. Você acha que pode ler para ele?"

"Com certeza." Connie largou sua sacola e tirou de dentro dela um jornal dobrado ao meio. "Adorei sua matéria de hoje, sobre o velho que treina pombos."

"Obrigada." Ellen pôs seu casaco, lutando para enfiar os braços nas mangas. Talvez a jaqueta curta tivesse sido uma má ideia.

"Todas as outras babás leem as suas matérias, sabe? Sou uma espécie de celebridade."

"Venda autógrafos", disse Ellen com um sorriso. Ela sabia que as babás estavam curiosas a seu respeito, a repórter solteira que adotara uma criança. Como na canção da *Vila Sésamo*, ela era a coisa que não se parecia com as outras.

"Você vai voltar pra casa no horário de sempre?"

"Sim. Obrigada por tudo." Ellen sentiu uma familiar pontada no peito. "Odeio quando não consigo dar tchau para ele. Por favor, dê um beijo em Will por mim."

"Claro!" Connie estendeu o braço em direção à maçaneta da porta.

"Diga a ele que eu o amo."

"Pode deixar." Connie abriu a porta, e foi com relutância que Ellen deu um passo para fora. Um vento frio mordeu-lhe o rosto, e o céu era de um monótono azul-acinzentado. Ela desejou correr de volta para dentro, mandar Connie para casa e cuidar de seu filho, especialmente quando ele estava doente. Mas a porta da frente já estava se fechando atrás dela, deixando-a do lado de fora.

Ellen não se lembrou de Timothy Braverman até chegar ao trabalho.

Capítulo 4

Ellen entrou no prédio com o café que comprara no quiosque e mostrou de relance sua identificação funcional ao segurança. Ela queria preparar a sequência daquela matéria, mas seus pensamentos insistiam em retornar para Timothy Braverman. Percorreu os corredores mal iluminados do antigo prédio e finalmente chegou à sala de redação, um imenso retângulo brilhante do tamanho de um quarteirão e com pé-direito da altura de três andares. A luz do sol era filtrada por altas janelas recobertas com persianas fora de moda, e em placas azuis que pendiam sobre as diversas editorias podia-se ler cidade, nacional, negócios, pauta, on-line e revisão. Ela se dirigiu para o setor no qual ficava sua mesa, mas todos estavam reunidos em frente às paredes de vidro das salas dos editores, ao redor de Marcelo.

Isso com certeza não é um bom sinal.

Pelo canto do olho ela viu sua amiga Courtney Stedt, que deu a volta para encontrá-la na metade do caminho em direção ao seu setor. Com seu pulôver de lã verde-escura e jeans, Courtney exibia sua costumeira imagem de amante da natureza. Mas a expressão dela parecia um tanto carrancuda, o que não era nada usual. Mãezona da redação, Courtney era o tipo de pessoa que passava listas para comprar bolos de aniversário. Se ela estava preocupada, algo ia mal.

"Por favor, me diga que é uma festa surpresa", disse Ellen enquanto andavam juntas.

"Não posso. Tenho um respeito jornalístico pela verdade."

Elas se aproximaram da aglomeração. Os funcionários ocupavam os corredores entre as escrivaninhas e haviam pegado emprestado as cadeiras uns dos outros. Todos exibiam um ar de inquietude, e suas conversas em voz baixa eram entremeadas por risos nervosos. Ellen encostou-se em uma escrivaninha, ao lado de Courtney, e os pensamentos sobre Timothy Braverman sumiram de sua cabeça. Por causa de sua ligação direta com a hipoteca, o desemprego sempre era capaz de fazer o cérebro se concentrar.

Marcelo pediu ordem e todos ficaram quietos. Um mar de cabeças voltou-se em sua direção. Ele era alto o suficiente para ser visto acima dos outros, com seu corpo esbelto e espessos cabelos escuros encarolando-se informalmente sobre o colarinho num corte descuidado. Havia tensão em seus olhos castanho-escuros, e um vinco marcava sua testa. As sobrancelhas desciam como se ele não estivesse feliz, e os lábios crispados falavam por si.

"Em primeiro lugar, bom dia, amigos", disse Marcelo, com sua voz profunda e suave e forte sotaque brasileiro. "Sinto muito por surpreendê-los logo cedo, mas tenho más notícias. Sinto muito, mas vamos ter mais demissões."

Alguém sussurrou um palavrão e todos se enrijeceram. Ellen e Courtney trocaram olhares, mas nenhuma delas disse qualquer coisa. Não era preciso, pois é assim que as coisas funcionam entre amigas.

"Tenho de fazer dois cortes hoje e mais um até o fim do mês."

"Dois hoje?", repetiu alguém, fazendo eco aos pensamentos de Ellen. Seu peito se confrangeu. Ela precisava desse emprego. Alguém gritou: "Alguma chance de a empresa ser comprada?".

"Não desta vez, desculpe." Marcelo começou a enrolar as mangas de sua camisa preta de estilo europeu que ele usava sem gravata. "Vocês sabem das razões para os cortes. Nenhum jornal tem os leitores que costumava ter. Estamos fazendo tudo o que podemos aqui, com os blogs e os podcasts, e eu sei que vocês estão dando duro. Nada disso é culpa de vocês, nem da administração. Não podemos fazer mais do que já estamos fazendo."

"Isso é verdade", murmurou alguém.

"Por isso temos de lidar com a realidade de novos cortes, e é terrível, porque eu sei que vocês têm famílias. Vocês terão de encontrar outro emprego. Mudar-se. Tirar as crianças das escolas e as esposas dos trabalhos. Eu sei de tudo isso."

Marcelo fez uma pausa. Seu olhar sombrio moveu-se de um rosto abatido a outro. "Sabe, quando minha mãe me batia, ela sempre dizia: 'Isso dói mais em mim do que em você'. *Mas eu sabia que não era verdade.** Tradução? Eu sabia que era conversa fiada."

Os funcionários riram, e Ellen também. Ela adorava quando Marcelo falava em português. Se ele pudesse demiti-la em português, ela ficaria feliz.

"Por isso não vou dizer que isso dói mais em mim do que em vocês. Mas vou dizer que sei como vocês se sentem, e sei mesmo." O sorriso de Marcelo voltou a aparecer.

"Vocês sabem que eu já fui demitido de alguns dos melhores jornais do mundo. Até mesmo da *Folha de S. Paulo*, o jornal da minha cidade."

"Parabéns, chefe", gritou um diagramador, e ouviram-se mais risadas.

"Mas ainda assim sobrevivi. Vou sobreviver mesmo que este jornal me mande embora, e nunca vou deixar este negócio, porque é algo que eu amo. Eu amo este negócio. Amo a sensação do papel." Marcelo esfregou as pontas dos dedos umas nas outras,

---

* Esta frase em itálico foi escrita originalmente em português. (N. T.)

com um sorriso desafiante. "Eu amo o cheiro de um bom lead. Amo descobrir algo que os outros não sabem e contar isso a eles. É o que nós fazemos, todos os dias, em todas as páginas, e eu sei que vocês também amam isso."

"É isso aí!", gritou alguém, e até Ellen se emocionou. Ela também amava esse negócio. Havia crescido com o jornal na mesa da cozinha, dobrado em quatro para as palavras-cruzadas, ao lado da xícara de café de sua mãe, e ainda se empolgava quando via seu nome assinando uma matéria. Ela jamais se sentira tão adequada para um trabalho em toda a sua vida, com exceção da maternidade, cujo salário era ainda pior.

"Mas esta profissão não nos ama o tempo todo. Não ultimamente." Marcelo sacudiu sua esplêndida cabeça. "Depois de tudo o que fizemos por ela, depois de todo o amor que lhe demos, ela é uma amante infiel." Ele exibiu um sorriso arrasador. "Ela vai para casa com outros homens. Está sempre paquerando por aí e escapando de nós."

Todos riram. Estavam bem mais relaxados agora, inclusive Ellen, quase alheia ao fato de que poderia perder seu emprego.

"Mas nós ainda a amamos, e por isso ficaremos a seu lado pelo tempo que ela nos quiser. Sempre haverá um lugar para o jornal, e aqueles entre nós que são loucamente apaixonados encontrarão um jeito de lidar com essa profissão."

"Fale por você", interrompeu um dos repórteres de negócios, e todos riram, relaxando, enquanto a expressão de Marcelo mudava. Sua testa franziu-se mais uma vez, fazendo-o parecer mais velho do que seus quarenta e poucos anos.

"Então vou ter de tomar as decisões difíceis, e terei de cortar dois de vocês hoje e mais um no fim do mês. Mas aqueles que eu terei de demitir, por favor, saibam que não vou encaminhá-los ao departamento de recursos humanos e me esquecer de vocês."

Alguém da frente assentiu com a cabeça. Todos tinham ouvido falar que ele havia ajudado um dos repórteres de negócios demitidos a encontrar emprego no *Seattle Times*.

"Acho que todos vocês são jornalistas incríveis, e farei tudo o que estiver ao meu alcance para ajudá-los a encontrar outro trabalho. Tenho amigos em toda parte, e vocês têm a minha palavra."

"Obrigado", disse um repórter, e depois outro, e ouviu-se até mesmo alguns fracos aplausos, liderados por Courtney. Ellen se pegou aplaudindo, porque Marcelo a havia tocado de um jeito que não podia ser explicado apenas por sua boa aparência, embora isso ajudasse. Talvez fosse sua franqueza, sua honestidade, sua sensibilidade. Nenhum outro editor teria falado sobre o amor à profissão ou ficado do lado dos repórteres. Os olhos de Marcelo varreram a multidão, encontrando-se com os dela por um breve momento, e Ellen sentiu-se tão perturbada que mal sentiu a cotovelada em seu quadril.

"Calma, garota", sussurrou Courtney, sorrindo.

Capítulo 5

O TOALETE FEMININO era o quartel-general das garotas. Por isso era natural que Ellen, Courtney e outra repórter, Sarah Liu, acabassem conversando sobre as demissões ao lado das pias. Um fotógrafo fora demitido após a reunião, e agora estavam esperando que mais um par de chuteiras fosse pendurado. Courtney e Sarah estavam nas Notícias Diárias, mas Ellen estava nas Reportagens Especiais, onde, tradicionalmente, os repórteres eram mais dispensáveis. Ela lavou as mãos e sentiu que a água estava quente, embora isso pudesse ser apenas sua imaginação.

"Marcelo não vai demitir ninguém dos Esportes", disse Sarah, e a ansiedade fez com que sua fala normalmente rápida se tornasse ainda mais veloz. Ela era magra e pequena, com olhos bonitos e uma boquinha pintada de batom que nunca parava de se mover. "Acho que vai ser um repórter, ou das Notícias Diárias ou das Reportagens Especiais."

"Mais um vai embora hoje", disse Courtney, e seu sotaque de Boston fez as palavras soarem como *maisum vaimbora hoje*. "Acho que vai ser das Notícias Diárias."

"Não pode ser. Eles precisam de nós." Sarah passou a mão em seus lustrosos cabelos negros, ajeitando-os atrás das orelhas. Brincos de diamantes brilhavam em seus lóbulos, e ela parecia tipicamente chique com uma camisa branca sob medida, calças pretas e um suéter afunilado e justo na cintura. "Eles não podem pegar tudo da AP."*

"É por isso que Deus inventou a Reuters", Courtney riu sem alegria.

Ellen estendeu as mãos para pegar uma toalha de papel e viu a si mesma no espelho. Seus lábios formavam uma linha sombria, e ela podia jurar que tinha mais pés-de-galinha do que os que possuía ao acordar. A maquiagem adicional enfatizava o castanho-claro esverdeado de seus olhos, mas ela achava que havia se enfeitado para sua própria demissão.

"Você está errada, Courtney", dizia Sarah, e isso fazia com que Ellen se lembrasse do motivo pelo qual nunca gostara dela. A agressividade era um acidente de trabalho no jornalismo, e Sarah nunca sabia quando pôr um fim na sua. Ela disse: "Eles precisam de repórteres de Notícias Diárias, por causa do Iraque e da nova administração".

"Por quê? Nem sequer temos alguém na sala de imprensa da Casa Branca." Courtney sacudiu a cabeça. "E agora é a nossa vez, porque eles já fizeram um corte nas Reportagens Especiais. Lembra-se de Suzanne?"

"Ela mereceu", disse Sarah, e Ellen sentiu uma pontada no estômago quando jogou fora a toalha de papel.

"Suzanne não mereceu. Nenhum de nós merece."

"Se for alguém das Notícias Diárias, não serei eu. Não pode ser." Sarah cruzou os braços. "Tenho ótimas fontes na prefeitura, e eles sabem disso."

"Serei eu", disse Courtney, e Ellen virou-se para ela, odiando o som de suas palavras.

---

* AP: a agência de notícias Associated Press. (N. T.)

"Não, Court, eles não podem demitir você."

"Sim, eles podem, e vão. Pode apostar." O olhar de Courtney, sem qualquer vestígio de maquiagem, parecia resignado. "Olhe, as coisas são como são. Meu tio costumava montar os tipos nas máquinas de linotipos, e ele e seus amigos perderam seus empregos quando os computadores chegaram nos anos setenta. Os cortes pelos quais todo mundo passou na produção agora chegaram à sala de redação, isso é tudo." Ela deu de ombros. "E, em todo caso, eu preciso de férias."

"Não será você." Ellen conseguiu sorrir, mas no fundo sabia a verdade. "Serei eu, e todo mundo sabe disso. Marcelo pensa que as Reportagens Especiais se resumem a amenidades, portanto, eu estou fora. Pelo menos vou ser demitida por um bonitão."

"Aqui está o lado positivo." Courtney sorriu. "Ouvi dizer que ele está na lista dos solteirões mais cobiçados da revista do *Philadelphia*."

Os olhos de Ellen moveram-se para cima. "Não posso acreditar que eles fazem essas listas estúpidas."

"Não posso acreditar que eles usem a palavra 'solteirão'."

Courtney e Ellen riram, mas Sarah estava perdida em pensamentos quando olhou para elas.

"Vai ser você, Courtney."

"Sarah!" Ellen franziu a testa. "Você nem doura a pílula."

"Foi ela mesma que disse", retrucou Sarah.

"A questão não é essa." Ellen voltou-se para outro lado, envergonhada do que pensou a seguir. O marido de Courtney era dono de três acampamentos de verão no Maine, e o de Sarah era um cardiologista. Ela era a única que não tinha marido, ninguém que pudesse lhe servir de rede de segurança assalariada.

"Ei, você parece meio doente." Courtney a encarou. "Você vai vomitar?"

"Não, Boston, eu não vou *vumitá*." Ellen sacudiu a cabeça. Ela ia perder o emprego hoje, e aquele maldito cartão branco continuava no fundo de sua mente. "Bom, vamos nos acalmar, certo? Sabemos que a qualquer momento uma de nós vai ser demitida. Não ajuda nem um pouco ficarmos obcecadas com isso."

Sarah virou-se para ela. "Ah, caia na real. Você sabe que Marcelo nunca irá demiti-la. Ele está a fim de você."

"Ele não está." Ellen sentiu o rosto enrubescer.

"Ele olha para você da sala dele como se você fosse a única por detrás dos vidros, como um peixe num aquário." Os olhos de Sarah piscaram. "Como um peixinho loiro."

"Isso é ridículo", disse Ellen, mas Courtney colocou a mão em seu ombro.

"Ei, aqui estão minhas famosas últimas palavras. Você é solteira, ele é solteiro e a vida é curta. Ouça meu conselho: vá em frente."

De repente, ouviu-se uma batida na porta do banheiro, e as três mulheres olharam nessa direção.

Capítulo 6

Cinquenta e poucas mesas em formato de L preenchiam a sala de redação. Sobre elas havia computadores, telefones com múltiplas linhas e muitas outras coisas, mas poucos lugares estavam ocupados. Ellen estava no jornal por tempo suficiente para lembrar-se da época em que todas as mesas eram usadas, e a sala de redação ostentava aquele movimento ininterrupto retratado na tv e nos filmes. Havia uma eletricidade no ar pelo fato de se trabalhar no epicentro das notícias de última hora. Agora o epicentro das notícias de última hora havia se mudado para a internet, deixando muitas mesas vazias. E, a partir de hoje, mais uma: a de Courtney. A sala parecia bem mais vazia para Ellen, embora ela soubesse que isso não era possível. Quase todos estavam fora, em reportagens, fugindo da cena do crime. Sharon Potts, de Negócios, e Joey Stampone, de Esportes, estavam em suas mesas, escrevendo e evitando os olhos um do outro, assolados pela culpa de terem sobrevivido. Apenas Sarah conversava alegremente em seu celular, o que soava tão incongruente quanto risadas em um funeral. Ellen colocou seu café frio na mesa, sentou-se em frente ao computador, conferiu seus e-mails e abriu seu livro de endereços. Ela deveria dar sequência à sua matéria e procurar o telefone de Susan Sulaman, mas sentia-se abatida. Courtney não derramara uma única lágrima quando esvaziou sua mesa, o que apenas serviu para tornar as coisas piores. Mas elas se abraçaram e prometeram manter contato, embora ambas soubessem que estariam muito ocupadas.

Você é solteira, ele é solteiro e a vida é curta. Ouça meu conselho: vá em frente.

Seus pensamentos voltaram a Timothy Braverman e ela vasculhou a bolsa, puxou o cartão branco e olhou a foto do meio. Mais uma vez, a semelhança entre Will e Timothy lhe pareceu inequívoca, mesmo em uma foto alterada por computador. Embaixo do cartão lia-se CACDR. Ela pesquisou a sigla no Google e clicou no resultado.

Centro Americano para Crianças Desaparecidas e Raptadas, era o que se lia na tela, e Ellen selecionou "Quem Somos Nós". O CACDR era uma organização nacional cujo objetivo era recuperar crianças raptadas ou que haviam fugido de casa, e o site continha uma relação de avisos de desaparecimentos. Ela encontrou a área de busca, digitou Timothy Braverman e deu Enter. A tela mudou.

E Ellen quase engasgou.

Capítulo 7

Na tela havia uma foto colorida de Timothy Braverman quando bebê, e seus traços eram idênticos aos de Will, especialmente os olhos. Timothy tinha olhos azuis, de uma tonalidade que ela jamais vira em outra pessoa, exceto em Will.

Meu Deus!

Ela leu a página da web. Na parte de cima dizia *Timothy Braverman*, e embaixo havia duas fotos lado a lado. À direita estava a versão reduzida e em preto e branco da foto digitalmente alterada que estava no cartão branco. A da esquerda, porém, era a foto colorida de Timothy quando bebê que havia feito Ellen engasgar.

Timothy com um ano de idade, lia-se na legenda. A foto tinha sido cortada de modo a destacar um close do rosto do bebê com um foco perfeito. Ela fora tirada do lado de fora, em frente a uma cerca viva de um verde luxuriante. A luz incidia sobre os cabelos loiros de Timothy, produzindo reflexos incandescentes sob o sol, e ele ostentava um amplo sorriso, com o canto da boca caído para a direita e mostrando apenas dois dentes da frente. Ellen havia visto aquele mesmo sorriso em Will quando ele finalmente recuperou a saúde.

Ela estudou a tela, perguntando-se qual teria sido a aparência de Will quando ele tinha a mesma idade. Ela só o conhecera quando ele já estava com um ano e meio, e naquela época o formato de seu rosto era mais alongado do que o de Timothy por causa da doença. Ele era mais pálido, sua pele era fina e o menino parecia curiosamente envelhecido. Timothy tinha exatamente o mesmo rosto, só que mais saudável, e suas bochechas possuíam uma tonalidade rosada sob uma alegre camada de gordura de bebê.

Ellen continuou lendo, esforçando-se para evitar uma arrepiante sensação de inquietude. A página dizia: *Para mais informações, por favor veja www.AjudenosaEncontrarTimothyBraverman.com.* Ela clicou no link. A tela mudou, e na parte de cima lia-se: *Ajude-nos a Encontrar Nosso Amado Filho, Timothy Braverman*. Era um site caseiro, com Thomas, o Trenzinho, fumegando ao redor do perímetro da tela. Seu coração agitou-se, mas Ellen não deu importância a isso. Não significava nada o fato de que Will também adorava Thomas, o Trenzinho. Provavelmente todos os garotinhos sentiam o mesmo.

Ellen vasculhou a página da web. Ela mostrava as mesmas imagens do bebê que estavam no site do CACDR, mas o retrato não havia sido cortado e era possível ver a foto na íntegra. Timothy vestia uma camisa Lacoste azul e jeans. Suas pernas estavam bem estiradas pra frente e os pés calçados com tênis Nike brancos, com as solas limpas. Seus dedos gorduchos agarravam um conjunto de grandes chaves de plástico da Fisher-Price, e ele estava sentado muito ereto em seu carrinho de bebê azul-marinho. Will também costumava sentar-se daquela maneira, incrivelmente ereto, como se não quisesse perder nada.

Ellen ergueu seu café e o colocou de volta, sem tomar um único gole. Era tão terrivelmente assustador. Era como ver um duplo de Will. Seria possível que ele tivesse um gêmeo em algum lugar? Um irmão a respeito do qual ninguém lhe dissera nada? Coisas assim aconteciam, ao menos de acordo com Oprah.*

---

* Oprah Winfrey, célebre apresentadora de TV dos Estados Unidos. (N. T.)

Ela clicou no link para a próxima página. Havia mais fotos de Timothy quando bebê, nove ao todo, em uma progressão cronológica que ia do nascimento ao primeiro aniversário. Ela percorreu as imagens do bebê Timothy, enrolado num xale branco de nenê e, mais adiante, apoiado em sua barriga. Na foto seguinte ele erguia-se em seus braços macios, e, finalmente, estava instalado em uma cadeira para transportar bebês em carros. Ela nunca vira Will nessa idade, e por isso não tinha a mínima ideia de como era sua aparência. Por volta dos dez meses, porém, Timothy começou a ter a exata aparência de Will. Ela leu o texto sob as fotos:

> Nós, Carol e Bill Braverman, seremos eternamente gratos a quem quer que nos ajude a encontrar nosso filho, Timothy Alan Braverman. Timothy foi raptado por um homem caucasiano, com cerca de trinta anos, de aproximadamente 1,77 m de altura e 77 quilos. O homem parou o Mercedes que Carol dirigia, fazendo-se passar por um motorista em dificuldades. Ele apontou uma arma para Carol, roubou o Mercedes e atirou e matou a babá de Timothy, Cora Elizondo, quando ela começou a gritar. Ele foi embora com Timothy ainda no carro. O suspeito ligou pedindo um resgate, que nós pagamos, mas Timothy nunca foi devolvido. Veja abaixo um retrato falado do suspeito.

Ellen estremeceu. O lugar errado, na hora errada. Um carro roubado com um bebê dentro. Era o pesadelo de todos os pais. Armas, gritos, assassinato e, no fim, um bebê raptado. Ela olhou para o retrato falado, desenhado com traços simples, a lápis, e ligeiramente sombreado. O suspeito tinha um rosto comprido, com olhos estreitos, um nariz alongado e zigomas salientes – o típico sujeito que provoca arrepios. Ela continuou a ler:

> Carol Braverman diz: "No ano em que Deus compartilhou Timothy conosco, aprendemos a conhecê-lo como um adorável, feliz e alegre garotinho, que adora Thomas, o Trenzinho, seu cocker spaniel Pete e gelatina de limão. Como mãe dele, nunca parei de procurá-lo e não descansarei até que ele esteja em casa outra vez".

Ellen teria se sentido exatamente do mesmo modo. Nunca iria desistir de encontrar Will. Ela retornou à página da web:

> O sequestrador é atualmente procurado por autoridades federais e estaduais. A família Braverman oferece uma recompensa de US$ 1.000.000, a ser paga a qualquer pessoa cujas informações levem à descoberta do paradeiro de Timothy. Por favor, não dê pistas falsas ou trotes, ou você será processado, como manda a lei.

Ellen comoveu-se com os Braverman, talvez por causa das semelhanças entre os garotos. Um milhão de dólares era um bocado de dinheiro para uma recompensa, de modo que a família deveria ser rica. Mas todo o dinheiro do mundo não os protegeu do perigo. Ela clicou de volta na primeira página do site e olhou mais uma vez a foto de Timothy quando bebê. Num impulso, ela selecionou a foto e apertou o botão de imprimir.

"Ei, amiga", disse uma voz atrás de seu ombro, e instintivamente ela clicou no mouse. O protetor de tela com a foto de Will apareceu outra vez no monitor. Parada, ao lado da escrivaninha, estava Sarah Liu, que lhe endereçou um sorriso rápido. "Como vai?"

"Bem."

"O que está acontecendo?"

"Nada. Por quê?"

"Você não parece bem. Courtney estava certa. Você está doente ou algo assim?"

"Não." Ellen sentiu-se inexplicavelmente nervosa. A foto de Timothy avançava lenta e ruidosamente da impressora em sua mesa. "Apenas me sinto mal por causa de Courtney."

"Ela vai ficar bem. Ela sabia que isso ia acontecer."

"Não, ela não sabia." Ellen franziu o cenho.

"Foi isso que ela disse no banheiro."

"Mas ela falou por falar. E, de qualquer forma, é um choque quando acontece."

Sarah ergueu uma sobrancelha. "Ela era a escolha óbvia. Não tinha fontes muito boas, e seu texto não era tão bom quanto o seu ou o meu."

"Isso não é verdade", retrucou Ellen, tomando as dores de Courtney mesmo em sua ausência. Nesse momento, a foto de Timothy deslizou da bandeja da impressora, mostrando um retângulo de um límpido céu azul.

"No que é que você está trabalhando mesmo?"

"Pesquisa." Ellen mentia mal, e por isso perguntou: "E você?"

"Uma matéria sobre fraude, se Marcelo der sinal verde para prosseguir." Sarah sacudiu alguns papéis que estavam em sua mão. "O chefe de polícia acabou de concordar em encontrar-se comigo. Uma entrevista exclusiva, o que ele nunca dá. E então, o que você está pesquisando?"

"A sequência de uma matéria sobre rapto." Ellen perguntou-se por que continuava mentindo. Ela poderia apenas ter dito a verdade. *Engraçado, acabei de ver a foto de um garoto que se parece exatamente com Will.* Mas alguma coisa lhe disse para manter segredo.

"Que matéria sobre rapto?"

"Sulaman, um rapto em família, sobre o qual eu trabalhei há algum tempo."

"Ah, sim, eu me lembro. A matéria tinha a sua cara." Sarah esfolegou, e Ellen ocultou seu desagrado.

"O que você quer dizer com isso?"

"Era uma matéria comovente. Ao contrário de mim, você consegue produzir essas coisas."

"Você pode fazer matérias comoventes", disse Ellen, embora não estivesse certa disso. A foto de Timothy estava quase acabando de ser impressa, e de repente ela queria que Sarah se fosse. "Desculpe, mas preciso voltar ao trabalho."

"Eu também." O olhar de Sarah pousou na impressora no momento em que a foto saltou para fora, e ela a pegou da bandeja. "Ah-ah! Você não está trabalhando."

A boca de Ellen ficou seca enquanto Sarah examinava a foto de Timothy.

"Você tira mais fotos de bebê do que qualquer outra pessoa que eu conheço."

"Culpada." Ellen não sabia o que mais poderia dizer. Obviamente, Sarah confundira Timothy com Will.

"A gente se vê depois." Sarah lhe entregou a foto e foi embora. Ellen curvou-se e enfiou a foto em sua bolsa.

Então pegou o telefone para falar com Susan Sulaman.

Capítulo 8

Quinze minutos depois, Ellen desligou o telefone e Marcelo lhe fez um sinal da porta de sua sala.

"Posso falar com você por um minuto?", perguntou Marcelo, e ela assentiu, vendo pelas paredes de vidro que Sarah ainda estava sentada em uma das cadeiras em frente à escrivaninha dele.

"Claro." Ela se levantou e dirigiu-se à sala de Marcelo, que estava forrada de coloridas fotografias que ele tirara de sua São Paulo nativa. Uma retratava uma série de exóticos arcos de pedra de um dourado intenso e matizes de bronze; uma outra era de portas envelhecidas, pintadas de vermelho germânio, laranja vívido e amarelo cromado, com um vaso de petúnias magenta na soleira. Ellen percebeu que também tinha uma queda pelo escritório de Marcelo.

"Por favor, sente-se." Ele fez um gesto em direção à cadeira e Sarah sorriu rapidamente para ela. Marcelo sentou-se em seu lugar atrás da escrivaninha, vazia exceto por uma pilha de fotos ao lado de seu laptop e uma caneca com a imagem de uma bola de futebol na qual se lia *Palmeiras*, e que servia de porta-lápis. Ele suspirou.

"Primeiro, deixem-me dizer, eu sei como é duro para vocês duas perder Courtney. Se pudesse ter evitado isso, eu teria. Agora, Sarah acabou de me dar uma grande ideia para uma matéria." O rosto de Marcelo iluminou-se enquanto ele memeava a cabeça em direção a Sarah. "Você quer explicar ou eu explico?"

"Você explica."

"Certo." Marcelo olhou diretamente para Ellen. "Todos nós sabemos que o índice de homicídios em Philly* está entre os mais altos do país. Diariamente cobrimos isso por algum ângulo. A ideia de Sarah é fazermos uma grande reportagem sobre o assunto em vez de tratá-lo em notícias ocasionais. Sarah, é nesse ponto que o seu editor vai roubar a sua ideia." Marcelo deu um sorriso sem graça para Sarah, e ela riu.

Confusa, Ellen não conseguia nem sequer fingir que sorria. Sarah lhe dissera que iria falar com Marcelo a respeito de uma matéria sobre fraude, mas isso não era verdade. Ela lhe procurara com uma matéria analítica, que era algo muito mais importante. Com mais uma pessoa para ser demitida no fim do mês, Sarah estava dando um duro danado para que essa pessoa não fosse ela.

Marcelo continuou: "Precisamos explicar por que isso está acontecendo, ao contrário do que ocorre em outras grandes cidades dos Estados Unidos. O que pode ser mais importante do que isso? Trata-se de vida ou morte."

"Exatamente", disse Sarah, e Ellen sentiu que estava um passo atrás dela, como uma estudante durante uma prova surpresa.

Marcelo assentiu. "Vejo isso como uma matéria de causa e efeito. Uma análise profunda e ponderada. Vou incumbir Larry e Sal de analisar as causas. Falar com cientistas sociais e historiadores."

Ellen piscou. Larry Goodman e Sal Natane eram do grupo de elite, finalistas do Pulitzer por suas séries investigativas sobre fundos municipais. De repente, ela estava no time dos figurões da notícia séria.

---

* Abreviatura de Philadelphia (a cidade norte-americana de Filadélfia).(N. T.)

"Gostaria que vocês duas começassem com os efeitos, do ponto de vista dos custos. Quanto custam os crimes violentos para os cofres da cidade em termos de policiamento, policiais, tribunais e advogados? E quanto ao turismo, negócios perdidos e prestígio, se for possível quantificar isso? Esmiúcem os números, como se diz, mas tornem isso inteligível."

"Pode deixar." Sarah tomava notas com sua lustrosa cabeça abaixada.

"Ellen." Marcelo voltou-se para ela outra vez, e Ellen supôs que, se ele realmente tinha uma queda por ela, ou escondia isso muito bem, ou o índice de assassinatos havia matado sua disposição para o flerte. "Quero que você ponha uma face humana nisso. O índice de homicídios tem que ser mais do que um número. Não seja politicamente correta. Não podemos consertar isso se não dissermos a verdade."

Sarah interrompeu: "Tenho boas estatísticas sobre a questão racial, e essa é a parte que eu já escrevi. Talvez eu possa cobrir esse ângulo também."

Marcelo dispensou a oferta com um gesto de mão. "Não, por favor, dê suas anotações para Ellen. Quanto ao prazo final, hoje é terça-feira. Vamos falar na sexta, antes do fim de semana. Vocês podem fazer isso?"

"Sem problemas", respondeu Sarah, levantando-se com os papéis nas mãos.

"Por mim está bem." Ellen podia não ter estudado para a prova, mas aprendia depressa. "A propósito, posso lhe falar sobre outra matéria?"

"Claro. Vá em frente." Marcelo recostou-se em sua cadeira e Ellen percebeu que Sarah estava postada na porta, atrás dela.

Foi como se Marcelo tivesse lido sua mente. Ele ergueu os olhos e disse: "Muito obrigado, Sarah. Você não precisa ficar."

"Obrigada", disse Sarah, e saiu.

"Certo, qual é a matéria?", perguntou Marcelo, com a voz quase que imperceptivelmente mais gentil, e Ellen se questionou se ele realmente gostava dela.

"Escrevi uma matéria certa vez sobre a família Sulaman, uma esposa cujos filhos foram levados pelo ex-marido. Acabei de falar por telefone com Susan e gostaria de escrever uma sequência."

"Por quê? Ela recuperou os filhos?"

"Ainda não."

"Então o que aconteceu?"

"Eles ainda estão desaparecidos, e eu achei que seria interessante saber o que Susan sente como mãe."

Marcelo franziu o cenho em sinal de simpatia. "Ela deve se sentir péssima, suponho."

"Exato."

"Bem." Marcelo abriu as palmas de suas mãos sobre a escrivaninha. "Uma mãe que ainda chora a perda dos filhos. É terrível para ela, mas isso não rende uma matéria."

"É mais do que isso." Ellen não conseguia explicar o gancho da matéria, mas o fato é que ela nunca podia fazer isso com nenhuma de suas matérias. Ela sentia que a história tinha conexão com a o bebê Braverman, contudo não estava disposta a contar isso para Marcelo. "E se eu falar com Susan, escrever e depois você vê o que acha? Pode valer a pena."

"Não entendo você." Marcelo moveu-se para a frente na cadeira, e um sorriso incrédulo pairava em seus lábios. "Acabei de lhe pedir que faça nossos leitores sentirem a tragédia do assassinato. Isso não é suficiente para mantê-la ocupada, Ellen?"

Ela riu. O humor era um afrodisíaco tão forte quanto o poder, e o homem possuía ambos. E tinha também aquele sotaque, com os "esses" suaves como um sussurro no ouvido.

Marcelo inclinou-se ainda mais para a frente. "Sei que você está brava comigo hoje."

"O que você quer dizer? Por que eu estaria brava com você?"

"Sarah me disse que você deixou de ser minha fã porque eu demiti Courtney. Tomei a melhor decisão que podia." Uma sombra toldou a expressão de Marcelo. "Por favor, tente entender isso."

"Eu entendo." Ellen ficou confusa. Por que Sarah lhe diria uma coisa dessas? Hora de mudar de assunto. "Então, o que você tem a dizer sobre os Sulaman? Vai me dar uma chance?"

"Não. Sinto muito."

"Está bem." Ellen levantou-se, ocultando sua decepção. De nada adiantaria incomodá-lo. Tinha de sair da sala do chefe antes que acabasse sendo demitida.

"Boa sorte com a matéria sobre os homicídios."

"Obrigada", disse ela, saindo para falar com Sarah.

Ellen sentiu que uma briga entre mulheres estava a caminho.

Capítulo 9

A mesa de Sarah estava vazia e seu casaco não estava no cabide. Ellen foi até a mesa mais próxima, onde Meredith Snader trabalhava em frente ao computador. Pouco se via de seus cabelos curtos e grisalhos por cima do monitor.

"Com licença, Meredith, você viu a Sarah?" Meredith olhou por sobre seus óculos de aros de tartaruga, mas seus olhos continuavam vagos. Sua mente ainda estava concentrada no que quer que ela estivesse escrevendo.

"Ela saiu."

"Ela disse aonde ia?"

"Não, desculpe." Só agora Meredith encarou Ellen, com o olhar transpassando-a como lentes de uma câmera. "Então, como você se sente agora que Courtney não está mais aqui?"

"Triste. E você?"

"Péssima." Meredith estalou a língua em sinal de reprovação, como as tias favoritas costumam fazer. "Você sabe, dizem que a guerra é um inferno, mas eu estive numa guerra e estive numa sala de redação. Para mim, você escolhe o seu veneno."

Ellen sorriu sem alegria. Meredith havia sido uma enfermeira no Vietnã, mas raramente mencionava isso. "Você não tem com o que se preocupar. Você é uma instituição aqui."

"Odeio quando as pessoas me chamam assim. Instituições fecham às três horas." Meredith fingiu que estremecia.

"Eles nunca vão demitir você. Nunca."

"Isso não me deixa feliz. Sinto-me como você. Cortar um de nós é como cortar todos. Courtney era um doce e uma repórter danada de boa." Meredith sacudiu a cabeça. "Ouvi dizer que você está muito chateada."

"Como assim?"

"Sarah disse que você não assimilou o golpe."

Ellen mal podia esconder sua irritação. Meredith inclinou-se sobre o teclado e baixou o tom de sua voz.

"Ela também mencionou que você culpa Arthur. A propósito, eu também. É ganância corporativa no estágio mais elevado."

Ellen enrijeceu-se. Arthur Jaggisoon e sua família eram donos do jornal, e era suicídio profissional falar mal dele. Na verdade, ela não o culpava pelas demissões.

"Sarah disse isso?"

"Disse." O telefone de Meredith tocou e ela voltou-se para o aparelho. "Desculpe, estou esperando esta ligação."

"Claro." Ellen retornou à sua mesa, lançando olhares pela sala de redação. Sharon e Joey, que estavam ao telefone, desviaram explicitamente o olhar, e ela se perguntou se Sarah também estivera falando com eles.

O rosto de Ellen queimava quando ela sentou-se em sua cadeira. Marcelo estava de costas para ela, o que impossibilitava os jogos de olhares e, de qualquer forma, ela não se sentia com disposição para isso. Em cima do teclado de seu computador havia uma confusa pilha de textos impressos encabeçadas com o nome de Sarah.

Ellen pegou as folhas e deu uma olhada. O material incluía um rascunho, pesquisa e estatísticas. Ela queria confrontar Sarah, mas não sabia o número de seu celular. Ellen pegou o café e tomou um gole frio. Seu olhar distraído encontrou Will no protetor de tela, mas seu rosto metamorfoseou-se no de Timothy Braverman.

Era preciso colocar a atenção novamente no trabalho. Ela levantou-se, agarrou a bolsa e pegou o casaco.

Capítulo 10

Ellen sentou-se na adorável sala de família que tinha tudo, exceto a família. Susan Sulaman tomou um gole de um copo com água e se aninhou no outro par do sofá de chintz, em frente a Ellen. Ela vestia jeans e pulôver rosa de gola alta, e seus pés estavam descalços. Uma mulher prática e sensata, que parecia estranhamente deslocada em seu próprio lar. Um tapete oriental cobria o chão de carvalho e os sofás estavam voltados um para o outro em frente a uma lareira colonial que possuía autênticos atiçadores de ferro batido e um suporte móvel de ferro dentro. Uma mesa de cerejeira perfeitamente redonda continha as últimas revistas, uma pilha de grandes livros de arte e um gravador. Ele fora ligado agora, já que troca de amenidades havia acabado.

"Então você não teve nenhuma notícia das crianças?", perguntou Ellen.

"Nada", respondeu Susan calmamente, enterrando os dedos em seus cabelos castanhos e espessos, que curvavam-se suavemente em direção ao queixo. Seus bonitos olhos eram castanhos, mas os pés-de-galinha aprofundavam-se mais do que deveriam em sua idade. Duas linhas foram talhadas em sua testa, bem acima de um perfeito nariz. Susan Thoma Sulaman tinha sido eleita Miss do Condado de Allegheny quando tornou-se a esposa troféu de seu pior pesadelo, o construtor multimilionário Sam Sulaman.

"O que você fez para encontrá-las?", perguntou Ellen.

"O que eu não fiz?" Susan sorriu fracamente, um reflexo fugaz de deslumbrante gracejo. "Eu acossei a polícia e o FBI. Contratei três detetives particulares. Coloquei mensagens em sites de crianças desaparecidas na web."

"Como o site do CACDR?" Ellen estava pensando no cartão branco.

"Claro, esse é o principal. Ninguém descobriu nada. Trotes, mas nenhuma pista. Ofereci uma recompensa de cinquenta mil dólares. É um bom dinheiro."

"Com certeza é." Ellen pensou nos Braverman e na recompensa de um milhão de dólares.

"Nunca vou esquecer o dia em que ele as levou. Foi em outubro, uma semana antes do Halloween. Lynnie ia se fantasiar de peixe." O sorriso de Susan reapareceu. "Com purpurina colada numa aba azul, e ela ia vesti-la como um sanduíche. Era do *The rainbow fish*."

"Eu conheço o livro."

Os olhos de Susan se iluminaram. "Ah, sim, você tem um filho agora. Com quantos anos ele está?"

"Três."

"Meu Deus, já?!"

"Pois é, eu sei." Ellen não precisava dizer que o tempo voa, embora essa fosse sua favorita conversa de mãe. Algumas coisas nunca envelhecem.

"Eu li aquilo. Adorei as matérias que você escreveu sobre a doença dele."

"Obrigada. Mas você estava dizendo..."

"Sim, bem, Sam Júnior ia se vestir de tartaruga. Ele tinha esse casco de tela de alumínio que nós fizemos..." — Susan se interrompeu — "Bem, as fantasias não importam... Meu ex pegou as crianças, enfiou-as no carro e eu nunca as vi outra vez."

"Sinto muito, mesmo." Por um momento, Ellen perdeu a compostura. Agora que ela havia se tornado mãe, era ainda mais difícil imaginar. Talvez sua mente apenas se recusasse a pensar nisso. "Fica mais fácil com o tempo?"

"Não, fica mais difícil."

"Como assim?"

"Penso em tudo o que estou perdendo sem eles. O tempo todo, com cada um deles. Então começo a pensar que, mesmo que eles voltem, nunca vou conseguir recuperar o tempo perdido." Susan fez uma pausa. A imobilidade começou a invadi-la. "Tenho medo que eles não se lembrem de mim. Que eu seja uma estranha para eles."

"É claro que eles vão se lembrar de você", Ellen apressou-se a dizer, e então mudou de assunto. "Não é mais fácil porque pelo menos você sabe que eles estão com o pai? Que eles não foram raptados por um estranho, que poderia lhes fazer algum mal?" Ela estava novamente pensando nos Braverman.

"Sinceramente, não." Susan franziu o cenho. "Sam era um péssimo pai. Ele perdeu a briga pela guarda das crianças e não gostou do que foi decidido. Esse foi o jeito que ele encontrou de se vingar de mim. No final das contas, as crianças precisam de mim. Eu sou a mãe deles."

"Então, você está esperançosa?"

"Estou. Eu tenho que estar. O FBI pensa como você, que a prioridade é menor porque está tudo em família. Nem todas as vítimas são iguais." Susan cerrou os lábios. "Enfim, a teoria é que ele levou as crianças para fora do país. Seu dinheiro está todo no exterior e eles acham que ele disse a meus filhos que eu morri."

"Ele faria uma coisa dessas?", perguntou Ellen, horrorizada.

"Claro que sim! Ele é um egocêntrico, um narcisista!" Susan deu um gole em sua soda, e um cubo de gelo tilintou no copo. "Não concordo com o FBI, e se lhe disser o que penso, vou parecer uma louca."

"Não, não vai, e, sinceramente, eu não sei se essa matéria vai sair. Depende do meu editor."

Susan franziu o cenho. "Qualquer notícia na imprensa pode ajudar a encontrá-los. Nunca se sabe."

"Farei o possível. Por favor, continue."

Susan moveu-se para a frente. "Acredito que meus filhos estão no país, e até mesmo perto daqui. Talvez não em Philly, mas em Jersey ou Delaware. Acho isso porque posso senti-los aqui dentro. Sinto meus filhos perto de mim." A certeza tornou a voz de Susan mais forte. "Quando eles eram bebês, se alguém os tirasse de minha vista, eu ficava nervosa. Quando estávamos nos mesmos aposentos, eu sabia. Ainda os sinto *aqui*." Susan colocou a mão no coração. "Eu os carreguei, eles estavam *dentro de mim*. Acho que é o instinto materno."

Ellen enrubesceu. Existia mesmo uma coisa dessas? Será que ela poderia sentir isso, ainda que jamais houvesse engravidado? Evidentemente, nem tudo vinha com os ovários.

"Coloquei as fotos deles em tudo quanto é lugar. Contratei uma pessoa para criar um website e ter certeza de que ele aparece primeiro se algum dia eles pesquisarem seus próprios nomes. Entro na internet o tempo todo e verifico todos os sites que eles possam visitar, até mesmo sites de jogadores, porque Sammy adorava o Nintendo."

Ellen observava Susan, que se deixou cair no sofá macio antes de continuar.

"Eu dirijo pela vizinhança, pelas escolas. Procuro por Lynnie no Gymboree* e por Sammy nas ligas de T-ball.** No verão, per-

---

* Centro de atividades infantis. (N. T.)
** Nome genérico de vários esportes com bola. (N. T.)

corro as praias de Holgate e Rehoboth. Cedo ou tarde, vou me deparar com um deles, tenho certeza disso." Susan não precisava de encorajamento para continuar falando. Suas palavras fluíam de uma dolorosa profundeza interior. "Nenhuma minivan passa sem que eu olhe no assento de trás, nenhuma bola voa sem que eu olhe para os bancos e a quadra. Eu paro nas lojas de animais porque Lynnie gostava de gatinhos. Se um ônibus escolar passa, eu olho pelas janelas. Eu dirijo por aí à noite e chamo pelos nomes das crianças. Na semana passada eu estava em Caldwell, em Nova Jersey, chamando por eles, e uma mulher me perguntou que tipo de cachorro Lynnie era."

Susan parou de falar abruptamente e um súbito silêncio recaiu sobre a sala. E Ellen entendeu em primeira mão que a perda de um filho era algo capaz de assombrar uma mãe pelo resto de sua vida.

Capítulo 11

De volta ao seu carro, Ellen parou no semáforo, pensativa. Ela tivera um vislumbre do mundo de Susan Sulaman, e isso fez com que quisesse ir para casa abraçar Will. O BlackBerry tocou em sua bolsa. Ela vasculhou tudo até encontrá-lo e então apertou o botão verde.

"Elly Belly?", disse uma voz familiar.
"Papai. Como vai você?"
"Bem."
"Qual é o problema?" Ellen podia perceber que ele estava aborrecido pela forma como dissera que estava bem.
"Nada. Estou indo almoçar. Você está livre? Acabei de voltar do médico."
"Você está doente?"
"Não."
"Então por que foi ao médico?"
"Um check-up, só isso."
"Você fez um check-up em setembro, não fez?" Ellen lembrou-se disso porque tinha sido perto de seu aniversário.
"Foi só uma coisa rotineira."
Ellen deu uma olhada no relógio do carro e fez um cálculo rápido. Seu pai vivia em West Chester, a quarenta e cinco minutos

da cidade. Ficar perto de seus pais foi o motivo que a levou a deixar o *San Jose Mercury* e mudar-se para lá.

"Você está em casa hoje?"

"Sim, cuidando de e-mails e de despesas."

"Que tal se eu for aí? Estou em Ardmore."

"Ótimo. A porta está aberta. Amo você."

"Também amo você." Ellen desligou e pôs o telefone de volta em sua bolsa. No semáforo, ela pegou a lateral, fez o retorno e deu a volta para a avenida Lancaster. Ellen sentiu uma ponta de culpa ao se dar conta de que já fazia quase um mês que não visitava seu pai. Ela simplesmente não tivera tempo, ocupada que estava com o trabalho e com Will. A cada semana ela mudava seus horários diários, como se sua vida fosse um quebra-cabeça de pequenas peças que se moviam de lá para cá a fim de formar uma imagem. As peças sempre se encaixavam de modo diferente e, por mais que ela tentasse, a imagem não se formava. As linhas não se conectavam com coisa alguma.

Ela acelerou.

Capítulo 12

"Olá, papai." Ellen entrou na cozinha de seu pai, com vista para o campo de golfe de Green Manor – e que se autointitulava uma "Comunidade para Adultos Ativos". Seu pai se mudara para lá depois que sua mãe morrera. Foi então que ele se tornou um dos Ativos, especialmente no Departamento dos Adultos.

"Olá querida", disse ele, de pé junto ao balcão, ocupado em fatiar um tomate num prato. Sua testa enrugada franziu-se acima dos olhos castanhos e contraiu-se, quase encobrindo-os. Seu nariz tinha um aspecto bulboso na ponta devido ao álcool, que ele largara anos atrás. Mesmo aos sessenta e oito anos, seu pai tinha suficientes fios pretos em seus finos cabelos, a ponto de fazer as pessoas se perguntarem se ele os tingia. Mas Ellen tinha certeza de que esse não era o caso.

"Pai, você vai morrer?", perguntou ela, brincando, mas nem tanto.

"Não, nunca." Seu pai voltou-se com um amplo sorriso que lhe servira muito bem nos campos de golfe e na estrada onde ele dirigira mais de mil e quinhentos quilômetros por semana como representante comercial de uma empresa de autopeças.

"Bom." Ellen livrou-se da bolsa e do casaco, largou-os numa cadeira da cozinha e beijou seu pai na bochecha, sentindo o forte aroma de loção pós-barba. Nenhum de seus perfumes durava tanto quanto a loção pós-barba de seu pai. Por um momento, ela considerou a possibilidade de pegar um frasco de Aramis.

"Você está com boa aparência, querida. Toda arrumada."

"Estou tentando não ser despedida."

"E está sendo bem-sucedida?" Seu pai fatiou outro tomate vermelho-rosado. Na mesa já havia um tubo de plástico de atum Whole Foods, pão multigrãos e uma jarra de chá verde, itens permanentes no Paraíso Antioxidante de Don Gleeson.

"Por enquanto." Ellen aproximou-se do balcão, pegou do prato uma rodela de tomate mole e jogou na boca. Não tinha gosto de nada, um típico tomate de inverno.

"Não deixe que esses desgraçados a aborreçam. Como vai o meu neto?"

"Ele está resfriado."

"Sinto falta dele. Quando irei vê-lo?"

Ellen sentiu uma pontada de culpa. "Assim que eu puder. Então, o que aconteceu no médico? Você está me assustando."

"Eu esperei para almoçar com você."

"Sei disso, obrigada. Você está evitando a pergunta."

"Sente-se como uma pessoa civilizada." Seu pai levou o prato de tomates para a mesa e sentou-se. Então, acomodou-se na cadeira com um grunhido teatral. Ele sempre gemia para efeito cômico, embora estivesse em ótima forma, bem apessoado e composto em sua camisa polo amarelo-pálido, calças Dockers e sapatos de pala.

"Papai, me diga." Ellen sentou-se perto dele, preocupada. O câncer era o pior tipo de covarde, infiltrando-se nas pessoas, e sua mãe havia morrido de linfoma apenas três meses depois do diagnóstico.

"Não estou doente. De jeito nenhum." Ele desfez o nó do saco plástico onde estava o pão, pegou duas fatias do meio e as colocou em seu prato.

"Então por que você foi ao médico?"

"Faça um sanduíche para você e depois a gente fala."

"Papai, por favor."

"Sirva-se. Eu estou com fome." Seu pai abriu a tampa plástica do atum, pegou o garfo, serviu-se de uma pequena porção e amassou-as sobre o pão com os dentes do garfo, formando linhas cruzadas.

"Você está se esquivando, papai. É atum, não é ciência espacial."

"Está bem, aqui vai. Vou me casar."

"O quê?" Ellen estava pasma. "Com quem?" Ela não fazia a menor ideia. Ele estava namorando quatro mulheres lá. Era um Romeu, com uma próstata aumentada.

"Bárbara Levin."

Ellen não sabia o que dizer. Ela nem sequer conhecia a mulher. Seus pais estiveram casados por quarenta e cinco anos, e sua mãe morrera havia pouco mais de dois anos. De alguma forma isso significava que sua mãe tinha realmente partido. Como se alguém houvesse posto um ponto final na frase que fora sua vida.

"Ei, não estou morrendo. Estou me casando."

"Por que, ela está grávida?"

"Ah!" Seu pai riu e perfurou o atum com o garfo. "Vou contar para ela que você disse isso."

Ellen ocultou sua ambivalência. "É meio que uma surpresa."

"E das boas, certo?"

"Bem, sim." Ellen tentou se acalmar, mas o nó em seu peito lhe disse que ela não estava fazendo um bom trabalho. "Acho que não sei ao certo quem é a felizarda."

"Bárbara é a única que importa." Ele pegou uma rodela de tomate com o garfo. "Você não vai me dar os parabéns?"

"Parabéns!"

"Precisava checar o colesterol. Por isso fui ao médico."

"Oh, graças a Deus que você não está doente."

"É isso aí!" Seu pai colocou o tomate em cima do atum, acrescentou uma fatia de pão e juntou as duas partes, inclinando-se como se estivesse avaliando uma tacada. Ele abaixou a mão para pressionar o sanduíche e então olhou para ela. "Você não parece feliz, El."

"Eu estou." Ellen conseguiu sorrir. Ela amava o pai, mas ele passara toda a infância dela na estrada. A verdade é que todo mundo tinha um dos pais um tanto ausente, e como ele ausentava-se por tanto tempo, Ellen tinha se aproximado de sua mãe.

"Ei, eu tenho o direito de ser feliz."

"Ninguém disse que você não tem."

"Você está agindo como se eu não tivesse."

"Papai, por favor."

"Não gosto de estar sozinho e também já não sou assim tão jovem."

O silêncio caiu entre eles, e Ellen não fez nada para preenchê-lo. Um pensamento horrível surgiu em sua mente — a pessoa errada havia morrido. A ideia a deixou envergonhada e confusa. Ela amava o pai.

"Acho que sabia que você ia ficar chateada. Você e sua mãe eram muito próximas. Unha e carne."

Ellen não conseguiu falar por alguns momentos. Sua mãe fora a melhor amiga que já tivera. Isso dizia tudo.

"A vida continua."

Ellen sentiu outra vez o nó no peito e desviou o rumo de seus pensamentos. "Então, quando é o casamento? Preciso arranjar um vestido e tudo o mais."

"Ih, é na Itália."

"Itália? Por quê?"

"Bárbara gosta de lá, perto de Positano." Seu pai cortou o sanduíche e comeu um pedaço, deixando que Ellen preenchesse as lacunas.

"Eu vou? Will vai?"

"Desculpe, mas não." Seu pai a encarou por cima do sanduíche. "Não é nada de mais na nossa idade. Vamos apenas fazer isso, sem nenhum estardalhaço. Vamos pegar o avião nesse fim de semana."

"Uau, tão rápido?!"

"Eu disse para ela que não haveria problema para você. A filha dela não vê nenhum problema."

"Compreendo." Ellen tentou deixar o assunto de lado. "Oficialmente, não há nenhum problema para mim."

"Ela também tem uma filha, um ano mais velha que você. Abgail."

"Pensei que ela tivesse um garoto no Corpo de Paz."

"Essa era Janet."

"Oh." Ellen sorriu. Não deixava de ser engraçado. "Está bem, então. Sempre quis ter uma irmã. Posso ter um pônei também?"

Isso o fez sorrir enquanto mastigava.

"O que minha nova irmã faz?"

"Advogada em Washington."

"Sempre quis um advogado também." Ellen riu e ele também. Seu pai colocou o sanduíche no prato.

"Ah! Agora chega, espertinha."

"Acho que é legal, acho mesmo." Ellen sentiu-se melhor ao dizer isso, e o nó em seu peito afrouxou-se um pouquinho. "Seja feliz, papai."

"Amo você, gatinha."

"Também amo você." Ellen esforçou-se para sorrir.

"Você vai comer ou não?"

"Não. Vou esperar pelo bolo de casamento."

Ele olhou para cima.

"Então, me diga como ela é."

"Aqui, vou lhe mostrar." Seu pai inclinou-se, pegou uma carteira marrom do bolso de trás e a abriu. Ele passou pelo segundo envelope de plástico, que continha uma velha foto de Will, e o terceiro ele virou e colocou na mesa. "Essa é Bárbara."

Ellen olhou para a atraente mulher, com os cabelos cortados em um clássico corte curto. "Mamãezinha!"

"Me dê isso." Seu pai sorriu e pegou a carteira de volta.

"Ela tem boa aparência. Ela é legal?"

"É claro que é!" Ele inclinou-se outra vez para colocar a carteira de volta no bolso de trás. "O que você está pensando? Que ela é uma idiota e é por isso que vou me casar com ela?"

"Você vai morar com ela ou ela vem morar aqui?"

"Vou vender a casa e me mudar para a dela. Ela tem uma casa de esquina com um terraço."

"Seu interesseiro."

Ele sorriu de novo e recostou-se na cadeira, observando-a por um momento. "Você precisa seguir em frente, garota."

Ellen sentiu o nó outra vez. Hora de mudar de assunto. "Entrevistei uma mulher cujos filhos foram raptados pelo marido. Susan Sulaman, caso você se lembre da matéria que eu escrevi."

Ele sacudiu a cabeça, negando, e Ellen deixou passar. Sua mãe teria se lembrado da matéria. Ela possuía álbuns de recortes com as matérias de Ellen, começando com o jornal da faculdade e terminando três semanas antes de morrer.

"Bem, Susan pensa que as mães possuem um instinto em relação aos filhos."

"Sua mãe tinha até demais." Seu pai iluminou-se. "Veja como você se tornou uma boa pessoa por causa dela."

"Espere, deixe eu mostrar uma coisa." Ellen levantou-se e abriu a bolsa. Pegou a foto de Timothy Braverman quando bebê e deu ao seu pai. "Esse bebê não é uma gracinha?"

"É uma gracinha."

"Você sabe quem ele é?"

"Acha que eu sou idiota? É Will."

Ellen sentiu-se como que suspensa, sem saber o que lhe dizer. Ele e Sarah tinham confundido Timothy com Will. Isso lhe provocava uma sensação engraçada, mas que não era agradável. Sentiu-se desconfortável. Percebia agora por que a mãe lhe fazia tanta falta. Com ela, poderia ter falado de mãe para mãe sobre Timothy Braverman. Sua mãe saberia o que fazer.

"Ele cresceu um bocado desde então, não é mesmo?", perguntou seu pai, segurando a foto com um inconfundível orgulho.

"Como assim? Digo, que diferenças você vê?"

"A testa." Ele circulou a área com o dedo indicador nodoso por causa da artrite. "Sua testa ficou bem maior, e suas bochechas estão cheias agora." Ele lhe devolveu a foto. "Seu rosto amadureceu."

"Com certeza." Ellen mentia com mais facilidade do que pensava ser possível para alguém que não era boa mentirosa. Ela dobrou o papel, colocou dentro da bolsa e sentou-se, mas o pai parecia pensativo enquanto despejava chá no copo.

"Você também era assim, exatamente assim. Quando você era pequena, seu rosto era tão amplo. Eu costumava dizer que você parecia uma travessa de salada. Will é igual. Ele pegou isso de você."

"Pai, ele é adotado, lembra?"

"Ah, claro." Seu pai riu. "Você é uma mãe tão boa que eu sempre penso que é a verdadeira mãe dele."

Ellen deixou isso passar também. Ela costumava sentir-se como a verdadeira mãe de Will, até que alguém lhe dizia o contrário. Mas ela sabia o que ele queria dizer.

"Você herdou o instinto materno de sua mãe. Tal mãe, tal filha. Não importa que ele seja adotado. É por essa razão que sempre esquecemos isso. Essa é a prova."

"Talvez você esteja certo", assentiu Ellen, estranhamente grata.

Mas Don Gleeson era o tipo de pessoa que podia vender qualquer coisa a qualquer um.

Capítulo 13

Ellen finalmente chegou em casa e fechou a porta da frente atrás de si.

"Como ele está?", perguntou a Connie, mantendo a voz baixa.

"Segurando as pontas. Dei Tylenol para ele às duas horas." Connie conferiu seu relógio. "Ele está dormindo desde as quatro."

"Ele comeu?" Ellen tirou o casaco e pendurou-o no armário, enquanto Connie pegava o dela. A mudança de guarda doméstica.

"Canja de galinha e bolachas. Ginger Ale sem gás. Não fizemos quase nada. Tudo o que ele queria fazer era ficar na cama." Connie vestiu o casaco. "Li para ele depois do almoço até ele pegar no sono."

"Muito obrigada."

"Mas não sei o quanto ele ouviu da história. Ele estava apenas lá, deitado." Connie fechou o zíper do casaco e pegou sua sacola, que já estava pronta.

"Pobrezinho."

"Dê a ele um beijo por mim." Connie pegou sua bolsa e Ellen abriu a porta, disse adeus e a fechou de novo, trancando-a. Estava preocupada. Se Will havia acabado de ir dormir, ela possuía uma brecha de tempo para fazer algo que a estivera incomodando no caminho de volta para casa. Ellen tirou as botas e subiu correndo as escadas.

Meia hora mais tarde, ela estava sentada com as pernas cruzadas em sua cama, inclinada sobre sua tarefa. Um abajur de cristal lançava uma luz elíptica sobre duas fotos de Timothy Braverman, o retrato com a idade digitalmente alterada do cartão branco e a página impressa do computador, que estava no site do CACDR.com, e que mostrava o garoto quando bebê. Perto delas estava uma pilha de dez fotos de Will, escolhidas por serem as que melhor mostravam seus traços. Oreo Fígaro sentava-se junto a ela como a Esfinge, guardando seu próprio conselho.

Ellen dispôs as fotos de Will em duas fileiras de cinco, em ordem cronológica. A fileira de cima retratava um Will mais jovem, entre um ano e meio e dois anos e meio de idade, tiradas no primeiro ano em que ela o trouxera para casa. A fileira de baixo era do segundo ano juntos, e as idades iam dos dois anos e meio até o momento presente. Ela olhou todas, examinando seu rosto ao longo do tempo, desde as carinhas mais esquálidas e doentias até as de um radiante garotinho. Era como observar um girassol abrir-se e florescer, voltando-se para o sol.

Ela retornou para as fotos da fileira de cima e pegou aquela que melhor representava os traços de Will. A imagem o mostrava com cerca de um ano e meio, vestindo uma camisa de flanela e macacão e sentado junto a uma enorme abóbora de Halloween. De repente, Susan Sulaman irrompeu na consciência de Ellen. *Foi em outubro, uma semana antes do Halloween. Lynnie ia vestida de peixe.*

Ela afastou esses pensamentos e prosseguiu. Pegou a foto de Will no Halloween e a colocou ao lado da foto de Timothy, tirada quando ele tinha por volta de um ano. Ele também estava sentado, mas em seu carrinho, e quando Ellen pôs os retratos juntos, o abalo que sentiu foi inegável.

Seus rostos de bebês eram tão parecidos que poderiam ser gêmeos idênticos. Os olhos azuis eram do mesmo formato, tamanho e tonalidade, os narizes eram cópias carbono e as bocas moldavam-se com o mesmo sorriso bobo, com o canto direito dos lábios caído. Ambos os garotos sentavam-se de maneira exatamente igual, singularmente eretos para crianças tão jovens. Ela segurou as fotos mais perto do abajur e isso a assustou. Sacudiu a cabeça em descrença. Ainda assim, não podia negar o que estava vendo.

Colocou as fotos de volta e dirigiu a atenção para a fileira de baixo, as imagens de Will mais velho. Pegou uma das mais recentes, na qual Will estava sentado na varanda no primeiro dia da pré-escola, vestindo uma camiseta verde nova e shorts e meias verdes. Era uma cor infeliz para se ter como favorita, a menos que você fosse um duende.

Ela pegou a foto de Timothy com a idade digitalmente alterada e a segurou perto do retrato de Will. Eram praticamente idênticos, ainda que a foto de Timothy fosse em preto e branco. Os olhos tinham o mesmo formato grande e arredondado. Os sorrisos eram parecidos — embora ela não pudesse ver todos os dentes de Timothy e soubesse que os de Will eram perfeitos. A única ligeira diferença eram os cabelos. Os de Timothy eram descritos como loiros, e os de Will eram loiro-escuros. Também havia uma semelhança na configuração de seus traços e, mais uma vez, em seus próprios aspectos.

Ellen baixou as fotos, mas havia mais uma coisa que ela queria tentar. Pegou a foto de Timothy quando bebê e a segurou ao lado da imagem de Will mais velho, começando a pré-escola. Olhou fixamente para as duas e era quase como se Timothy tivesse envelhecido e se transformado em Will. Olhos, narizes, bocas, eram todos iguais, porém maiores, mais velhos e maduros. Ellen sentiu uma tensão no estômago.

Então teve outra ideia. Largou as fotos e pegou a de Will, mais velho, indo para pré-escola, e a do bebê Timothy no carrinho.

Comparou as duas e, ante seus olhos, Will voltou no tempo até tornar-se o bebê Timothy. A boca de Ellen ficou seca.

"Connie!", gritou Will de seu quarto.

"Estou indo, querido!", respondeu ela, saltando da cama tão rápido que quase tropeçou no edredom. Oreo Fígaro pulou fora do caminho dela, protestando com um sonoro miau.

Desprezadas, as fotos espalharam-se pelo chão.

Capítulo 14

"É A MAMÃE, QUERIDO." Ellen foi até a cama de Will e seus soluços se intensificaram, como queixumes irritados no quarto escuro.

"Eu estou quente."

"Eu sei, meu amor." Ellen o ergueu, erguendo-se, e o abraçou bem junto de si. Ele repousou nela, encaixando a cabeça em seu ombro e apertando-a como um filhote de coala. Ela sentiu o seu rosto úmido no pescoço e começou a niná-lo. "Meu queridinho."

"Por que eu estou quente?"

"Vamos tirar essas roupas, está bem?" Ellen o colocou de volta na cama. Will estava fraco demais para protestar. Ele havia dormido com uma blusa de gola alta e macacão. "Vou acender a luz. Prepare-se. Cubra seus olhos. Está pronto?"

Will colocou as duas mãozinhas sobre os olhos.

"Bom menino." Ellen inclinou-se sobre a mesinha de cabeceira e acendeu o abajur do elefante Babar. "Certo. Tire as mãos dos olhos bem devagar para que eles possam se acostumar com a luz."

Will moveu as mãos e começou a piscar. "Estou me acostumando."

"Isso, assim mesmo." Ellen removeu os livros de papelão enfiados entre a cama e o colchão e os colocou na mesinha de cabeceira. Ela soltou as fivelas que prendiam as tiras do macacão e o despiu. "Você deu um grande e longo cochilo."

"Mamãe." Will lhe deu um sorriso trôpego. "Você está em casa."

"Claro que estou", disse Ellen, com uma pontada de dor. "Estou feliz que você tenha descansado bem. Isso irá ajudá-lo a se sentir melhor. Levante os braços para alcançar a lua, parceiro." Ela puxou a blusa úmida enquanto Will estendia os braços, e mal podia enxergar a tênue linha branca que dividia ao meio o peito de seu garotinho. Ainda assim, isso o constrangia o suficiente para fazê-lo vestir uma camiseta quando nadava. Houve um tempo em que aquilo fora um nodoso zíper de carne, e ela nunca esqueceria aqueles dias.

"Você está com fome?"

"Não."

"Que tal uma sopa?" Ellen colocou a palma da mão na testa dele. Nem se recordava da última vez em que usara um termômetro — como se isso provasse sua *bona fides* materna.

"Sopa não, mamãe."

"Bem, que tal insetos e vermes?"

"Não!" Will sorriu.

"Por quê? Você comeu isso no almoço? Já enjoou de insetos e vermes?"

"Não!" Will sorriu de novo. Oreo Fígaro apareceu na soleira da porta e sentou-se. A luz do corredor realçava sua silhueta, um gato gordo e com uma corcunda, como Quasímodo.*

"Já sei. O que você acha de comer comida de gato? Aposto como Oreo Fígaro vai dividir com você." Ellen virou-se para o gato. "Oreo Fígaro, você vai dividir seu jantar?" Ela virou-se de novo para Will. "Oreo Fígaro disse: 'Não! Coma a sua própria comida'."

---

* Nome do personagem do livro *O corcunda de Notredame*, de Victor Hugo. (N. T.)

Uma profusão de risadas fez com que a mamãe se sentisse o gênio da comédia. "Ele tem que dividir."

"Oreo Fígaro, Will está dizendo que você vai ter que dividir." Ellen voltou-se para Will. "Oreo Fígaro disse: 'Faço minhas próprias regras. Eu sou um gato, e é assim que os gatos fazem'."

"Oreo Fígaro, você vai ficar de castigo."

"Certo." Ellen pegou o Tylenol em gotas da mesinha de cabeceira, destampou o vidro e sugou um pouco com o conta-gotas. "Aqui está o remédio. Por favor, meu passarinho, abra a boca."

"Onde está Oreo Fígaro?" Will abriu a boca e depois a fechou sobre o conta-gotas.

"Está no corredor. Você engoliu?"

"Sim. Pega ele, mamãe."

"Está bem, espere." Ellen colocou o conta-gotas de volta no vidro, fechou a tampa e foi buscar o gato. Ele se deixou ser carregado para o quarto e colocado aos pés da cama. Depois, enrolou sua cauda como o cajado de um pastor.

"Oreo Fígaro, você tem que dividir!" Will sacudiu o dedo para ele, e Ellen procurou pela garrafa de água na mesinha de cabeceira.

"Beba isso para mim, por favor, querido." Ela o ajudou a tomar um gole da garrafa e depois a colocou de volta. Frágil e pálido em sua roupa de baixo branca, Will mal ocupava metade da cama. Ellen o cobriu ligeiramente.

"Nada de livros, mamãe."

"Certo. Que tal um abraço em vez disso? Rapidinho, por favor."

Ellen apagou a luz, inclinou-se sobre a lateral da cama e acariciou Will, erguendo-o em direção a seu peito e envolvendo-o com seus braços. "O que acha disso, querido?"

"Dá coceira."

Ellen sorriu. "É o meu suéter. Agora me diga como você se sente. A garganta dói?"

"Um pouco."

Ellen não estava excessivamente preocupada. Ela não havia sentido o cheiro de estreptococos em seu hálito. Não era preciso ser uma boa mãe para sentir o cheiro de estreptococos. Até um bêbado podia fazer isso.

"E quanto à sua cabeça? Dói?"

"Um pouco."

"Barriga?"

"Um pouco."

Ellen o abraçou. "Você se divertiu hoje com a Connie?"

"Me conte uma história, mamãe."

"Está bem. Velha ou nova?"

"Velha."

Ellen sabia que história ele queria ouvir. Iria contá-la e tentaria não pensar nas fotos em seu quarto. "Era uma vez um garotinho que estava muito, muito doente. Ele estava sozinho no hospital. E, certo dia, uma mãe foi ao hospital e o viu."

"O que ela disse?", perguntou Will, embora soubesse a resposta. Essa não era uma história para a hora de dormir, era uma oração para a hora de dormir.

"Ela disse: 'Meu Deus, esse é o garoto mais bonitinho que eu já vi. Eu sou uma mãe que precisa de um bebê, e ele é um bebê que precisa de uma mãe. Gostaria que esse bebê fosse meu'."

"Oreo Fígaro está mordendo o meu pé."

"Oreo Fígaro, não! Pare com isso!" Ellen cutucou o gato, e ele foi atrás do pé dela. "Agora ele me pegou. Ai!"

"Ele está fazendo um carinho, mamãe."

Ellen riu. "Está certo." Ela afastou o pé e o gato desistiu. "Enfim, voltando à história. Então a mãe perguntou à enfermeira, e ela disse: 'Sim, você pode levar esse garotinho para casa se você o amar muito, mas muito mesmo'. Então a mãe disse para a enfermeira: 'Bem, isso é engraçado. Acontece que eu amo demais esse bebê'."

"Conte direito, mamãe."

Ellen voltou a se concentrar. Ela se distraíra pensando em Timothy Braverman. "Então a mãe disse para a enfermeira: 'Eu realmente amo demais esse bebê e quero levá-lo para casa', e eles disseram 'tudo bem', e a mãe adotou o garotinho e eles viveram felizes para sempre." Ellen o abraçou ainda mais perto de si. "E eu realmente amo muito você, muito mesmo."

"Eu também amo você."

"Isso torna tudo perfeito. Ah, sim, eles têm um gato."

"A cabeça de Oreo Fígaro está no meu pé."

"Ele está dizendo que ama você. E também está se desculpando pelo que houve antes."

"Ele é um bom gato."

"Um gato muito bom", disse Ellen, dando outro abraço apertado em Will. Ele ficou quieto, e ela começou a sentir sua pele esfriando e seus membros relaxando.

Ellen permaneceu no quarto escuro, ouvindo os chiados ocasionais do aquecedor e olhando para o teto recoberto de estrelas fosforescentes que brilhavam formando o nome WILL. Seu olhar pousou nas prateleiras cobertas de brinquedos e jogos, e na janela com a persiana de plástico abaixada. Nas paredes, elefantes de cartuns marchavam numa longa fila, imitações de Babar segurando-se nas caudas dos que estavam à frente e balançando-se sobre uma perna em cima de caixotes. Ela própria havia colocado o papel de parede, enquanto o hip-hop ecoava no rádio. Era o quarto de criança com o qual ela sempre sonhara, e que ficou pronto bem na hora de trazer Will do hospital para casa.

Seu olhar retornou à constelação WILL e ela tentou contabilizar as suas bênçãos, mas não conseguiu. Até aquele maldito cartão branco aparecer em sua correspondência, Ellen havia sido mais feliz do que jamais imaginara ser. Ela abraçou Will suavemente. Seus pensamentos, porém, divagaram em direção ao corredor.

Então ela teve outra ideia, uma ideia que não podia esperar.

Ellen afastou Will de seu peito e afastou-se da cama, um tanto desajeitada por causa daquela estúpida proteção lateral. Ela levantou-se, cobriu o menino com seu cobertor térmico e deslizou em suas meias de lã para fora do quarto.

Oreo Fígaro ergueu a cabeça e a viu escapulir.

Capítulo 15

Ellen foi para o seu escritório, acendeu a lâmpada que ficava logo acima de sua cabeça e sentou-se em sua escrivaninha de madeira falsa, um modelo da Staples que abrigava um velho computador e um monitor Gateway. O aposento era tão pequeno que o corretor de imóveis o chamara de "quarto de costura". Nele mal cabiam a escrivaninha, uma bicicleta ergométrica subutilizada, e diferentes arquivos contendo documentos da casa, pesquisas, manuais de eletrodomésticos e antigos recortes de jornais que Ellen guardava para o caso de ter de procurar um novo emprego.

Vou ter que recortar mais um no fim do mês.

Ellen sentou-se, abriu seu e-mail e escreveu uma mensagem para Courtney, dizendo que a amava. Então ela conectou-se ao Google e digitou Timothy Braverman. A pesquisa mostrou 129 resultados. Ellen ergueu a sobrancelha. Era bem mais do que ela esperava. Clicou no primeiro link relevante e deparou-se com uma matéria de jornal do ano anterior. O título dizia Mãe de Coral Bridge não perde a esperança. Ellen deu uma olhada no texto de abertura:

> Carol Braverman está à espera de um milagre: a volta de seu filho ao lar. Timothy, que agora teria dois anos e meio de idade, foi raptado durante um roubo de carro e ainda está desaparecido.

"Sei que vou ver meu filho outra vez", disse ela a este repórter. "Sinto dentro de mim."

Aquilo soava como as palavras de Susan Sulaman. Ellen continuou a ler, e um outro parágrafo chamou sua atenção.

Ao lhe pedirem que descrevesse Timothy em uma palavra, os olhos de Carol ficaram nublados. E então ela disse que seu filho era "forte". "Ele era capaz de enfrentar qualquer coisa, mesmo quando bebê. Ele era menor do que a maioria das crianças de um ano, mas nunca se deixava abater. Em sua primeira festa de aniversário, todos os outros bebês eram maiores, mas Timothy não deixou que ninguém levasse a melhor sobre ele."

Ellen imprimiu a entrevista, retornou à pesquisa no Google e leu a fileira de links, examinando cada artigo sobre o rapto do bebê Braverman. Havia muitas notícias e isso contrastava com a situação de Susan Sulaman, que tinha de implorar para manter a polícia interessada. Por meio dos artigos, ela soube que o pai de Timothy, Bill Braverman, era um gerente de investimentos, e a mãe tinha sido professora até casar-se, quando então largou o trabalho para devotar-se à maternidade e às boas causas, incluindo levantar fundos para a Associação Americana do Coração.

Associação do Coração?

Ellen salvou os artigos, entrou no Google Imagens e procurou os nomes de Carol e Bill Braverman. Então clicou no primeiro link. Uma foto apareceu na tela, mostrando três casais vestindo roupas formais e elegantes. Seu olhar pousou imediatamente na mulher que estava no centro da foto.

Meu Deus!

Ellen conferiu a legenda. A mulher era Carol Braverman. Carol parecia-se tanto com Will que poderia facilmente ser a mãe dele. A foto era escura e o foco ruim, mas Carol tinha olhos azuis, do mesmo formato e cor que os de Will. Seus cabelos ondulados eram loiro-escuros, quase da cor dos dele, e ela os mantinha longos e os deixava cair encaracolados sobre seus ombros bronzeados e um vestido preto bem justo. Ellen examinou o rosto de Bill Braverman. Ele era bonito, de um modo convencional, com olhos castanhos e um nariz reto e pequeno, bem parecido com o de Will. Seu sorriso era amplo, fácil e confiante, o sorriso de um homem de sucesso.

Seu estômago contraiu-se. Ela fechou a foto, retornou ao Google e clicou no segundo link, que continha outra imagem de um grupo de pessoas, dessa vez vestindo shorts e camiseta em uma festa à beira da piscina. A foto também era escura, tirada à noite. Os cabelos de Carol haviam sido cortados na altura das orelhas em um estilo masculino que a fazia parecer-se ainda mais com Will. E o corpo de Bill era magro, porém bonito, com braços e pernas musculosos que exibiam a mesma estrutura rija que Will possuía.

"Isto é loucura", disse Ellen em voz alta. Ela afastou o mouse do computador, levantou-se da cadeira e foi até o primeiro arquivo. Abriu a gaveta de cima, colocou de lado as pastas verdes Pendaflex e percorreu as pastas com etiquetas manuscritas nas quais se lia Extratos Bancários, Prestações do Carro, Escritura, até encontrar a de Will. Ela pegou a pasta, levou-a de volta à cadeira e a abriu em seu colo. Em cima estavam arquivados recortes das séries de reportagens que ela havia feito sobre as enfermeiras da UTI infantil e as que ela escrevera sobre a adoção de Will. Ellen as folheou, fazendo uma pausa em uma antiga foto de Will em seu berço. O jornal a publicara na primeira página e, naquela época, Will estava tão magro e doente que não se parecia nem um pouco com o menino que era agora. Ela colocou a foto de lado, afastando as lembranças. Finalmente, Ellen encontrou os documentos de adoção de Will e separou o pacote.

No início da sentença final de adoção, lia-se: "Juizado de Pequenas Causas do Condado de Montgomery, Pensilvânia, Divisão de Órfãos". A sentença estava em negrito: "**Este Juizado determina e decreta que o pedido de adoção está aprovado e que o candidato à adoção acima mencionado está, por meio deste documento, adotado por Ellen Gleeson**".

Ela sentiu-se satisfeita, pelo menos no que dizia respeito aos aspectos oficiais. A adoção de Will fora devidamente consumada, legalizada, certificada e era irrevogável. Os procedimentos legais seguiram a rotina de sempre, e ela se apresentou no segundo andar do Fórum de Norristown em sua primeira aparição pública com Will. O juiz bateu o martelo e emitiu a sentença com um amplo sorriso. Ela nunca esqueceria suas palavras: "Eu tenho a única sala de audiência feliz em todo este tribunal".

A lembrança daquele dia em que segurava Will em seus braços, seu primeiro dia como mãe, a encheu de satisfação. Ela leu a sentença mais uma vez: "**As necessidades e o bem-estar do ADOTADO estarão garantidos pela aprovação desta adoção. Todas as exigências da Lei de Adoção foram cumpridas**". A adoção estava consumada, e ela ocorrera em sigilo, de modo que Ellen não conhecia as identidades da mãe e do pai biológicos. Eles concordaram em abrir mão de seus direitos paternos e os formulários de consentimento foram entregues ao tribunal pela advogada de Ellen como parte dos documentos de adoção. O nome e o endereço da advogada estavam no pé da página:

Karen Batz, advogada.

Ellen lembrava-se muito bem de Karen. Seu escritório ficava em Ardmore, a quinze minutos de sua casa, e ela havia sido uma advogada de família esperta e competente, que a conduzira ao longo do processo de adoção sem cobrar demais — os honorários de trinta mil dólares estavam de acordo com a média cobrada em adoções particulares padrão. Karen lhe dissera que a mãe biológica sentia-se exultante por encontrar alguém que tivesse o desejo e os recursos para cuidar de uma criança tão doente. Além disso, escolher uma criança enferma aumentava suas chances de conseguir adotar como mãe solteira. Até mesmo o juiz havia comentado os elementos inusitados do caso: "Foi um feliz acaso, em todos os aspectos".

A papelada fora finalizada sem nenhum tropeço e Ellen tornou-se responsável pelas despesas médicas de Will, que somavam US$ 28 mil e alguns trocados. O hospital, porém, a deixou pagar em prestações. Ela acabou de pagar o último centavo e, no final, ficou com Will, são e salvo, e eles se tornaram uma família.

Ellen exalou um suspiro de felicidade, fechou a pasta e a guardou com as outras. Ela fechou a gaveta do arquivo, mas ficou lá, parada por um minuto, perdida em pensamentos. Da parede acima dos arquivos pendia um pôster de Gauguin que ela havia emoldurado, e Ellen se pôs a fitá-lo, os azuis e os verdes tropicais nublando seus pensamentos. A casa estava quieta. O vento assobiava lá fora. O aquecedor zunia ligeiramente. O gato provavelmente ronronava. Tudo estava bem.

Ainda assim, Ellen pensava em sua advogada.

Capítulo 16

Na manhã seguinte o guarda-roupa de Ellen voltou ao piloto-automático, e ela enfiou um casaco por cima do trio jeans-suéter-tamancos. Seu cabelo ainda estava molhado do chuveiro e a maquiagem dos olhos era apenas *pro forma*.

Ela se sentia desgastada e cansada. Não conseguira dormir após passar a noite debatendo-se em pensamentos.

"Você está saindo mais cedo?", perguntou Connie, enquanto tirava o casaco junto ao armário. Uma brilhante luz do sol reluzia pela janela da porta, aquecendo a sala.

"Sim, tenho uma tonelada de trabalho", mentiu Ellen, e então perguntou-se por quê. "Ele não teve febre hoje de manhã, mas dormiu mal. Eu não o mandaria para a escola."

"Vamos com calma."

"Ótimo, obrigada." Ellen ficou de costas, pegou a bolsa e o envelope de papel manilha e abriu a porta. "Eu dei tchau para ele. Will está brincando com seus Legos na cama."

"Ui!"

"Eu sei, está bem?"

"Parece que não vai nevar", disse Connie, animada.

"Te vejo mais tarde. Obrigada." Ellen andou até a porta e saiu, vislumbrando através da janela a expressão perplexa da babá. Ela apertou o casaco contra o corpo e enfrentou o ar frio, apressando-se pela varanda em direção ao carro.

Dez minutos depois ela chegou ao prédio de tijolos de dois andares atrás da Suburban Square, e parou na calçada em frente à placa na qual se lia EDIFÍCIO COMERCIAL. Ela havia ligado para Karen Batz de seu celular naquela manhã, mas não havia nenhum correio de voz e por isso Ellen decidiu passar por lá. Era no caminho para a cidade e ela esperava que Karen pudesse atendê-la. Até mesmo uma repórter de variedades sabe quando ser insistente.

Ellen pegou a bolsa e o envelope e desceu do carro. Andou pela calçada e entrou pela porta azul, que ficava destrancada. O hall de entrada era em estilo colonial, com um porta-guarda-chuvas decorado com uma cena de caça. Ela abriu a porta à direita, na qual se lia Escritórios de Advogados, e entrou. Ficou parada por um instante, desorientada.

O escritório de Karen estava completamente diferente. Havia um carpete azul-marinho, um sofá de lã estampada e cadeiras que ela não lembrava de ter visto antes. O enorme quadro de avisos preenchido com fotos de bebês fora substituído por cenas de praia e surfe e um espelho com moldura de conchas falsas.

"Posso ajudá-la?", perguntou a recepcionista que surgira da sala dos fundos. Ela tinha cerca de sessenta e cinco anos, usava óculos de leitura vermelhos e seus cabelos castanhos eram curtos. Ela trazia na mão uma cafeteira Bunn vazia e vestia um cardigã no qual estavam bordados bonequinhos esquiando e uma longa saia de veludo cotelê.

"Eu estava procurando por Karen Batz", respondeu Ellen.

"O escritório dela não é mais aqui. Este é o escritório de Carl Geiger agora. Nós trabalhamos com negócios imobiliários."

"Desculpe. Eu chamei o número antigo de Karen, mas ninguém atendeu."

"Eles deviam desconectar a linha. Eu fico lhes dizendo para fazer isso, mas eles não fazem. Você não é a primeira a cometer esse engano."

"Sou cliente dela. Você sabe para onde Karen se mudou?"

Os olhos da recepcionista piscaram ligeiramente.

"Sinto ter que lhe dizer isso, mas a senhora Batz faleceu."

"Mesmo?!", perguntou Ellen, surpresa. "Quando? Ela tinha apenas quarenta e poucos anos."

"Há cerca de dois anos, talvez um ano e meio. Esse é o tempo que estamos aqui."

Ellen franziu o cenho.

"Foi nessa época que eu a conheci."

"Sinto muito, mesmo. Você gostaria de sentar? De beber água, talvez?"

"Não, obrigada. Do que ela morreu?"

A recepcionista hesitou. Inclinando-se para ficar mais perto de Ellen, disse: "Para falar a verdade, foi suicídio".

Ellen ficou atordoada. "Ela se matou?" As lembranças voltaram. A escrivaninha de Karen tinha fotos de seus três filhos. "Mas ela era casada, com filhos."

"Eu sei, é uma pena." A recepcionista voltou-se em direção a um ruído proveniente da sala dos fundos. "Desculpe, preciso me aprontar. Vamos fechar um contrato hoje de manhã."

Ellen estava desconcertada.

"Queria falar com ela sobre a adoção de meu filho."

"Talvez o marido dela possa ajudar. Eu encaminhei para ele os outros clientes de Karen." A recepcionista foi até o computador, pressionou algumas teclas e o monitor brilhante refletiu-se em seus óculos. Ela tirou uma caneta de uma caneca e rabiscou um pedaço de papel. "O nome dele é Rick Musko. Aqui está o telefone de seu escritório."

"Obrigada", disse Ellen, pegando o papel que continha um número de telefone com prefixo 610, os subúrbios de Philly. "Você tem o endereço?"

"Não estou autorizada a fornecê-lo."

"Certo, obrigada."

De volta a seu carro, Ellen ligou do celular para o marido de Karen antes mesmo de dar a partida. Eram apenas 8h10, mas um homem respondeu ao chamado.

"Aqui é Musko."

"Sr. Musko?" Ellen apresentou-se e disse: "Desculpe incomodá-lo, mas eu sou, hã, eu era cliente de Karen. Sinto muito por sua perda."

"Obrigado", disse Musko, num tom de voz indiferente.

"Ela me ajudou a adotar meu filho e eu queria falar com ela. Tenho uma ou duas perguntas sobre..."

"Um outro advogado ficou com os casos dela. Você deveria ter recebido uma carta. Posso lhe passar o contato."

"Eu só queria a minha pasta. Ele também está com as pastas?"

"De quando é o caso?"

"Cerca de dois anos atrás." Ellen hesitou ante a coincidência das datas, mas se Musko notou alguma coisa, ele não demonstrou.

"Os arquivos-mortos estão na garagem de minha casa. Você pode ir até lá e procurar a sua pasta. É o melhor que posso fazer."

"Maravilha! Quando posso ir?"

"Estou ocupado este mês, temos um projeto em andamento."

"Por favor, pode ser antes? É importante." Ellen percebeu que a ansiedade havia deixado sua voz mais aguda, e isso a surpreendeu. "Será que eu posso ir esta semana? Ou hoje à noite mesmo? Eu sei que é em cima da hora, mas não vou lhe dar nenhum trabalho. Eu vou até a garagem e procuro sozinha."

"Hoje à noite?"

"Por favor?"

"Acho que a governanta pode deixar você entrar na garagem. O nome dela é Wendy. Vou telefonar para ela."

"Muito obrigada. Estarei lá por volta das seis." Ellen rezou para que Connie ficasse até mais tarde.

"Melhor às sete. A essa hora as crianças já terão jantado. Procure pelas caixas de mudança na garagem. Wendy irá mostrar para você. Não há como não vê-las."

Musko deu um endereço para Ellen. Ela agradeceu e desligou, e depois o digitou em seu BlackBerry.

Como se fosse possível para ela esquecer.

Capítulo 17

"Ellen, venha aqui!" Era Marcelo, chamando-a de sua sala assim que ela entrou apressada na sala de redação.

"Claro." Ela acenou para ele, disfarçando sua decepção ao ver que Sarah estava sentada na sala dele. Ellen tirou o casaco e o enfiou embaixo do braço, com a bolsa e o envelope.

"Bom dia." Marcelo estava de pé, sorrindo atrás de sua escrivaninha. Ele usava calças escuras e uma camisa justa de um preto fosco colada à pele, realçando os ombros largos e a cintura perfeita. Ou ele estivera malhando, ou Ellen estava com tesão.

"Oi." Sarah a cumprimentou com a cabeça e Ellen acomodou-se na cadeira, mal conseguindo produzir um sorriso.

Marcelo sentou-se. "Sarah estava acabando de me dizer que ela passou a tarde com o novo chefe de polícia. Ótimo, não é?"

Grrrr. "Ótimo."

"Ele estava disposto a dar uma entrevista gravada sobre os índices de homicídios. Espere até você ver a transcrição. É fantástica." Marcelo voltou-se para Sarah. "Certifique-se de mandar uma cópia para Ellen. Quero que vocês duas troquem informações para acelerar as coisas."

"Pode deixar." Sarah anotou algo em seu bloco, mas Marcelo já estava se voltando para Ellen.

"Como está indo a matéria?" Seus olhos escuros brilharam de expectativa.

"Não surgiu nada significativo por enquanto." Ellen precisava pensar rápido. "Já tenho um lide, mas nada muito animador."

"Está bem." Marcelo assentiu com a cabeça. Se ele estava desapontado, não deixou ninguém perceber. "Me avise quando tiver escrito alguma coisa. E mande uma cópia para Sarah."

Sarah perguntou: "Ellen, você viu aqueles personagens que eu listei na página três? O primeiro, Julia Guest, disse que adoraria falar conosco. Talvez você queira começar com ela."

"Talvez eu comece." Ellen ocultou sua irritação, e Marcelo bateu as mãos espalmadas uma na outra, como um treinador de futebol.

"Certo, senhoras", disse ele. Seu olhar estava fixo em Ellen, mas não era um olhar do tipo chegue mais perto. Em vez disso, seus olhos pareciam dizer: você vai ser despedida.

"Obrigada." Ela saiu da sala atrás de Sarah, que havia tirado um reluzente BlackBerry da cintura e começara a pressionar as teclas. Sem parar de andar, Ellen largou suas coisas numa mesa vazia e alcançou Sarah antes que ela iniciasse o telefonema.

"Espere um minuto."

"O que é?" Sarah virou-se para ela com o celular na orelha.

"Nós precisamos conversar, você não acha?"

"Mais tarde, talvez", respondeu Sarah, mas Ellen não estava disposta a deixar isso passar. Ela agarrou o celular da mão de Sarah, pressionou o botão de encerrar chamada e deu meia volta.

"Encontre-me no banheiro feminino se quiser seu brinquedo de volta."

Capítulo 18

"Devolva o meu celular!" Sarah segurou sua mão. Seus olhos escuros faiscavam. "O que foi que deu em você?"

"O que foi que deu em mim?" Ellen elevou a voz e o som reverberou nos azulejos do banheiro feminino. "Por que você está falando de mim para todo mundo?"

"Como assim?"

"Você disse para Marcelo que eu estava chateada por causa de Courtney, e você disse para Meredith que eu estava falando mal de Marcelo e Arthur."

"Não fiz nada disso. E eu quero meu telefone de volta." Sarah estendeu a mão, impaciente, e Ellen bateu com o celular em sua palma estendida.

"Meredith me contou, e Marcelo também. *Marcelo*, Sarah. *Nosso editor*. Você pode fazer com que eu seja despedida falando essas coisas de mim."

"Oh, por favor", zombou Sarah. "Meredith entendeu errado. Eu não disse que você falou mal deles, especificamente."

"Eu não falei deles."

"Você os chamou de desgraçados!" Sarah revidou, deixando Ellen incrédula.

"O quê? Quando?"

"Aqui, antes que eles demitissem Courtney. Você disse: 'Não deixe aqueles desgraçados levarem a melhor.'"

"Dá um tempo, Sarah. É só uma maneira de falar. Meu pai diz isso o tempo todo."

"Tanto faz. Você disse." Sarah fungou. "Eu só contei para uma pessoa na sala de redação."

"Uma é o suficiente. É por isso que aquele lugar se chama sala de redação."

"Meredith nunca fala."

"Todos falam em tempos como este."

Sarah revirou os olhos.

"Você está exagerando."

"E quanto a Marcelo? Você também contou para ele. Você disse que eu não era mais fã dele."

"Ele me perguntou como estava a moral na sala de redação depois que Courtney foi despedida. Eu disse que estava baixa e que você também se sentia assim. Isso é tudo." Sarah pôs as mãos na cintura. "Você está me dizendo que não se sentia assim? Que estava feliz com a demissão de Courtney?"

"É claro que não."

"Então do que você está reclamando?"

"Não fale de mim para o chefe, entendeu bem?"

Sarah não levou Ellen a sério. "O que quer que eu tenha dito não irá prejudicá-la. Marcelo quer você por perto, e você sabe por quê."

Ellen enrubesceu, furiosa. "Você sabe que isso é insultante."

"Tanto faz. Precisamos conversar sobre a matéria." Sarah endireitou-se junto à pia. "Faça um favor para nós duas e use meu lide. Telefone para Julia Guest. Meu emprego depende disso, e eu não vou deixar você me ferrar."

"Não se preocupe. Eu farei minha parte, você faz a sua."

"É melhor mesmo que você faça." Sarah saiu rapidamente pela porta, e Ellen a ouviu murmurar entredentes.

Ironicamente, as duas murmuraram exatamente a mesma coisa: *Vaca!*

Capítulo 19

Já havia passado do horário do almoço e Ellen continuava trabalhando na matéria sobre homicídios. Ela havia lido as anotações de Sarah e tinha feito sua própria pesquisa antes de iniciar os contatos. Mas achava quase impossível concentrar-se, distraída que estava, pensando em Karen Batz. Hoje à noite ela encontraria a pasta sobre a adoção de Will, e isso teria de ajudá-la a preencher algumas lacunas. Ela já tinha telefonado para Connie, que concordara em ficar até mais tarde.

Seu olhar voltou a pousar nas anotações em sua mesa, e ela disse a si mesma para concentrar-se na tarefa que estava fazendo. Ela precisava parecer ocupada também, pois sabia que Marcelo estava em sua sala, imerso em reuniões. Ellen deu uma espiada e, naquele exato momento, Marcelo a olhava através do vidro. Ellen sorriu, ruborizada, e Marcelo interrompeu o contato visual, retornando à reunião. Ele gesticulava com as mãos e as mangas de sua camisa estavam dobradas descuidadamente sobre os antebraços. Ela abaixou a cabeça e tentou concentrar-se. O dia estava quase acabando.

Ela pegou o telefone.

Capítulo 20

A noite chegou cedo a essa região da cidade. O sol já desaparecia no céu, deixando-o preto e azul, e Ellen deu a volta na quadra, rabiscando anotações enquanto dirigia. O lixo espalhava-se pela sarjeta, carregado por correntezas invisíveis, parando apenas ao colidir com velhos carros. Fileiras de casas de tijolos fuliginosos alinhavam-se diante de calçadas esburacadas. Algumas casas tinham placas de compensado pichadas nos lugares onde as janelas deveriam estar, e outras tinham apenas buracos negros, feios como dentes faltando. Os telhados das varandas estavam abaulados, persianas descamadas pendiam tortas e todas as casas ostentavam grades recobrindo as portas. Em uma das casas, a entrada fora encapsulada em grades cujo topo voltava-se para dentro, como a jaula de um leão.

Há duas semanas atrás um garoto havia sido morto a tiros nessa quadra da rua Eisner. Lateef Williams, de oito anos de idade.

Ellen virou à direita na Eisner. Apenas um poste funcionava, jogando um feixe de luz sobre uma pilha de lixo, entulho e pneus abandonados na esquina. Ela parou no número 5.252, a residência de Lateef, e o memorial em homenagem a ele em frente à casa estava banhado pela escuridão, com as sombras ocultando um coelhinho púrpura meio caído em direção a figurinhas do Homem

Aranha, desenhos feitos a giz de cera, uma grande caixa de Skittles*
e um monte de margaridas pintadas com spray e rosas, ainda no
envoltório plástico. Num cartaz escrito à mão com pincel mágico
lia-se Nós AMAMOS VOCÊ, TEEF, e algumas velas o circundavam,
apagadas pelo frio e pelo vento. Até mesmo na morte fora negado a
Lateef Williams um pouco que fosse de luz e calor.

Ellen sentiu um aperto no peito. Ela não sabia quantas crianças foram assassinadas na cidade no ano anterior, mas isso era algo com que ela jamais iria se acostumar. Ellen nunca quis chegar a um ponto no qual o assassinato de uma criança já não era mais notícia. Ela pôs gasolina no carro, estacionou numa vaga e pegou suas coisas para encontrar-se com a mãe de Lateef.

Laticia Williams tinha vinte e seis anos e possuía um rosto delgado e bonito, estreitos olhos castanhos, maçãs do rosto elevadas e lábios proeminentes, sem batom. Longos brincos com contas de madeira pendiam de suas orelhas, e seus cabelos pintados num tom avermelhado chegavam à altura do queixo. Ela vestia jeans e uma camiseta preta vários números acima do dela, na qual estava impressa uma foto de seu filho e a inscrição D. E. P. LATEEF.**

"Obrigada por ter vindo", disse Laticia, colocando uma xícara de café em frente a Ellen assim que se sentaram ao redor da mesa redonda. A cozinha era pequena e arrumada, com armários revestidos de madeira escura e balcões de fórmica cobertos de Pyrex oblongos de bolos, latas de biscoitos e duas tortas recobertas com papel-alumínio que, segundo Laticia, eram "muito feias" para ser servidas.

"De forma nenhuma. Eu agradeço por você falar comigo num período como esse", disse Ellen, depois de expressar suas condolências. "A única coisa que odeio em meu trabalho é invadir as

---

* Confeitos com sabor de frutas. (N. T.)
** Descanse em paz. No original, R. I. P. (*rest in peace*). (N. T.)

casas das pessoas na pior época de suas vidas. Mais uma vez, sinto muito por sua perda."

"Obrigada." Laticia sentou-se com um sorriso cansado, mostrando a borda dourada de seu dente da frente. "Quero que isso saia no jornal, para que todo mundo saiba o que está acontecendo, para que saibam que crianças estão sendo mortas todos os dias. Não é apenas um número, como na Powerball."*

"Esse é o ponto. É por isso que estou aqui. Para fazê-los ver e entender como é perder Lateef desse jeito."

"Chorei tudo o que podia chorar, todos nós choramos. Mas você sabe o que eles não entendem? O que eles nunca vão entender?"

"Diga-me."

"Que comigo, e com Diane, do outro quarteirão, que perdeu a filha, é diferente. Nós também estamos furiosas. Terrivelmente furiosas. Estamos enojadas com todas essas mortes." A voz de Laticia elevou-se e voltou a baixar, numa cadência que era quase como uma oração. "Todas as mães estão enojadas de ver seus filhos levando tiros, como uma maldita galeria de tiro ao alvo, e ninguém se importa. Nada vai mudar aqui. Isso é a América."

Ellen absorveu suas palavras e sua emoção. Perguntou-se se seria capaz de colocar todo aquele sentimento na matéria.

"É como o Katrina,** nós vivemos em um país diferente. Nós temos dois tipos de regras, dois tipos de leis, dois tipos de coisas que você pode obter na vida, se você for branco ou negro, rico ou pobre. Este é o resumo de tudo." Laticia apontou o dedo indicador para Ellen. "Você vive na América e eu não. Você vive em Filadélfia, e eu não."

---

* Loteria americana. (N. T.)
** Furacão que atingiu a região litorânea do sul dos Estados Unidos, em 2005, causando grande devastação, principalmente na área metropolitana de Nova Orleans, na Louisiana. (N. T.)

Ellen não sabia o que responder e por isso se calou.

"Onde eu vivo, meu filho pode levar um tiro na rua, e ninguém vê nada. Você quer culpá-las, dizer às pessoas que denunciem, eu sei, mas você não pode culpá-las. Não posso e não vou fazer isso. Se denunciarem, serão mortos. Suas famílias serão mortas. Seus filhos serão mortos."

Ellen não queria interromper Laticia com perguntas. Nada poderia ser tão valioso quanto o que ela estava dizendo, e ao menos isso ela merecia.

"Eu poderia sentar aqui e lhe falar sobre Teef, e como ele era querido, porque ele era." Laticia sorriu brevemente e a luz voltou a seus olhos zangados, suavizando-os por um momento. "Ele era uma criança engraçada, um bobinho. Ele nos fazia rir. Na última vez em que estivemos juntos, ele estava demais, fez a casa vir abaixo. Sinto falta dele a cada minuto."

Ellen pensou em Susan Sulaman falando de seu filho. E Carol Braverman rezando por um milagre em seu website.

"Mas apesar de Teef ser meu filho, o que importa é que ele não foi a única criança daqui a ser assassinada." Laticia colocou a mão no peito e a deixou repousar na foto impressa do rosto de seu filho. "Outras três crianças foram mortas nessa área, todas levaram tiros. Deixe-me fazer uma pergunta. Isso acontece onde você mora?"

"Não."

"E isso foi apenas neste ano. Imagine só, no ano passado e no ano retrasado tivemos oito crianças assassinadas. Você pode fazer uma grande pilha com esses corpos."

Ellen tentou entender esse número. Contavam-se corpos para quantificar as perdas. Mas as mortes de nove crianças, ou de doze, não eram piores do que a morte de uma. Uma criança era o suficiente. Um cadáver era demais. Um era o único número.

"Não temos crianças andando por aqui, temos fantasmas. Essa vizinhança é cheia de fantasmas. Logo não vai sobrar ninguém para ser assassinado. Philly será uma cidade fantasma, como aquelas do velho oeste selvagem. Uma cidade fantasma."

Ellen sentiu a amargura de suas palavras e percebeu que Laticia Williams e Susan Sulaman, duas mulheres muito diferentes, de duas cidades muito diferentes, que na verdade eram uma só, tinham algo em comum. Ambas viviam assombradas, e sempre viveriam assim. Ellen perguntou-se se Carol Braverman sentia-se da mesma forma, e isso a perturbou. Ela pensou nas pastas à sua espera na garagem. As respostas estariam dentro delas.

"Você tem filho?", perguntou Laticia, abruptamente.

"Sim", respondeu Ellen. "Um menino."

"Isso é bom." Laticia sorriu, o dourado cintilando outra vez. "Abrace seu menino bem apertado, ouviu? Você nunca sabe quando irá perdê-lo."

Ellen assentiu porque, por um momento, ela não conseguiu falar.

Capítulo 21

ELLEN VASCULHAVA A GARAGEM e sua respiração formava uma névoa no frio. Bicicletas de crianças estavam encostadas em prateleiras de metal que continham bolas de futebol Nerf, uma montanha de plástico preto de Rollerblades,* e joelheiras e um jarro de anticongelante azul celeste. Havia jarros engordurados de Turtle Wax e Bug-B-Gone,** e uma bicicleta ergométrica que fora relegada a um canto, espremida atrás de uma bancada de ferramentas. Painéis fluorescentes acima iluminavam o lado esquerdo da garagem. Algumas manchas no chão de concreto indicavam que Rick Musko deveria estacionar seu carro lá. Do outro lado, onde o carro de Karen Batz provavelmente ficava, havia caixas de papelão empilhadas como um cubo mágico. Uma velha bola de tênis verde, presa a um fio frouxo, pendia inutilmente do teto e pousava em cima das caixas.

Arquivos mortos.

Ellen abriu seu casaco, andou até as caixas e começou a movê-las. Elas estavam empilhadas em ordem alfabética, e Ellen procurou pela letra G. Dez minutos depois, as caixas estavam espalhadas pelo chão da garagem e Ellen não sentia mais frio. Ela

---

* Marca de patins. (N. T.)
** Marca de cera para carros e de inseticida, respectivamente. (N. T.)

abriu a tampa de uma caixa em cuja etiqueta lia-se Ga—Go e olhou dentro. A caixa continha pastas de papel manilha comprimidas umas nas outras. Ellen tirou algumas de cima, permitindo que as pastas pudessem ser movidas livremente. Cada pasta tinha uma etiqueta branca com o nome do cliente, o sobrenome primeiro. Ellen começou no início e, como era de se esperar, a maioria dos nomes era de casais: Galletta, Bill e Kalpanna; Gardner, David e Melissa McKane; Gentry, Robert e Xinwei; e Gibbs, Michael e Penny Carbone. Seu coração acelerou quando ela chegou a Gilbert, Dylan e Angela, mas a pasta seguinte não era Gleeson, Ellen. Era Goel, John e Lucy Redd. Ela passou por Gold, Howard e Mojdeh; e Gold, Steven e Calina, e até Goldberger, Darja. Nada de Gleeson. Nem mesmo arquivado de modo errado. Ela continuou folheando as pastas até Golden, Golen, Gorman, e então Grant e Green. Ainda nada de Gleeson. Perplexa, ela olhou para a pilha de caixas, e depois para as que ela havia espalhado pelo chão. Havia outras caixas G, e a pasta Gleeson poderia ter sido arquivada erroneamente em qualquer lugar. Ellen respirou fundo e se pôs a trabalhar. Terminou duas horas depois, mas ainda não havia encontrado sua pasta.

O que está acontecendo?

Ellen havia começado a colocar o cubo mágico de volta quando ouviu o ronco barulhento do motor de um carro. A porta da garagem deslizou para cima ruidosamente, deixando Ellen sob o cegante clarão dos faróis dianteiros de uma picape. O motorista desceu, caminhou até ela e apresentou-se como Rick Musko.

"Você ainda está aqui?", perguntou ele, andando sob as luzes fluorescentes. Ele era alto e careca, na faixa dos cinquenta anos, mais velho do que Karen.

"Desculpe, mas não consegui encontrar minha pasta. Estou quase acabando de colocar as caixas de volta."

"Espere um pouco." Musko piscou. "Eu te conheço. Você não é a repórter que escreveu uma matéria sobre o bebê que adotou?"

"Sim, sou eu mesma." Ellen apresentou-se outra vez.

"Não reconheci seu nome logo que você falou. Eu estava no meio de um negócio." Musko estendeu a mão e eles se cumprimentaram. "Fui muito rude com você, pena que eu não sabia quem você era. Aquela matéria que você escreveu deixou Karen tão feliz."

"Ela era uma grande advogada. Sinto muito por sua perda."

"Obrigado."

"Você sabe onde poderia estar minha pasta?" Ellen pegou uma caixa e colocou em cima de outra. "Será que está com o advogado que ficou com os clientes dela? Acho que vou ligar para ele amanhã de manhã."

"Não, não está com ele." Musko pegou uma caixa. "Ele passou um pente fino nas pastas de Karen e pegou apenas os casos que ainda estavam em andamento, a maioria divórcios e brigas de custódia. Ele disse que não tinha espaço para os arquivos-mortos. Nisso eu acredito." Musko endireitou a torre de caixas e bateu nela com a mão. "Elas estão aqui esse tempo todo. Sou muito pão-duro para pagar um depósito. Eu me pergunto onde poderia estar a sua."

"Você não tem nenhuma ideia?" Ellen empilhou outra caixa, pressionando a tampa com força. "Parece estranho que ela tenha sumido."

"Deveria estar aqui." O tom de voz de Musko tornou-se mais pensativo quando ele pegou mais uma caixa. "Tenho alguns dos papéis pessoais de Karen lá dentro, que estavam nas gavetas de sua escrivaninha. Talvez sua pasta esteja lá."

"Por que estaria?"

"Por causa do artigo?" Musko agarrou a última caixa. "Ela comprou trinta exemplares."

Ellen sentiu-se emocionada. Esse era um dos prazeres secretos da profissão de repórter. Você nunca sabia onde suas palavras iriam parar.

"Talvez ela tenha guardado a pasta. Eu ainda nem olhei essas caixas."

Ellen sentiu uma pontada de culpa.

"Odeio ter que fazer você passar por isso, se for difícil."

"Não, vamos resolver isso de uma vez. Vou levá-la ao meu estúdio. Você pode procurar a pasta lá."

"Isso seria ótimo", disse Ellen, com a esperança renascendo. Ela pegou o casaco e Musko terminou de estacionar o carro.

Então apagaram as luzes e entraram juntos na casa.

Capítulo 22

Musko deixou Ellen num home office que a fez envergonhar-se do seu. A escrivaninha dele era de nogueira lustrosa, e ele tinha uma cadeira de couro marrom com parafusos de latão nas extremidades. Estantes embutidas para livros cercavam a sala, contendo manuais técnicos e textos encadernados sobre engenharia estrutural. As paredes eram preenchidas com cenas de golfe e fotografias emolduradas de três garotos loiros. Não havia nenhuma foto de Karen.

Ellen dirigiu sua atenção para as três caixas sobre a escrivaninha. Ela estava se sentindo sem energia, mas a visão das caixas a deixou animada. Ellen abriu a primeira tampa, na qual estava escrito "Gaveta de Cima". Remexer as coisas de Karen a fazia sentir-se intrometida, mas ela não iria hesitar. Começou a vasculhar o conteúdo da caixa. Dentro havia um conjunto de canetas Bic, lápis, Post-it, blocos, uma régua, moedas, uma Filofax* de couro rosa e um batom perdido. Ela encontrou alguns blocos jurídicos com anotações e reconheceu a caligrafia bem-feita de Karen, com as maiúsculas separadas. Ela lembrou-se da brincadeira que a advogada fizera, ao dizer que sua letra era de escola de freiras.

---

* Marca de agenda e outros materiais de escritório. (N. T.)

Estranho.

Ellen era uma católica relapsa, mas até ela sabia que o suicídio estava no topo da lista do que não fazer. Pensou por um momento no que teria levado Karen a cometer um ato como esse e continuou vasculhando a primeira caixa.

Chegou ao fundo e não encontrou nenhuma pasta. Fechou a tampa e aproximou-se da segunda, em cuja tampa lia-se "Segunda Gaveta". Ela escavou em meio a mais blocos jurídicos e, depois, talões de cheques, pilhas de contas da Comcast,* da PECO,** uma lista de websites, velhas folhas de Filofax presas com elástico e faturas de várias associações de classe. Até agora não havia nenhuma pasta de cliente, e Ellen começou a se preocupar. Ela fechou a tampa e passou para a terceira caixa. Isso a fez lembrar-se de uma piada que seu pai costumava contar:

Por que aquilo que você procura está sempre no último lugar em que você procura? Porque depois que você encontra, você para de procurar.***

Ela abriu a caixa e olhou dentro. Havia uma miscelânea de contas e faturas soltas, lembretes de cursos de extensão na área de direito e mais blocos jurídicos. Ellen se pôs a procurar com mais afinco e então, de repente, avistou uma carta de Karen para ela, avisando-a da audiência para a adoção de Will.

Bingo!

---

* Empresa americana que provê serviços de internet, televisão a cabo e telefonia. (N. T.)

** Subsidiária da Exelon Corporation instalada na Filadélfia, que fornece gás e energia elétrica. (N. T.)

*** Trocadilho com os verbos *to look for* (procurar) e *to look* (olhar). No original: *Why is the thing you're looking for always in the last place you look? Because after you find it, you stop looking.* (N. T.)

Sentiu que seu coração começava a disparar e continuou procurando, pondo papéis de lado até deparar com um e-mail impresso, dela para Karen, contendo perguntas sobre os procedimentos de adoção. Vasculhando ainda mais, localizou algumas notícias de jornal e as puxou para fora, excitada. Era a primeira página da seção de Reportagens Especiais, e na parte de baixo, à direita, estava a matéria de Ellen sobre a adoção de Will. O título era FINAL FELIZ, e à direita havia uma foto de Will parecendo muito doente. Ela vasculhou o fundo da caixa e, bem lá embaixo, encontrou uma pasta de papel manilha. Ellen a agarrou e leu a etiqueta.

Gleeson, Ellen.

"Beleza!" Ellen abriu a pasta, mas ela estava vazia. Foi então que percebeu que o conteúdo da pasta havia se misturado com os outros papéis.

"Você teve sorte?", perguntou uma voz vinda da porta. Ela olhou e deparou-se com Musko na soleira. Ele tinha tirado a jaqueta e a gravata, e as mangas de sua camisa estavam dobradas. Ele entrou no estúdio e sentou-se, cansado, na cadeira do outro lado de sua escrivaninha.

"Mais ou menos." Ellen tinha nas mãos a pasta vazia. "Esta é minha pasta, mas os papéis estão espalhados pela caixa."

"Essa era a Karen. Ela não era a pessoa mais organizada do mundo. Na verdade, ela era bagunceira."

Não fale mal dela. "As pastas na garagem estavam arrumadas."

"Foi a secretária dela quem arrumou. Elas foram feitas uma para a outra."

Musko inclinou-se, pegou o artigo das mãos de Ellen e deu uma olhada nele.

"Você sabe, foi pouco depois desse artigo ser publicado que ela morreu."

"Posso perguntar quando ela morreu?"

"Foi em 13 de julho." O sorriso de Musko desapareceu, e suas rugas aprofundaram-se. Ele devolveu o artigo. "A secretária a encontrou na escrivaninha quando chegou pela manhã."

"Isso foi cerca de um mês depois da sentença final da adoção de Will, em 15 de junho. O artigo foi publicado duas semanas depois." Ellen parou, perplexa. "Estou surpresa de não ter sabido de nada. Eu paguei os últimos honorários, e o escritório não me mandou uma carta avisando que ela havia morrido. Nem sequer vi a notícia no obituário."

"Não publiquei um obituário. Deixei quieto, pelo bem das crianças. O funeral foi apenas para a família. Os vizinhos sabem por causa das fofocas, mas eu nunca lhes contei." Musko fez um gesto em direção ao corredor. "Ainda não disse aos meninos como ela realmente morreu. Disse apenas que ela ficou doente."

"Eles não fizeram perguntas?", questionou Ellen, surpresa. Ela estava pensando em Will, a máquina de fazer perguntas.

"Fizeram, mas eu disse apenas que ela estava doente e que nós não sabíamos. E então ela morreu."

Ellen guardou seus conselhos para si mesma. Sua política era sempre ser honesta com Will. Ela sentia-se mal até mesmo ao mentir para ele sobre o Papai Noel, mas nenhuma criança deveria viver num mundo sem magia.

"Eu sei, provavelmente isso está errado, mas o que dizer? Ei, garotos, mamãe foi para o trabalho hoje e pôs uma arma em sua boca?"

De repente, Ellen quis ir embora. A conversa estava ficando assustadora, e ela gostava mais do Musko que a encontrou na garagem.

"Não queria perturbá-la com isso." Ele riu, mas sua risada soou amarga. "Como ela foi fazer isso? É o que todo mundo quer saber. Gás, armas, pílulas? Os policiais disseram que é pouco usual para uma mulher usar uma arma. Eu lhes disse: 'Mas essa mulher é uma advogada'."

Ellen enrijeceu-se.

"Sei que é difícil lidar com isso."

"Você tem toda razão. Dizem que o suicídio é egoísta, e estão certos."

Musko apontou seu polegar para trás. "Tenho três filhos que rezam para ela todas as noites. Que tipo de mãe abandona os filhos dessa maneira? Eles eram bebês na época. Rory tinha apenas dois anos."

"Nunca podemos entender de verdade por que as pessoas fazem o que fazem." Ellen estava tentando dizer algo reconfortante, mas sabia que soava como um cartão da Hallmark.* Ou como Yoda.**

"Ah, mas eu sei por que ela fez isso. Ela se matou porque eu a peguei tendo um caso."

"Mesmo?", disse Ellen, chocada.

"Ele ligou para casa uma noite, e eu peguei o telefone. Então ela saiu e só voltou depois da meia-noite. Ela disse que estava na academia, mas naquela noite eles tiveram um incêndio causado por um curto-circuito." Musko fungou. "Ela estava malhando com o namorado."

Ellen não gostou do modo cruel como Musko torceu os lábios. Ela se levantou, mas isso não o impediu de continuar.

"Eu a confrontei, e ela admitiu. Tinha que admitir, eu sabia que alguma coisa estava acontecendo. Ela estava agindo de maneira estranha, mal-humorada. Enfim, ela disse que ia parar de vê-lo, mas eu lhe disse que queria o divórcio, e que brigaria com ela pela

---

* Fabricante de cartões de congratulações. (N. T.)
** Personagem da série de filmes *Guerra nas estrelas*. (N. T.)

guarda das crianças." Musko parou abruptamente, como se tivesse acabado de ouvir a si mesmo. "Sabe... foi na manhã seguinte que ela..." Ele inclinou-se, pousou a cabeça sobre o cotovelo e começou a esfregar os olhos. "Eu deixei a terapia, mas é melhor voltar, não é?"

"Tenho certeza de que iria ajudar."

"É o que me dizem." Musko olhou para ela e levantou-se vagarosamente. "Achou os papéis que você precisava?"

"Bem, eles estão em algum lugar na caixa, mas ainda não consegui vasculhar tudo e ver quais são os meus papéis."

"Então leve a caixa toda. Leve todas as três. Eu não me importo. Leve-as com você."

"E se elas tiverem coisas que você possa querer?"

Musko fez um gesto de desinteresse.

"Não preciso de nada que está nessas caixas. Eu devia me livrar das que estão na garagem também. Devia queimar essas porcarias."

Ellen percebeu então por que os arquivos-mortos estavam na garagem. Não era porque ele não queria gastar dinheiro alugando um depósito. Era porque ele queria mantê-los e queimá-los, tudo ao mesmo tempo.

"Obrigada", disse ela. "Vou lhe devolver o que não for meu." Ellen tampou a terceira caixa, fechando os segredos que havia dentro dela.

Ao menos até chegar em casa.

Capítulo 23

A noite estava negra e sem estrelas. Os vidros escuros das janelas refletiam Ellen em sua sala de jantar, vasculhando o conteúdo da terceira caixa sentada ao lado de um copo de um Merlot de emergência. Oreo Fígaro estava acomodado em seu lugar na ponta da mesa, observando com um olhar desaprovador.

Ela separou contas e blocos jurídicos e puxou os papéis que deveriam estar em sua pasta. Leu um por um enquanto os organizava em ordem cronológica, dos mais antigos aos mais recentes, recriando o histórico da adoção de Will. Ela encontrou e-mails impressos da correspondência de Karen e dos assistentes sociais que tinham visitado a casa e entrevistado Ellen antes que a adoção fosse concluída. Ela retornou à caixa, pôs de lado lápis e meia caixa de chicletes e desencavou outra carta destinada a Karen, impressa com letras maiores em um papel fino.

Ela leu a carta, que começava com um cabeçalho:

> Amy Martin
> 393 Corinth Lane
> Stoatesville, PA*

---

* Abreviação de Pensilvânia. (N. T.)

Querida Karen:
Aqui estão os papéis que você me pediu para devolver assinados. Eles são do pai do bebê e ele diz que vai abrir mão de seus direitos sobre a criança. Por favor, certifique-se de que a mulher que quer adotá-lo cuide bem dele. Ele é um bom menino e não é sua culpa estar doente e exigir tantos cuidados. Eu o amo, mas sei que isso é melhor para ele. Nunca o esquecerei. Sempre vou orar por ele.
Atenciosamente
Amy

O coração de Ellen ribombou em seu peito. Ela leu a carta outra vez e sentiu o corpo formigar apenas por segurá-la nas mãos. Era algo da mãe biológica de Will. A mulher havia segurado esse papel. Ela havia escrito a carta e depois a imprimira. Então seu nome era Amy Martin. Parecia ser uma doce pessoa, e a dor que sentira ao colocar Will para adoção transparecia nas simples linhas que escrevera. Ellen não poderia, de forma alguma, pegar o telefone e ligar para ela. Em vez disso, ergueu o copo de vinho e lhe ofereceu um brinde silencioso.

Obrigada, Amy, pelo presente que foi o seu filho.

Oreo Fígaro deu uma breve olhada, piscando, e ela pousou o copo, retornou à caixa e continuou vasculhando até deparar com mais documentos legais, com seu nome na parte de cima. *Consentimento dos Pais Biológicos*, lia-se no cabeçalho. O documento mostrava o endereço de Amy em Stoatesville, a data de seu nascimento, que era 7 de julho de 1983, e seu estado civil, *solteira*. O documento fora assinado por Amy Martin sob a frase "eu, por meio desta, consinto de modo voluntário e incondicional, com a adoção da criança supracitada". O documento tinha como testemunhas Gerry Martin e Cheryl Martin, e o endereço deles era o mesmo de Amy.

Ellen pulou para o próximo formulário, que continha o consentimento do pai biológico, e seu coração estava na garganta quando ela descobriu o nome e o endereço dele:

Charles Cartmell
71 Grant Ave
Filadélfia, Pensilvânia

Ela olhou sua assinatura, um rabisco confuso com algumas formas arredondadas quase incompreensíveis. Então Charles Cartmell era o pai de Will. Ellen não podia abster-se de imaginar como ele era, o que fazia. Como ele e Amy se conheceram, por que nunca se casaram.

Ellen voltou a escavar a caixa, mas não encontrou mais nada relacionado com Will, com exceção de sua ficha médica, que ela já possuía, e a informação de que seus pais tinham um histórico de pressão alta. Não havia menção a nenhum problema cardíaco, o que era consistente com o que lhe fora dito no hospital, que o defeito no coração de Will poderia ter sua origem nele mesmo. O documento incluía um registro médico voluntário on-line, mas os pais biológicos de Will nunca fizeram esse registro. De qualquer forma, os formulários de consentimento eram uma resposta tangível à pergunta que Ellen não ousara formular nem para ela mesma.

"Bem, isso resolve tudo", disse Ellen em voz alta, deixando Oreo Fígaro sobressaltado. O olhar dela recaiu sobre os papéis na mesa, e seus pensamentos se desviaram para a coitada da Karen. Lembrou-se de que a advogada havia telefonado para lhe dar os parabéns no dia em que os documentos da adoção de Will foram deferidos. Era difícil acreditar que, pouco mais de um mês depois, ela estaria morta, e por suas próprias mãos. Pensar em Karen cometendo suicídio e deixando três filhos pequenos era algo terrível. Ao menos nesse ponto Musko estava certo.

Como é que ficava o instinto materno numa situação como essa?

Não podia continuar pensando nisso agora. Era tarde e ela tinha que ir para a cama. Havia feito o suficiente para um dia. Exceto no que dizia respeito à sua matéria sobre homicídios. Numa situação normal, ela teria escrito alguma coisa após sua entrevista com Laticia Williams. Mas nesta noite, não, Ellen estava muito cansada. Ela pousou o copo de vinho perto da caixa, e uma brilhante mancha rosa em meio ao amontoado de coisas chamou sua atenção. Ela removeu os papéis. Era o rosa-choque da Filofax de couro de Karen. Ellen a pegou e abriu, preguiçosamente. Era uma agenda padrão, uma semana dividida em duas páginas opostas, e cada página exibia a caligrafia bem-feita de Karen, seus compromissos e encontros indicados pelos nomes dos clientes. Ellen sentiu uma pontada ao olhar para o registro da vida de uma mulher, seu tempo na terra dividido em compromissos. O que a agenda não mostrava era que, por meio desses compromissos, aquela mulher mudara várias vidas.

Ela folheou a Filofax regredindo no tempo, demorando-se mais ao chegar à semana de 13 de julho, o dia em que Karen cometera suicídio. Aquela semana havia começado na segunda-feira, 10 de julho, e a Filofax mostrou uma série de compromissos metodicamente organizados. No dia 11 Karen tinha uma reunião com um cliente pela manhã e um almoço da Women's Way.* Ellen examinou o resto da semana, incluindo o dia em que Karen morreu. A advogada tinha compromissos marcados o dia inteiro, o que fazia sentido. Karen não poderia saber que na noite anterior seu marido iria descobrir o caso que ela estava tendo. Ellen já estava quase fechando a agenda quando notou que um dos compromissos da quarta-feira não tinha um nome, mas apenas uma inicial: A, escrito junto ao horário, *19h15*.

Ellen ficou intrigada. Um encontro noturno? Seria A o amante de Karen? Ela folheou de volta para a semana anterior àquela, mas não havia nenhum A. Voltou mais sete dias e lá, bem no meio

---

* Organização feminista fundada na Filadélfia. (N. T.)

da semana, na quarta-feira, 28 de junho, estava escrito: A, também às *19h15*.

Ela continuou folheando as semanas anteriores, até chegar a 14 de junho. A, desta vez às *21h30*.

Ellen tentou digerir essas informações. Aquele dia era a véspera da sentença definitiva da adoção de Will, que foi emitida em dia 15 de junho. Ela folheou as semanas anteriores e checou cada uma delas, mas não havia nenhum outro encontro com A. Ellen sentou-se outra vez, pensativa, e seu olhar desviou-se para a carta de Amy Martin que estava sobre a mesa. A data na carta era 15 de junho.

Ellen refletiu por alguns segundos. Houve um encontro com A e então, no dia seguinte, uma carta de Amy Martin. Ela somou dois mais dois. "A" não era o namorado de Karen. "A" poderia ser Amy.

Ela se ajeitou na cadeira e seu bom humor evaporou-se. Olhou a carta mais uma vez. A mensagem fazia menção ao "nosso encontro". Então Karen encontrara-se com Amy. Mas Ellen não se lembrava de ter visto o nome de Amy em lugar nenhum da Filofax. Folheou a agenda mais uma vez, por volta do mês de junho, e conferiu tudo novamente. Não havia nenhuma anotação referente a um encontro com Amy Martin ou Charles Cartmell, embora todas as outras reuniões com clientes tivessem sido anotadas.

Ellen largou a Filofax e pegou o vinho. Tomou um gole, mas o gosto era quente e amargo. Sabia o que tinha de fazer na manhã seguinte. Terminar esse assunto de uma vez por todas. Pôr um fim em suas inquietações. Isso a estava deixando maluca.

"Por que não posso deixar as coisas como estão?", perguntou-se, em voz alta.

Mas Oreo Fígaro apenas piscou em resposta.

Capítulo 24

Na manhã seguinte, enquanto Ellen vestia seu casaco, já estava pensando quando deveria telefonar para Amy Martin. A febre de Will havia cedido, e ele corria pela sala com uma nova bola de rúgbi da Penn State que Connie lhe trouxera. Ellen conteve o sermão sobre não lhe dar novos brinquedos antes da escola. Mães que trabalham fora não têm tempo para a espontaneidade, a menos que seja com hora marcada.

"Ele sabe exatamente o que fazer!", disse Connie, satisfeita. "O meu Mark também era assim."

"Olhe para mim!" Will deu a volta na mesa de centro com a bola azul enfiada embaixo do braço. "Olhe, mamãe!"

"Veja por onde anda, amigo", respondeu Ellen, e Oreo Fígaro abriu caminho num salto quando Will passou raspando por ele, virou à esquerda na sala de jantar e correu para a cozinha. Ele voou pela cozinha, subiu e desceu as escadas e acabou de volta à sala de estar, percorrendo um circuito circular projetado para garotinhos e para pilotos da nascar.*

Connie disse: "Sabe, ele parece que nasceu para ser atleta."

---

* Sigla para National Association for Stock Car Auto Racing, empresa responsável pela organização de diversas compctições automobilísticas extremamente populares nos Estados Unidos e em outros países. (N. T.)

"Você acha?" Ellen pegou sua bolsa e valise enquanto ouvia os passos acelerados de Will pela cozinha. Quem quer que houvesse cunhado a expressão pezinhos de veludo tinha um gato, não um filho.

"Um dia eu devia trazer Mark aqui para jogar bola com ele."

Will voltou correndo para a sala de estar e ergueu o olhar. Ele deu uma risadinha e suas bochechas estavam coradas.

"Consegui! Eu fiz um *golo*!"

"Um gol? É isso que você quer dizer?", Connie o corrigiu, e Ellen abriu os braços, rindo.

"Me dê um abraço. Tenho que ir para o trabalho e você tem que ir para a escola."

"Mamãe!" Will correu para ela, e Ellen o abraçou e beijou, afastando a franja de seus olhos.

"Eu te amo. Divirta-se na escola."

"Posso levar minha bola de futebol?" Os olhos de Will arregalaram-se de expectativa.

"Não", respondeu Ellen.

"Sim", disse Connie, ao mesmo tempo.

"Eu quero!", gritou Will, agitado.

"Ei, devagar, garoto." Ellen segurou seu braço, tentando acalmá-lo. "Nada de gritos dentro de casa."

"Eu quero levar minha bola, mamãe!"

"Certo, está bem." Ellen não queria ir embora de mal com ele, outro axioma da Culpa da Mãe que Trabalha Fora.

"Legal!" Will deixou a bola cair e colocou os braços ao redor de seu pescoço, recompensando-a com mais um abraço.

Ellen sentiu uma pontada de ansiedade causada pela separação iminente. Desta vez, porém, a pontada foi mais forte do que o habitual.

Talvez porque soubesse o que iria fazer assim que saísse.

Capítulo 25

Ellen olhou para os carros enfileirados à sua frente. Os faróis traseiros vermelhos formavam uma linha brilhante, e os escapamentos deixavam um rastro de nuvens brancas. O dia estava frio e nublado, e uma chuva gelada formara uma cobertura de gelo sobre os galhos das árvores e uma camada negra nas ruas. O tráfego estava ruim nas vias de pistas duplas que levavam para Soatesville, até que finalmente ela avistou a rua Corinth em meio à labiríntica fileira de casas de um bairro operário, perto de uma metalúrgica abandonada. Ela desceu a rua, lendo os números das casas. De repente, o celular tocou em sua bolsa e ela começou a vasculhá-la em busca do aparelho. O visor mostrou um número que Ellen não conhecia, e ela apertou a tecla Ignorar ao perceber que havia chegado diante da casa número 393.

A casa de Amy Martin.

Uma mulher na calçada raspava o gelo do para-brisa de um velho Cherokee preto. Ela estava de costas e usava um gorro de tricô do Eagles, uma grossa parca preta, jeans e botas pretas de borracha.

Amy?

Ellen desceu em frente à casa, pegou sua bolsa e sua pasta e andou pela calçada.

"Com licença, senhora Martin?", perguntou ela, com o coração disparando loucamente.

A mulher voltou-se, surpresa, e Ellen imediatamente percebeu que ela era velha demais para ser Amy Martin. A mulher aparentava estar na casa dos sessenta, e seus olhos parcialmente ocultos arregalaram-se sob o gorro do Eagles. Ela disse: "Puxa, você me assustou!"

"Desculpe." Ellen apresentou-se. "Estou procurando por Amy Martin."

"Amy é minha filha, e ela não vive mais aqui. Meu nome é Gerry."

Ellen tentou se concentrar. Gerry Martin era uma das testemunhas da autorização para a adoção. Ela estava olhando nos olhos da avó de Will, o primeiro parente consanguíneo dele que ela jamais vira.

"Ela deu esse endereço, dois anos atrás."

"Ela sempre faz isso, mas não mora mais aqui. Recebo toda a correspondência dela, todas essas malditas contas, e jogo tudo fora."

"Onde a Amy está morando agora?"

"O diabo que me carregue se eu souber." Gerry voltou a raspar o para-brisa, extraindo frágeis caracóis de gelo e fazendo um som de *krrp krrp*. O esforço a fez comprimir os lábios, o que irradiava profundas rugas ao redor de sua boca. Suas luvas pretas eram enormes, e o raspador de plástico vermelho quase desaparecia em meio a elas.

"Você não sabe onde ela está?"

"Não." *Krrp krrp*. "Amy é maior de dezoito. Não é mais minha responsabilidade."

"E quanto ao lugar onde ela trabalha?"

"Quem disse que ela trabalha?"

"Estou apenas tentando encontrá-la."

"Não posso ajudá-la."

Por alguma razão, Ellen não havia imaginado que as relações poderiam estar estremecidas.

"Quando foi a última vez que a senhora a viu?"

"Faz algum tempo."

"Um ano ou dois?"

"Tente três."

Ellen sabia que não podia ser verdade. Gerry tinha assinado a autorização havia dois anos. Por que ela estava mentindo?

"Você tem certeza?"

Gerry olhou para ela, os olhos estreitando-se sob o gorro felpudo, o raspador parado no para-brisa.

"Ela deve dinheiro para você, é isso? Você é uma cobradora, uma advogada ou algo assim?"

"Não." Ellen fez uma pausa. Para obter a verdade, teria que dizer a verdade. "Eu sou a mulher que adotou o bebê dela."

Gerry desatou a rir, mostrando seus dentes amarelados e apoiando-se contra o jipe com o raspador na mão.

"Qual é a graça?", perguntou Ellen. Gerry parou de rir e limpou os olhos com as costas da mão enfiada na luva enorme.

"É melhor você entrar, querida."

"Por quê?"

"Precisamos ter uma conversa", respondeu Gerry, pousando sua mão enluvada no ombro de Ellen.

Capítulo 26

Gerry foi para a cozinha fazer café e deixou Ellen na sala de estar, que era escassamente iluminada por dois abajures de chão *rétro*, com lâmpadas de baixa voltagem dentro de bojos arredondados dispostos sob uma haste. Cortinas beges cobriam as janelas, e o ar estava denso de fumaça de cigarro antiga. Bandejas de metal florido serviam de mesinhas de canto, ladeando um desgastado sofá de veludo de algodão azul, e três cadeiras que não combinavam amontoavam-se em frente a uma grande tela de TV.

Ellen cruzou a sala, atraída pelas fotografias que ocupavam uma parede inteira. Havia grandes fotos de garotos e garotas de escola em frente a um cenário de céu azul, montagens de fotos cortadas para encaixarem-se em vários círculos e quadrados, e o retrato do casamento de um rapaz e uma garota com um elaborado penteado nupcial. Ellen sacudiu a cabeça, espantada. Eles tinham o mesmo sangue que Will, mas eram completamente estranhos; e ela era a sua mãe, conhecida e amada por ele, sem ter sequer uma gota desse mesmo sangue. Ela foi de uma foto a outra, tentando armar o quebra-cabeça que era seu filho.

Qual das garotas é Amy?

As fotos mostravam garotas e rapazes em idades diferentes, e Ellen tentou seguir cada um à medida que cresciam, separando olhos castanhos de azuis e comparando sorrisos jovens com sorrisos mais velhos, avançando mentalmente suas idades à procura de Amy. Uma das garotas tinha cabelos loiros e olhos azuis, além da pele clara de Will, com uma leve pitada de sardas recobrindo um nariz pequeno e pontudo.

"Aqui está." Gerry surgiu na sala com um fino cigarro marrom e duas pesadas canecas de café turvo, uma das quais ela entregou a Ellen.

"Obrigada."

"Sente-se aí." Gerry apontou para o sofá, formando uma cáustica serpente de fumaça com seu cigarro, mas Ellen permaneceu junto às fotos.

"Posso lhe perguntar uma coisa? Essa com olhos azuis e sardas é Amy?"

"Não, essa é Cheryl, a irmã dela. A garota que está com ela é minha filha mais velha. Tive três meninas e um rapaz."

Ellen lembrou-se do nome Cheryl Martin como a outra assinatura na autorização da adoção.

"Esta aqui é Amy, o bebê da família. Em mais de um sentido." Gerry tocou numa foto menor que estava no canto, e Ellen foi até lá, sentindo-se excitada com a descoberta.

"Então essa é Amy, heim?" Ela inclinou-se sobre a foto de uma jovem garota, talvez com treze anos, encostada em um Firebird vermelho. Seu cabelo loiro-escuro estava preso em tranças rente à cabeça, e seus olhos azuis exprimiam um quê de travessura. Ela ostentava aquele sorriso meio torto que sinalizava bacana-demais-para-a-escola, e Ellen perscrutou suas feições. Amy e Will tinham o mesmo tom de pele, mas as feições não eram parecidas. Ainda assim, uma única foto não era uma amostra válida.

"Qual das outras fotos é de Amy?"

"Hum, deixe-me ver." Gerry olhou as fotos e deu uma curta risada. "Nenhuma! Vou lhe dizer uma coisa: quando você chega ao quarto filho, já está um pouco cansada disso. Entende o que eu digo?"

Argh. "Eu só cheguei ao primeiro."

"Ah, depois do primeiro você para de comprar fotografias de quarenta e cinco dólares, ímãs de geladeira e chaveiros com fotos, e todo esse papo furado." Gerry apontou novamente para o sofá. "Venha, sente-se aqui."

"Obrigada." Ellen atravessou a sala, sentou-se e tomou um gole de café, que estava surpreendentemente bom. "Uau."

"Botei creme de verdade. Esse é o meu segredo." Gerry sentou-se pesadamente, acomodando-se no canto do sofá e colocando no braço um velho cinzeiro acoplado a um saquinho de areia. Sua expressão parecia ter se amenizado, as duras linhas suavizadas pela luz fraca. Seu cabelo era tingido de marrom, com raízes brancas e pontas desfiadas, e ela o usava preso atrás das orelhas. O nariz era curto e grosso em um rosto amplo, mas o sorriso era maternal.

"Por que você riu quando estávamos lá fora?", perguntou Ellen, os dedos comprimidos com força ao redor da caneca.

"Antes de mais nada, conte-me sobre Amy e esse bebê." Gerry sorveu profundamente o cigarro marrom.

"Ele estava doente no hospital. Eu escrevi uma matéria a respeito, uma série." Ellen pôs a mão dentro da bolsa, pegou os recortes da pasta e mostrou-os a Gerry. "Você deve ter lido isso no jornal."

"Nós não lemos jornais."

"Certo. Will, o bebê que eu adotei, estava numa unidade intensiva para problemas cardíacos quando o encontrei. Ele tinha um defeito no coração."

"E você acha que ele era o bebê de Amy?"

"Eu sei que era."

"Sabe como?" Gerry sugou seu cigarro e expeliu um cone de fumaça pelo canto da boca, tentando ser educada. "Quer dizer, onde obteve a informação?"

"De uma advogada, que morreu. Minha advogada, minha e de Amy. Foi uma adoção particular, e ela intermediou o acordo entre nós."

"Amy intermediou o acordo?"

"Não, foi a advogada. Karen Batz."

"Uma mulher advogada?"

"Sim. Esse nome significa alguma coisa para você?"

Gerry sacudiu a cabeça. "Você tem certeza de que é *Amy*? *Minha Amy*?"

"Sim." Ellen pousou o café na bandeja de metal, pegou seu envelope e vasculhou os papéis. Encontrou a autorização de Amy para a adoção e a carta com a avenida Corinth no endereço do emissor e as entregou para Gerry. Ela pegou os papéis sem dizer nada e leu-os para si mesma enquanto dava mais uma tragada. A fumaça bateu nos documentos e voltou num turbilhão, como uma onda chocando-se contra um quebra-mar.

"Isso é muito doido", disse Gerry, meio que para si mesma, e o peito de Ellen se confrangeu.

"É a assinatura de Amy que está na autorização?"

"Parece que sim."

"E quanto a que está na carta?"

"Também."

"Bom. Agora nós estamos chegando a algum lugar. Então é mesmo a sua Amy." Ellen estendeu o braço, virou a página da autorização e apontou. "Essa é a sua assinatura?"

"De jeito nenhum. Nunca assinei assim." Os lábios de Gerry tornaram-se uma linha sombria, o que trouxe as rugas de volta ao redor de sua boca. "E essa outra assinatura também não é de Cheryl."

O coração de Ellen acelerou.

"Talvez Amy tenha falsificado as assinaturas. Talvez ela quisesse dar o bebê em adoção sem que a família soubesse."

"Isso não é possível."

"Por que não?", perguntou Ellen, e Gerry sacudiu a cabeça, os papéis refletindo o branco de seu rosto.

"Amy não pode ter filhos."

A boca de Ellen ficou seca.

"Ela fez uma cirurgia quando tinha dezessete anos. Ela teve um problema nos ovários. Como era mesmo o nome?" Gerry fez uma pequena pausa. "Um dia ela acordou com cólicas terríveis, e eu percebi que não estava fingindo para não ir à escola. Nós a levamos ao pronto-socorro e eles disseram que ela estava com uma torção de ovário, esse era o nome. O ovário ficou cheio de sangue e eles tiveram que extraí-lo imediatamente. Eles disseram que ela não teria praticamente nenhuma chance de engravidar."

Ellen tentou processar as informações.

"Mas não disseram que ela não teria nenhuma chance. Ela ainda tinha um ovário, não é?"

"Sim, mas disseram que era muito — como foi que eles disseram? — *improvável* que ela tivesse filhos."

"Mas ela teve um filho."

"Acho que se você extrai um ovário, isso afeta os hormônios. Eles disseram algo assim, é tudo o que eu lembro." Gerry parecia confusa. "Seja como for, se ela teve um filho, isso é novidade para mim."

"Ela não contou para você?"

"Não. Conforme eu disse, não temos nos falado. De qualquer forma, ela não me contou nada. Nem ao menos sei onde ela está. Eu disse a verdade lá fora."

Ellen não podia aceitar que estivesse num beco sem saída.

"E quanto aos irmãos de Amy? Eles nunca comentaram com você que ela teve um bebê?"

"Não acho que ela esteja falando com nenhum deles, exceto Cheryl, e ela mora em Delaware. Posso telefonar e perguntar. Farei isso mais tarde." Gerry fungou e suas narinas expeliram fumaça. "Seria bom saber se eu tenho outro neto."

Ellen tentou outro caminho.

"Ou talvez, quando o bebê ficou realmente doente, esse é o tipo de coisa que se pode contar para alguém."

"Se Amy teve um bebê que ficou realmente doente, ela não seria capaz de lidar com isso. Ela procuraria um jeito de se livrar do problema."

Ellen contraiu-se ante a dureza dessas palavras.

"Esse é o tipo de coisa que assusta qualquer um, especialmente uma garota."

"Não precisa de muito para assustar Amy. Se eu lhe pedisse para pôr o lixo na rua, isso a assustaria."

Ellen deixou passar. Precisava de mais informações.

"Você pode me contar mais sobre Amy? Como ela era?"

"Ela sempre foi minha filha rebelde. Nunca consegui controlar essa garota."

Para Ellen, isso era difícil de ouvir. Havia imaginado uma Amy tão diferente. Perguntou-se se todas as mães adotivas tinham fantasias sobre as mães biológicas.

"Era uma garota esperta, mas tirava notas ruins. Não estava nem aí. Sempre pensei que ela tivesse déficit de atenção, mas os professores diziam que não." Gerry soltou outra baforada. "Ela andou envolvida com álcool e drogas. Eu não tinha como controlá-la. Ela caiu fora daqui depois de terminar o colegial."

"Ela fugiu?"

"Não, não foi assim. Ela apenas foi embora."

"Não foi para a faculdade?"

"Nem pensar." Gerry deu um sorriso torto, e Ellen vislumbrou um traço de riso de superioridade de Amy.

"Por que ela foi embora, se é que posso perguntar?"

"Não gostava do meu namorado, Tom. Costumavam brigar o tempo todo. Agora ela se foi e ele também." Gerry soltou outra baforada. "Eu a fiz ficar e terminar o colegial, mas depois disso ela se mandou."

"Espere um segundo." Ellen remexeu os papéis e entregou a Gerry a autorização do pai. "Veja isso. O pai biológico de meu filho é Charles Cartmell, de Philly. Você o conhece?"

"Não."

"O nome não é nem um pouco familiar? Ele mora na avenida Grant, no nordeste da cidade." Ellen havia checado a internet na noite anterior, mas não conseguira encontrar um número de telefone ou uma referência ao endereço.

"Não conheço o nome."

"Se Amy tem vinte e cinco anos agora e deu à luz Will três anos atrás, isso significa que ela teve o bebê quando tinha vinte e dois. Então talvez o pai fosse alguém da escola ou dessa área?"

"Ela não tinha namorado firme quando estava na escola." Gerry balançou a cabeça. "Ela saía com vários rapazes diferentes. Acredite, eu não lhe perguntava nada."

"Você tem o álbum de formatura da escola? Talvez a gente pudesse dar uma olhada."

"Ela não comprou o álbum. Ela não era esse tipo de garota." Gerry fez um gesto com a mão. "Ela era o meu bebê, e eu a mimei. Sim, foi isso que eu fiz."

"Posso ver o quarto dela? Pode ter alguma coisa lá que me ajude."

"Eu esvaziei o quarto há muito tempo. Agora ele é usado pela namorada do meu filho."

Ellen começou a pensar em voz alta. "Ela deve ter ficado na Filadélfia, porque escolheu uma advogada de Ardmore. Ela até se encontrava com a advogada."

Gerry encolheu os ombros.

"Cheryl deve saber."

"Você pode me dar o telefone dela?"

Gerry hesitou.

"Por que exatamente você está tentando achar Amy?"

"É uma questão médica referente ao bebê", mentiu Ellen. Já estava preparada para essa pergunta.

"Ela tem que doar um rim para ele ou algo assim?"

"Não, de jeito nenhum. Quando muito, um exame de sangue. O coração dele está dando problemas de novo, e eu preciso saber mais sobre seu histórico médico."

"Ela não tinha problemas cardíacos. Nenhum de nós tem problemas cardíacos. Nós temos câncer. É de família."

"Sei, mas o exame de sangue vai dizer mais do que isso." Ellen estava tentando de tudo. "Se você preferir, talvez possa dar a Cheryl o meu telefone e pedir a ela que me ligue."

"Está bem, vou fazer isso." Gerry estendeu o braço e deu um toque em sua mão. "Não se preocupe. Tenho certeza de que o bebê vai ficar bem."

"Eu não quero perdê-lo", acrescentou Ellen, inexplicavelmente.

Capítulo 27

Ellen entrou no gélido carro, ligou o aquecedor e desceu a rua sob um céu nublado. O BlackBerry começou a tocar assim que ela saiu daquele quarteirão. Ela segurou a direção com uma das mãos, enquanto a outra deslizou bolsa adentro até encontrar o aparelho, que reconheceu por ser macio ao toque. Ellen o tirou da bolsa e a tela mostrou o mesmo número desconhecido que aparecera antes. Ela atendeu a ligação.

"Ellen, onde você está?" Era Sarah Liu, e ela soava como se estivesse em pânico. "Tenho ligado para você. Você perdeu a reunião no conjunto habitacional. Marcelo perguntou pela matéria."

"Droga." A reunião de quinta-feira no conjunto habitacional. Ela esquecera completamente, tão preocupada que estava em encontrar Amy.

"Onde você está?"

"Não estava me sentindo bem hoje de manhã." Rapidamente Ellen se transformava numa rematada mentirosa. "Marcelo ficou bravo?"

"O que você acha? Quando você virá para cá?"

"Não tenho certeza, por quê?" Ellen conferiu o relógio do painel: 10h37.

"Temos que nos encontrar para falar da matéria. Quero ver o seu rascunho."

Ellen ficou tensa. A semana tinha voado. Ela não havia transcrito as anotações da entrevista que fizera com Laticia Williams.

"Não precisamos nos encontrar e meu rascunho não está pronto!"

"Quando vai ficar? Nosso prazo final é amanhã."

"Sarah, nós somos adultas. Não tenho tempo para lhe dar um rascunho e eu não preciso do seu. Não conte para o papai."

"Que diabo você está fazendo? Você não ligou para Julia Guest e eu entreguei isso de bandeja para você."

Ellen trocou de faixa para ultrapassar um fusca, enquanto lutava contra a irritação.

"Obrigada, mas eu tenho minhas próprias fontes. Não preciso falar com ela."

"Mas ela é ligada à comunidade e quer falar conosco."

"Pessoas que querem falar nunca são boas fontes. Não preciso da porta-voz da comunidade."

"Por que não falar com ela, nem que seja para levantar o quadro geral?"

"Sei o que estou fazendo." Ellen freou, checando o carro enquanto descia a ladeira. "Deixe-me cuidar da minha parte. Você cuida da sua."

"Faça como quiser, mas entregue no prazo."

"Eu vou entregar."

"Tchau." Sarah desligou e Ellen pisou no acelerador. Tinha que cumprir o prazo ou ficaria sem emprego. Ela pressionou a tecla da agenda e pegou a rampa para a via expressa.

Rumou para o leste, sob um céu ameaçador.

Capítulo 28

Ellen conseguiu encontrar Vanessa James, a professora de Lateef, quando sua classe estava na biblioteca, no fim do corredor. Alta e magra como um caniço, a professora mordia uma maçã verde enquanto movia-se rapidamente pela sala de aula, juntando livros largados e giz de cera, endireitando as pequenas cadeiras e recolocando um gorro de tricô na prateleira.

"Está tudo bem para Laticia se a gente conversar, não é?", perguntou Vanessa.

"Sim. Eu telefonei para ela quando estava vindo para cá. Desculpe por avisá-la em cima da hora."

"Não tem problema." Vanessa vestia um longo suéter vermelho com calças pretas e sapatos de salto baixo. Ela possuía olhos grandes, um sorriso oleoso devido ao brilho labial e cabelos alisados num corte curto, que deixava ver minúsculos brincos de diamante cintilando em suas orelhas.

"Temos quinze minutos até que as crianças retornem. O que você quer saber?"

"Poucas coisas." Ellen pegou o bloco de notas da bolsa e o abriu, a caneta pronta. "Que tipo de criança era Lateef?"

"Direto ao ponto, heim?" Vanessa parou em meio a uma mordida, a maçã em sua boca e o olhar subitamente dolorido. "Teef era como uma luz. Poderia dizer que ele era o palhaço da turma, mas isso não lhe faria justiça. Ele era do tipo que fazia todo mundo rir. Mas também era um líder."

"Você se lembra de algum exemplo?"

"Machuca meu coração pensar nisso." Vanessa jogou a maçã numa cesta de lixo marrom, toda detonada, e a fruta caiu ruidosamente. "Está bem, aqui vai um exemplo. No dia de tirar fotos, ele penteou seus cabelos da forma mais esticada possível — o que não foi muito — e falou que era Donald Trump. O fotógrafo lhe disse para parar com essas bobagens e ele respondeu: 'Você está demitido'." Seu rosto bonito relaxou em um sorriso, que sumiu tão rápido quanto apareceu. "Todas as crianças olharam para ele. Nós tínhamos acabado de estudar história afro-americana. É parte do novo currículo básico de estudos sociais estabelecido pelo CRE."

"CRE?"

"Comitê de Reforma Escolar. No aniversário do dr. King, Lateef foi eleito para ser o dr. King. Ele memorizou algumas linhas do 'Eu Tenho um Sonho' e se saiu muito bem. Ele gostava de estar na frente da classe." Vanessa pausou ante essa lembrança. "Ele era rápido como um foguete. Nós aprendemos adição e subtração, mas ele poderia ter passado para o currículo do terceiro ano, frações e geometria. Ele também era bom em sintaxe. Nós temos que preparar as crianças para os PSSAS."*

"O que é isso?"

"Testes estaduais. Em nossas fichas de avaliação, eu tenho que escolher uma série de categorias, como 'ansioso para experimentar coisas novas'." Vanessa riu suavemente. "Lateef desafiava classificações. Ele tinha sua própria categoria."

---

* Pennsylvania System of School Assessment – Sistema de Avaliação Escolar da Pensilvânia. (N. T.)

Ellen tomou algumas notas rapidamente.

"Como a turma encarou seu assassinato?"

Vanessa suspirou e balançou a cabeça. Por um segundo, ela pareceu concentrar-se no grande painel na parede, coberto com corações de papel vermelho com dobras no meio. No topo do painel, lia-se em letras douradas brilhantes: Prepare-se para o Dia dos Namorados na 2B!

Ellen esperou que a professora respondesse. A experiência lhe ensinara que o silêncio poderia ser a pergunta mais difícil de responder.

"Essas crianças estão acostumadas com a morte. Nós já perdemos duas crianças neste ano letivo, e estamos apenas em fevereiro." Vanessa continuou olhando para o painel. "Mas todo mundo conhecia Lateef. Todo mundo sente falta dele. O distrito nos enviou psicólogos especialistas em luto. Aquela criança era muito cheia de vida para que sua ausência não fosse sentida."

"As crianças falam sobre isso?"

"Alguns falam e alguns choram. Eles nunca mais serão os mesmos. Não são mais inocentes, como as crianças devem ser." Vanessa voltou-se para ela com os lábios comprimidos. "O que eu vejo é uma tristeza real e profunda, que penetra em todos. Essas crianças estão com o coração partido. E essas são as sortudas."

Ellen não entendeu.

"O que você quer dizer com isso?"

"Os que não têm sorte são os que nem sequer sabem o que os está incomodando. Eles não conseguem expressar seus sentimentos. Eles sentem dor e medo subjacentes, mas em vez de expressá-los em palavras, expressam por atitudes. Eles brigam. Mordem. Chutam. Pegam no pé uns dos outros. O mundo não é seguro e eles sabem disso." Vanessa apontou para uma das mesas junto à janela, na segunda fileira. "Aquele era o lugar de Teef. Está lá, vazio, dia após dia. Penso em mudá-lo, mas isso só tornaria as coisas piores."

Ellen sentiu uma fisgada. Imediatamente, pensou na prateleira de Will na pré-escola, com um cartão com seu nome e uma foto de Thomas, o Trenzinho. E se um dia aquele lugar ficasse vazio para jamais ser preenchido?

"O que você vai fazer?"

"Vou deixar onde está. Não tenho escolha. Na primeira semana fizemos uma pequena cerimônia e as crianças trouxeram flores. Aqui, venha ver."

Vanessa foi até a mesa com Ellen em seu encalço. Ela ergueu a tampa da mesa. Dentro havia um monte de cartões e rosas secas, com as pétalas murchas já enegrecidas. "Esses são os cartões que ele ganhou do Dia dos Namorados. Todos os dias alguém coloca mais um. Isso acaba comigo."

Ellen olhou para os cartões, pensativa. *Isso acaba com todos nós.*

"Sabe com quem você deveria falar se realmente quiser entender o efeito que os assassinatos provocam nesta cidade?"

"Com quem?", perguntou Ellen, curiosa. A melhor fonte sempre vinha de outras fontes.

"Com meu tio. Ele conversará com você, se você conseguir aguentar."

Capítulo 29

Ellen estava no saguão de entrada cheirando a Glade da funerária, parada diante de seu proprietário, Ralston Rilkey. Ele era um homem de sessenta e poucos anos, pequeno, com uma constituição robusta. Seus cabelos eram curtos e sem tintura, com diminutos cachos grisalhos e compactos emaranhando-se ao redor das têmporas. Ele tinha uma testa estreita e olhos preocupados acima de um largo nariz e de um bigode cuidadosamente aparado que também começava a se tornar grisalho.

"O que é mesmo que você quer saber?", perguntou Ralston. "Estou muito ocupado. Teremos dois velórios hoje à noite."

"Gostaria de saber como você foi afetado pelos assassinatos no bairro. Ocorreram tantos ultimamente, em especial de crianças como Lateef Williams. Sua sobrinha me disse que você poderia ajudar, e Laticia deu permissão para que falassem comigo."

"Vou falar com você, mas a entrevista deve ser respeitosa. Aqui, na Ralston-Hughes, tratamos a morte com dignidade."

"Entendo."

"Então, siga-me." Ralston deixou o saguão e Ellen o seguiu por um corredor com carpete vermelho. Passaram por uma porta forrada na qual se lia somente funcionários, e desceram para o porão da casa geminada convertida em funerária.

O carpete metamorfoseou-se no cinza convencional, a temperatura caiu um pouco e os falsos aromas florais foram erradicados por um penetrante odor medicinal.

"Isso é formaldeído?", perguntou Ellen, enquanto fazia uma anotação.

Ralston assentiu, sua calva oscilando enquanto ele caminhava à frente. Chegaram a um par de portas brancas e ele as abriu. O odor intensificou-se. Na parede estavam pendurados aventais brancos e protetores de plástico para o rosto. Prateleiras de aço inoxidável continham caixas de algodão, jarros e garrafas com rótulos nos quais se liam Kelko Série Ouro, Fluido Embalsamador Arterial e Aron Alpha Adesivo Instantâneo. Ellen fez algumas anotações ao mesmo tempo em que tentava evitar que tremores percorressem o seu corpo.

Ralston abriu outra porta e ela se deparou com uma sala ainda maior, no centro da qual havia uma mesa de um branco brilhante, inclinada em um certo ângulo. Ele se pôs atrás da mesa com seu terno verde-escuro e começou a gesticular com evidente orgulho.

"Esta é a nossa sala de preparação, uma delas. Você verá que a mesa é de porcelana. A porcelana não reage com os produtos químicos usados no embalsamamento."

"Você pode me explicar os procedimentos gerais?"

"O primeiro passo é lavar e desinfetar o corpo. O embalsamamento é simplesmente o processo de substituir o sangue pelo fluido, geralmente um conservante de formaldeído com um corante vermelho para dar à carne a aparência de coisa viva. Até mesmo a pele dos afro-americanos fica pálida quando o sangue é removido."

Ellen tomou nota.

"Então, injetamos o fluido e esta máquina faz o seu trabalho, substituindo o sangue pelo fluido." Ralston pousou sua mão em uma bomba amarelada na cabeceira da mesa. "Nós inserimos um trocarte, que perfura as vísceras e remove fluidos. Nós também desinfetamos as cavidades, injetamos os preservantes e tampamos os orifícios."

Ellen não iria fazer nenhuma pergunta.

"Nós lavamos o corpo novamente e aplicamos loção para proteger contra a desidratação. Depois da morte, os olhos começam a afundar no crânio. Por isso nós preenchemos as órbitas com algodão, colocamos um protetor de plástico sob a pálpebra e a puxamos de novo para colocar o adesivo e manter o olho fechado."

Ellen sentiu seu estômago revirar.

"A morte também faz os músculos faciais relaxarem e o maxilar cair. Nós mantemos os olhos e a boca com aparência de vivos, isto é, tanto quanto possível. Conforme dizemos, nós recompomos as feições."

Ellen tentou manter o profissionalismo.

"Agora, quais foram os procedimentos no caso de Lateef?"

"Lateef tinha tantos ferimentos de bala em um lado do rosto que precisamos usar sua foto da escola como guia e reconstruir a partir dessa base."

Ellen tentou visualizar isso. Aquele rostinho pequeno, sorrindo na foto da camiseta.

"Você não poderia ter usado o outro lado do rosto?"

"Não. Com todos os ferimentos de bala que ele tinha, houve um significativo inchaço facial. Você sabe, o trauma. Nós usamos produtos químicos para reduzir o inchaço."

"Como você cobriu os ferimentos de bala?"

"No rosto dele?" Ralston franziu o cenho. "Você não entendeu direito. Não foi feita nenhuma cobertura. Não havia nada lá. No caso dele, nós reconstruímos. Removemos o excesso de tecido ao redor dos ferimentos e colamos a pele que restou na maçã do rosto e nas órbitas."

Ellen não queria saber mais. Ninguém deveria saber essas coisas. Isso era impensável. Ela não podia evitar de pensar em perder Will dessa forma. Em seu filho sendo a criança sobre a mesa. Em seu belo rosto sendo colado, aos pedaços.

"Nós despejamos cera nos furos das balas para preencher os espaços e usamos cosméticos para combinar o tom da cera com o de sua pele, que era mais clara do que a de sua mãe. Alguns embalsamadores usam pistolas de ar comprimido, mas nós não precisamos disso. Estou há quarenta e dois anos nesse negócio, e meu pai já estava nele antes de mim. Não usamos pistolas de ar comprimido."

Ellen achou um tanto ridículo o tom profissional de sua voz.

"O resultado não ficou perfeito, mas ficou aceitável para Laticia e sua família, e isso lhes deu algum conforto, vê-lo conforme o conheciam quando estava vivo. Até minha sobrinha gostou do serviço."

"Isso é maravilhoso", disse Ellen, sem tentar ocultar sua admiração. Mas Ralston deu de ombros.

"Mesmo que fosse um único ferimento de bala, não tentaríamos cobrir. Nunca iria funcionar. A pasta aderente simplesmente afundaria no ferimento." Ele ergueu o dedo indicador. "Isso é algo que tive que encomendar mais, cera e pasta aderente. Já usamos uma quantidade quatro vezes maior do que no ano passado, e o fabricante não consegue manter o estoque. Temos um amigo em Newark que está com o mesmo problema."

Ellen continuou rabiscando no bloco. Esses eram os efeitos dos assassinatos que iriam dar vida à história sob uma trágica perspectiva.

"E todos os protetores de olhos que eu tenho são grandes demais para crianças. Para Lateef e os outros, tive que redimensionar os protetores. Cortá-los com tesoura."

Ellen anotou isso também.

"Espero que nunca chegue o dia em que se comece a fabricar protetores de olhos para crianças."

"Concordo", assentiu Ralston. "Além disso, não usamos arame na boca de Lateef. Suturamos o músculo e usamos adesivo, o que funcionou muito bem. Ele tinha muitas contusões, mas felizmente o deslocamento que ocorreu durante a injeção fez com que boa parte desaparecesse. Isso era o que esperávamos."

"Você usa muito a palavra 'nós'. Você teve ajuda com Lateef?"

"Meu filho John. Nós trabalhamos juntos." O tom de Ralston suavizou-se. "Começamos às oito horas e terminamos no fim do dia. Meu neto é da idade de Lateef e, bem, não foi fácil para John e para mim." Ele tossiu de leve. Ellen estava a ponto de fazer uma pergunta, mas conteve-se ao ver que a cabeça dele inclinava-se ligeiramente e uma rigidez tomava conta de seu corpo pequeno.

"Lateef, esse é um que jamais vou esquecer. Eu conhecia aquele menino. Quando ele chegou daquele jeito, a princípio eu não sabia o que fazer." Ralston sacudiu a cabeça, ainda abatido. "Eu não sabia o que fazer. Tive que ir lá para fora. Fiquei na recepção e pedi a Deus para me ajudar, para me dar forças."

Ellen assentiu. Não fez nenhuma anotação. Isso ficaria em segredo. Era muito pessoal. De repente, seu celular tocou, destruindo a quietude e perturbando a ambos. Constrangida, ela abriu a bolsa.

"Desculpe", disse ela, procurando o celular. "Eu deveria ter desligado isso."

"Fique à vontade para atender a chamada." Ralston conferiu seu relógio e aquele momento passou. "Preciso voltar ao trabalho."

Ellen encontrou o telefone e o desligou, mas não sem antes ver o código da área. 302. Delaware.

Cheryl Martin.

Capítulo 30

ELLEN PÔS O PÉ NO ACELERADOR EM DIREÇÃO AO SUL, a Wilmington, correndo para escapar da hora do rush. O céu tornara-se negro e flocos de neve começaram a cair, manchas de renda branca congelando-se nos faróis de seu carro. O noticiário do rádio previu uma tempestade, e era como se ela também estivesse tentando ultrapassar a tormenta. Ellen sentia-se inquieta, hiperexcitada, mesmo após aquela tarde longa e triste. Não se lembrava da última vez que comera, mas isso não importava. Quando se deu conta, ela estava acelerando, indo a cento e dez quilômetros por hora, depois a cento e vinte. Perguntou-se se estava correndo para alguma coisa. Ou de alguma coisa. Ellen achou a casa, estacionou junto ao meio fio e olhou pela janela de seu carro. O lar de Cheryl era uma adorável casa em estilo Tudor, com uma fachada de estuque branco e beirais de um tom marrom-escuro, instalada em meio a um amplo espaço vazio. Um sedan branco estava estacionado em uma entrada para carros circular, e as sempre-verdes e sebes que ajardinavam a propriedade encontravam-se respingadas por novos flocos, de modo que o cenário mais parecia um globo de neve suburbano. Ela pegou a bolsa e a pasta e desceu do carro.

As duas estavam sentadas em uma bela sala de estar, em um sofá em forma de L revestido de um tecido de fibra natural que combinava perfeitamente com um rústico tapete de sisal. A luz era embutida e as paredes cor de gelo, adornadas com paisagens com cavalos que sem dúvida poderiam reproduzir a vista que se tinha de uma janela.

Cheryl dizia: "Devo admitir que parte das razões pelas quais quis ver você tem a ver com os artigos seus que eu li".

"Obrigada." Ellen lembrou-se das fotos de Cheryl Villiers, nascida Martin, que vira na casa de sua mãe, Gerry. Cheryl era a irmã bonita, com grandes olhos azuis e uma pitada de sardas sobre um nariz perfeito. Pessoalmente, parecia-se com Will, apesar dos pés-de-galinha e das rugas de expressão circulando seus amplos lábios.

"Ainda me lembro dos artigos que você escreveu sobre a adoção do seu bebê. Eu os reli na versão on-line depois que minha mãe telefonou. Acho que eles são realmente bons."

"Obrigada."

"Havia uma foto do bebê no jornal. É tão estranho pensar que aquele bebezinho é de Amy. Meu sobrinho. Não consigo imaginar." Cheryl sorriu com um certo desconforto, deixando entrever seus dentes clareados. "Minha mãe disse que você lhe mostrou alguns documentos legais. Posso vê-los?"

"Sim, é claro." Ellen vasculhou sua bolsa e pegou os papéis da adoção. "Realmente preciso encontrar Amy. Acho que sua mãe deve ter lhe dito. É apenas para obter informações do histórico médico. Se você se lembra do artigo, Will tinha um grave problema cardíaco quando eu o adotei."

Cheryl leu os documentos, a cabeça inclinada num ângulo inquisitivo deixando os cabelos loiro-escuros caírem sobre seu rosto. Ela usava um suéter de tricô cor de cobre com gola em V, calça bege justa e sapatos pretos de couro, sem saltos.

"Você acha que essa é a assinatura de Amy?"

"Sim, acho. Com certeza é a assinatura dela."

"E quanto à autorização de adoção? Essa é sua assinatura?"

"Não, nunca assinei este documento." Cheryl ergueu o olhar. Havia franqueza em seus olhos levemente maquiados. "Ela forjou isso."

"O que você acha que está acontecendo?"

"Amy não queria que nós soubéssemos do bebê, é óbvio."

Bingo! "E quanto àquela história da torção de ovário?"

"Olhe, minha mãe pensa que Amy não podia ter filhos, mas eu não concordo. Tudo o que o médico disse foi que ela provavelmente não poderia engravidar, e Amy criou um caso por causa disso. Até meu marido disse que ela poderia engravidar." A voz de Cheryl deixava transparecer seu ressentimento. "Ela é a rainha do drama. Ela apenas usou a torção de ovário para ganhar atenção."

"Então você acha que ela teve um bebê?"

"Claro, certamente isso é possível. Nós paramos de vê-la por volta dessa época. Se ela teve um bebê há três anos, não tenho como saber. Eu já estava casada então, e nós não vemos muito a minha família." Algo assomou por de trás dos olhos de Cheryl, mas ela guardou essa emoção para si. "Todos fumam, e essa é uma das razões. Nós não toleramos cigarros pela casa."

"Você disse que seu marido é médico?"

"Sim, é. Ele acabou de sair, levou as crianças para jantar numa pizzaria. Nós temos gêmeas. Achamos que não seria uma boa ideia se elas estivessem aqui quando você chegasse."

"Certo." Ellen pensou a respeito. Gêmeas. Elas seriam as primas de Will. Mas, voltando aos negócios, perguntou: "Você não faz ideia de onde Amy possa estar? Sua mãe acha que ela mantém contato com você."

"Amy de fato manda e-mails, mas muito raramente. Quando precisa de dinheiro."

"Você lhe mandou algum dinheiro?" Ellen queria o endereço.

"Não. Meu marido acha que eu não deveria fazer isso, então parei. E ela parou de pedir."

"Posso ficar com o e-mail dela? É realmente muito importante que eu entre em contato com Amy."

Cheryl franziu o cenho.

"Eu deveria enviar um e-mail para Amy primeiro, para ter certeza de que ela quer falar com você. Afinal, se ela deu o bebê para adoção, poderia escolher se queria ou não manter contato com você, não é mesmo?"

Droga! "Sim, mas como sua mãe provavelmente lhe disse, a advogada que intermediou o acordo morreu, e eu não tenho outros meios de obter essa informação."

Cheryl lhe devolveu os papéis.

"Meu marido disse que eles podem fornecer informações médicas em uma adoção, mesmo se a identidade dos pais for mantida em segredo."

"Isso é verdade, mas eu preciso fazer mais uma ou duas perguntas." Ellen tentou outro caminho. "Vou lhe dizer uma coisa. Você passaria o meu e-mail para Amy e lhe pediria para entrar em contato comigo?"

"Está bem."

"Obrigada." Ellen não havia chegado tão longe para sair de mãos vazias. "E se ela não me mandar uma mensagem? Você me daria o e-mail dela?"

"Cruze os dedos."

Ellen pensou em seu pedido anterior, que fizera por telefone.

"Também gostaria de saber se você conseguiu encontrar fotos dela."

"Claro. Encontrei duas que eu tinha no computador, uma jovem e outra mais recente. Acho que não há problema se você ficar com elas." Cheryl virou-se para a mesa do canto, pegou duas folhas de papel e as entregou para Ellen, apontando um dedo indicador com a manicure bem-feita. "Esta é Amy quando pequena."

Ellen olhou para a foto de uma garota bonitinha segurando uma bandeira americana e usando um chapéu do Tio Sam.

"Que idade Amy tinha nesta foto, você sabe?"

"Havia acabado de completar cinco anos. Antes de virar uma maluca." Cheryl riu mansamente. "Seu filho se parece com ela?"

"Não muito", admitiu Ellen. O nariz de Amy era mais largo do que o de Will, e seus lábios, mais cheios. "Sinceramente, ele se parece mais com você."

"Isso deve ser de família. Também não me pareço com minhas filhas. Dá para imaginar isso? Carregar gêmeas por nove meses e elas não se parecerem com você?"

"Não parece justo." Ellen estava preocupada demais para sorrir. "Will deve se parecer mais com o pai, mas eu não sei qual é a aparência dele. O nome Charles Cartmell significa alguma coisa para você?"

"Não."

"De acordo com os documentos de adoção, ele é o pai."

"Nunca ouvi falar dele. Amy saía com um monte de caras. Nunca teve um relacionamento sério."

"Se ela engravidasse, iria contar ao pai? Digo, será que ela sentiria que devia fazer isso?"

Cheryl emitiu um som desdenhoso.

"Você está brincando? Se bem conheço minha irmã caçula, ela provavelmente não sabia quem era o pai. Ela poderia ter inventado o nome que consta da autorização, não poderia?"

Ellen inclinou-se para a frente.

"Mas por que ela inventaria o nome dele e não o dela mesma, ou o seu?"

"Eu não sei." Cheryl deu de ombros, mas Ellen pensou um pouco mais a respeito.

"Espere, acho que eu sei. Ela não podia inventar um nome porque teria de arrumar uma falsa identidade no hospital quando Will ficou doente. Mas se ela nunca se casou com Charles, ou com o pai de Will, ele nunca apareceu. Então ela poderia inventar o nome dele." Os pensamentos de Ellen adiantaram-se. "Me diga uma coisa, pelo que você se lembra, ela possuía algum namorado naquela época, há três anos?"

"Ah, tinha muitos. Isso ajuda?" Cheryl riu, mas Ellen não.

"Você não se recorda de nenhum nome?"

"Não. Mas talvez esta foto ajude. Há um sujeito nela, e eles aparentam estar um bocado enrabichados." Cheryl lhe entregou a segunda fotografia. "Esta é a foto mais recente que eu tenho de Amy. Ela me mandou por e-mail, e você pode ver a data, 5 de junho de 2004."

"Isso seria pouco depois que ela teve Will", disse Ellen, comemorando por dentro. Era uma foto de Amy sorrindo na praia. Ela vestia um biquíni preto e tinha uma lata de cerveja preta na mão. Seu braço estava ao redor de um homem sem camisa que erguia sua garrafa para a câmera. Se Will havia nascido em 30 de janeiro de 2005, ela deveria estar com cerca de dois meses de gravidez quando a foto foi tirada, supondo-se que a fotografia tenha sido feita quando foi enviada. Mas ela não tinha nenhuma barriguinha de grávida. Talvez a barriga não estivesse aparecendo ainda, mas havia aquela garrafa de cerveja.

"O que você está pensando?", perguntou Cheryl.

"Que se Amy estivesse saindo com esse homem naquela época, ele poderia ser o pai de Will."

"Ele faz o tipo dela. Amy gostava de garotos encrenqueiros."

Ellen olhou para o homem, cuja aparência não era nada má para um *bad boy*. Ele tinha olhos estreitos e um longo rabo de cavalo castanho. Alguma coisa nele parecia quase familiar, mas talvez fosse o fato de que ele lembrava um pouco Will. Ele possuía aquele sorriso meio caído para o lado, mas nele isso mais parecia um sorriso zombeteiro. A foto era pouco nítida para que nela se pudesse ver mais detalhes, e havia sido tirada de uma certa distância.

"No e-mail Amy disse quem ele era ou onde estavam?"

"Não."

Ellen raciocinou a respeito.

"Poderia ser qualquer lugar quente, o que poderia ser qualquer lugar em junho. Posso lhe perguntar o que ela disse no e-mail?"

"Nada. Ela apenas mandou a foto. Legal, né?!" Cheryl riu de novo, mas o olhar de Ellen permaneceu fixo na foto. Ela poderia estar olhando para os pais biológicos de Will. Charles Cartmell, se esse fosse realmente ele, tinha tatuagens multicoloridas que ela não conseguia identificar recobrindo todo o seu braço e, apesar da baixa resolução da foto, aparentava estar um pouco bêbado.

"O foco está tão ruim."

"Pode ser a minha impressora. Fique com esta cópia e eu lhe envio outra por e-mail, se você quiser."

"Por favor, faça isso." Ellen deu seu e-mail para Cheryl. "Amy tinha amigas?"

"Ela nunca se deu bem com outras garotas. Sempre andava com rapazes."

Ellen fez uma anotação mental.

"Você disse que Amy lhe envia e-mails. Ela nunca mencionou nenhum homem nos e-mails?"

"Não que eu me lembre."

"Você se importaria de ver os e-mails para que a gente possa checar?"

"Não posso, deletei todos." Cheryl olhou para o seu relógio. "Bem, já está ficando tarde."

"Claro, eu preciso ir." Ellen levantou-se com seus papéis, ocultando sua frustração. "Muito obrigada por se encontrar comigo. Você acha que ela vai me enviar algum e-mail?"

"Só Deus sabe."

Ellen despediu-se e foi embora, perguntando-se se era realmente Charles Cartmell que estava na foto. Ela foi atingida pelo frio ar da rua e olhou para o céu, escuro e sem estrelas.

Talvez não fosse tarde demais para dar um passeio.

Capítulo 31

Ellen sentou-se em seu carro com o motor desligado, olhando a neve cair na escuridão enquanto segurava os papéis da adoção. Ela estacionara ao lado de uma escola primária, um prédio de tijolos vermelhos de três andares que estava lá desde 1979, de acordo com sua pedra fundamental. A escola ficava no endereço de Charles Cartmell, mas, obviamente, ele não morava lá. Amy deveria ter tirado o endereço da cartola, e provavelmente inventara o nome também. Ela bem que poderia ter escolhido Conde Chócula. Ellen não estava totalmente supresa. Sabia que a avenida Grant era uma das vias mais movimentadas da região Nordeste, e que se situava em uma área comercial, mas esperava que houvesse algum edifício residencial ou talvez alguma casa com apartamentos convertidos.

Os carros passavam apressados por ela, com os limpadores de para-brisa em movimento e as luzes de freio cortando o espaço noite adentro. Ela olhou de novo a foto de Amy e o homem na praia. A iluminação da rua lançava uma luz oblonga e avermelhada em seu rosto, mas seus olhos permaneciam na sombra.

"Quem é o meu filho?" Ela perguntou ao silêncio.

Capítulo 32

"Muito obrigada por ter ficado, Con." Ellen fechou a porta da frente atrás de si sentindo uma pontada de culpa. Já passava das onze horas, e na TV um homem do tempo de gravata borboleta enfiava um bastão medidor em oito centímetros de neve. "Sou muito grata por isso."

"Tudo bem." Connie levantou-se do sofá, cansada, com o livro de Sudoku na mão. "Deu tudo certo no seu encontro?"

"Sim, obrigada." Ellen pegou o casaco de Connie do armário e entregou para ela. "Como está o meu garotinho?"

"Bem." Connie colocou o casaco. "Mas hoje era o Dia da Camisa Maluca na escola e você esqueceu a camisa dele. Eu lembrei você na semana passada. Pensei que estivesse na mochila dele e fomos embora."

"Oh, não!" Ellen sentiu outra pontada de culpa, o que deu o total de duas em dois minutos — um recorde, até mesmo para ela. "Ele ficou chateado?"

"Ele tem três anos, El."

"Eu devia ter lembrado."

"Não, eu devia ter checado. Vou fazer isso na próxima vez."

"Coitadinho." Ellen xingou a si mesma. Will detestava ser diferente. O garoto adotado. O garoto que não tinha pai.

Nem ela nem Will eram como os outros. "Você chegou até a me avisar."

"Não se puna. É fácil se confundir. Dia do Chapéu Maluco, Lanche da Mamãe, Dia do Pijama, tanto faz. Não tive que passar por isso quando Mark era pequeno." Connie pôs seu livro de enigmas na sacola, pegou suas coisas e se ajeitou. "Eles estão fazendo você trabalhar demais."

"E eu estou fazendo você trabalhar demais." Ellen apertou o ombro dela. "Por favor, diga a Chuck que eu sinto muito por fazer você ficar até tarde."

"Ele pode preparar sua própria comida, para variar. Isso não vai matá-lo." Connie abriu a porta, deixando entrar uma lufada de ar frio e úmido. "A neve já está parando, não está?"

"Sim, mas dirija com cuidado. Obrigada, mais uma vez." Ellen segurou a porta e depois fechou, trancando-a atrás de si. Ela tirou o casaco e pendurou-o, pensativa. Ultimamente, andava fazendo bobagens a torto e a direito. Esquecendo a camisa maluca. Perdendo as reuniões no conjunto habitacional. Tudo havia começado com o cartão branco que viera com a correspondência. Esperava que Amy lhe enviasse um e-mail o quanto antes para que pudesse deixar tudo isso para trás.

Ellen foi até a cozinha, preparou uma xícara de café fresco e empurrou Amy para o fundo de sua mente. Tinha uma matéria para escrever e estava faminta. Ela encheu uma tigela de Frosted Mini-Wheats* sobre a pia e deixou o leite que sobrou para Oreo Fígaro, que pulou sobre o balcão e se pôs a ronronar profundamente enquanto lambia tudo. Quando terminou, olhou para a tigela com seus olhos amarelo-esverdeados piscando, num silencioso apelo para ganhar mais. Uma minúscula gotícula de leite pendia de seu queixo.

---

* Cereal matinal feito de trigo e recoberto de açúcar. (N. T.)

"Temos que trabalhar", disse Ellen, pegando a tigela de volta.

Em seu escritório, ela começou da mesma forma com que iniciava qualquer uma de suas matérias. Não havia atalhos, ou, pelo menos, não havia nenhum que funcionasse. Ela construía suas matérias do fim para o começo, e o primeiro passo era sempre a transcrição das anotações. Se precisasse fazer uma citação literal, ia diretamente para as fitas gravadas. Então, geralmente, se tivesse cafeína suficiente, seu cérebro se poria em ação e o ângulo para abordar a matéria surgiria espontaneamente. Ellen tomou um gole de café quente, olhou para as anotações a seu lado e começou com a entrevista da mãe de Lateef. Ela digitou:

Tortas "muito feias" para serem servidas. Ela quer isso no jornal, para que as crianças não sejam apenas um número, como na loteria.

Ellen prosseguiu, tentando lembrar-se do clima da entrevista e de como ela se sentiu sentada na cozinha de Laticia, mas seus pensamentos vagaram novamente para a casa de Cheryl e a foto de Amy e o homem na praia.

"Nada vai mudar aqui" e "Isso é a América".

Ellen folheou a página de seu bloco de anotações e continuou a transcrever, mas apenas de forma mecânica. Ela havia descoberto muito sobre Will para um único dia. Tinha conhecido sua mãe, avó e tia, e talvez tivesse visto como era seu pai. Tentou continuar digitando, mas seus dedos ficaram vagarosos e pensamentos sobre a família Martin começaram a se intrometer. Pegou-se especulando se Cheryl lhe enviara por e-mail uma cópia da foto de Amy e o homem na praia.

Ellen minimizou seu documento do Word e abriu o Outlook Express. E-mails recebidos enfileiraram-se na tela, e ela ignorou o de Sarah, que vinha com um documento anexo e cujo assunto era: PARA SUA INFORMAÇÃO, JÁ MANDEI MINHA MATÉRIA PARA MARCELO.

De repente, um e-mail surgiu na tela. O remetente era twinzmom373@gmail.com.

Ellen abriu o e-mail. Era de Cheryl. A mensagem dizia: *Prazer em conhecê-la*, e havia um documento anexo. Ela abriu o documento e a foto de Amy e o homem na praia saltou na tela. Embora já tivesse visto essa imagem antes, não entrava em sua cabeça o fato de que Amy era a mãe de Will e o homem na praia era o pai dele, e que ambos estavam resplandecendo em sua tela. Ellen olhou por sobre o ombro, para o caso de Will ter se levantado da cama, mas não havia nada atrás dela além de Oreo Fígaro, com as patas dianteiras esticadas no tapete como o Super-Homem durante o voo.

Ela comprimiu os olhos para enxergar melhor a foto. On-line, a imagem era mais brilhante, mas ainda fora de foco e distante. Ela sabia como corrigir isso. Salvou o retrato em Minhas Imagens, abriu o Photoshop e baixou a foto. Depois, traçou um quadrado ao redor do rosto de Amy e clicou no zoom. A imagem explodiu em pixels. Ela reduziu um pouco e examinou cuidadosamente as feições de Amy. O formato de seus olhos não se parecia muito com o de Will, embora fossem azuis, e seu nariz era mais longo e largo do que o de Will.

Nem todo mundo se parece com a mãe.

Ellen fez a foto voltar ao tamanho original, enquadrou o rosto do homem com o mouse e clicou. Seu coração bateu mais rápido. O homem parecia um tanto familiar e seu sorriso era como o de Will, meio caído do lado direito. Ela tomou mais café e clicou novamente no zoom, ampliando o rosto do homem até fazê-lo encher a tela. Esperava que a falta de foco não a impedisse de perceber a configuração geral de seu rosto, mas isso não aconteceu. Ellen colocou a xícara sobre a escrivaninha, quase respingando o café em suas anotações. Ela empurrou o notebook para tirá-lo do caminho e debaixo dele surgiu o cartão branco com a foto de Timothy Braverman.

Hummm.
    Ela pegou o cartão e olhou para a versão digitalmente envelhecida de Timothy. Depois largou o cartão, voltou para o Minhas Imagens e encontrou a última foto de escola de Will. Ampliou a fotografia e pôs a seu lado, na tela, a foto do homem na praia. Então comparou as duas — a foto mais recente de Will com a do homem na praia —, enquanto fazia um inventário mental:

    Will, olhos azuis e bem separados; Homem da Praia, olhos bem próximos um do outro e azuis;
    Will, nariz pequeno e arrebitado; Homem da Praia, longo e afilado.
    Will, cabelos loiros; Homem da Praia, cabelos castanho-claros.
    Will, rosto redondo. Homem da Praia, rosto oval.
    Will, queixo normal; Homem da Praia, queixo pontudo.
    Semelhanças: olhos azuis, sorriso com o canto dos lábios caídos.

    Ellen reviu a lista e inclinou-se para trás, examinando as fotos a distância. Não conseguiu chegar a nenhuma conclusão, por mais que tentasse. O Homem da Praia podia ser o pai de Will, ou talvez fosse alguém que Amy estivesse namorando na mesma época, ou um cara qualquer com uma cerveja. Ou talvez Will não se parecesse muito com nenhum de seus pais.
    Ele se parecia com Cheryl, e isso já era alguma coisa.
    Ellen voltou a ficar on-line. Ela clicou no site da família Braverman, capturou a foto digitalmente envelhecida de Timothy e salvou uma cópia no Minhas Imagens. Estava a ponto de colocá-la na tela ao lado das fotos de Will e do Homem da Praia quando alguma coisa no website da família Braverman chamou sua atenção.
    O retrato falado do ladrão de carro e raptor.

Num impulso, Ellen capturou o retrato falado e salvou uma cópia no Minhas Imagens. Depois baixou o retrato e colocou ao lado da foto recente de Will, do Timothy digitalmente envelhecido e do Homem da Praia — todas as quatro imagens alinhadas. Ela piscou e seu coração bateu mais rápido. Ela capturou o retrato falado e a foto do Homem da Praia e as colocou lado a lado em uma página diferente. As fotos eram de tamanhos diferentes. Ellen circundou o retrato falado e clicou no zoom para ampliá-lo, deixando-o aproximadamente do mesmo tamanho da foto do Homem da Praia. E então ela clicou.

Ellen ficou gelada. O retrato falado do raptor parecia-se com o Homem da Praia. Ela conferiu de novo, mas eles sem dúvida se pareciam.

"Oh, meu Deus", disse Ellen em voz alta, e Oreo Fígaro ergueu o queixo. Seus olhos eram fendas que desapareciam no negrume de seu pelo. Ela olhou de novo para a tela, tentando entender. Era impossível comparar um desenho em preto e branco feito a lápis com a foto colorida de um homem em carne e osso. Seu olhar recaiu sobre o desenho de um cavalo que Will decalcara outro dia e isso lhe deu uma ideia. Clicou em Imprimir, e sua impressora barata de plástico começou a funcionar com um ruído. Ela levantou-se e correu para o andar de cima. Vasculhou a caixa de brinquedos e retornou com um rolo de papel de decalcar.

A impressora havia cuspido uma cópia do retrato falado. Ela pegou uma Sharpie* preta e seguiu os contornos das linhas que formavam as feições do raptor, escurecendo-as para que ficassem mais grossas e escuras. Depois, Ellen colocou um pedaço do papel de decalque em cima do retrato falado, traçando a imagem no papel enrugado e transparente, e ignorando o baque surdo em seu

---

* Marca de caneta. (N. T.)

peito. Ela pôs o papel de decalque de lado e pegou a cópia da foto do Homem da Praia da bandeja da impressora. Afastou o teclado do computador e colocou a foto impressa sobre a escrivaninha.

Então, Ellen parou.

Ao mesmo tempo em que queria, ela também não queria saber. "Vá em frente", disse Ellen num sussurro. Pegou o retrato falado do raptor e o colocou sobre o rosto do Homem da Praia.

Ambos combinavam perfeitamente.

Ellen sentiu que ia vomitar. Levantou-se num salto e correu para o banheiro.

CAPÍTULO 33

ELLEN FICOU PARADA NA SOLEIRA DA PORTA do quarto de Will, perdida em pensamentos. Não podia mais trabalhar, não depois do que descobrira, ou do que pensava ter descoberto. Mal podia colocar isso em palavras dentro de sua própria mente, mas também não podia ignorar.

Will era realmente Timothy?

Sentiu nos dentes o gosto de bile e de Colgate e encolheu-se contra o batente da porta, forçando o cérebro a funcionar. Tentou racionalizar e detectar qualquer falha na lógica disso tudo.

Comece pelo começo. Fique calma.

Ellen pensou por um minuto, tentando articular o cenário que a deixava temerosa. Se o retrato falado combinava com o a foto do homem na praia, então o Homem da Praia era o raptor. Ele havia atirado na babá de Carol Braverman. Sequestrara Will. Pegara o dinheiro do resgate, mas ficara com o bebê. Ele tinha uma namorada que fingia ser a mãe do bebê. Amy Martin.

Por que não matar o bebê logo após o sequestro?

Ellen estremeceu, mas mostrou-se capaz de adivinhar algumas respostas. Amy queria um bebê e não podia ter filhos. Ou pensaram que poderiam vender o bebê no mercado negro. Ela cruzou os braços contra o peito, abraçando a si mesma, e continuou com a narrativa em sua mente, detectando outro ponto obscuro.

Por que dar o bebê para adoção?

Essa resposta Ellen sabia com certeza. Porque ele estava doente. Will tinha um problema cardíaco sobre o qual ninguém sabia. Pelo menos foi isso que ela supôs, já que o site dos Braverman não mencionava que Timothy possuía problemas no coração. Os médicos no Hospital Dupont lhe disseram que o sopro passara despercebido, o que não era fora do comum. Will não havia se desenvolvido bem. Ele não comia direito e estava adoentado. Isso seria demais para Amy — sua própria mãe havia confirmado — e ficar com o bebê teria sido muito arriscado para ela. Muitos exames de sangue, formulários e perguntas que poderiam revelar que Amy não era a mãe e seu namorado não era o pai.

Então, o que fazer?

Ellen compôs a história como a reportagem de um pesadelo. Eles levaram o bebê para um hospital distante de Miami, de volta para onde Amy havia crescido. Basicamente, eles iriam abandonar o bebê num hospital e a solução iria surgir, sob a forma de uma gentil repórter que se apaixona pelo bebê. Ela o adota e o leva para casa, onde ele dorme sob um céu de estrelas adesivas.

Meu Deus!

Ellen deixou que o olhar vagasse pelo quarto de Will, sobre as sombras de caminhões Tonka e Legos, sobre as prateleiras de livros fininhos, Candy Land* e ursos e coelhos de pelúcia cujas cores suaves foram reduzidas a matizes de cinza. A persiana estava aberta e lá fora o céu mostrava-se estranhamente brilhante. O mundo resplandecia com uma nova nevasca que revestira a casa como um lençol de algodão, mantendo Will seguro lá dentro.

---

* Jogo infantil de tabuleiro. (N. T.)

"Mamãe?", chamou Will, sonolento em sua cama.

Ellen secou os olhos, andou até a cama e inclinou-se sobre Will, tirando a franja de sua testa sob a luz que vinha do corredor.

"Desculpe, acordei você."

"Você está em casa?"

"Sim, é noite e eu estou em casa."

"Connie disse que você tem que trabalhar muito."

"Eu tenho, mas estou em casa agora." Ellen engoliu o nó que se formara em sua garganta, mas tinha sensação de que ele desceria por seu peito e causaria um ataque cardíaco. Ou talvez ela apenas tivesse uma combustão espontânea. Ela encostou-se na lateral da cama e tentou recuperar a compostura.

"Desculpe, esqueci sua camisa maluca."

"Não tem problema, mamãe."

Ellen ficou com os olhos cheios d'água. Ela abaixou-se e acariciou sua bochecha.

"Você é o melhor menino do mundo, sabia?"

"Você escovou os dentes."

"Escovei." Ellen sentia-se desconfortável, sentada na lateral da cama. "Odeio esta lateral. Vou tirá-la." Ela levantou-se começou a remover a lateral de madeira, sacudindo a cama.

"Eu não vou cair, mamãe."

"Eu sei. Você é esperto demais para cair de sua própria cama." Ellen deu mais uma sacudida e finalmente conseguiu tirar a lateral da cama.

"Desculpe."

Will riu.

"Lateral idiota."

"*Lateral idiota.*"

"Adeus, lateral." Ellen levou a lateral para o outro lado do quarto e a colocou no chão. "Eu não queria ser você."

Will riu novamente.

Ellen voltou para a cama e viu Will se contorcendo.

"Você é uma minhoca se contorcendo?"

"Sou!"

"Estou indo aí. Vamos ter uma festa sonolenta."

"O que é isso?" Will encolheu as pernas.

"São pessoas fazendo festas quando deveriam estar dormindo." Ellen acomodou-se na cama estreita, ao lado dele. "Mexa-se rápido, treme-treme."

"Pode deixar." Will moveu-se para o canto e Ellen o alcançou, envolvendo-o em seus braços. Não queria mais pensar em Amy Martin e nos Braverman. Queria estar onde estava naquele exato momento, segurando seu filho junto de si.

"Que tal? Gostou?"

Will a abraçou.

"Fiz uma bola de neve."

"Você fez? Legal."

"Está na varanda. Você viu?"

"Não." Ellen lhe deu outro abraço. "Vai estar lá amanhã. Eu olho de manhã, é a primeira coisa que farei."

"Você tem que ir para o trabalho amanhã?"

"Sim." Ellen não sabia o que ia acontecer no trabalho amanhã, com sua matéria inacabada. Mas naquele momento, ela não se importava.

"Odeio o trabalho."

"Eu sei, querido. Sinto muito por ter que trabalhar."

"Por que você tem que trabalhar?"

Ellen havia respondido àquela pergunta incontáveis vezes, mas ela sabia que não era realmente uma pergunta. "Eu trabalho para termos todas as coisas de que precisamos."

Will bocejou.

"Talvez a gente devesse se acomodar e dormir. A festa acabou, e o sono está começando."

"Eu não vou cair", disse Will mais uma vez, e Ellen o abraçou bem junto de si.

"Não se preocupe. Você não vai cair. Eu estou aqui para pegar você."

"Boa noite."

"Eu te amo, querido. Boa noite." Ellen o abraçou, e no minuto seguinte sentiu seu corpo mergulhando outra vez no sono. Deu-se conta de que havia começado a chorar e forçou-se a parar. Se fosse por esse caminho não haveria volta. E, de qualquer forma, não era hora nem lugar para isso.

Saia dessa.

Ela não podia ter realmente certeza de que o Homem da Praia era mesmo o raptor. Um decalque não podia provar coisa nenhuma de modo acurado, e retratos falados eram baseados apenas numa descrição verbal. Muitos homens tinham olhos estreitos e narizes compridos. Se o retrato falado não era suficientemente confiável para provar que o raptor era o Homem da Praia, então não havia nenhum elo entre Will e Timothy. Ellen sorriu no escuro, sentindo-se um pouquinho melhor. Talvez Amy lhe mandasse um e-mail contando a história do nascimento de Will e explicando por que ela o pusera para adoção.

Will moveu-se durante o sono e ela aninhou-se nele. Ellen não conseguiria decidir naquela noite se seus temores tinham fundamento ou se eram totalmente insanos. Mas, por detrás deles, insurgia-se uma pergunta não pronunciada, uma pergunta que ela não podia admitir nem muito menos articular para si mesma. Essa pergunta insinuara-se no fundo de sua mente desde o momento em que ela vira aquele infernal cartão branco em sua correspondência.

Ela abraçou Will junto de si, e lá, no quarto silencioso e escuro, a pergunta pendia no ar sobre a cama, suspensa em algum lugar entre a mãe, a criança e as falsas estrelas.

Se Will for mesmo Timothy, o que é que eu vou fazer?

Capítulo 34

Ellen entrou na sala de redação na manhã seguinte exausta após ter tido apenas duas horas de sono. Ela não conseguira impedir que seu cérebro pensasse em Will e Timothy, e sentia-se tensa, dolorida e preocupada. Vestia o mesmo jeans e camisa do dia anterior, e não tivera tempo de tomar banho. Tinha checado seu e-mail infinitas vezes a caminho do jornal, mas não havia nenhuma mensagem de Amy Martin.

Caia na real.

"Bom dia, querida", disse Meredith Snader ao passar por ela com uma caneca vazia nas mãos a caminho da sala do café, e Ellen esforçou-se para sorrir.

"Oi, Mer." Ela tentou deixar de lado a história dos Braverman, mas seu coração estava acelerado. A sala de redação estava quase vazia e ela apressou o passo em direção à sua mesa, tentando concentrar-se para a reunião sobre a matéria dos homicídios. Pela parede de vidro do escritório de Marcelo, ela podia vê-lo sentado à sua escrivaninha. Sara estava sentada em frente a ele, e os dois riam por algum motivo.

Ótimo.

Ellen imaginou que as risadas cessariam quando ela lhes dissesse que terminaria a matéria com atraso. Ela largou a bolsa na escrivaninha, tirou a jaqueta e, ao pendurá-la no cabide, viu Sal e Larry entrando na sala de Marcelo. Eles seguravam copos de isopor com café e se pareciam com os jornalistas que Ellen crescera idolatrando. Ela odiava o fato de que estava a ponto de se dar mal em frente ao Woodward e Bernstein locais.*

Ellen se empertigou e seguiu para a sala de Marcelo. Ele a olhou cheio de expectativas por detrás da escrivaninha.

"Entre, Ellen." Marcelo sorriu, mas havia uma sombra em seus olhos. "Não recebi o seu rascunho. Você me mandou por e-mail?"

Ellen colocou uma máscara profissional no rosto.

"Marcelo, ainda não terminei a matéria. Desculpe."

Sarah ergueu os olhos. Larry e Sal viraram-se para ela. Marcelo piscou.

"Não terminou?", perguntou ele, erguendo uma sobrancelha.

"Não, desculpe." As têmporas de Ellen latejavam. "Fiquei um pouco sobrecarregada e preciso de alguns dias a mais."

"Talvez eu possa ajudar. É para isso que me pagam."

"Não, não pode", despejou Ellen, mas Marcelo ainda estava sorrindo. Ele meneou a cabeça e seu olhar expressava solidariedade.

"Deixe-me ver o que você já fez até agora. Não estou buscando perfeição. Nem poderia, com esses dois folgados envolvidos na matéria." Marcelo fez um gesto em direção a Larry e Sal. "O rascunho deles precisa da revisão habitual."

"Dane-se", disse Sal, e todos riram, exceto Ellen, que precisava dizer a verdade.

"Marcelo, para ser honesta, não há nenhum rascunho. Ainda não." Ela sentiu-se vagamente enjoada, desmascarada e vulnerável. Todos olhavam para ela surpresos, Marcelo mais do que os outros.

"Nenhum?!" Marcelo franziu o cenho, confuso.

---

* Jornalistas que cobriram o caso Watergate. (N. T.)

"Não se preocupe", intrometeu-se Sarah. "Já cobri esse buraco."

"Por favor, espere." Marcelo ergue a palma da mão, mas Ellen olhava Sarah, zangada demais para deixar passar.

"O que você quer dizer com já tapei esse buraco?", perguntou ela.

Sarah ignorou a pergunta.

"Marcelo, Ellen recusou-se a falar com minha fonte, Julia Guest, por isso falei com ela e escrevi a entrevista. Acho que isso é uma boa maneira de dar uma face humana ao assunto." Sarah lhe entregou algumas folhas de uma pilha de papel que ela segurava contra o peito. "Dê uma olhada nisso."

Ellen sentiu-se tonta. Sarah havia acabado de enfiar uma faca em suas costas. A garota queria o emprego e não vacilava diante de nada.

"Quem é mesmo essa fonte?", perguntou Marcelo, enquanto olhava as folhas.

"Ela tem atuado ativamente nos esforços para pôr um fim à violência e organizou a comunidade para tratar disso. Ela conhece todos os envolvidos e passa informações para o gabinete do prefeito."

"Qual é o interesse dela nisso tudo?"

"Ela organizou as demonstrações do mês passado e uma das vigílias."

"Ela está envolvida com a política local?"

"Não oficialmente."

"Obrigado, mas não é isso que eu queria." Perturbado, Marcelo lhe devolveu os papéis. "Parece que ela tem um interesse direto nessa história. E se ela não tem um interesse direto, ela não é a matéria."

Ellen limpou a garganta.

"Entrevistei uma das mães que perdeu o filho, um aluno do fundamental que foi assassinado. Também falei com a professora do garoto e com o agente funerário que preparou seu corpo."

Sal assobiou.

"Mães de luto fazem sucesso."

Larry assentiu.

"Gostei desse aspecto do funeral também. É diferente. Original."

Marcelo parecia aliviado.

"Certo, Ellen. Está bom. Quando você pode terminar?"

"Na próxima sexta?"

"Ela está trabalhando na sequência da matéria sobre a Sulaman", interrompeu Sarah. Ellen virou-se para ela, sem se preocupar em esconder seus sentimentos.

"O que você está dizendo?"

"Você está trabalhando na matéria da Sulaman, certo?", perguntou Sarah tranquilamente, erguendo uma sobrancelha. "Essa é a verdadeira razão pela qual você estourou o prazo, não é?"

"Isso não é verdade!", retrucou Ellen. Mas pôde perceber que Sarah havia conseguido atrair a atenção de Marcelo.

"Sim, é verdade", prosseguiu Sarah, com um tom de voz confiante. "Eu sei porque Susan Sulaman ligou ontem. Ela disse que tem telefonado e que não está conseguindo falar com você, por isso a ligação caiu na sala de redação e eu atendi. Ela disse que você a entrevistou e queria saber se você tinha convencido seu editor a publicar a matéria."

Os olhos de Marcelo faiscaram e Ellen sentiu seu rosto queimando.

"Você não tem a menor ideia do que eu estou fazendo. Não se meta na minha vida!"

"Eu sabia que você não ia cumprir o prazo." Sarah manteve a calma, mas Ellen elevou a voz.

"Sua matéria é separada da minha!" Ela não conseguia parar de gritar, embora todos estivessem atônitos e silenciosos. Sua cabeça estava a ponto de explodir. "Não é da sua conta se eu cumpro meu prazo ou não!"

"Peço licença para discordar." Sarah fungou. "Eu é que dei a ideia para a matéria, e você está estragando tudo. Todos nós estamos prontos, por que você não está?"

"Calma, senhoras." Marcelo levantou-se de sua escrivaninha e ergueu as mãos. "Por favor, me deixem a sós com Ellen."

"Boa sorte", disse Sal com um sorriso no rosto, pegando seu café da beirada da mesa. Larry o seguiu e ambos passaram por Ellen, que virou a cabeça quando Sarah deixou a sala, soltando um rastro de perfume e adrenalina. Depois que eles saíram, Marcelo colocou as mãos na cintura com firmeza.

"Feche a porta, por favor", disse ele, com calma.

Ellen obedeceu e depois olhou para ele.

"O que está acontecendo? Você nunca perdeu um prazo." Marcelo parecia espantado, e seu tom de voz expressava mais decepção do que raiva. "Ela está certa? Foi a sequência da matéria da Sulaman que fez você se atrasar?"

"Não."

"Você a entrevistou?"

"Sim. Apenas uma vez."

"Quando?"

Ellen mal podia se lembrar. Ela esfregou o rosto. Tudo o que ocorrera antes do cartão branco era um borrão, como se uma linha tivesse sido traçada bem no meio de sua vida, dividindo-a em Antes e Depois. VOCÊ VIU ESTA CRIANÇA? Sua cabeça doía tanto que ela sentiu-se tonta.

"Terça-feira?"

"Mas eu pedi para não fazer." O tom de Marcelo não era de desapontamento. Ellen percebeu que ele estava magoado.

"Sinto muito, muito mesmo, mas eu tinha que fazer."

"Por quê?"

"Eu estava curiosa, precisava vê-la de novo." Ellen sabia que isso soava como uma desculpa esfarrapada, e Marcelo parecia sério e suas sobrancelhas desceram.

"Ellen, vamos ser honestos um com o outro. Desde que eu demiti Courtney, sinto que você está distante. Você está agindo de modo diferente comigo. É como se nós estivéssemos em lados diferentes."

"Não, nós não estamos. Eu juro."

"Por favor, não trabalhe contra mim. Temos trabalho demais para fazer isso. Estamos fazendo mais com menos, e cada dia fica pior."

"Não estou trabalhando contra você."

"Mas toda essa confusão com Sarah, isso não é necessário."

"Não vai acontecer outra vez."

Marcelo enfiou os dedos no cabelo acima de sua testa e ficou alguns instantes em silêncio, olhando para ela.

"Sei que alguma coisa está errada. Você não é mais a mesma. É Will? Sei que ele estava doente quando era pequeno. Ele está doente de novo?"

"Não." Ellen não podia lhe contar nada, por mais que desejasse desabafar. "Você terá a matéria no começo da semana que vem. Eu disse sexta-feira porque eu queria ser realista."

"Me diga qual é o problema", disse Marcelo novamente, com a voz ainda mais suave. "Você parece cansada."

"Não me sinto muito bem." Ellen estremeceu por dentro. *Você parece cansada* era o código para *você está feia*.

"Você está doente?"

"Eu vomitei na noite passada", disparou Ellen, e então viu os olhos de Marcelo faiscarem, ligeiramente surpresos. Vomitar definitivamente não era sexy, e de repente ela sentiu que estava atrapalhada demais, fazendo e dizendo coisas erradas, exausta e indisposta. "Eu devia ir para casa. Realmente não me sinto bem."

"Está bem, é claro." Marcelo assentiu enquanto contornava sua escrivaninha em direção a Ellen. "Se você está doente, deve ir para casa. Cuide-se."

"Certo, obrigada." Ellen caminhou para a porta, sentindo-se estranhamente tonta. Ela começou a suar e sua cabeça estava leve. Não tivera tempo de tomar o café da manhã. Até Connie havia olhado para ela de um jeito esquisito.

E, no instante seguinte, o escritório ficou escuro.

Capítulo 35

"Surpresa, estou em casa!" Ellen gritou da porta, enquanto tirava o casaco. A sala de visitas estava iluminada e tranquila, com um sol de inverno jorrando pelas janelas, e essa visão a trouxe de volta para a realidade, após ter desmaiado no escritório de Marcelo. Quando recobrou a consciência nos braços dele, pôs a culpa em sua misteriosa doença. Seus rostos estavam perto o suficiente para se beijarem. Ou talvez ela tenha imaginado essa parte.

"Mamãe!" Will veio voando da sala de jantar, com os tênis emborrachados trovejando no macio assoalho de pinho.

"Querido!" Ellen deixou seu casaco cair para que pudesse envolvê-lo em seus braços e dar-lhe um grande abraço. Connie veio da cozinha e parecia satisfeita. Ela estava vestida para passar o fim de semana em Happy Valley, com seu agasalho da Penn State, calças cinzas e suéter Nittany Lions.

"Oi, El. Tem muito gelo na estrada?"

"Não. E obrigada por limpar a neve do caminho."

"Não tem problema. Will ajudou."

"Muito bem, querido." Ellen pôs Will no chão e ele saiu correndo. Ela havia ligado para Connie a caminho de casa e lhe dissera que iria tirar o dia de folga, embora houvesse omitido o desmaio. "Nada de escola hoje, heim?"

"Não, mamãe. Nós lemos quatro livros!" Will mostrou quatro dedos e Ellen sorriu.

"Muito bem!"

Connie disse: "Não sei por que fecharam a escola. É um logro, considerando-se o que você paga."

"Tudo bem." Ellen sorriu para Will e circundou com as mãos sua cabeça quente. "Quero me divertir um pouco. Você não quer, querido?"

"Divertir!" Will começou a pular para cima e para baixo, e Ellen riu.

"O que você acha de andar de trenó? Isso é divertido?"

"Sim!", gritou Will, pulando como um louco.

"Boa ideia." Connie pegou seu casaco, bolsa e sacola. Graças a Deus que hoje é sexta-feira, heim?"*

"Exatamente." Ellen sorriu, feliz por dar a Connie um tempo livre depois de ela ter trabalhado tanto. "Contra quem estamos jogando neste fim de semana?"

"Ninguém tão bom quanto nós."

"Então estamos ganhando?"

"É claro. Mark pode até entrar no jogo." Connie sorriu de modo irônico.

"Vai, Lions!" Ellen ergueu o punho e Will fez o mesmo, ainda pulando. Ela acariciou seus cabelos sedosos, começando a sentir-se melhor. "Will, diga adeus e obrigado a Connie."

"Adeus, mamãe!", gritou Will, jogando os braços ao redor das pernas de Connie. Ellen encolheu-se.

"Até", disse Connie, curvando-se e abraçando Will.

"Jacaré", replicou ele, com o rosto enterrado em seu casaco. Ellen abriu a porta enquanto Connie saía, acenando alegremente.

---

* No original, TGIF – Thanks God It's Friday. (N. T.)

Ellen fechou a porta atrás de si e sorriu para Will.
"Ei, companheiro, você já almoçou?"
"Não."
"Eu também não. Que tal a gente comer e depois ir andar de trenó?"
"Trenó!"
"Ainda não." Ellen olhou para a mesa de jantar, coberta de giz de cera e livros de colorir. "Junte esse giz, por favor, e eu farei o almoço. Certo, amiguinho?"

"Está bem, mamãe!" Will correu para a sala de jantar e irrompeu na cozinha, onde ela pôde ouvir o banquinho rangendo quando o menino subiu nele para alcançar o balcão. Oreo Fígaro pulou do sofá com seu miado característico e Ellen se inclinou para uma carícia de saudação quando sentiu seu BlackBerry vibrar no suporte da cintura. Ela tirou o aparelho do suporte e a tela mostrou um asterisco vermelho ao lado do e-mail.

Ela apertou o botão. O e-mail era de twinzmom373, Cheryl Martin. Ellen sentiu um aperto no peito. Abriu o e-mail e leu:

> Ellen,
> Enviei para Amy um e-mail sobre você e lhe dei o seu e-mail. Eu aviso se receber alguma notícia dela, mas não conte com isso. Espero que seu filho melhore. Desculpe por não poder ajudar mais.
> Tudo de bom,
> Cheryl.

Ellen mordeu os lábios. Seu olhar estava fixo na tela minúscula. Pelo menos Cheryl tinha entrado em contato com Amy. Se o e-mail não havia voltado, então ainda era um endereço eletrônico válido. Ela teria de esperar pelo melhor, mas, nesse meio tempo, estava de volta ao Antes e Depois. Ou o raptor era o Homem da Praia ou não era. Duas escolhas. Tudo ou nada.

"Mamãe, já acabei!", gritou Will da sala de jantar. Ele estava ajoelhado numa cadeira, tentando agarrar um punhado de gizes de cera que caíam por todos os lados, enquanto Oreo Fígaro mascava um Siena Queimado.

"Deixe-me ajudá-lo, querido." Ellen levantou-se e guardou o BlackBerry.

Durante o almoço, Ellen tentou empurrar a ansiedade para o fundo de sua mente, mas o sentimento teimava em vir à tona até mesmo quando ela vestiu Will com sua roupa de neve e pegou o trenó de plástico laranja no porão.

Ellen enfiou seu casaco e, dando a mão para Will e segurando o trenó com a outra, os dois saíram para o sol frio, enchendo os pulmões de ar fresco.

"Está gelado, mamãe!", disse Will, formando, ao respirar, pequenas nuvens de vapor no ar frígido.

"Veja, sua respiração parece uma chaminé. Você é Thomas, o Trenzinho."

Will sorriu.

"Tchu-tchu!"

"Aqui vamos nós!" Ellen examinou a rua, que estava coberta com uma neve fofa que revestia os telhados, enchia as sarjetas e cobria os degraus das varandas. As casas, a maioria de pedras ou de tábuas, ficavam perto umas das outras, e muitas delas dividiam as áreas de estacionamento cujo formato parecia um ípsilon, com a neve recém-removida. Narberth era um bairro à moda antiga, onde os moradores preocupavam-se uns com os outros.

Eles estavam descendo os degraus da varanda quando Ellen se deu conta de algo. Os vizinhos deveriam ter recebido o cartão branco com a foto de Timothy Braverman em suas correspondências. Eles poderiam ter notado o quanto ele se parecia com Will, e todos na rua sabiam que Will era adotado. Todos haviam lido sua série de reportagens, e ela até chegara a dar uma festa de boas-vindas para ele quando o menino se mostrou suficientemente recuperado. Ellen costumava sentir-se feliz por Narberth ser assim tão amigável, mas isso era Antes. Depois, isso começou a aterrorizá-la. Ela apertou a mão de Will.

"Ai, muito apertado, mamãe." Ele olhou para cima surpreso, empertigado em seu fofo casaco azul e calças de neve. Seus braços saíam para fora como os de um boneco.

"Desculpe." Ellen afrouxou o aperto, trêmula. Ela olhou para um lado e outro da rua, preocupada com a possibilidade de esbarrar em algum vizinho. Duas portas adiante, a sra. Knox, uma mulher idosa, varria a neve de sua calçada, e, mais adiante, Elena Goldblum e Barbara Capozzi, duas donas de casa, conversavam enquanto seus filhos brincavam na neve. Qualquer uma delas poderia ter visto o cartão branco, principalmente as mães. Ellen ficou parada na calçada.

"Mamãe?", perguntou Will. "Nós estamos indo?"

"Só estou olhando a rua. Ela fica tão bonita com a neve, não é mesmo?"

"Vamos!" Will puxou sua mão, mas os pensamentos de Ellen dispararam. Eles sempre iam andar de trenó a poucos quarteirões de distância, em Shortridge Park, e o lugar estaria cheio de amigos de Will, suas mães, e eventualmente algum pai que ficava em casa, talvez Domenico Vargas, que geralmente levava uma antiquada garrafa térmica xadrez com café equatoriano. Todos eles deviam ter recebido o cartão branco.

"Will, adivinhe o quê?" Ellen ajoelhou-se diante dele e segurou seu ombro. O rosto do menino era um círculo de adoráveis feições — olhos azuis sob uma pálida penugem de franja, nariz arrebitado, sorriso amplo — emolduradas pelo cordão de seu capuz. "Que tal se hoje a gente for andar de trenó em um lugar diferente?"

"Onde?" Will franziu o cenho.

"Valley Forge. Eu costumava andar de trenó lá quando era criança. Já lhe contei isso? Eu adorava aquele lugar."

"E Brett?" Os lábios de Will formaram uma curva para baixo. "Ele vai estar lá?"

"Não, mas podemos contar para ele como é legal. Vai ser bom mudar um pouco. Por que não experimentar?"

"Eu não quero."

"Vamos tentar. A gente vai se divertir." Ellen ergueu-se, pegou sua mão e andou para o carro antes que ele pudesse protestar. Ela pegou as chaves no bolso, abriu a porta de trás, colocou-o em seu assento de criança e fechou a fivela, dando um beijo em seu nariz gelado.

"Isso vai ser uma aventura."

Will assentiu, sem muita certeza.

"Nós não demos tchau para Oreo Fígaro."

"Ele vai nos perdoar." Ellen fechou a porta do carro, colocou o trenó no porta-mala e estava a ponto de acomodar-se no banco do motorista quando a sra. Knox surgiu de repente, tagarelando em seu agasalho preto.

"Eu sei o que você está fazendo!", disse ela, apontando com uma luva de couro vermelho. "Você está matando aula!"

"Isso mesmo." Ellen abriu a porta do carro e entrou. "É um dia de neve para adultos também. Nós temos que ir!"

"Por que você vai dirigir? Shortridge é logo ali, virando o quarteirão."

"Te vejo mais tarde!" Ellen fechou a porta, deu partida no motor e começou a dar ré no estacionamento, acenando pela última vez a uma decepcionada sra. Knox.

"Mamãe?", disse Will do banco de trás.

"O que é?"

"Connie não gosta da sra. Knox."

"Mesmo?!" Ellen deixou o estacionamento e ajustou o espelho retrovisor para ver o menino. Ele parecia preso ao assento do carro, imobilizado.

"Por que não?"

"Connie diz que a sra. Knox é uma chupeta."

"Uma o quê?!" Ellen conduzia o carro rua abaixo. "Você quer dizer uma xereta?"

"Sim!" Will riu.

Ellen pisou fundo no acelerador.

Capítulo 36

Uma hora depois, Ellen ainda estava dirigindo por Valley Forge Park, tentando encontrar a colina para deslizar de trenó da qual ela se lembrava. Ela checou o BlackBerry durante várias paradas em faróis vermelhos ao longo do caminho, mas Amy Martin ainda não havia enviado nenhum e-mail. A estrada serpenteava em meio a cabanas de tronco cobertas de neve e fileiras de canhões negros ao passar pelo acampamento de George Washington durante a Revolução Americana, mas ela havia parado de apontar locais históricos para seu cada vez mais irritado filho de três anos, que dava chutes de seu assento do carro.

"Estou com calor. Meu casaco é quente." Will puxou o zíper e Ellen virou para a esquerda, depois para a direita e finalmente encontrou um estacionamento lotado.

"Chegamos!"

"Oba!"

"Isso vai ser muito legal!" Ellen entrou no estacionamento e achou uma vaga junto a uma camioneta da qual saíam alguns adolescentes. O mais alto deles soltou as brilhantes cordas que prendiam um trenó de madeira ao teto do carro.

"Ele é um garoto grande!", disse Will, erguendo o pescoço.

"Com certeza ele é." Ellen desligou o motor e o adolescente colocou o trenó na cabeça, lutando para equilibrá-lo. Os outros adolescentes vaiaram quando o trenó pendeu para um lado como uma gangorra.

"Ele vai deixar cair! Olhe lá!" Will ria com prazer.

"Mamãe, o que é aquilo que ele tem?"

"É um trenó grande. É parecido com o nosso, de plástico." Ellen colocou os óculos escuros e as luvas. "Ele desliza pela colina."

"Por que ele não tem um trenó de plástico?"

"Ele deve gostar mais do de madeira."

"Por que nós não temos um?"

"Um dia nós teremos, se você quiser. Agora, vamos nos divertir." Ellen saiu do carro, foi até a porta traseira e soltou Will de seu assento. Ele lhe estendeu a mão com os dedos esticados e agarrou-se em seu pescoço quando ela o segurou.

"Eu te amo, mamãe."

"Também te amo, querido." Ellen o colocou no chão e pegou a mão dele. Depois foram até o porta-malas pegar o trenó. Risadas e gritos vinham da colina do outro lado da estrada. O som ecoava no ar frio e revigorante. Ela e Will andaram pelo estacionamento aplainado, fazendo ruído ao pisarem sobre os pedregulhos com suas botas. Os adolescentes tinham atravessado a pista antes deles, mas havia tamanha multidão do outro lado que Ellen não podia enxergar a colina.

"Não é divertido, Will?" Ellen segurou a mão dele enquanto atravessavam.

"Tanta gente!"

"É porque eles sabem que é um bom lugar para deslizar de trenó." Ellen examinou a vista além da multidão, uma bela paisagem de sempre-verdes cobertas de neve, casas de pedra e alguns haras cercando o parque. O céu era de um azul sem nuvens, e o sol de ouro pálido e distante. "Não é bonito?"

"Muito bonito", respondeu ele, satisfeito, mas Ellen percebeu que ele não podia ver nada por causa dos garotos à sua frente e o pegou no colo.

"E agora? Está melhor?"

"Oooh! Que bonito!"

"Aqui vamos nós!" Ellen puxou o trenó pela corda a abriu caminho em meio à multidão, dando-se conta de que todos ali eram bem mais velhos do que ela esperava, garotos do colegial e até da faculdade vestindo agasalhos Villanova com capuzes. Ela e Will chegaram à frente da multidão e olharam para a colina. Ellen ocultou sua decepção. A colina era muito mais íngreme do que ela se lembrava, se é que era a mesma colina. Ela descia de modo tão abrupto quanto uma pista de esqui intermediária, e a neve fora compactada pelos trenós, de forma que em sua superfície cintilava o gelo endurecido.

"Mamãe, uau!", gritou Will, piscando. "Isso é TÃO GRANDE!"

"Eu acho que é um pouco grande demais para nós, querido." Ellen olhava com preocupação os adolescentes disparando colina abaixo em seus trenós, e até em botes infláveis, rindo e gritando. Dois botes colidiram e os garotos caíram e rolaram pela colina. Parecia perigoso.

"Não, mamãe, a gente pode fazer!" Will sacudia os braços.

"Não tenho tanta certeza." Ellen foi empurrada por um praticante de snowboard, que se desculpou antes de se lançar colina abaixo. Ela vasculhou a pista à procura de crianças pequenas, mas não conseguiu avistar nenhuma. Ellen queria se esbofetear. Eles poderiam estar se divertindo em Shortridge, mas em vez disso ela o arrastara para o monte Everest.

"Me ponha no chão agora, mamãe!"

"Está bem, mas segure minha mão. Vamos sair daqui. Temos que ficar fora do caminho." Ellen o colocou no chão e eles se moveram para a lateral. A colina não ficava menos íngreme em sua borda, mas a multidão era menor. Um vento brutal mordeu suas bochechas e seus pés já estavam congelando. Ela olhou além de uma fileira de sempre-verdes e pinheiros e viu uma descida mais suave, onde havia apenas alguns poucos adolescentes. "Espere, acho que encontrei um lugar melhor para nós."

"Por que não podemos deslizar aqui?"

"Porque lá é melhor. Segure minha mão."

Will a ignorou e se jogou para a frente, perto da borda de gelo.

"Não, Will!", gritou Ellen. Correndo, ela o agarrou pelo casaco de neve. "Não faça isso! É perigoso!"

"Mamãe, eu consigo fazer! Você disse! Eu consigo!"

"Não. Nós vamos deslizar desse lado. Por favor, tenha paciência."

"Eu tenho paciência!", gritou ele, e um grupo de adolescentes caiu na risada. Will virou o rosto, magoado, e ela sentiu-se mal por ele.

"Venha aqui, querido." Ela pegou sua mão e eles caminharam com esforço, arrastando o trenó para a outra colina. Ao chegarem ao topo, mediram a descida em silêncio. Não era tão íngreme, mas também não era nenhuma colina para criancinhas, como Shortridge.

"Vamos, mamãe!"

"Está bem, nós iremos juntos."

"Não! Eu quero ir sozinho!"

"Não aqui, amigo."

"Por que não posso ir sozinho?"

"É melhor se eu for com você." Ellen colocou o trenó no chão e acomodou-se nele de pernas dobradas, enfiando o casaco sob o traseiro. Will correu pela colina e ela ergueu seus óculos escuros no momento em que ele subia no trenó e se enfiava em seu colo. Ela pôs os braços em volta dele como um cinto de segurança e tentou se animar. "Nós vamos conseguir."

"Vai, mamãe, vai! Como aquele lá!" Will estava olhando para outro praticante de snowboard usando um gorro de lã com um dragão vermelho, pronto para se lançar da colina.

"Agarre firme os meus braços. Tão firme quanto você puder. Mantenha as pernas dentro."

Ellen apertou os dentes e moveu-se para dar impulso, preparando-se para deslizar colina abaixo.

"Preparar, apontar, vamos!"

"Oooooo!", gritou Will. Então Ellen começou a gritar também, segurando-o tão apertado quanto podia até que o trenó começou a girar. Tudo o que ela podia fazer era gritar e agarrar Will, enquanto via o mundo passar ao redor num borrão de neve, céu, árvores e pessoas, completamente fora de controle. Ellen rezou para que a descida terminasse e agarrou Will enquanto ele gritava. Finalmente o trenó desacelerou quando já estavam chegando ao sopé da colina. Foi quando eles e o praticante de snowboard bateram numa elevação, o que os fez cair e rolar pela colina.

"Não!", gritou Ellen, enquanto Will passava voando por ela, deslizando de costas. Quando Ellen enfim conseguiu parar, ergueu-se num salto e correu colina abaixo atrás dele.

"Will!", gritou ela, enquanto corria. Ela o alcançou e jogou-se no chão ao lado dele. Will, porém, ria tanto que mal podia respirar. Seu riso era tão amplo quanto seu rosto, e seus braços e pernas estavam esticados contra a neve, como uma estrela-do-mar no fundo do oceano.

"Muito bem, meu chapa!" O praticante de snowboard aplaudiu com suas mãos enluvadas, e Will gritou.

"Quero fazer de novo, mamãe!"

Ellen quase chorou de alívio, e o praticante de snowboard a olhou cautelosamente do fundo de seu gorro de dragão.

"Moça", disse ele, "você precisa se acalmar. Sério."

Capítulo 37

Ellen andava com dificuldade pelo topo da colina carregando Will, que chorava e berrava em um chilique monumental. Adolescentes ocultavam seus sorrisos quando eles passavam. Uma garota cobriu os ouvidos com as luvas e outra lhes dirigiu um olhar irritado. Já fazia tempo que Ellen havia parado de se sentir constrangida pelos ataques temperamentais do menino. Em vez disso, passou a ver seus chiliques como um distintivo de honra. Um ataque temperamental era um sinal de que uma mãe havia dito não quando era necessário.

"Eu quero... ir de novo!", soluçava Will, com lágrimas marcando suas bochechas e o muco correndo livremente de seu nariz. "De novo!"

"Will, tente se acalmar, querido." A cabeça de Ellen latejava com os gritos do menino. Os adolescentes que lotavam a colina, gritando e rindo, tornavam o barulho ainda maior. Ela deu um passo para o lado a fim de evitar dois garotos mais velhos que empurravam um ao outro e deixou cair a corda do trenó.

"Mamãe! Por favor! Eu quero... ir!"

"Oh, não!", lamentou-se Ellen, virando-se para pegar a corda. Antes que pudesse pegá-la, porém, o trenó deslizou pela encosta de gelo. Ela não tinha outra escolha a não ser deixar pra lá. Precisava chegar em casa o quanto antes para que ambos pudessem sossegar e tirar um cochilo.

"Eu posso... ir sozinho!", choramingou Will.

"Por favor, querido, acalme-se. Tudo vai ficar bem." Ela finalmente chegou ao carro, acomodou Will em seu assento, assumiu a direção e deixou o estacionamento, com o choro do garoto reverberando em seus ouvidos.

"Eu... posso, mamãe! Eu quero ir de novo!"

"É muito perigoso, querido. Nós não podemos."

"De novo! De novo!"

Ellen saiu de Valley Forge Park e começou a procurar a estrada para voltar à cidade. O tráfego estava congestionado porque a hora do rush daquela sexta-feira tivera início mais cedo devido à neve. Ela diminuiu a velocidade no cruzamento para tentar ler as placas, que eram confusas. As rodovias 202 e 411 eram muito perto uma da outra, e as buzinas soavam atrás dela.

"Eu quero ir... de novo!", gritou Will. "Nós só fomos uma vez!"

"Nós iremos para casa e eu farei chocolate quente. Que tal? Você adora chocolate quente."

"Por favor... mamãe, por favor, de novo!"

"Quando você for mais velho", disse Ellen, mas ela sabia que isso era a coisa errada a dizer no momento em que as palavras escaparam de seus lábios.

"Eu sou grande!", berrou Will, e Ellen não o contestou, pois sabia que decepção e cansaço transformavam criancinhas em coquetéis Molotov. Ela entrou à esquerda, procurando por uma saída para a rodovia, quando de repente ouviu o som estridente de uma sirene.

"É um caminhão de bombeiro, mamãe?" Os soluços de Will enfraqueceram ante essa possibilidade, e Ellen checou o espelho retrovisor.

Uma viatura policial estava bem atrás dela, sinalizando com os faróis altos. Ela piscou, estupefata. Nem sequer havia se dado conta de que o policial estava lá.

"Perfeito!", disse Ellen.

"O que, mamãe?"

"É um carro de polícia." Ellen não sabia o que havia feito. Estava dirigindo devagar o suficiente. Sua dor de cabeça voltou, com intensidade total. Ellen aguardou uma brecha no tráfego e foi para o acostamento, com a viatura policial atrás dela.

"Por que, mamãe?", perguntou Will, fungando.

"Não tenho certeza, mas está tudo bem."

"Por que eles fazem aquele barulho?"

"Porque assim você sabe que eles estão lá."

"Por que eles estão lá?"

Ellen deu um suspiro.

"Talvez eu estivesse dirigindo rápido demais. Vamos descobrir num minuto."

"Por que você estava dirigindo rápido?"

"Apenas sossegue, querido. Não se preocupe." Ellen esperou até que a porta da viatura se abrisse. Um policial alto emergiu e andou até o carro de Ellen, segurando uma pequena prancheta. Ela comprimiu o botão para abrir a janela, deixando que uma lufada de ar frio entrasse.

"Sim, policial?"

"Habilitação e documentos do carro, por favor."

"Oh, não." Ellen percebeu que não tinha nenhum dos dois, porque não levara a bolsa consigo. Ela ia para Shortridge antes que mudasse de planos. Tirou os óculos de sol e esfregou os olhos. "Hoje não é o meu dia. Saí de casa sem os documentos."

O policial franziu o cenho. Ele era jovem e seus olhos eram claros sob a larga aba de seu quepe marrom, puxado para a frente.

"Você não tem nenhum documento de identificação?"

"Desculpe, não tenho. Está em casa, eu juro. O que foi que eu fiz?"

"Você ultrapassou um sinal vermelho."

"Sinto muito, eu não vi. Estava procurando a placa para Philly."

"O que foi que você fez, mamãe?", perguntou Will, e o policial se curvou e olhou para ele através da janela aberta. Ellen sentiu uma repentina rajada de pânico. E se a polícia estadual tivesse um registro de crianças sequestradas? E se tivesse uma ordem de busca para Timothy Braverman? E se os policiais tivessem o cartão branco? E se de alguma forma o policial percebesse que Will era Timothy? Ellen não sabia se suas perguntas eram paranoicas ou não, mas não conseguia evitá-las.

"Garoto bonitinho", disse o policial, sem sorrir.

"Obrigada." Ellen apertou a direção, com o coração disparado.

"Ele parece chateado", disse o policial. Sua respiração formava uma névoa no ar frio. O olhar dele permaneceu em Will, e Ellen disse a si mesma para manter-se calma. Ela estava agindo como uma criminosa, embora não tivesse feito nada de errado.

"Ele está apenas cansado."

"Eu não estou cansado, mamãeeee!", gritou Will.

"Eu tenho um sobrinho que grita desse jeito." O policial finalmente abriu um sorriso. "Está certo, moça, esse é o seu dia de sorte. Vou deixar passar desta vez, mas não faça disso um hábito, fui claro?"

"Sim, muito obrigada, policial", disse Ellen, percebendo um tremor em sua voz.

"Olhe para a frente enquanto dirige, e nada de celulares."

"Pode deixar, eu prometo. Obrigada."

"Até logo, e tenha cuidado ao voltar para a pista." O policial se afastou do carro e Ellen pressionou o botão para fechar a janela.

Ela exalou o ar com alívio quando a viatura retornou para o tráfego e só então deu uma olhada no retrovisor. Will estava pegando no sono. Sua cabeça caía para o lado e as marcas das lágrimas reluziam em suas bochechas como pequenas trilhas de cobras. Ela aguardou uma brecha no tráfego e retornou à rodovia. Sua testa estava úmida, mas os batimentos cardíacos começaram a voltar ao normal. Ellen lutou contra o impulso de checar o BlackBerry. Parte dela sabia que Amy Martin não lhe enviaria um e-mail tão cedo. Sua cabeça doía, e pela milésima vez ela desejou que sua mãe estivesse viva. Precisava falar com alguém sobre Timothy Braverman, e sua mãe saberia o que fazer e o que pensar.

Ellen sentia-se a ponto de perder o controle. Desmaiar no escritório. Estourar o prazo de entrega da matéria. Poderia perder emprego para Sarah se não pusesse a cabeça no lugar. Precisava de uma mente sã para que as coisas dessem certo.

O tráfego começou a andar e ela acelerou.

Tinha um novo destino em mente.

Capítulo 38

"Oi, papai", disse Ellen, fechando a porta da frente atrás de si e de Will.

"Vovô!" O menino ergueu os braços para o pai de Ellen, revitalizado após o longo cochilo no carro. Por causa do tráfego, levaram mais de uma hora para chegar a West Chester.

"Meu amiguinho!!!" O rosto de seu pai iluminou-se e seus olhos empapuçados acenderam-se, animados. "Que boa surpresa! Vem aqui!" Ele estendeu os braços para Will, que pulou em seu colo, enrodilhando as pernas no avô como um macaquinho.

"Pai, cuidado com as suas costas", disse Ellen, embora ele parecesse bem. Seu rosto estava apenas ligeiramente avermelhado.

"Você está brincando? Eu ganhei o dia! Estava com saudade do meu neto!"

Will agarrou-se nele com força.

"Vovô, eu deslizei pela colina grande!"

"Conte-me tudo", disse ele, carregando Will para a sala de estar. Ellen tirou o gorro e o casaco, colocou-os na cadeira e olhou à sua volta. O tapete estava enrolado, deixando um monótono quadrado amarelo no chão de madeira. Havia caixas de papelão empilhadas por toda parte.

"Nós só descemos a colina uma vez. A mamãe não deixou descer de novo." Will ergueu o dedo indicador enquanto o avô o colocava no chão. Ele abriu o zíper de seu casaco, tirou-o e o jogou de lado, deixando as mangas pelo avesso.

"Por que ela não deixou, Willy Billy?"

"Ela disse que era muito grande."

"Ela é uma malvada!" O pai mostrou a língua para Ellen, o que fez Will explodir em risadas.

"Espero que não seja uma má hora." Ela apontou para as caixas. "Chegamos no meio da mudança?"

"Não." Seu pai carregou Will para o sofá e sentou-se com o menino em seu colo. "Foi Bárbara quem fez tudo isso. Ela acabou por hoje."

"Você ainda não colocou a casa à venda, não é? Não vi nenhuma placa."

"Não, mas ela será vendida rapidamente. Frank Ferro estava me perguntando sobre isso hoje." Seu pai apontou para uma pequena caixa de papelão em cima da TV. "Aquela ali tem algumas coisas de sua mãe, fotos e sei lá mais o quê. Talvez você queira levar para casa."

"Claro, obrigada", disse Ellen. A imagem de Bárbara empacotando sua mãe numa caixa a pegou de surpresa.

"Onde está meu Thomas, o Trenzinho?", perguntou Will, olhando ao redor espantado. A caixa de brinquedos que ficava num canto havia desaparecido.

"O cavalo está logo ali", respondeu o avô. Ele levantou-se, pegou Will pela mão e o levou até uma grande caixa de papelão com a tampa aberta. "Olhe lá dentro, caubói. A turma toda está lá."

"Meu caminhão!" Will mergulhou na caixa e tirou um caminhão vermelho. Ele ajoelhou-se e fez o brinquedo andar para a frente e para trás. As rodas de plástico contra o chão produziram um agradável som barulhento.

"Will, eu vou conversar com o vovô na cozinha", disse Ellen.

"Volto logo, amigo", disse seu pai, erguendo-se. Ambos foram para a cozinha. Seu pai encostou-se no balcão e olhou para Ellen. Ele cruzou os braços na frente de seu suéter de golfe amarelo-claro e calças cáqui e sorriu. "Deus ama esse garoto."

"Eu sei."

"Ele está tão grande! Cresce como uma erva daninha."

"Com certeza ele cresce."

"Você tem que trazê-lo aqui com mais frequência, El. Bárbara está louca para conhecê-lo."

"Eu trarei."

"Ele é muito mais esperto do que os netos dela. Eles mal falam, enquanto Will, você não consegue fazer com que se cale!"

Ellen riu, maravilhada com a emoção que Will sempre despertava em seu pai. Ele tornava-se uma pessoa diferente quando o menino estava por perto, e Ellen adorava isso. Mas não agora. Ela o havia chamado por outro motivo.

"Pai, preciso falar com você."

"Claro. Está bem. O que você manda, menina?"

"Prepare-se, porque isso vai soar estranho." Ellen abaixou a voz, embora Will não pudesse ouvir. "E se eu lhe dissesse que Will pode ser, na verdade, um garoto chamado Timothy Braverman, que foi raptado na Flórida há dois anos?"

"*O quê?!*" Os olhos de seu pai se arregalaram, e rapidamente Ellen o informou sobre os últimos acontecimentos, começando com o cartão branco, passando pelo retrato falado e terminando com as visitas a Gerry e Cheryl. Will os interrompeu duas vezes, e Ellen o mandou de volta para a caixa de brinquedos com um saquinho de batatas fritas, sempre um conveniente suborno.

"Então, o que você acha?", perguntou ela após concluir sua história.

"O que eu acho?" Seu pai parecia espantado. "Você está falando sério?"

"Sim."

"Acho que você é igualzinha à sua mãe."

"O que isso quer dizer?" O ressentimento ardeu no peito de Ellen como uma brasa.

"Quer dizer que você se preocupa com tudo. Você se preocupa demais!"

"De que forma eu estou me preocupando demais?"

Ele encolheu os ombros.

"Você está imaginando coisas. Isso é loucura."

"Eu não sou louca, papai."

"Mas você não tem nenhum fato, apenas suposições." Seu pai franziu o cenho, o que formou profundas rugas em sua testa. "Você está supondo um monte de coisas que podem ou não ser verdadeiras. Estou surpreso. Afinal, você é uma repórter."

Ellen não ouvia aquela expressão havia anos. "Quais são as tais suposições?"

"Você não pode imaginar coisa nenhuma com base naqueles cartões idiotas sobre crianças desaparecidas. Eu também os recebo."

"Você viu o último, com Timothy Braverman?"

"Como é que eu vou saber? É tudo porcaria que vem pelo correio e eu jogo fora."

"Por quê? São pessoas de verdade, papai. Crianças de verdade."

"Eles não têm nada a ver comigo ou com você. Ou com meu neto."

Ellen tentou outro caminho.

"Certo. Lembra aquela foto que eu mostrei para você na última vez em que estive aqui?"

"Não."

"Você disse que era Will. Você pensou que era Will. Lembra?"

Ele franziu o cenho.

"Certo. Que seja."

"Não era Will, era Timothy Braverman. Você pensou que fosse Will."

"Então aquilo foi um truque?"

"Não, pai. Mantenha sua mente aberta. Preciso que você leve isso a sério."

"Mas eu não posso. Isso é uma tolice."

"Pai", Ellen tocou seu braço, sentindo a maciez da caxemira sob seus dedos, e a linha cerrada de seus lábios cedeu um pouco. "Aquilo não foi um truque, mas a foto não era de Will. Era de Timothy. Eles se parecem muito. Eles parecem exatamente a mesma pessoa."

"Então o garoto se parece com Will. E daí?" Ele deu de ombros.

"Eles podem ser a mesma criança."

"Não, não podem." Seu pai quase riu. "Você não pode afirmar nada a partir daqueles desenhos da polícia. Eu sei, eles aparecem nos noticiários da TV o tempo todo." Ele apontou para a porta. "Eles se parecem com um dos livros de colorir de Will, naquela droga de baú que está bem ali."

"Eles têm um artista que faz isso. São ferramentas reais usadas pela polícia."

"De jeito nenhum você pode dizer quem é a pessoa que está num retrato falado traçando uma foto sobre seu rosto." O pai olhou para Ellen com um sorriso reservado para os delirantes e, por um breve momento, ela quase acreditou nele. "Você adotou aquele garotinho que está lá — meu próprio neto — legalmente. Você tinha uma advogada."

"Que se matou."

"E daí? O que você está dizendo?"

Nem mesmo Ellen sabia ao certo.

"Apenas que parece estranho. Coincidência."

"Bah!" Seu pai desconsiderou isso com uma risada. "Esqueça essa história, é conversa de doidos. Você adotou aquele garoto. Ele estava quase morto. Ninguém mais o queria além de você. Ninguém estava lá para ajudá-lo além de você."

Ellen sentiu-se comovida, mas aquela não era a questão.

"O que importa agora é se ele é Timothy."

"*Ele não é Timothy*. Ele é apenas um garoto que se parece com Timothy. Ele é Will. *Ele é nosso.*" Seu pai fez uma pausa e olhou para ela com um meio sorriso. "El, me escute. Os netos de Bárbara, Joshie e Jakie, você podia trocar um pelo outro e ninguém notaria a diferença."

"Eles são gêmeos?"

"Não, mas são parecidos, e também se parecem com Will. Eles são garotinhos, e todos os garotinhos se parecem."

Ellen caiu na risada e isso a fez sentir-se bem.

"Sim, é verdade." Seu pai aproximou-se dela e voltou ao assunto. "Ninguém nunca lhe disse: 'Ei, você se parece exatamente com alguém que conheço?' Isso nunca aconteceu com você, Elly Belly?"

"Claro."

"É lógico. Isso acontece comigo o tempo todo. Eu me pareço com outras pessoas, quem sabe? Homens bonitões. George Cloney, talvez." Seu pai sorriu. "É só isso que está acontecendo. Não se preocupe."

O coração de Ellen acalmou-se um pouco.

"Você acha?"

"Eu sei. Eles se parecem, mas não são o mesmo garoto. Will é nosso, para sempre. *Ele é nosso.*" Seu pai lhe deu um aromático, ainda que desajeitado abraço, e Ellen acreditou que ele havia resolvido a questão.

"Você me convenceu, papai."

"Estou sempre convencendo alguém, garota." Seu pai sorriu outra vez. "Mas é fácil quando você acredita no que está dizendo. Relaxe, querida.Você ficou toda nervosa por nada. Esqueça essa bobagem."

Ellen queria acreditar nele. Se Will realmente não fosse Timothy Braverman, então os problemas estariam acabados e eles poderiam ser felizes outra vez.

"Você está saindo com alguém?"

"Ahn?!" Ellen não sabia que o tema da conversa havia mudado. "Você diz, namorando?"

"Sim, exatamente isso."

"Não."

"Não desde o como-era-o-nome-dele?"

"Não."

"Não está interessada em ninguém?"

Ellen pensou em Marcelo.

"Na verdade, não."

"Por que não?" Seu pai franziu o lábio inferior de uma maneira cômica e ela percebeu que ele tentava animá-la. "Uma gatona como você? Por que ficar de molho? Você deveria sair mais, sabe? Viver um pouco. Ir dançar."

"Eu tenho Will."

"Nós tomaremos conta dele." Seu pai pegou a mão dela, enlaçou-a com o outro braço e começou a cantarolar. "Eu conduzo, você segue."

"Certo, certo." Ellen riu, seguindo os passos do foxtrote, dançando pela cozinha enquanto seu pai cantava "Steppin' out with my baby", e a conduzia com a mão firme em suas costas, como um perfeito leme.

"Will, venha ver seu velho avô", gritou ele por sobre o ombro, e no minuto seguinte Will entrou trovejando na cozinha.

"Ah, mamãe!" O menino correu para os dois. Eles pegaram sua mão e os três giraram em uma ciranda. O avô cantava e Will olhava para um e outro. Seus olhos azuis brilhavam.

Ellen não conseguia cantar por causa da dor aguda que ela sentia por dentro, uma dor tão palpável que ela quase desatou a chorar. Desejou que sua mãe estivesse viva para pegar a mão de Will e dançar com eles num círculo, todos os quatro felizes e juntos, novamente uma família. Mas era um desejo impossível e Ellen se desfez dele. Olhou para seu filho com lágrimas nos olhos e com todo o amor de seu coração partido.

Ele é nosso.

Capítulo 39

Já era tarde quando Ellen e Will chegaram em casa, depois de jantarem no clube com seu pai. Will e seu repertório de travessuras à mesa tinha sido o foco das atenções durante a refeição, o que a ajudou a esquecer-se de Timothy Braverman, pelo menos temporariamente. Ela se perguntou se Deus pretendia que as crianças prestassem um serviço como esse a supostos adultos. Nós é que devemos tomar conta deles, e não o contrário.

Ela leu alguns livros para Will antes de ele dormir e o pôs na cama. Depois desceu para fechar a cozinha. A caixa de papelão com as coisas de sua mãe estava sobre o balcão de cortar carne, e Oreo Fígaro encurvara-se junto a ela, cheirando-a de um modo especulativo, seu nariz preto encostando e se afastando da caixa.

Ellen acariciou suas costas, sentindo as protuberâncias de sua delgada coluna e olhando para a caixa com uma aguda tristeza. Era tão pequena, não chegava a ter nem vinte centímetros de cumprimento. Poderia uma mãe ser assim tão facilmente posta de lado? Poderia uma mãe ser assim tão rapidamente trocada por outra?

Você poderia trocar um pelo outro e ninguém saberia a diferença.

Ellen abriu a tampa da caixa e Oreo Fígaro pulou do balcão desnecessariamente alarmado. Enfiada dentro da caixa estava uma pilha de fotografias em diferentes molduras, e a de cima era uma foto colorida oito por dez, mostrando seus pais no dia do casamento. Ela a pegou e isso mexeu com suas emoções. Na foto, seus pais estavam lado a lado sob uma árvore. O pai vestia um smoking e ostentava um sorriso do tipo já-fiz-minha-parte. O sorriso de sua mãe era doce e tímido, mal chegando a formar uma lua minguante num rosto delicado, emoldurado por cabelos castanhos curtos firmados com Aqua Net. Ela possuía olhos arredondados e um nariz pequeno e fino, como um minúsculo bico de tentilhão, e, com apenas 1,55 de altura, Mary Gleeson parecia reduzida em tamanho, personalidade e importância ao lado de seu imponente marido.

Ellen pôs a foto de lado e olhou outras, o que fez com que fosse ainda mais difícil para ela não se sentir triste. Havia uma foto de seus pais em uma canoa. Seu pai estava de pé no barco e sua mãe ria, mas agarrava as laterais com medo. E havia outra deles num casamento, seu pai fazendo sua mãe girar na extremidade de seu braço, como um manipulador de marionetes.

Ellen largou a foto. Ela lembrava-se de ter visto esta e outras na casa onde moravam, e agora todas estavam sendo exiladas, junto com aquela parte da vida de seu pai. Ela decidiu encontrar um lugar para as fotos em sua casa. Nenhuma mãe merecia ser esquecida, muito menos a dela.

Ela foi até o armário sob a pia, pegou uma lata de spray de Windex e uma toalha de papel e removeu a poeira que cobria as fotos. Limpou todas até chegar ao fim da pilha. E então notou que no meio de duas fotografias havia um pacote de cartões de saudações atados com um elástico. O primeiro era um cartão de quarenta anos de casamento. Ela o tirou do monte e removeu o elástico. Abriu o cartão e viu que era de seu pai para sua mãe. A assinatura dizia simplesmente "Com amor, Don".

Ellen sorriu. Assim era seu pai. Ele nunca fora bom no que dizia respeito à elaboração, e sua mãe teria ficado feliz apenas em receber o cartão na data certa. Ela examinou os outros cartões, todos guardados por sua mãe. O último envelope, porém, não continha um cartão. Era um dos envelopes de sua mãe, no mesmo tom azul claro dos miosótis que cresciam perto do plátano no quintal.

Imediatamente, Ellen soube o que era aquilo. Ela também havia recebido um bilhete parecido de sua mãe, escrito pouco antes de sua morte. Na frente do envelope lia-se: "Para Don". O envelope ainda estava fechado, e ela percorreu a aba com os dedos para confirmar. Seu pai nunca abrira a mensagem.

Ela não entendeu. Ele realmente não havia aberto o envelope? Não queria ler as últimas palavras de sua esposa, escritas quando ela sabia que estava prestes a morrer? Ellen não ficou totalmente surpresa. Colocou a unha sob a aba do envelope e puxou o bilhete, escrito em papel grosso e pesado. Na parte de cima estava estampado em relevo o monograma de sua mãe, MEG, em um emaranhado de letras entrelaçadas. Ellen abriu o bilhete e seus olhos umedeceram quando ela viu a caligrafia de sua mãe.

> Querido Don:
> Eu sei que você sempre me amou, mesmo que você tenha esquecido isso de tempos em tempos. Por favor, saiba que eu entendo você, e que eu o aceito e o perdoo.
> Para sempre, com amor,
> Mary.

Ellen pegou o bilhete e foi sentar-se na sala de jantar. A casa ainda estava silenciosa. Oreo Fígaro não estava por perto. As janelas eram como espelhos negros, e no céu escuro não havia lua. Por um estranho momento, Ellen sentiu-se como se estivesse suspensa na escuridão, sem conectar-se com nada nesse mundo, nem mesmo com Will que dormia lá em cima. Ela segurou o bilhete em sua mão e fechou os olhos, sentindo o papel grosso sob os dedos e deixando que isso a conectasse com sua mãe além do espaço e do tempo. E naquele instante ela soube o que sua mãe diria sobre Will e Timothy, com aquela sua voz suave. Era o que ela havia escrito para Ellen em sua última mensagem.

Siga o seu coração.

E então, na sala silenciosa, Ellen finalmente se permitiu ouvir o coração, que tentava lhe falar desde o momento em que ela pegou o cartão na correspondência. Talvez seu pai achasse que era loucura preocupar-se com isso, mas, por dentro, Ellen sabia. Não podia mais continuar fingindo que poderia viver o resto de sua vida olhando por sobre o ombro. Não podia sentir-se como uma criminosa quando um policial parasse seu carro. Não podia esconder Will de seus amigos e vizinhos.

Então ela prometeu que seguiria seu coração.

A partir de agora.

Capítulo 40

Ellen entrou no escritório do advogado e sentou-se, cercada de troféus de bronze, vidro e cristal, e tantos outros objetos pesados. Ela conhecera Ron Halpren ao fazer a série de reportagens sobre a adoção de Will, tendo-o entrevistado por sua experiência em direito de família, e considerava-se com sorte por ter conseguido vê-lo tão em cima da hora.

"Obrigada por me receber num sábado", disse ela quando Ron contornou sua escrivaninha atulhada e acomodou-se em sua cadeira com um rangido.

"Não tem problema. Estou aqui na maioria das manhãs de sábado." Ron tinha olhos claros por trás dos óculos com aros de tartaruga, uma auréola de felpudos cabelos grisalhos e uma desordenada barba agrisalhada para combinar. Sua constituição era baixa e rechonchuda, e ele se parecia com o Urso Paddington,* em seu pulôver de lã amarela e jeans grossos. "Desculpe, estamos sem café. Eu deveria ter trazido, mas esqueci."

"Tudo bem, e obrigada por acomodar Will." Ellen apontou para a escrivaninha da secretária lá fora, onde Will comia Fig

---

* Personagem da literatura infantil inglesa. (N. T.)

Newtons* vendidos em máquina e estava assistindo a um DVD do *Mágico de Oz* no computador.

"É maravilhoso vê-lo tão saudável. Que diferença, não?"

"É mesmo." Ellen moveu-se para a frente. "Então, conforme disse ao telefone, este é um encontro profissional e eu quero pagar por seu tempo hoje."

"Esqueça." Ron sorriu. "Você fez com que eu parecesse Clarence Darrow** no jornal. Consegui um monte de clientes por causa daquela reportagem. Eu lhe devo uma."

"Eu quero pagar."

"Vamos direto à questão." Ron apontou para a porta. "Ouvi o Espantalho cantar. Nós não temos muito tempo."

"Espere, deixe-me perguntar uma coisa primeiro. O que falarmos aqui é absolutamente confidencial?"

"Claro, certamente." Ron assentiu. "Como posso ajudá-la?"

Ellen hesitou.

"E se o assunto envolver um crime? Não fui eu que cometi, mas eu sei, ou pelo menos suspeito, que um crime foi cometido por outra pessoa. Você ainda pode manter segredo?"

"Sim."

"Então, se eu lhe contar sobre esse crime, você não terá que avisar a polícia?"

"Eu estaria impedido de fazer isso."

Ellen adorou o tom autoritário em sua voz.

"Aqui vai. Eu acho que Will pode ser um garoto chamado Timothy Braverman, que foi raptado na Flórida há dois anos."

"Will? O seu filho Will?"

"Sim."

---

* Doce recheado com geleia de figo. (N. T.)

** Clarence Darrow (1857-1938), célebre advogado norte-americano e defensor dos direitos civis. (N. T.)

Ron ergueu uma sobrancelha grisalha.

"Então, o crime em questão é sequestro?"

"Sim, foi um roubo de carro que deu errado e o sequestrador matou a babá do garoto."

"Esses são crimes passados, a menos que consideremos o fato de que você detém a custódia de uma criança raptada como um crime ainda em andamento, o que eu não acho que seja. Você o adotou legalmente."

"É isso que eu preciso saber. Se Will for realmente Timothy, quais são meus direitos legais? Os pais dele, os Braverman, poderiam tirá-lo de mim? Eu teria que entregá-lo se eles descobrissem ou se nos encontrassem? O tribunal não levaria em consideração o fato de que ele viveu comigo por dois anos?" Ellen tinha tantas perguntas que elas se atropelavam umas às outras ao saírem de sua boca. "E o fato de que eu sou a única mãe que ele realmente conheceu? Será que isso..."

"Por favor, vá mais devagar." Ron cruzou as mãos. "Diga-me como você descobriu isso a respeito de Will."

Ellen contou-lhe a história toda desde o início, mostrando-lhe os documentos de adoção, o retrato falado e as cópias impressas das fotos de Timothy e Will em diferentes idades.

"A propósito, meu pai acha que eu estou louca. Ele é a única pessoa para quem eu contei isso."

Ron estudou as fotografias sobre sua escrivaninha, e até colocou o retrato falado em cima da foto ampliada do Homem da Praia. Finalmente ele olhou para ela. Sua expressão era grave por detrás dos óculos.

"O que você acha?"

"Você não está louca, mas está especulando." O olhar de Ron permaneceu firme. "O retrato falado é a base de tudo isso, mas você não pode basear sua crença de que Will é Timothy Braverman em uma comparação do retrato falado com uma fotografia. Isso não é suficientemente confiável. Eu vejo alguma semelhança, mas não posso ter certeza de que é a mesma pessoa."

Ellen tentou processar o que ele estava dizendo, mas suas emoções não deixavam.

"Não sou um especialista, nem você. No que diz respeito aos aspectos legais, os retratos falados não são suficientes como evidência. Qualquer um dos meus estudantes de direito do primeiro ano pode lhe dizer que um retrato falado é meramente uma ajuda para a identificação e detenção de um suspeito. Ele não é uma identificação definitiva." Ron sacudiu a cabeça. "Você não tem informações suficientes para extrair qualquer conclusão de que Will seja o menino sequestrado."

Era a mesma coisa que seu pai lhe dissera, apenas com uma linguagem jurídica. Ron prosseguiu: "Agora, a primeira pergunta que você deve fazer é se você tem ou não obrigação de procurar as autoridades por causa de suas suspeitas. Resposta? Não, você não tem".

Ellen nem sequer havia pensado nisso.

"A lei não exige que os cidadãos denunciem crimes de natureza tão especulativa."

"Bom."

"Isso não quer dizer que você não possa informar voluntariamente suas suspeita às autoridades, se quiser. Tenho certeza de que há impressões digitais de Timothy Braverman nos arquivos, ou exames de sangue que podem ser feitos, ou testes de DNA que iriam determinar se Will é Timothy." Ron passou os dedos na barba e olhou diretamente para ela. "Obviamente, você está preocupada com o fato de que, se avisar as autoridades e se estiver certa, você perderá Will."

Ellen nem sequer podia falar e Ron não esperou por uma resposta.

"Você também está preocupada com o fato de que, se estiver errada, causaria mais dor e aborrecimento aos Braverman."

Ellen não havia pensado neles, mas isso estava certo.

"Vamos pensar numa situação hipotética. Suponha por um momento que você esteja certa. Will é Timothy."

Ellen odiava o jeito como essa frase soava.

"Isso poderia mesmo ter acontecido?"

"Hipoteticamente falando, é fácil, agora que pensei a respeito. Tudo o que é necessário para uma adoção válida é que uma mãe biológica apresente uma certidão de nascimento, que é fácil falsificar. Ao contrário da carteira de motorista ou do passaporte, a certidão nem sequer tem foto." Ron alisou a barba. E a mãe tem de fornecer uma abdicação assinada dos direitos do pai, que também é fácil falsificar. Ela poderia inventar o nome do pai. Há muitos casos de mães que colocam o filho para adoção sem o consentimento do pai. Isso é muito comum."

Ellen lembrou-se da escola primária, onde a casa de Charles Cartmell deveria estar. O Charles Cartmell do qual ninguém ouviu falar e que não existia.

"A segunda questão é: quais são os seus direitos maternos, se é que você tem algum? E quais são os direitos dos Braverman, se é que eles têm algum? Essa é a pergunta que está preocupando você, não é?" Ron fez uma pausa. "Se você estiver certa, quem fica com Will?"

Ellen sentiu seus olhos umedecerem, mas tentou se controlar.

"Você propôs uma questão interessante sob o ponto de vista da lei da Pensilvânia, e uma que não é bem compreendida pelos advogados. A questão remete à diferença entre casos de adoção e casos de custódia."

Ellen não aguentava mais o suspense.

"Apenas me diga, eu ficaria com Will ou teria que devolvê-lo aos Braverman?"

"Você teria que devolvê-lo aos Braverman, não há dúvidas quanto a isso."

Ellen ficou devastada. Lutou para manter o controle, oscilando na tênue linha entre chorar e gritar. Mas Will estava na sala ao lado, perdido num mundo além do arco-íris.

"Como pais da criança, os Braverman têm um indiscutível direito sobre seu filho. Eles estão vivos, eles não o colocaram para adoção. Se o menino foi sequestrado, sua adoção é simplesmente nula. Assim, no que tange aos aspectos legais, o tribunal iria entregar Will para eles."

"E ele iria morar na Flórida?"

"Se é lá que eles vivem, sim."

"Eu teria o direito de visitá-lo?"

"Não." Ron sacudiu a cabeça. "Você não teria nenhum direito. Os Braverman podem permitir que você o visite, talvez para ajudá-lo a se separar de você, digamos assim. Mas nenhum tribunal os obrigaria a permitir que você o visite."

"Mas eu o adotei legalmente", disse Ellen, quase choramingando.

"É verdade, mas em nossa situação hipotética ninguém o deu para adoção." Ron coçou a cabeça, esfregando os dedos no cabelo. "Conforme você se lembra, ao adotá-lo você apresentou ao tribunal as abdicações assinadas, as autorizações para adoção da mãe e do pai. Esse é um pré-requisito para qualquer adoção. Se as autorizações eram falsas, forjadas, ou de alguma forma fraudulentas, a adoção é nula, independentemente de você saber disso ou não."

Ellen esforçou-se para pensar na pesquisa on-line que fizera na noite anterior, a fim de preparar-se para esse encontro.

"Eu li na internet sobre o caso de Kimberly Mays, na Flórida. Você se lembra disso? Ela era o bebê que foi trocado por outro ao nascer no hospital. Nesse caso, o tribunal a deixou ficar com seus pais socioafetivos em vez de seus pais biológicos."

"Eu conheço o caso. Ele obteve repercussão nacional."

"Isso não pode me ajudar? Não pode ser dessa forma conosco?"

"Não, isso não ajuda você nem um pouco." Ron abriu as mãos, com as palmas para cima. "É o que eu estava começando a lhe dizer. Há uma diferença fundamental entre adoção e custódia. O tribunal da Flórida apreciou o caso Mays sob o ponto de vista da custódia, o que envolve uma análise sobre o que melhor atende aos interesses da criança. O tribunal decidiu que era melhor para a criança ficar com seu pai socioafetivo." A mão de Ron cortou o ar. "Mas nós temos aqui um caso de adoção. Não tem nada a ver com o que melhor atende aos interesses de Will. É simplesmente uma questão de poder familiar. Seu caso é como aqueles nos quais a autorização do pai para a adoção foi forjada pela mãe."

"O que acontece nesses casos?"

"A criança vai para o pai biológico. É o filho dele, e ele não abdicou de seus direitos de pai."

Ellen tentou um argumento diferente.

"E se Will tivesse dez anos ou mais, você acha que ele seria devolvido aos pais?"

"Sim. Sob o ponto de vista legal, o tempo não mudaria o fato de que ele foi sequestrado, apesar de você não saber."

"Então não importa eu ser a única mãe que ele de fato conheceu?" Ellen achou isso impossível de aceitar. "Minha casa é a única casa que ele teve. A escola, os colegas, a babá. Nós somos o mundo dele, e os outros são estranhos."

"Mas são os pais biológicos dele. É um dilema muito interessante."

"Não, não é", retrucou Ellen, sentindo-se péssima.

"Ei, espere." A voz de Ron suavizou-se, mudando de professor para amigo. "Nós estamos falando hipoteticamente. Vamos voltar para a realidade por um momento. Eu estava lá quando você pensou em adotá-lo. Lembra-se quando nos encontramos naquela ocasião?"

"Sim."

"Não existia então, e também não existe agora, nenhuma razão no mundo para achar que havia algo de errado na adoção."

"Mas, e quanto à mãe com a torção de ovário? O suicídio da advogada?"

"Mulheres que não podem engravidar engravidam a toda hora. Como minha nora, por exemplo. E, infelizmente, advogados cometem suicídio. Faz parte da vida."

"Eu não estou louca, Ron."

"Eu não disse que você estava louca. Eu não acho que você esteja louca. Eu acho que você está com a pulga atrás da orelha, como minha mãe costumava dizer. É isso que faz de você uma boa repórter. E, a propósito, é isso que fez você adotar Will, em primeiro lugar." Ron sacudiu o dedo. "Você não podia tirá-lo da cabeça. Você mesma me disse."

"Eu me lembro." Ellen assentiu com tristeza. Seu olhar encontrou outro troféu de cristal e sua superfície chanfrada capturava um raio de sol, como a ilustração de uma refração num livro de física.

"Você quer o meu conselho?"

"Sim."

"Ótimo, então escute."

Para Ellen, era como se aquele fosse o momento da verdade. Ela mal conseguia respirar.

"Pegue esses papéis e guarde-os no fundo da gaveta." Ron empurrou os documentos, as fotografias e o retrato falado sobre a escrivaninha bagunçada. Sua adoção foi válida. Will é seu filho. Seja feliz com ele e convide a mim e a Louisa para o casamento dele."

Ellen juntou os seus papéis, desejando poder aceitar o conselho que recebera.

"Não posso fazer isso. Quero saber a verdade."

"Eu lhe disse a verdade. Você elevou a suspeita à categoria de fato."

"Mas isso não me parece certo." Ellen lutou contra suas emoções para pensar claramente, e foi muito esclarecedor falar sobre isso em voz alta. "Você sabe o que eu realmente acho? Acho que meu filho está doente, mas os doutores insistem em dizer que ele está bem. Não apenas você, mas meu pai também."

Ron ficou em silêncio.

"Acontece que eu sou a mãe dele. Eu sou a doutora Mãe." Ellen percebeu uma nova convicção em sua voz que surpreendeu até mesmo a ela. "Chame isso de instinto materno ou de intuição. Mas sinto isso por dentro, e eu sei do que estou falando."

"Entendo. Você acredita no que você acredita."

"Sim."

"Ninguém pode contestar isso."

"Certo!"

"Você sente que está certa. Você está certa."

"Bingo!", disse Ellen, mas um lento sorriso formou-se no rosto de Ron, espalhando sua barba como uma estranha cortina.

"Contudo, você precisa ter uma prova válida para embasar sua certeza. E você não tem nenhuma, entende?"

"Sim", respondeu Ellen, e entendia mesmo. Ela pegou seus documentos e fotografias e levantou-se. "Se é preciso provas, então eu as conseguirei. Muito obrigada por sua ajuda."

"De nada." Ron levantou-se também, e sua expressão tornou-se sombria. "Mas tenha cuidado com o que você deseja. Se encontrar provas de que Will é Timothy Braverman, você se sentirá bem pior do que se sente agora. Você terá que fazer uma escolha que eu não desejaria nem ao meu pior inimigo."

Isso fora a única coisa que Ellen pensara ao tentar dormir na noite anterior.

"E o que você faria se se tratasse do seu filho?"

"Nada no mundo me faria devolvê-lo."

"Nenhuma dúvida?"

"Nenhuma."

"Então deixe-me lhe perguntar uma coisa, doutor. Como é que você fica com algo que não lhe pertence?" Ellen ouviu a si própria dizer isso em voz alta, embora não tivesse pensado dessa forma até aquele momento.

"Ai, ai, ai." Ron contraiu-se. "Excelente pergunta."

"E como eu vou explicar isso a Will quando ele crescer? E se ele descobrir? O que eu digo? Que eu o amava tanto que fiquei com ele mesmo sabendo a verdade? Isso é amor ou apenas egoísmo?" Ellen ouviu as perguntas irrompendo como se seu coração falasse por conta própria. "Acontece o seguinte, Ron. Quando adotei Will, senti que ele me pertencia porque outra mãe havia desistido dele. Mas se ela não fez isso, se ele foi tirado dela à força, então ele não me pertence. Não de verdade."

Ron desviou o olhar, com os polegares enfiados no jeans.

"Então, o que você diz disso?" Os olhos de Ellen umedeceram e ela piscou para afastar as lágrimas. "O que você faria?"

Ron suspirou.

"Seus argumentos são justos, mas eu tenho uma saída. Num caso como esse, as mentes mais sãs iriam prevalecer. Louisa me mataria."

"Bem, eu não tenho uma Louisa. Não há nenhuma mente mais sã por perto. Simplesmente não posso esquecer isso. Varrer para debaixo do tapete."

"Você tentou?" Ron deu um sorriso frouxo.

"Tenho tentado desde o momento em que vi o cartão."

"Dê um tempo, Ellen. Você pode se sentir de outro modo no mês que vem, ou no ano que vem."

Ellen sacudiu a cabeça. Ela não chegara onde chegou sem conhecer muito bem a si mesma. Era com as outras pessoas que ela tinha problemas. "Não sou assim. Se vejo um fio pendurado na roupa de alguém, eu tenho que puxar. Se vejo lixo no chão, eu junto. Não posso deixar isso de lado. Não posso fingir que não existe."

Ron deu uma risada.

"Isso é quase a mesma coisa, só que dez vezes pior. Um milhão de vezes pior. Isso ficará em minha mente pelo resto de minha vida se eu não resolver tudo."

"Então, sinto muito por você", disse Ron suavemente, olhando-a nos olhos.

"Obrigada." Ellen esforçou-se para sorrir, pegou seus papéis e seu casaco e andou até a porta, onde a trilha sonora do *Mágico de Oz* tornou-se mais alta. "Melhor eu ir. Will odeia os macacos voadores."

"Todo mundo odeia os macacos voadores", disse Ron com um último sorriso.

Capítulo 41

Ellen passou a tarde mergulhada no Frenesi do Tempo Qualitativo com Will, construindo um castelo multicor com peças de Lego, modelando Play-Doh com forminhas de biscoitos e fazendo juntos hambúrgueres Boca para o jantar. Will arrumou a mesa, correndo para cima e para baixo com uma garrafa de ketchup e tomates cortados, e Ellen sentiu que a cozinha era seu casulo doméstico, com sua luz suave, fogão quente e um gato gorducho de smoking enrodilhado no chão.

"Tenho uma sobremesa surpresa para você", disse Ellen. Will franziu o cenho numa expressão típica de quem é exigente em relação à comida, tão desconfiado quanto uma criança de três anos pode ser.

"O que é?"

"Se eu disser, não é surpresa."

"Nós não temos sorvete?"

"É melhor do que sorvete. Espere aqui." Ellen levantou-se, juntou os pratos do jantar, levou-os para a cozinha e os colocou na pia. Ela pegou a sobremesa na geladeira e carregou para a sala de jantar, depositando-a sobre a mesa.

"Ih, mamãe!" Will torceu o nariz, a única resposta razoável ao que parecia ser uma tigela cheia de plástico verde.

"Experimente. É gelatina, em sua cor preferida." Ellen havia passado a noite relendo o website dos Braverman e vira o detalhe de que Timothy adorava gelatina de limão. Pelo que ela sabia, Will nunca havia comido isso antes, e Ellen queria saber se ele gostava. Não era um teste científico, mas isso viria depois.

Will enrugou o nariz.

"É espinafre?"

"Não, é limão."

"O que é limão?"

"É parecido com lima, mas melhor."

"O que é lima?"

"Você conhece lima. É amarela, como as raspadinhas de gelo que nós compramos na piscina. Ou como aqueles limões que a gente toma com canudinhos enfiados dentro deles." Ellen mudou a abordagem. "Você nunca comeu gelatina de limão antes?"

Will sacudiu a cabeça, olhando a tigela com cuidado.

"Eu comi a vermelha. Era bom."

"Vermelha é de cereja."

"Nós temos a vermelha?"

"Não. Eu fiz a verde."

"Você não pode fazer a vermelha?" Will olhou para ela com os olhos queixosos de uma criança chateada, e Ellen lhe deu um sorriso.

"Não dessa vez. Hoje vamos experimentar a gelatina verde."

Will ajoelhou-se desajeitadamente em sua cadeira e, usando os cotovelos como apoio, inclinou-se sobre a mesa e começou a cheirar a tigela.

"Por que isso não tem cheiro?"

"Experimente e me diga se você gosta."

"Você gosta?"

"Não sei. Eu também nunca provei." Ellen detestava gelatina de limão, mas não queria influenciá-lo. "Eu gosto de experimentar comidas diferentes." Ela não pôde evitar a propaganda, mas Will a ignorou.

"Por que ela é achatada em cima?"

"É assim que ela fica. Pegue a tigela e prove um pouquinho."

Will obedeceu e riu.

"Ela balança! É igual à TV!"

"Engraçado, heim? Comida com a qual você pode brincar." Ellen colocou um pouco de gelatina em seu prato de sobremesa e conteve a respiração enquanto ele pegava a colher e a mergulhava no reluzente monte verde. Will encostou a pontinha da língua na colher. "Prove de verdade."

"Eu tenho que provar?"

"Por favor."

Will colocou a gelatina na boca e por um instante não teve nenhuma reação.

"Você gosta?"

"É bom!", respondeu ele com a boca cheia.

Capítulo 42

Ellen passou a noite no escritório de sua casa tentando imaginar onde e como encontrar a prova de que Will era ou não era Timothy. Era maluquice tentar provar uma coisa que ela não queria que fosse verdade, mas não precisava decidir agora o que fazer após se inteirar dos fatos. Ela teria que descobrir a verdade e então decidir se ficaria com Will ou se abriria mão dele, por mais inconcebível que isso fosse. Era um processo, e ela só podia enfrentar uma fase de cada vez. Na fase um, tudo o que ela queria era a verdade. E se felizmente acontecesse de Will não ser Timothy, ela poderia parar de se torturar e deixar toda essa história para trás. Ellen pegou o BlackBerry do suporte, pressionou a ligação direta C e Connie atendeu.

"Oi, El, como vai?"

"Bem, obrigada. Tenho um grande favor para lhe pedir, Connie. Ocorreu uma emergência no trabalho e eu preciso ficar fora da cidade por alguns dias." Ellen detestava mentir, mas não podia correr o risco de contar a verdade nem mesmo para Connie. "Será que você pode me dar cobertura?"

"Claro. Para onde você vai?"

"Para alguns lugares, ainda não sei ao certo. É uma matéria grande. Eu sinto muito, mas não tenho como contornar isso." Ellen raramente deixava a cidade a trabalho, mas estava rezando para que Connie se deixasse convencer. Afinal, não era por acaso que ela era filha de Don Gleeson. "Eu pagarei hora extra, seja quanto for. É muito importante."

Connie a tranquilizou.

"Nunca me preocupei com isso. Eu posso ficar com ele, mas teremos visitas amanhã. Você pode esperar até segunda?"

"Sim, eu realmente agradeço."

"Não posso me esquecer da minha escova de dentes. Vejo você na segunda, no horário de sempre. Quantos dias você vai ficar fora?"

Só Deus sabe. "Apenas alguns poucos dias. As coisas ainda não estão bem definidas. Tudo bem para você?"

"Sim. Até segunda, então."

Ellen desligou, mas ainda tinha uma coisa a fazer. Ela conectou-se ao Outlook, vasculhou os e-mails que havia recebido e surpreendeu-se ao ver quem tinha enviado um deles. Marcelo. Ela clicou para abrir a mensagem.

> Querida Ellen:
> Estou preocupado com você. Espero que esteja se sentindo melhor. Por favor, procure um médico. Todos sentimos sua falta. Você é a face humana deste jornal! Tudo de bom. Marcelo.

Ellen sentiu um leve arrepio. Ele era um sujeito incrível. Valeu a pena desmaiar para que ele a segurasse. Ela sorriu ao lembrar-se de que fora aninhada contra o peito dele, mas seu sorriso desapareceu quando pensou no que teria de fazer a seguir. Ellen clicou em Responder e começou a digitar. Estava num ponto no qual não havia retorno, e o que estava em jogo era o trabalho que ela amava e do qual precisava. Ainda assim, continuou digitando:

> Marcelo:
> Obrigada por sua mensagem carinhosa, mas, infelizmente, preciso tirar esta semana de folga. Tenho um bom tempo de férias se aproximando, e esses dias serão descontados.

Ellen fez uma pausa, sem saber se devia mencionar a matéria que tinha de entregar na sexta-feira. Ela prosseguiu escrevendo:

> Não tenho certeza se conseguirei acabar a matéria dentro do prazo, mas ficarei em contato com você para tratar disso. Desculpe. Espero que isso não cause muitos problemas. Obrigada e tudo de bom. Ellen.

Ela clicou em Enviar e engoliu em seco. Tirar uma folga com um corte de pessoal em andamento talvez fosse um suicídio profissional, mas ela não tinha escolha. A situação com Will e Timothy colocava tudo em perspectiva e, entre seu trabalho e seu filho, o trabalho sempre viria em segundo lugar.

"Então, que seja", disse Ellen em voz alta.

Oreo Fígaro olhou para cima ao ouvi-la. Ele ergueu o queixo pousado sobre as patas dianteiras e lhe lançou um olhar reprovador.

Capítulo 43

Ellen acordou com o som do BlackBerry, que ela deixava na mesinha de cabeceira ao lado do despertador. Pegou o telefone antes que o ruído acordasse Will.

"Alô?", perguntou ela, confusa.

"É Marcelo." Sua voz sempre soava suave ao telefone, e seu sotaque ficava ainda mais pronunciado. Ellen piscou várias vezes para acordar, enquanto conferia o relógio digital. Domingo, 8h02.

"Oh, meu Deus. Olá."

"Eu acordei você?"

Sim. "Não."

"Desculpe incomodá-la, mas recebi seu pedido de folga e queria discutir isso com você. Nesse momento, seria um problema para nós."

"Acontece que..."

"Vou estar perto de sua casa hoje à noite. Posso dar uma passada aí se você não se importar, e então conversaremos sobre isso."

Marcelo, aqui? Tenho que passar o aspirador de pó. E pôr maquiagem. Não nessa ordem.

"Ellen, eu não quero me intrometer..."

"Não, está bem. É uma boa ideia."

"A que horas está bem para você?"

"Will vai dormir por volta das sete e meia. Então, qualquer horário depois das oito horas está bem."

"Estou livre às nove. Vejo você nesse horário."

"Ótimo. Obrigada."

Ellen apertou a tecla Desligar. Então Marcelo iria à sua casa? Seu patrão, sua paixonite? Seria um encontro ou uma demissão? Era excitante e enervante, ambos ao mesmo tempo. Na melhor das hipóteses, ela teria que mentir como nunca sobre onde iria na segunda-feira, e isso não seria fácil. Especialmente se ele estivesse usando aquela loção pós-barba, *l'eau* solteiro disponível.

"Mamãe?", chamou Will, que acabara de acordar em seu quarto.

"Já estou indo, querido", respondeu Ellen, tornando-se uma mãe outra vez.

Capítulo 44

"Oi, Marcelo, entre", disse Ellen, abrindo a porta da frente para uma sala de visitas que dava a impressão de não ser habitada. Os brinquedos, livros e DVDs de Will foram guardados, e o aspirador de pó havia sido passado nos tapetes. Os pelos de gato foram retirados das almofadas do sofá com o rolo aderente, e as marcas de patas foram removidas da mesinha de centro. A casa estava tão limpa que poderia ser posta à venda.

"Obrigado." Marcelou entrou e Ellen recuou, sentindo-se subitamente estranha. Ela havia fantasiado com ele entrando por sua porta, embora sua fantasia não incluísse o aspirador de pó.

"Deixe-me guardar o seu casaco", disse Ellen, mas Marcelo já estava tirando sua jaqueta de couro preto, e ela sentiu o cheiro de sua aromática loção pós-barba, um aroma que falava diretamente ao seu córtex sou-solteiríssima, ultrapassando o bem mais ajuizado lobo frontal ele-é-seu-patrão.

"Que casa bonita", disse ele, olhando ao redor. Marcelo vestia um suéter de gola alta com listras pretas e elegantes calças marrons, e Ellen se pegou pensando se ele estava vindo de um encontro.

Marcelo perguntou: "Há quanto tempo você mora aqui?".

"Seis anos, mais ou menos." Ellen afastou um fio de cabelo dos olhos, surpresa com o fato de que até mesmo um único fio tivesse conseguido escapar de seu penteado firmemente mantido com produtos de beleza e secador. Ela mudara de roupa três vezes, apenas para acabar optando por sua marca registrada: suéter azul solto com camiseta branca por baixo, jeans e Danskos.* Ela não queria passar a mensagem de que considerava esse encontro algo mais do que uma reunião entre colegas.

"Você quer beber alguma coisa? Uma coca diet ou água?"

"Sim, ótimo."

"Espere um segundo. Sente-se." Ellen apontou para o sofá sem hesitação.

"Deixe-me ajudá-la. Eu adoraria conhecer a casa."

"Está bem, mas é uma casa pequena." Meio sem jeito, Ellen indicou a sala de jantar. Era estranho tê-lo em sua casa, tão próximo, e ela nem sequer estava inconsciente. "A sala fala por si mesma, não? E ali está a minúscula cozinha."

"Muito bom." Marcelo a seguiu, olhando ao redor com as mãos frouxamente cruzadas nas costas. "É acolhedora e amigável."

"E limpa."

Marcelo assentiu com um sorriso.

"Eu ia dizer que era limpa. Muito limpa."

"Obrigada." Ellen abriu o armário e procurou um copo decente. Foi até a geladeira e lhe serviu gelo e soda. Oreo Fígaro estava sentado no balcão, observando com interesse os acontecimentos.

"Eu gosto de gatos. Como é o nome dele?"

"Oreo Fígaro."

Marcelo ergueu uma sobrancelha.

"Em meu país muita gente tem dois nomes, como meu irmão, Carlos Alberto. Mas não pensei que isso fosse muito comum nos Estados Unidos."

---

* Marca de calçados. (N. T.)

"Não é. Ele é um gato brasileiro."

Marcelo riu. Ele abriu o refrigerante e despejou o líquido efervescente no copo.

"Eu moro no centro."

Eu sei. Todo mundo sabe. Você é o chefe latino, bonitão e solteiro e, portanto, a pessoa mais comentada na sala de redação, se não for a mais comentada do Hemisfério Ocidental.

"Penso em me mudar para cá, mas me pergunto como conhecer mulheres nos subúrbios."

"Em geral, nas caixas de areia dos parquinhos."

Marcelo sorriu.

"Homens são mais raros, mas são solteiros."

Marcelo riu outra vez.

"Eu estava por aqui num encontro às escuras. Dá para imaginar?"

"Infelizmente, sim." Ellen gostou do modo como seu sotaque a levava a imaginar. "Como foi?"

"Um horror!"

"Já passei por isso. Conversa estafante, restaurante estafante, beijo de boa noite estafante. Situação estafante."

Marcelo riu outra vez.

"É bom ver que você está se sentindo melhor."

Sempre faço piadas quando estou nervosa.

"Foi muito estranho você ter desmaiado tão de repente." Marcelo franziu ligeiramente o cenho, e Ellen percebeu uma ponta de preocupação por trás de seus olhos, o que a fez sentir calor em todo o corpo.

"Obrigada por ter sido tão gentil a esse respeito."

"Não me dê nenhum crédito por isso. Eu queria sair da sala, mas você estava deitada no meio do caminho."

Ellen riu. Marcelo deu um gole em sua soda e baixou o copo.

"Então, quanto ao seu e-mail."

"Sim."

"Por favor, explique."

"Não sei ao certo por onde começar."

"Vamos ser honestos um com o outro. Você é confiável. Você cumpre prazos. Você não tirou férias no ano passado, eu conferi. De repente, você desmaia e precisa de folga por alguma razão misteriosa." Marcelo desviou o olhar e depois voltou a encará-la. "Vou lhe dizer uma coisa, geralmente sou muito reservado quanto à minha vida particular, mas minha mãe foi recentemente diagnosticada com câncer de mama. Ela fica em casa, em Pinheiros, recebendo tratamentos, e ela me disse que isso a deixa muito cansada."

Ellen, que já havia passado por isso, sentiu-se triste por ele. A dor em seu rosto era visível.

"Sinto muito."

"Obrigado. Se é isso que está acontecendo com você, ou se você tem alguma outra doença, pode ter certeza de que guardarei segredo."

Ellen sentiu-se comovida.

"Não estou com câncer, mas obrigada por perguntar."

"É alguma outra doença? É isso?"

Ellen não sabia o que dizer. Seu tom era tão calmo e a desculpa tão conveniente que ela quase considerou a possibilidade de inventar alguma doença fatal. Se mentisse, poderia manter o emprego.

"Você tem problema com drogas ou com álcool? Você sabe, nós temos aconselhamento para problemas como esses."

"Não, não é nada disso."

"Bem, então o que é? Estou sendo muito intrometido? Sinto que ultimamente tenho sido muito intrometido com você, embora esteja tentando ajudá-la. É uma situação difícil. Tenho que tomar decisões quanto às demissões e estou fazendo tudo o que posso para salvar o seu emprego." Marcelo empertigou-se e sacudiu a cabeça. "Mas um pedido de folga, em tempos como esses... Como você justifica isso?"

"Tudo o que posso dizer é que preciso desses dias livres para resolver um assunto pessoal."

Marcelo olhou para ela. Sua decepção era evidente.

"Isso é tudo?"

Ellen viu-se tentada a contar para ele, mas não podia.

"Desculpe", respondeu ela. "Isso é tudo."

"Você está indo para algum lugar ou vai ficar aqui?"

"Prefiro não dizer. Estou tirando uma folga, isso é tudo."

Os lábios de Marcelo se crisparam.

"Você vai entregar a matéria sobre os homicídios no prazo?"

"Sinceramente, eu não sei."

"Como está o seu rascunho?"

"Ainda não comecei o rascunho."

"Posso ver as suas anotações?"

"Ainda não as transcrevi." Ellen sentiu uma onda de culpa ante sua expressão consternada.

"Como posso lhe dar um tempo a mais quando não dei para mais ninguém? Como posso justificar o fato de que você está recebendo um tratamento especial?"

"Se você tiver que me demitir, eu entendo. Mas eu preciso desse tempo para mim."

"Você prefere ser despedida do que me contar o que está acontecendo?", perguntou Marcelo, com descrença no olhar. "É isso que você realmente quer?"

"Sim", respondeu Ellen, embora ela não tivesse visto as coisas dessa forma.

"Seja lá o que você tiver que fazer, é assim tão importante?"

"Para mim, é mais importante do qualquer outra coisa no mundo."

Marcelo piscou.

Ellen piscou de volta. Por um minuto, eles pareciam estar brincando de piscar. Marcelo suspirou, e sua expressão suavizou-se.

"Está bem, você ganhou. Mas isso é tudo. Vou dizer aos outros que você não está se sentindo bem. Faz sentido, já que você desmaiou."

"Você está dizendo que sim?" Ellen estava pasma. "Por quê?"

"Estou tentando lhe mostrar que não sou um cretino."

"Eu sei disso. Nunca achei que você fosse."

Marcelo ergue uma sobrancelha, em dúvida. Ellen sabia que nunca iria convencê-lo disso depois do que Sarah havia dito.

"E quanto à matéria sobre os homicídios?"

"Isso pode esperar uma semana. O incêndio no Edifício Yerkes é que é notícia agora."

"Que incêndio?" Ellen havia estado enfiada em seu casulo do amor com Will e não sabia de nada. O Yerkes era um dos maiores edifícios da cidade.

"Três pessoas da equipe de limpeza morreram. Muito triste. O prédio virou cinzas. A polícia desconfia que foi um incêndio criminoso."

"Espere um pouco", disse Ellen, ao perceber a verdade. "Isso significa que você não precisa do meu rascunho agora?"

"Bem, sim." Marcelo parecia encabulado. "Ora, você sabe."

"Seu bisbilhoteiro!"

"Você não acha mesmo que eu seja um bisbilhoteiro. Você é como eu..."

Ellen ficou sem ação.

"E como é que você sabe?"

"Eu comando a sala de redação. Você pensa que eu não estou por dentro das notícias?"

Ellen riu, constrangida.

"Oh, sim. E o que mais você sabe?"

"Isso é verdade?" Os olhos escuros de Marcelo brilharam de um modo provocativo.

"Você me responde e depois eu te respondo."

"Eu sei que todo mundo acha que eu sinto atração por você, e que é por isso que você não foi demitida."

Ellen ficou ruborizada.

"E eu tenho que admitir que eles estão certos, em parte", respondeu Marcelo, com a voz subitamente séria. Seus olhos encontraram os dela do outro lado do balcão da cozinha, e eles expressavam uma honestidade madura. "Eu adoraria sair com você, reconheço isso."

Um sorriso espalhou-se pelo rosto de Ellen.

"Mas essa não é a razão pela qual você está mantendo seu emprego. Você está mantendo seu emprego porque é uma grande repórter."

"Obrigada. E se essa atração for mútua?"

"Ela é?!" Marcelo sorria, mas Ellen não podia acreditar que eles estavam tendo essa conversa. Oreo Fígaro ouvia tudo, chocado.

"Sim."

"É muito bom saber disso, mas também é muito ruim. Nada vai rolar entre nós. Isso é comprometedor. Isso é romance em tempos de assédio sexual, o que significa que nada de bom pode resultar disso, nunca. Exceto, talvez, isso." No instante seguinte Marcelo inclinou-se e depositou o mais suave e doce beijo nos desatentos lábios de Ellen. Quando terminou, ele se afastou. "Nunca mais."

"Estafante", disse Ellen. E era isso que ela realmente sentia.

Capítulo 45

"Mamãe, não vá!" Will choramingava, agarrando os joelhos de Ellen como se fosse segurá-los por toda a vida. Ela estava vestida para pegar um voo logo cedo, com a bolsa no ombro e a mala cilíndrica pronta, mas não conseguia ir a parte alguma, bloqueada pela Parede da Culpa.

"Querido, eu preciso ir." Ellen acariciou suas costas pequenas. "Nós falamos sobre isso, você não se lembra? Tenho que viajar a trabalho, mas voltarei logo, em quatro ou cinco dias, provavelmente."

"Quatro dias!" Will recomeçou a chorar, e Connie interveio, colocando a mão em seu ombro.

"Will, eu e você vamos nos divertir muito. Trouxe sorvete, e podemos fazer sundaes depois da escola. Não vai ser divertido?"

"Mamãe, não!"

"Will, está tudo bem." Ellen aprendera por experiência própria que ele jamais se acalmaria. Então lhe deu um último abraço e um beijo na cabeça, enquanto desgrudava os dedos dele um a um, como as garras de um gatinho. "Eu tenho que ir, querido. Vou telefonar hoje à noite. Você verá, vou voltar logo."

"Diga adeus, Will." Connie o segurava pela mão. "Tchau, mamãe, até logo!"

"Eu te amo, Will", disse Ellen, abrindo a porta no instante em que ficou livre, apressando-se para enfrentar com sua mala o ar frio.

Perguntou-se se às vezes as mães se sentiam como prisioneiros em fuga.

Capítulo 46

O céu era de um tom azul-petróleo supersaturado, e os guarda-sóis de folhagens verde das palmeiras flutuavam com a brisa. Exuberantes cercas-vivas cor de oliva alinhavam-se junto ao meio-fio, e espessos gramados, aparados com perfeição, margeavam densas redes de buganvílias, o laranja e o amarelo de minúsculas lantanas e o púrpura-escuro dos jacarandás. E isso era apenas o aeroporto de Miami.

Ellen colocou os óculos escuros enquanto dirigia um carro alugado, mantendo a janela aberta até que o ar-condicionado começasse a funcionar.

Ela estava se derretendo em seu suéter azul-marinho, e o removeu assim que o tráfego parou. De acordo com o painel, a temperatura oscilava em torno dos 37 °C, e a umidade misturava-se com sal marinho, perfume forte e cigarros fumados como se fossem coquetéis de praia. Em menos de uma hora ela estaria na casa de Carol e Bill Braverman.

Ela vasculhou a bolsa e encontrou o papel com o endereço, Ela o obtivera na internet, na noite anterior, e procurara sua localização no MapQuest. A saída da rodovia não estava muito distante. Ellen inclinou-se contra a direção e espichou o pescoço como uma tartaruga marinha, tudo para não perder a saída. O trânsito andava e parava num congestionamento absurdamente grande que ocupava quatro pistas, mais largas do que qualquer via expressa de sua cidade.

O trânsito parou de novo e Ellen pensou em sua missão. Ela precisava esperar uma brecha para pegar a prova da qual precisava, e não podia prever quando isso iria acontecer. Teria de ser cuidadosa, e a parte mais difícil era permanecer incógnita. Ninguém podia saber por que ela estava lá, muito menos os Braverman.

Ela deixou a rodovia, pegou uma saída e depois de algum tempo viu-se dirigindo ao longo de uma suave ponte de concreto sobre uma baía de cor turquesa cercada de mansões, algumas com reluzentes barcos ancorados em píeres privados. Ela chegou ao outro lado, onde o tráfego era mais leve e os carros mais caros. Ellen virou à direita e à esquerda, e viu a placa da rua indicando num verde brilhante: Surfside Lane. Ela entrou à direita na rua dos Braverman.

Será que Will havia começado sua vida aqui? Esta seria a rua dele?

Ellen passou por uma moderna casa cinza com uma enorme extensão de vidro na frente, depois por uma mansão de estuque espanhol com telhado de telhas vermelhas e, finalmente, um ornamentado chateau francês. Cada casa era diferente da outra, mas ela percebeu de imediato que todas tinham algo em comum. Todas as residências possuíam um laço de fita amarela na frente, estivesse ele preso a uma palmeira, a uma cerca ou a um portão.

Ellen desacelerou até parar o carro. Estava perplexa. Os laços mostravam-se desbotados e gastos, como aquele que os seus vizinhos, os Sherman, tinham em sua casa, em homenagem à filha que servia no Iraque. Mas todas essas pessoas não podiam ter familiares servindo na guerra. Ela pressentiu a explicação antes de vê-la, ao passar pelo 826 e se aproximar do 830, confirmando assim sua teoria.

AJUDE-NOS A ENCONTRAR NOSSO FILHO, era o que se lia numa grande placa branca ornamentada com fitas amarelas, elevando-se no que, se não fosse por isso, seria um perfeito gramado frontal. A placa mostrava a foto digitalmente envelhecida de Timothy que estava no cartão branco. Lírios e calêndulas cresciam ao redor da base, em um memorial vivo para um filho que, rezavam os Braverman, não estivesse para sempre desaparecido.

Ellen ficou com um nó na garganta. Ela foi invadida por uma onda de simpatia, ao mesmo tempo em que sentiu uma pontada em sua consciência. Sabia pelo site dos Braverman que eles sentiam falta de Timothy, mas ver a placa com seus próprios olhos tornou isso real. O garoto na placa, Will ou Timothy, olhava para ela com uma expressão ao mesmo tempo familiar e desconhecida.

Por favor, não.

Ela deixou suas emoções de lado e olhou além da placa. A casa dos Braverman parecia algo extraído da *Architectural Digest*,* grande e contemporânea, com uma entrada para carros feita de fragmentos de conchas, na qual estava estacionado um reluzente Jaguar branco. De repente, duas mulheres de camiseta e shorts de corrida passaram pelo carro, erguendo pesos manuais vermelhos, e Ellen deu a partida para não levantar suspeitas.

Ela deu a volta no quarteirão, recompondo-se e acalmando-se enquanto olhava as mulheres, uma mais adorável que a outra. Ellen esperava que a vizinhança fosse rica. Qualquer família que pudesse se dar a esse luxo viveria num bom lugar, e sua pesquisa on-line lhe disse que ela estava dirigindo em uma área de casas de três milhões de dólares. Na verdade, de acordo com o zoom.com, a casa dos Braverman custava US$ 3,87 milhões. Ela tentou não comparar isso com sua casa de três quartos e um banheiro.

---

* Revista de decoração. (N. T.)

É acolhedora e amigável.
Ellen evitou aquele pensamento. Entrou à esquerda e novamente à esquerda, descendo para o próximo quarteirão e inteirando-se da vizinhança. Não havia ninguém fora das casas, exceto um jardineiro usando um barulhento aparelho para soprar folhas e um empregado aparando um gramado.

O sol reluzia nos resplandecentes carros estrangeiros, salpicando os gramados através das folhagens das palmeiras, e ela deu a volta e seguiu para a rua principal, Coral Ridge Way, a via de duas pistas que a levaria outra vez para a ponte. A rua estava movimentada, e quando o farol mudou, ela estacionou junto à entrada para Surfside Lane. Não parou no quarteirão dos Braverman com medo de que alguém percebesse.

Ellen abriu uma garrafa de água morna e conferiu o relógio: 13h45. Virou o rosto quando um velho passou com um Chihuahua gorducho e observou o trânsito para a ponte. Às 13h47 seus óculos estavam escorregando do nariz e o carro tornara-se insuportavelmente quente, provando que ela era uma vigilante amadora. Ellen ligou a ignição e abriu a janela.

Mal havia tomado o segundo gole de água quando viu a frente cromada de um Jaguar branco assomar da Surfside Lane, parar no farol e entrar à esquerda. Tinha que ser dos Braverman, porque o deles era o único Jaguar do quarteirão. No banco do motorista estava a silhueta de uma mulher sozinha. Tinha de ser Carol Braverman, a própria.

Sim!

Ellen ligou a ignição, acelerou e encontrou um lugar na veloz linha de tráfego que levava à ponte. Seu coração bateu mais forte. Carol estava dois carros na frente enquanto os veículos aceleravam em direção à ponte. O vento do mar soprava seus cabelos. Ela ficou de olho no carro branco à medida que dirigia por ruas cada vez mais congestionadas. Quando Carol entrou em um shopping e parou em uma vaga do estacionamento, Ellen a seguiu.

Estacionou a várias vagas de distância e desligou o veículo. Ficou segurando a respiração à espera de que Carol Braverman emergisse. Lembrou-se de suas fotos on-line, mas estava morrendo de curiosidade para vê-la pessoalmente e saber se ela se parecia com Will, ou vice-versa.

No instante seguinte, a porta do motorista se abriu.

Capítulo 47

Ellen não podia enxergar o rosto de Carol Braverman por causa dos grandes óculos escuros e da viseira rosa-choque que ela usava, mas ainda assim sentiu uma certa excitação ao vê-la. Carol saiu do carro, alta e esbelta em uma camiseta de algodão branco e saia de tenista modelo antigo. Pompons rosa balançavam na parte de trás de seus tênis e um oscilante rabo de cavalo loiro-escuro emergia da viseira. Ela pendurou no ombro uma bolsa branca acolchoada e correu para o supermercado. Pegou um carrinho de compras e o empurrou para dentro das portas de vidro escuro.

Ellen agarrou suas chaves e bolsa, desceu do carro e andou apressadamente pelo estacionamento em direção ao supermercado, pegando um carrinho de compras para o show. As portas deslizaram para os lados e o ar-condicionado a fez sentir-se como se estivesse em janeiro. Duas mulheres que tinham ido às compras bloqueavam a entrada, olhando para a seção das flores. Ela ficou de olho em Carol, mas não queria chamar a atenção sobre si mesma, especialmente ao perceber quão deslocada estava. Nenhuma outra pessoa vestia uma grossa blusa branca de gola alta, jeans de mãe e tamancos marrons paramentados com a lama da Pensilvânia.

Ela enfiou-se na última fileira da seção das flores, caminhando entre os compradores e fingindo interesse pelas aves-do-paraíso.

Depois, ela olhou por cima do ombro. No instante seguinte as duas mulheres saíram do caminho, deixando Ellen logo atrás de Carol, que sacava dinheiro de um caixa automático, e tão perto que ela quase podia ouvi-la murmurando. Não podia correr o risco de ser vista por Carol e talvez mais tarde ser reconhecida por ela. Assim, manteve a cabeça abaixada, com os óculos escuros no nariz. O caixa automático bipou e o murmúrio foi diminuindo, o que significava que Carol estava se afastando.

Hora de segui-la.

Ellen não sabia quando teria outra oportunidade, e ela precisava ver o rosto de Carol de perto, cara a cara. Ellen vagou junto a uma muralha de nozes em recipientes de plástico do tipo sirva-se-você-mesmo e fingiu examinar as amêndoas tostadas sem sal e as amêndoas cruas com sal. Por um minuto, ela não podia nem fingir que escolhia. Pelo canto do olho viu Carol de costas, olhando as pimentas.

Ellen puxou um saco plástico do rolo e colocou nele algumas amêndoas cruas. Percebeu que Carol movia-se no perímetro da seção de legumes, colocando alfaces num saco e pondo-as em seu carrinho, ainda de costas. Ellen deu um nós em seu saco de amêndoas e, perto de Carol, atravessou o corredor em direção à gôndola das maçãs, onde Galas rosadas, gordas Macintoshes e Delícias Douradas* amontoavam-se formando uma pirâmide egípcia. Ela se posicionou no meio do caminho para a gôndola das maçãs, de modo que pudesse olhar o rosto de Carol quando ela se virasse.

Ellen pegou uma Granny Smith** e a examinou com uma falsa absorção. No exato instante em que Ellen se inclinou para colocar a maçã de volta, Carol deu a volta com seu carrinho.

* Variedade de maçã. (N. T.)
** Variedade de maçã. (N. T.)

Não!

O resto aconteceu antes que Ellen pudesse processar. O carrinho de Carol chocou-se em cheio contra os quadris de Ellen, surpreendendo-a de tal forma que ela moveu-se para trás e colidiu com a pirâmide das maçãs, e, antes que pudesse fazer alguma coisa, Galas e Fujis rolavam em sua direção em uma avalanche orgânica.

"Oh, não!", gemeu Ellen, erguendo os óculos.

"Sinto muito!" Carol tentava pegar as maçãs, mas elas caíam no chão laqueado e deslizavam em todas as direções, como bolas de bilhar.

"Puxa vida!" Ellen inclinou-se para ocultar o rosto, fingindo que juntava maçãs enquanto Carol se erguia, com as bochechas ligeiramente avermelhadas e as mãos cheias de maçãs.

"Não acredito que eu fiz isso! Me desculpe!"

"Está tudo bem", disse Ellen. Mas, ao olhar para cima, ela quase engasgou. Carol havia tirado os óculos escuros e, pessoalmente, a semelhança entre ela e Will era óbvia. Ela possuía os olhos de azul da cor do mar de Will e a coloração cremosa. Seus lábios eram finos como os dele e o queixo também era ligeiramente pontudo. Imediatamente ela sentiu que Carol estava ligada a Will, como se pudesse farejar o sangue que os dois compartilhavam. Abalada, ela abaixou a cabeça, mas Carol ajoelhou-se ao seu lado, juntando as maçãs em sua saia de tenista.

"Foi culpa minha. É isso que eu ganho por viver apressada."

"Não, fui eu. Eu derrubei as maçãs." Ellen juntava as maçãs espalhadas, enrubescida de emoção, mantendo o rosto voltado para o chão.

"Eu estava fazendo um monte de coisas. Sempre acho que posso dar um jeito de fazer algo mais. Você também é assim?"

"Claro."

"Lógico que é assim que as coisas dão errado."

"Sra. Braverman, deixe-me ajudá-la", disse um funcionário do supermercado que chegava apressado com seu uniforme verde e Vans* xadrez. Ele inclinou-se e encurralou algumas maçãs, enquanto seus bagunçados dreadlocks caíam em seu rosto jovem.

"Obrigada, Henrique." Carol ergueu-se, exibindo um par de pernas bronzeadas e delicadamente musculosas. "Estou tão desajeitada hoje. Atropelei esta mulher com o meu carrinho."

"Eu estou bem, de verdade." Ellen se levantou, procurando pela saída, mas repentinamente Carol colocou sua mão com unhas bem-feitas no ombro dela.

"Mais uma vez, me desculpe."

"Não foi nada, obrigada." Ellen afastou a mão de Carol, virou-se tão tranquilamente quanto era possível e andou pela seção de frutas e legumes até sair do supermercado. A umidade do ar a atingiu em cheio e ela foi direto para o carro alugado. Seus olhos estavam cheios d'água por detrás dos óculos escuros e havia um nó em sua garganta. Ela vasculhou a bolsa à procura das chaves do carro, entrou no veículo e afundou no banco do motorista.

Ellen ficou sentada no carro, olhando fixamente através do para-brisa. Carros tostavam sob o sol de Miami e flores cor-de-rosa contornavam o estacionamento. Ela as olhava sem vê-las, secando os olhos e tentando processar o que havia visto. Carol Braverman, uma mãe sofredora. Ela parecia uma boa mulher. Parecia-se com Will. Poderia estar com saudades da criança que agora estava na casa de Ellen, no Norte.

Ela pensou em Susan Sulaman, assombrada pela perda de seus filhos, e Laticia Williams, desolada. Sabia como elas se sentiam e podia imaginar como Carol Braverman se sentia. Uma

---

* Marca de calçado. (N. T.)

onda de remorso a engolfou, e Ellen sentiu-se terrível ante a ideia de que poderia estar causando aquele tipo de dor a outra mulher. A outra mãe.

À verdadeira mãe de Will.

Ela pegou a garrafa de água e deu um gole, mas o líquido estava quente e queimou sua garganta. Não podia deixar de pensar que era uma espécie de castigo.

Uma bolsa branca sacolejando chamou sua atenção, e Ellen olhou pela janela. Carol estava saindo do supermercado e andava rapidamente em direção a seu carro, enquanto carregava um saco de papel marrom. Ela destrancou o carro, sentou-se no banco do motorista e deu ré para sair do estacionamento.

Ellen ligou a ignição, trêmula.

Capítulo 48

Carol dirigiu mais rápido do que antes, e Ellen teve de concentrar-se para não perdê-la no tráfego pesado. A missão acalmou suas emoções e colocou seus pensamentos em foco. Sua sensação subjetiva de que Carol era a mãe de Will não tinha nenhuma base científica. Ela ainda precisava obter a prova de que necessitava, apesar do que o seu coração lhe dizia.

Os dois carros foram abrindo caminho no centro congestionado, e Ellen ficou a três carros de distância de Carol, pois não queria correr o risco de ficar muito para trás. As calçadas estavam cheias de turistas em trajes de banho e roupas casuais, e uma música alta retumbava de um conversível. Um reluzente Mercedes preto entrou na faixa ao lado, e o motorista sorriu para Ellen, expelindo nuvens de fumaça de seu charuto.

Ring! O som irrompeu nos pensamentos de Ellen. Era o BlackBerry, e ela ficou de olho em Carol enquanto caçava o telefone com uma das mãos, vasculhando a bolsa até localizá-lo. Ellen checou o visor e reconheceu o número. Era de Sarah Liu. Apertou a tecla Ignorar e jogou o aparelho de lado. Ellen seguiu Carol por uma bifurcação na pista e depois sobre uma ponte, menos movimentada. Seguiram por uma passagem de terra onde os edifícios davam lugar a casas suburbanas, com canteiros e cercas-vivas aparadas. Pessoas passeavam com pequenos cães, um garoto pedalava uma bicicleta desmontável com rodas pequenas e mulheres faziam caminhadas carregando garrafas de água. Carol entrou à direita e à esquerda. Havia apenas um carro entre ambas, e Ellen avistou uma placa verde na qual se lia BRIDGES e, além dela, um pequeno edifício com telhado de telhas vermelhas. Uma cerca alta ocultava a construção, mas ela imaginou que fosse um spa ou um salão de beleza. Duas mulheres passaram na frente delas. Ellen permaneceu atrás de Carol enquanto circundavam a cerca alta.

Ellen era a última na fila de carros que seguiam pela adorável estrada em espiral, e a vista do outro lado a pegou de surpresa. Uma grande quantidade de crianças com mochilas nas costas amontoava-se ao redor de várias mulheres, obviamente professoras, embaixo da sombreada entrada do prédio. As crianças não deviam ter mais de cinco anos de idade, então deveria ser uma pré-escola.

Será que Will tinha um irmão ou uma irmã em vez de apenas um gato?

Ela observou a cena com uma sensação de pesar. As professoras levavam cada uma das crianças aos carros que as esperavam, sacudindo as mãos num alegre gesto de adeus, e ela ficou de olho em Carol para ver quem era o seu filho. Ellen não havia pensado se os Braverman teriam outro filho ou se Timothy era o único. O site deles não mencionava nada a respeito. Talvez não quisessem colocar sua segurança em risco tendo em vista o que acontecera.

Ellen estava quase no início da fila, mas em vez de se dirigir para a entrada, virou à esquerda e encontrou uma vaga no estacionamento. Ela deu ré, desacelerando o carro, e no minuto seguinte Carol desceu com sua bolsa acolchoada e uma sacola Adidas preta e andou apressadamente até a entrada. As professoras acenaram enquanto ela se aproximava, saudando-as com sorrisos e palavras, mas Ellen não podia ouvir o que diziam.

Ela precisava sair da fila dos pais que buscavam suas crianças. Entrou à direita e parou nos fundos do estacionamento, virando o carro de modo que pudesse ter uma visão clara da entrada. Assim poderia avistar Carol saindo com o filho.

Ellen aprendeu a lição. Abriu as janelas do carro antes de desligar a ignição e esperou. No relógio do painel lia-se 14h55. Era um horário de saída tardio para uma pré-escola, mas, se essa escola fosse como a de Will, os pais poderiam pegar os filhos a qualquer hora do dia.

Mas essa pré-escola não é como a de Will. É muito melhor.

Por volta das 15h15, Ellen estava se derretendo dentro do carro estacionado. O termômetro no painel marcava quase 38 ºC. Sua camisa grudou no pescoço e suas pernas estavam tão quentes que ela queria rasgar as calças. Às 15h30 ela enrolou as calças deixando-as do comprimento de uma capri e prendeu os cabelos em um coque bagunçado, depois de achar um prendedor perdido em sua bolsa. Ela esperava observando a entrada, mas parecia que todas as crianças já haviam sido levadas. Às 15h45 seus óculos escuros derretiam sobre o nariz e ela decidiu se arriscar.

Ellen agarrou sua bolsa, desceu do carro e caminhou pelo estacionamento até a entrada sob uma passagem coberta. Não havia mais professoras ou crianças por lá. Ela aproximou-se da porta da frente e tentou abri-la, mas percebeu que estava trancada. Preso ao vidro havia um cartaz dizendo VISITANTES DEVEM SE DIRIGIR À SECRETARIA, e Ellen deu uma espiada. Do outro lado ela podia enxergar os contornos de um grande saguão de entrada com um chão reluzente e coloridos quadros de notas pendendo da parede esquerda, em frente a um escritório com paredes de vidro à direita. Carol não estava à vista.

Ellen apertou a campainha ao lado da porta, e quase imediatamente uma voz mecânica perguntou: "Em que posso ajudá-la?".

"Sou nova por aqui e gostaria de conhecer a escola."

"Entre. A secretaria fica à sua direita." Um zumbido soou muito alto e Ellen cruzou a porta e entrou. Uma mulher esbelta e atraente com cabelos escuros e encaracolados emergiu da secretaria e andou em direção a Ellen. Ela sorria e estendia a mão.

"Bem-vinda à Bridges. Sou Janice Davis, a diretora-assistente." Ela parecia bonita em sua camiseta de algodão rosa, calças brancas e sapatos azuis-claros sem salto.

Ellen estendeu-lhe a mão.

"Meu nome é Karen Volpe, e eu pensei em dar uma parada para ver a sua escola."

"Claro. Você marcou hora?"

"Não, desculpe." Ellen perguntou-se se Carol estava em uma das salas de aula. "Meu marido e eu ainda não nos mudamos, e eu queria conhecer as pré-escolas do bairro."

"Entendo." Janice olhou seu estreito relógio de ouro. "Não tenho tempo agora para a reunião que costumamos ter com a apresentação da escola. Vamos marcar um horário para você voltar."

"Não sei quando estarei de volta. Você pode fazer a versão rápida da apresentação? Podemos conversar enquanto caminhamos."

"Certo, está bem." Janice sorriu. "Você deve ser de Nova York."

Por mim está bem. "Como você sabe?"

"Tudo é mais rápido. Mas basta você viver aqui por uma semana para diminuir o ritmo." A suavidade de sua voz removeu o ferrão de suas palavras, tal como fizera seu aceno de anfitriã em direção ao corredor. "Vou lhe mostrar nossas salas de aula e nosso centro de mídia."

"Vocês têm sua própria biblioteca numa pré-escola?"

"Todos sabemos como a leitura é importante e, deixando a modéstia de lado, Bridges é a melhor pré-escola do sul da Flórida, se não for a melhor de todo o estado. Atendemos três regiões diferentes." Janice adotou um tom mais profissional. "Quando vocês vão se mudar?"

"Ainda não temos certeza." Ellen examinou o corredor à frente, que estava vazio, com salas de aula em ambos os lados — cinco, ao todo —, com as portas fechadas. Ela imaginou em qual delas estaria Carol. "Meu filho tem três anos e nós gostamos de nos preparar, de adiantar as coisas."

"Você vai precisar, se ficar conosco." Janice parou diante da primeira porta. "Esta é a sala das crianças de dois anos, as que ficam até mais tarde. Costumamos misturá-las com as crianças mais velhas para que também possam se socializar. Isso é vital, principalmente para nossos únicos."

"Únicos?"

"Filhos únicos."

"Claro." Ellen espiou pela janelinha da porta e dentro havia uma sala ensolarada com duas professoras fazendo pinturas a dedo com criancinhas usando aventais cor de coral. Carol não estava lá.

"As admissões são muito restritas."

"Meu filho é muito inteligente." *Ele consegue fazer decalques sozinho.*

Janice a conduziu para a próxima porta.

"As crianças de três anos", disse ela, e dentro da sala havia crianças sentadas em círculo sacudindo pandeiros. Duas professoras estavam paradas em frente a elas. Ainda não havia sinal de Carol. Janice passou para a próxima porta, onde as duas pararam.

"E essa é a sala das crianças de quatro anos. Elas estão aprendendo francês agora."

"Mesmo?" Ellen espiou pela janelinha. Na sala, as crianças e as professoras pareciam *très contents*. Carol, porém, não estava lá.

"Nós acreditamos que os idiomas devem ser ensinados cedo, e as crianças adaptam-se a isso como patinhos na água. Vou lhe dar o material que temos sobre nossos índices de inserção. Nossos ex-alunos costumam ir para as melhores escolas privadas."

"Vamos ver as crianças de cinco anos."

"O que foi mesmo que você disse que fazia?", perguntou Janice, mas Ellen adiantou-se e começou a espiar uma sala cheia de crianças de cinco anos sentadas em cadeirinhas, com livros abertos no colo. Nada de Carol.

"Que língua elas estão aprendendo?", perguntou ela, para evitar a questão.

"Estão treinando leitura. Nós treinamos e treinamos."

Sim, senhor. "Parabéns!" Ellen ergueu o corpo. "E o centro de mídia?"

"Por aqui." Janice a conduziu pelo corredor até uma porta dupla. "Esse é um dos eventos especiais de aprendizado que temos todos os dias para as crianças que ficam após o horário das aulas. Segunda é dia de histórias e na terça nós praticamos ciências."

Ellen parou de ouvi-la ao ver o que estava acontecendo lá dentro. Um grupo de crianças sentava-se em semicírculo, rindo e apontando, enquanto uma professora fantasiada de Mamãe Ganso lia para elas. Mas um revelador pompom rosa-choque despontava sob a barra de sua saia rodada. Não era uma professora que estava fantasiada de Mamãe Ganso. Era Carol Braverman.

"Aqui você está vendo a hora da história, quando representamos histórias para as crianças", disse Janice.

"São os professores que fazem isso?"

"Não, ela não é uma professora. É uma de nossas mães, que foi atriz no passado."

"Uma atriz?"

"Sim. Seu nome é Carol Braverman, e ela trabalhava na Disney World. Ela era a Branca de Neve."

É claro que ela era. "O filho dela está nessa classe?"

"Não. Carol costuma vir aqui e ler para as crianças." Janice fez uma pausa. "Ela não tem nenhum filho nessa classe."

Ellen não podia continuar perguntando sem estragar seu disfarce.

"Isso é muito bacana da parte dela, fazer isso. Aposto que vocês lhe pagam muito bem."

"Oh, ela não ganha um centavo por isso. Carol faz porque adora crianças. Venha comigo." Janice pegou Ellen pelo cotovelo e a conduziu de volta pelo corredor. "Na verdade, é uma terrível tragédia. O garotinho de Carol, Timothy, foi raptado há alguns anos e eles nunca o encontraram. Naquele primeiro ano, ela estava arrasada, deprimida. Foi um inferno. Mas ela se recuperou e decidiu que ficar junto de crianças ajudaria seu processo de cura."

Ellen sentiu uma onda de culpa.

"Como ela consegue fazer isso? Para mim, seria tão doloroso."

"Concordo com você. Mas quer saber o que ela me disse quando lhe fiz essa mesma pergunta?"

Não. "Sim."

"Ela disse: 'Se estou perto de crianças, pelo menos posso experimentar como seria se Timothy ainda estivesse comigo. Desse jeito eu não perco tudo, e quando ele voltar para mim, vamos retomar nossa vida rapidamente'."

Ellen sentiu vontade de chorar. Ela não queria saber disso, nada disso. Não podia acreditar que estava fazendo algo assim a outra mulher. Desejava nunca ter vindo.

"Eu sei. É tão triste, não é?"

"Você acha que ela vai encontrá-lo?"

"Sei que as chances são mínimas, mas estamos todos torcendo por Carol. Se há alguém que merece, é ela." Elas chegaram à secretaria, e o rosto de Janice se iluminou. "Se você vier comigo, eu lhe darei o material do qual falei."

Ellen seguiu pela secretaria, mas seus pensamentos voavam soltos.

Não sabia se teria coragem de seguir Carol até sua próxima parada.

Nem se teria coragem de obter a prova que ela não queria encontrar.

Capítulo 49

O sol do fim de tarde era ainda mais quente, e Ellen seguia Carol de volta aos luxuosos subúrbios quando seu BlackBerry começou a tocar. Ela o pegou da bolsa e olhou para o visor, que exibia o número principal do jornal.

Marcelo!

"Alô?", disse ela, atendendo a chamada. Mas não era ele. Era Sarah.

"Marcelo nos disse que você vai tirar alguns dias de folga. Escute, não vou incomodá-la, mas eu quero me desculpar."

"Está tudo bem", disse Ellen, surpresa. Sarah soava genuinamente arrependida.

"Desculpe ter ficado tão nervosa por causa da matéria. Quando você desmaiou, me senti péssima."

"Obrigada. É apenas uma virose, e eu fiquei tonta."

"Certo. Então está tudo bem com a gente?"

"Claro." Ellen entrou à direita, acompanhando Carol no horário do pico. Estavam dirigindo na parte congestionada da cidade. Ellen mudou de pista para ficar com Carol.

"Acho que você deve ter ouvido falar, estamos enrolados com o incêndio do Yerkes." Sarah fungou. "O paraíso de um é o inferno de outro."

"Olha, eu preciso voltar para a cama..."

"Desejo melhoras. Cuide-se."

"Obrigada. Até logo." Ellen desligou e acelerou para passar por um farol verde enquanto moviam-se à esquerda e à direita em meio ao tráfego. Finalmente, Ellen se viu na ponte que levava a Surfside Lane.

Carol virou à direita na Surfside e Ellen desceu a rua principal e fez um retorno, voltando a estacionar seu carro do outro lado da rua. Assim poderia ver Carol, caso ela saísse outra vez. Ela abriu as janelas e desligou a ignição, esticando o pescoço para enxergar a Surfside. Se inclinasse a cabeça, poderia obter uma vista parcial da casa e da entrada para carros dos Braverman. Havia mais pessoas andando por Coral Ridge do que antes, mas ninguém parecia prestar atenção nela. Um homem que parecia um modelo passou por ela em sua corrida, e atrás dele dois patinadores deslizavam em direção à ponte, suas pernas levando-os cada vez mais longe.

Ring! Ring! Ellen pegou o BlackBerry e checou o visor. CASA. Tinha que ser Connie.

"Ei, como vai, Connie?"

"Mais um dia, mais um desenho de macarrão."

"Arte que você pode comer, não é?" Ellen sorriu. Seus pensamentos viajaram de volta à sua confortável casinha, embora seu olhar permanecesse fixo na propriedade dos Braverman.

"Não sei se isso tem importância, mas queria lhe avisar. Acho que acabaram de ligar para cá. O nome dela era Sarah. É alguém do jornal ou de alguma reportagem?"

"Do jornal." Ellen ficou tensa. "Quando foi isso?"

"Cerca de meia hora. Will atendeu o telefone e disse que você não estava em casa."

"*O quê?*"

"Sinto muito. Ele pegou o telefone antes de mim. Ele achou que podia ser você. Will conversou com ela e desligou. Ouvi ele falar o nome Sarah. Nem cheguei a falar com ela."

"Will disse que eu não estava em casa?" Ellen não conseguia processar as informações com a rapidez necessária. "Conte-me exatamente o que ele disse."

"Ele disse que você viajou de avião a trabalho."

"Oh, não!" Era exatamente isso que Ellen lhe dissera ontem. Ela esfregou a cabeça e sua mão ficou úmida de suor. "Isso não é bom, Connie."

"Mas por que ela não sabe que você está viajando a trabalho?"

A proverbial teia de mentiras.

"Meu editor queria manter isso entre nós. Geralmente dividimos o trabalho, mas, aqui entre nós, ultimamente Sarah tem se mostrado um pouquinho competitiva demais."

"Oh. Opa."

Ellen tentava pensar no que fazer. Sarah a pegou numa mentira, então ligou para confirmar. Era uma ótima técnica jornalística, e Ellen acabaria sendo demitida por isso, sem dúvida.

"Will quer falar com você, está bem?"

"Claro." Ellen podia ouvir Will chamando-a, e sua voz soava tão próxima que ele provavelmente já deveria estar pegando o telefone.

"Mamãe, mamãe! Quando é que você volta para casa?"

"Em breve, querido." Ellen sentiu uma pontada ao ouvir sua voz enquanto curvava-se no banco do motorista, sempre de olho na casa dos Braverman. "Conte-me sobre o seu desenho de macarrão."

"Volte logo. Eu preciso ir."

"Eu te amo", disse Ellen, e Connie pegou o telefone.

"Nós vamos jantar. Então, isso é muito ruim?"

"Não se preocupe. Apenas não o deixe mais revelar nenhum segredo de Estado, certo?"

"Combinado. Desculpe."

"Até logo." Ellen desligou e telefonou para Marcelo, a fim de controlar os danos. Ela estava nervosa enquanto esperava que a chamada se completasse. Outro corredor passou voando por ela na calçada, virando a cabeça para olhá-la. Em seu ombro estava tatuada a palavra MÃE, mas Ellen tinha quase certeza de que era uma coincidência.

"Como vai?", perguntou Marcelo. Sua voz estava estranhamente fria, o que deixou Ellen abalada.

"Resumindo uma longa história, Sarah ligou para minha casa e Will lhe disse que eu viajei a trabalho."

"Eu sei. Ela acabou de sair da minha sala. Veio me dizer que você mentiu para mim."

Oh, não. "O que você disse?"

"O que eu poderia dizer? Não podia admitir que nós confessamos nossa mútua admiração em sua cozinha antes de fabricarmos uma história."

Ellen ficou vermelha. "Sinto muito, Marcelo."

"Não devia ter dito a eles que você estava doente. Então, teoricamente, você mentiu para mim e eu menti para o pessoal, e Sarah veio me contar isso. Se eu tivesse dito apenas que não era da conta deles, estaria tudo bem."

Ellen sabotou a autoridade de Marcelo. Um repórter não podia mentir para o editor sem que houvesse consequências. Toda a sala de redação deveria estar comentando isso e esperando para ver o que ele iria fazer.

"Então, o que você disse a ela?"

"Eu disse que ia conversar com você quando você voltasse." Marcelo sacudiu a cabeça. "Para um homem inteligente, eu faço coisas idiotas às vezes."

"Não, você não faz." Ellen apressou-se em dizer, enquanto ouvia o subtexto: *eu nunca deveria ter ido longe demais com você.*

"Não posso demonstrar nenhum favoritismo em relação a você, e não quero ser forçado a demiti-la." O arrependimento toldava sua voz, mas Ellen se controlou, determinada.

"Não há motivos para fazer isso. Ainda não. Ainda estou fora, e isso nos dá alguns dias. Tenho que resolver essa situação."

"Que situação?", perguntou Marcelo, com uma nova urgência na voz. De repente, porém, um Jaguar branco saiu da entrada para carros da casa dos Braverman e virou à esquerda, em direção à rua principal.

"Uh, espere um pouco." Ellen prendeu o BlackBerry com o pescoço, ligou a ignição e acelerou. Ela se lançou no tráfego em pleno horário de pico. O trânsito era uma superaquecida fileira de música atordoante, fumaça de cigarros e conversas em celulares. Ela não podia permitir que o espaço entre seu carro e o de Carol aumentasse demais.

"Ellen? Você está aí?"

"Marcelo, aguente um segundo."

"Por favor, me diga o que está acontecendo. Eu posso ajudar."

"Desculpe, mas esse não é um bom momento para mim e..." Ela perdeu o fio da meada porque Carol fez uma inesperada conversão à direita antes da ponte. Ellen virou rapidamente a direção para pegar a pista da direita, mas o movimento fez o BlackBerry deslizar para o seu colo e cair perto do pedal do acelerador.

"Adeus, Marcelo!", gritou ela, acelerando e virando a esquina em uma perseguição. Tinha que manter o foco. Não podia preocupar-se com seu emprego agora, nem com Marcelo. Cedo ou tarde ela teria que dar uma parada. Ellen ultrapassou um farol vermelho para ficar na cola de Carol.

Capítulo 50

Ellen seguiu Carol pelos edifícios em tons de vermelho e amarelo de South Beach, onde o tráfego na avenida Collins era um sibilante anda-e-para. Entre elas havia um Hummer branco, que parecia uma gigantesca barra de Ivory* sobre rodas. À frente, o Jaguar virou à esquerda, seguido pelo Hummer e por Ellen. Eles seguiram por uma estreita rua secundária na qual havia uma série de entradas para carga e descarga utilizadas por uma tabacaria, butiques e restaurantes. Caçambas de entulho alternavam-se com vistosos carros estacionados de modo tão negligente que pareciam estar espalhados ao acaso. Carol parou atrás de um conversível estacionado e o Hummer prosseguiu, deixando Ellen sem outra alternativa a não ser seguir em frente, ou Carol poderia reconhecê-la do supermercado.

Ela continuou dirigindo devagar, enquanto observava Carol pelo espelho retrovisor. A porta do motorista abriu-se e Carol emergiu, usando um vestido vermelho-vivo bem justo e com os cabelos loiros-escuros soltos por sobre os ombros. Ela trancou o carro e deu a volta pela parte traseira do veículo, dirigindo-se para um cruzamento na extremidade da rua.

---

* Marca de sabonete. (N. T.)

Vai, vai, vai!

Ellen estacionou em local proibido, desligou a ignição, agarrou sua bolsa, saiu rapidamente do carro e correu rua abaixo. Seus tamancos ecoavam na calçada, e ela anotou mentalmente que não deveria usar Danskos na próxima vez em que seguisse alguém, a menos que estivesse perseguindo um Clydesdale.*

Carol virou à esquerda no cruzamento, com Ellen seguindo-a a pé a uma distância segura. Chegaram a uma rua fechada para o tráfego, a Lincoln Road, e Carol mergulhou numa multidão de belas modelos, malucos com o rosto pintado, gays com bigodes que combinavam uns com os outros e turistas europeus falando uma mistura de idiomas. Lulus da Pomerânia dividiam a calçada lotada com uma jiboia enrodilhada no pescoço de uma mulher que havia esquecido a parte emplumada de seu boá de plumas.** Pontos de venda da Kiehl's, Banana Republic e Victoria's Secret intercalavam-se com butiques e lojas de presentes, e Ellen andou entre elas, maravilhada. Parecia uma rua em festa com mercadorias expostas.

Ela nunca perdia Carol de vista, e seu vestido vermelho brilhante a ajudava nisso. Passaram por restaurantes cubanos, chineses e italianos cujas mesas se esparramavam por amplas áreas externas para jantares ao ar livre. Carol parou num restaurante especializado em sushis e conversou com um *maître* sorridente e atencioso. Ellen reduziu o passo e se pôs a observá-los. No instante seguinte, um homem alto e de cabelos escuros emergiu da multidão e parou ao lado de Carol, beijando-a no rosto e passando o braço em torno de sua cintura num gesto que indicava posse.

Bill Braverman.

---

* Raça de cavalos originária da Escócia. (N. T.)
** No original, a autora fez um trocadilho com as expressões *boa constrictor* (jiboia) e *feather boa* (boá de plumas). (N. T.)

Ela o reconheceu imediatamente das fotografias on-line. Ele era esbelto e usava um paletó esporte cinza-claro e jeans, mas estava coberto demais para exibir a rigidez que Ellen vira on-line. Também não era possível ver claramente suas feições daquela distância. Ellen fingiu ler o cardápio exposto em frente a um dos restaurantes, deixando que a multidão fluísse a seu redor e esperando para ver o que os Braverman fariam. Pessoas tagarelavam ao seu redor, e o sol desaparecia por trás das oscilantes copas espigadas das palmeiras. Ellen deu uma espiada nos Braverman e, oculta pela multidão, aproximou-se de sua mesa.

Eles estavam sentados no centro da área externa do restaurante e ela deu uma boa olhada no rosto de Bill. Ele era bonito, com uma mecha de sua franja preta caída sobre olhos escuros e redondos e um nariz que parecia uma versão mais velha do de Will. De tempos em tempos, ele recostava-se em sua cadeira de bistrô, com um cigarro queimando entre os dedos, e conversava animadamente, rindo com frequência.

Hora de entrar em ação.

Ellen pendurou a bolsa no ombro, andou em direção ao *maître* do restaurante e perguntou:

"Há um toalete feminino lá dentro?"

"Nos fundos, à direita."

"Obrigada." Ellen entrou no restaurante que cheirava a curry tailandês, e isso a fez lembrar-se de que fazia tempo que ela não comia. Ela achou o toalete feminino, entrou e tirou os óculos escuros. Ellen ocupou uma das cabines, trancou a porta e começou a vasculhar a bolsa. No fundo havia um saco de plástico branco, seu kit de DNA.

Ela o removeu e conferiu o conteúdo. Instruções que havia baixado do computador, dois pares de luvas de plástico azul que ela mantinha sob a pia de sua casa e dois sacos de papel marrom, que ela usava para embrulhar o lanche que Will levava para a escola. Ela abriu as instruções e leu novamente para ter certeza de que não faria nenhuma bobagem.

> Nosso teste de paternidade é o mais acurado do país! Analisamos suas amostras em nosso avançado laboratório, usando um teste de DNA com 16 marcadores! Seja meticuloso e colete todas as amostras possíveis! Os resultados ficam prontos em 3 dias úteis, mas eles podem ser enviados mediante o pagamento de uma pequena taxa de URGÊNCIA!

Ellen pulou todo o blablablá que ela já havia lido on-line. Existe um monte de empresas que fazem testes de DNA na web, incluindo a que ela estava usando. Sua pesquisa lhe ensinara que há duas opções de testes. A primeira consiste no kit de paternidade padrão, que é aceito nos tribunais e exige a coleta do DNA por meio de um cotonete usado no interior das bochechas ou da boca. Ela não precisava desse tipo de teste e duvidava que os Braverman fossem lhe oferecer uma amostra. O segundo teste era o que ela estava usando. Tratava-se de um teste não convencional de DNA para investigação de paternidade. Seu olhar retornou às instruções.

> Nos casos em que o método do cotonete bucal for impossível, obtenha um dos seguintes itens, coloque-o num saco de papel marrom mantido em temperatura ambiente e envie para nós. Siga as precauções abaixo!

Ellen leu as precauções.

> Você deve usar luvas para não contaminar a amostra com o seu DNA. Guarde em temperatura ambiente e não permita que a amostra se molhe. Coloque-a em um saco de papel, não de plástico.

Ela examinou a lista de amostras permitidas, apenas para ter certeza de que se lembrava de tudo corretamente.

Você não precisa de kits de amostras supérfluos! Você pode obter DNA de um envelope lambido, um chiclete mascado, uma lata de refrigerante ou qualquer tipo de lata, incluindo cerveja, além de vidro, escova de dentes, sêmen, manchas de sangue seco (incluindo sangue menstrual), um fio de cabelo com o folículo ou uma bituca de cigarro!

Ellen dobrou os papéis e guardou-os na bolsa. Depois, enfiou as luvas de plástico no bolso de seu jeans. Ela usou o banheiro e saiu da cabine. Depois de lavar o rosto e retocar a maquiagem — o que a fez sentir-se quase civilizada — deu uma última olhada em seu rosto no espelho, permitindo que seus olhos encontrassem seu reflexo. Ela possuía os olhos de sua mãe, fato que deixava as duas secretamente felizes, como se isso confirmasse sua proximidade. Mesmo agora, ao olhar para si mesma, Ellen ainda podia ver sua mãe dentro dela.

Siga seu coração.

O show iria começar.

Capítulo 51

Ellen ficou numa mesa na área externa de um restaurante ao lado daquele onde os Braverman estavam, e que lhe proporcionava uma visão clara da mesa do casal. Enquanto os dois jantavam, ela checou seu e-mail no BlackBerry, mas não havia nenhuma notícia de Amy Martin. Ellen aproveitou para ligar para casa e dar boa--noite a Will, enquanto devorava uma deliciosa entrada, um barco de laca vermelha cheio de sushis e um capuccino espumoso com biscoitos de amêndoas.

Ela observou os Braverman terminando seu café e dividindo um tiramisu. Bill fumou seu último cigarro, o terceiro naquela noite, mas Carol não fumava, de modo que Ellen teria que pegar seu copo para obter uma amostra do DNA dela. O casal riu e conversou durante todo o jantar, o que evidenciava suas credenciais de casados e felizes.

O que não significa que eles são melhores pais do que eu.

Bill sinalizou pedindo a conta, e Ellen fez o mesmo. Eles pagaram quase que ao mesmo tempo, e ela levantou-se logo após os Braverman, pronta para vasculhar sua mesa.

Agora!

Eles saíram e começaram a andar pela rua, e Ellen foi direto para a mesa dos dois. De repente, um grupo de turistas surgiu à sua frente, bloqueando o caminho. Ela só conseguiu chegar à mesa depois do ajudante de garçom ter juntado os copos.

Droga!

"A mesa não estar limpa", disse o ajudante de garçom com um sotaque indefinido, enquanto reunia os pratos ruidosamente e os colocava num grande recipiente marrom.

"Só vou me sentar por um minuto." Ellen apossou-se da cadeira de Bill Braverman. "Quero apenas a sobremesa."

"Não estar limpo." O ajudante de garçom pegou o cinzeiro cheio de bitucas, mas Ellen o arrancou de suas mãos.

"Obrigada." Ela procurou por chicletes, caso Carol tivesse mascado algum, mas o cinzeiro continha apenas os restos dos cigarros de Bill. "Vou precisar disso. Eu fumo."

O ajudante de garçom se afastou, mas o *maître* estava espichando o pescoço e espiando a mesa, ao lado de quatro clientes famintos. Ela precisava agir rápido. Seu coração disparou. Ellen tirou as luvas do bolso e enfiou a mão direita em uma delas. O *maître* se aproximava da mesa, seguido pelos quatro clientes. Ela juntou as três bitucas de cigarros do cinzeiro, abriu o saco de papel sob a mesa e jogou as bitucas dentro. Depois fechou o saco e o colocou outra vez dentro da bolsa.

"A senhorita fez reserva?", perguntou o *maître*, chegando à mesa no mesmo instante em que Ellen se levantou, sacudindo a cabeça.

"Desculpe, eu só estava descansado um pouquinho. Obrigada." Ela saiu da área externa do restaurante e foi para a rua lotada de cães, skatistas, patinadores e um homem tatuado sobre um monociclo prateado.

Ela misturou-se à multidão, exultante. O DNA de Bill estava seguro em sua bolsa. Ellen perguntou-se se também conseguiria pegar o de Carol naquela noite.

Já estava quase lá.

Capítulo 52

Ellen dirigia em torno do quarteirão depois de Carol ter estacionado em sua entrada para carros seguida por Bill, que guiava um Maserati cinza. O céu era de um azul-marinho intenso e a rua estava silenciosa, com os carros elegantes refrigerando-se para a noite. As luzes estavam acesas dentro das casas, e TVs ligadas com um volume ensurdecedor piscavam por trás das cortinas.

Ellen ganhou um novo entusiasmo, energizada por seu sucesso com as bitucas de cigarro, e pensava em outras formas de obter amostras de DNA. Latas, copos, envelopes lambidos.

Envelopes lambidos?

Ellen virou a esquina para Surfside e viu a caixa de correspondência de ferro batido verde dos Braverman. Ficava no final da entrada para carros, mas a bandeirinha vermelha não estava erguida, o que significava que não havia nenhuma carta dentro.

Ratos.

Ela passou pela casa bem devagar, fazendo uma patrulha de reconhecimento. Todas as luzes estavam apagadas, suas modernas janelas oblongas estavam às escuras e o único movimento era o suave zumbido da irrigação automática, regando a grama espessa como tantos outros equipamentos mecânicos. Flores desabrochavam na base da placa do AJUDE-NOS A ENCONTRAR NOSSO FILHO, e o gigantesco rosto de Timothy, ou de Will, pairava de forma fantasmagórica na escuridão.

Talvez não nesta noite.

Ellen estava a ponto de partir para o hotel quando uma luz acendeu-se no canto direito do primeiro andar da casa dos Braverman. Ela reduziu a velocidade até parar logo depois da casa. A janela não tinha cortinas e ela podia ver Bill andando pelo aposento e sentando-se atrás de uma escrivaninha, inclinado para a frente. No instante seguinte seu perfil se delineou, iluminado pela luz de um laptop.

Ellen moveu o carro e estacionou no lado oposto da rua. Ela abriu a janela, desligou a ignição e observou Bill. Podia ver estantes de livros e armários no aposento, então concluiu que se tratava de um escritório doméstico. Bill passou mais alguns minutos no computador e depois se levantou, movendo-se pelo aposento e fazendo alguma coisa que ela não conseguia enxergar. No minuto seguinte a porta da frente se abriu e ele surgiu, carregando um saco preto de lixo.

Sim!

Ellen procurou se esconder, sentada no banco do carro, enquanto olhava pelo espelho lateral. Bill havia colocado o saco de lixo em uma grande lata verde, que ele empurrou até o final da entrada para carros. Depois ele deu meia volta e andou em direção à casa. Ellen ficou abaixada até ouvir a porta da frente se fechando. Ajeitou-se no banco e olhou para trás. A luz do escritório doméstico foi apagada e a casa ficou novamente às escuras.

O lixo pode conter DNA.

Ela vasculhou a rua de cima a baixo, mas não havia ninguém à vista. Ellen tirou seus tamancos, abriu a porta do carro da forma mais silenciosa possível e desceu, com o coração batendo forte. Correu para a lata de lixo, abriu a tampa, agarrou dois sacos na velocidade da luz e voou de volta para o carro como um Papai Noel enlouquecido.

Ellen pulou para dentro do carro, jogou os sacos no banco de trás e pôs o pé no acelerador. Ela deu a volta no quarteirão e chegou à rua principal, correndo pela ponte com o seu tesouro. Depois parou e desligou a ignição. Acendeu a luz interna do carro e pegou um dos sacos. Desatou o nó e espiou dentro dele, mas estava escuro demais para que pudesse enxergar o conteúdo. Não cheirava a lixo, e ela o jogou no banco de passageiro, desapontada com o que vira.

O lixo estava picado, e saltou para fora como uma bola de espaguete de papel. Em todo caso, ela vasculhou para ver se havia qualquer coisa que pudesse conter DNA, mas não encontrou nada. Era o lixo do escritório doméstico de Bill, tiras com números, dados de portfólios e de contas bancárias. Ela lembrou-se de que Bill era um investidor, então fazia sentido que ele picasse seu lixo. Ela nunca picara coisa alguma, mas o lixo de seu escritório consistia de folhetos promocionais da Toys "R" Us.*

Ela juntou o lixo, enfiou de volta no saco e jogou no banco de trás. Então inclinou-se sobre o assento e agarrou o outro saco, que era mais pesado. Desatou o nó e o abriu, liberando o repulsivo odor de lixo fresco. Ela segurou o saco aberto diretamente sob a luz interna e espiou dentro. Na parte de cima havia um monte de cascas cinza-azuladas de camarões que fediam como o inferno. Ela as empurrou de lado e encontrou café moído molhado, a parte inferior cortada de um pé de alface, um catálogo Horchow e, debaixo disso tudo, uma pilha de correspondência. Nada que pudesse conter uma amostra do DNA de Carol.

Deprimente.

---

* Rede de lojas de brinquedos. (N. T.)

Ela removeu a correspondência na esperança de encontrar um envelope selado. Deu uma olhada em tudo, mas não teve sorte. Havia apenas correspondência inútil, que nem sequer fora aberta, enviada por Neiman Marcus, Versace e Gucci, além de um reluzente exemplar da revista *Departures*. Enfiado dentro da revista estava um cartão rosa do dentista, um lembrete de que alguém precisava de uma limpeza dental no mês que vem. Ela virou o cartão. Na frente estava escrito Carol Charbonneau Braverman.

Ellen piscou. O nome Charbonneau soava familiar. Não sabia se já tinha ouvido esse nome antes ou se estava apenas imaginando coisas sob efeito da exaustão que começava a se fazer sentir. Ela remexeu o restante do lixo, mas não havia nada suficientemente repulsivo que contivesse o DNA de Carol. Ellen fechou o saco com um nó apertado para que o lixo não empesteasse o carro e jogou o saco no banco de trás, junto com o outro. Partiu para o hotel e jogou o lixo numa lixeira que encontrou pelo caminho.

Quando finalmente chegou ao seu quarto de hotel, conferiu o e-mail mais uma vez.

Ainda não havia nenhuma mensagem de Amy Martin, mas havia uma de sua irmã, Cheryl.

E seu e-mail lhe trouxe a pior notícia que ela poderia receber.

CAPÍTULO 53

ELLEN SENTIU-SE COMO SE TIVESSE LEVADO UM SOCO no estômago. Desolada sobre o acolchoado da cama, olhava para o brilhante visor do BlackBerry. O e-mail de Cheryl não indicava o assunto. Nele estava escrito:

> Querida Ellen:
> Sinto informá-la que ontem descobrimos que Amy faleceu. Ela morreu de uma overdose de heroína em seu apartamento em Brigantine, no sábado. O velório será na terça-feira à noite, mas haverá uma cerimônia privada para a família antes do enterro, na quarta-feira, às dez horas, em Stoatesville, no Cruzane Funeral Home. Minha mãe disse que você pode vir a qualquer hora, e que ela gostaria de vê-la.
> Atenciosamente, Cheryl.

Aquela notícia era atordoante e a fez se sentir muito triste. Amy era jovem demais para morrer, ainda mais de um modo tão horrível, e Ellen imaginou como Cheryl deveria estar se sentindo, e a mãe de Amy, Gerry, que fora tão gentil com ela. Seus pensamentos finalmente desembocaram nela e em Will. Ellen acabara de perder a chance de descobrir alguma coisa por intermédio de Amy.

Seu olhar vagou pela colcha azul e dourada, pelas fotografias de temas náuticos e conchas genéricas na parede e pelas portas de correr do terraço. O vidro deixava entrever lá fora a profunda noite de Miami, a mesma noite que caía sobre sua casa. O céu estava negro e escuro, não havia como separar a terra do céu, e ela sentiu-se outra vez perdida. Flutuando sem raízes. Um medo crescente atormentava os limites de sua mente.

Uma coincidência e tanto.

Parecia estranho que Amy aparecesse morta agora, justamente quando Ellen começara a fazer perguntas a seu respeito. Parecia ainda mais estranho considerando-se o suicídio de Karen Batz. Agora, as duas mulheres que tinham informações sobre a adoção de Will estavam mortas. O único que ainda vivia era o namorado de Amy, e ele era a pessoa que se parecia com o sequestrador do retrato falado.

Não apenas um sequestrador, mas um assassino.

Ellen começou a fazer conexões, mas até ela sabia que estava penetrando no terreno das especulações absurdas. Havia explicações inocentes para tudo, e Ellen deixou essas ideias de lado. Amy vivia perigosamente. Viciados em heroína têm overdose o tempo todo. Advogados cometem suicídio. Nem tudo era suspeito.

Que Deus me ajude.

Ellen forçou-se a parar de pensar porque sentia que estava enlouquecendo. Aquele fora o dia mais longo de sua vida. Ela possuía uma amostra de DNA, que era muito mais do que pensara obter no primeiro dia.

Seu emprego estava em risco, assim como sua vida amorosa, mas isso era lá onde ela vivia, um lugar que de repente lhe pareceu muito distante. Um outro mundo. Ela caiu de costas na cama e a exaustão a dominou, superando até mesmo seus temores mais sombrios.

No minuto seguinte ela já havia mergulhado num sono profundo.

Capítulo 54

Na manhã seguinte Ellen estacionou o carro no mesmo lugar da rua principal, perpendicular a Surfside Lane. Era outro quente dia tropical, mas hoje ela estava vestida de acordo. Ellen havia passado pela caríssima loja de presentes do hotel e comprado uma viseira rosa, um par de falsos Oakley* prateados e uma camiseta amarelo-cromo na qual se lia South Beach, que ela usou com os shorts brancos que trouxera de casa. Dentro do bolso havia uma luva de plástico e um saco de papel marrom dobrado.

Ela tomou um gole de uma garrafa de suco de laranja ainda gelada do minibar. Sentia-se deprimida pelas notícias da morte de Amy Martin, e não conseguia evitar o receio de que a overdose não tivesse sido acidental. Ellen pôs de lado seus pensamentos sombrios para concentrar-se na tarefa que teria pela frente, principalmente porque queria voltar para casa a tempo de participar do funeral.

Ela colocou a garrafa no suporte e examinou o cenário, que estava calmo exceto pelas pessoas se exercitando. Duas mulheres mais velhas faziam uma caminhada ao redor do quarteirão, carregando garrafas de água e tagarelando, e uma mulher jovem corria usando um top esportivo com a parte de baixo de um biquíni preto.

---

* Marca de óculos. (N. T.)

Uma quarta mulher passeava com seu poodle toy branco, seu celular e pedômetro presos na cintura como tantas outras munições suburbanas. Ellen iria tentar uma nova abordagem. Ela desceu do carro, pôs as chaves no bolso e começou a caminhar. Passeava com um propósito, examinando as casas em ambos os lados da rua. Nenhuma delas tinha bandeirinhas vermelhas erguidas em suas caixas de correspondência, e ela se perguntou a que horas as cartas postadas seriam recolhidas. Esperava que Carol enviasse uma carta para que pudesse pegar DNA do envelope.

Ela aumentou o passo, aproximando-se das duas mulheres mais velhas que se moviam à frente em seus tênis. Elas vestiam bermudas em tons pastel e camisetas estampadas, e até mesmo a mulher de setenta e tantos anos parecia estar em excelente forma. Ambas tinham cabelos grisalhos curtos, mas a da esquerda usava uma viseira amarela de tecido atoalhado e a da direita um boné branco de beisebol. Ellen juntou-se a elas antes de chegar à casa dos Braverman.

"Com licença, senhoras", começou ela. As duas se viraram para Ellen. "Vocês sabem a que horas a correspondência é recolhida nessa região? Estou tomando conta da casa de meus primos em Brightside Lane e esqueci de perguntar antes de eles partirem hoje de manhã."

"Oh, quem são os seus primos?", perguntou Viseira Amarela de forma amigável.

"Os Vaughn," respondeu Ellen sem hesitar. Cedo pela manhã ela havia dirigido até Brightside, cerca de oito quarteirões dali, e pegara um nome de uma das caixas de correspondência. "June e Tom Vaughn, a senhora os conhece?"

"Não, desculpe. Brightside é um pouco longe." Viseira Amarela inclinou a cabeça e olhou para Ellen, confusa. "Então, por que você está caminhando aqui e não lá?"

Uh. "Tem um cachorro enorme naquela rua, e eu tenho medo de cães."

"Concordo com você. Somos pessoas que gostam de gatos." Viseira Amarela assentiu. "A correspondência é recolhida por volta das onze da manhã. Meu nome é Phyllis, e você é bem-vinda para caminhar conosco, se estiver sozinha."

"Obrigada, é muito gentil de sua parte." Ellen esperava extrair informações delas até que Carol enviasse uma carta ou que seu DNA caísse do céu de alguma forma.

"Bom, nós gostamos de rostos novos. Andamos um quilômetro e meio todos os dias pelos últimos seis anos e estamos cheias uma da outra." Phyllis riu, e sua amiga com o boné de beisebol lhe deu uma cotovelada.

"Fale por si mesma, Phyl. Você não está cheia de mim, eu é que estou cheia de você." Ela olhou para Ellen com um sorriso caloroso. "Sou Linda DiMarco. E você?"

"Sandy Claus", respondeu Ellen, dizendo a primeira coisa que lhe passou pela cabeça. Elas passaram pela casa dos Braverman. O carro de Carol estava na entrada, mas o de Bill não estava lá. Ela apontou de modo casual para o memorial no gramado.

"O que significa aquela placa, vocês sabem? E todas essas fitas amarelas?"

"Oh, sim", respondeu Phyllis. Ela era uma mulher pequena, com olhos brilhantes, nariz aquilino e profundas rugas de expressão que emolduravam seus lábios finos. "O bebê deles foi raptado há alguns anos e eles nunca o encontraram. Dá para imaginar, perder um filho desse jeito?"

Ellen não queria tocar nesse ponto.

"Você conhece a família?"

"Claro. Carol é um amor, e Bill também. E o garotinho, Timothy, ele era adorável."

"Adorável", repetiu Linda, sem diminuir o passo. "Aquele bebê era tão fofo que você poderia mordê-lo."

Ellen ocultou suas emoções. O saco marrom amarrotava-se em seu bolso quando ela caminhava.

"Que pena." Linda sacudiu a cabeça. Seus olhos de um castanho profundo curvavam-se nos cantos. Ela possuía um rosto oval, com um nariz um tanto largo, e uma grossa corrente de ouro com um chifre de coral oscilou em seu peito quando elas viraram a esquina e passaram por uma grande mansão georgiana de tijolos, mais para Monticello do que para Miami.

"É tão triste." Phyllis emitiu um ruído que soava como um cacarejo. "Eles atiraram na babá. Isso não é justo. É como quando alguém rouba uma loja e atira no balconista. Por que eles têm que atirar em alguém? Não entendo o que acontece com as pessoas hoje em dia."

Ellen não disse nada. Phyllis e Linda não precisavam de encorajamento para continuar falando, e ela estava ficando sem fôlego. O sol era como uma bola de fogo em um céu sem nuvens, e a umidade era de 120 mil por cento. As três passaram por uma mulher que passeava com um poodle preto, e Phyllis acenou para ela.

"Carol e Bill ficaram acabados depois do que aconteceu. Aquilo os destruiu. Havia repórteres acampados na rua noite e dia, perturbando-os o tempo todo. E policiais e o FBI sempre indo e vindo."

Ellen a deixou falar para ver o que poderia descobrir. Elas alcançaram a esquina seguinte, viraram o quarteirão e passaram por uma casa projetada para parecer um templo romano.

"Bill era um ótimo pai." Phyllis deu um gole em sua garrafa de água. "Você sabe, ele tem sua própria firma de investimentos que é muito bem-sucedida. Ele ganha um dinheirão para as pessoas aqui da vizinhança, e ele se dedicava ao filho. Comprou para ele babeiros e boné de golfe. Lembra-se quando nós o vimos, Linda?"

Linda assentiu.

"Carol teve tantas dificuldades para engravidar. Não estou fazendo fofoca, ela falava disso o tempo todo, não é, Phyl?"

"Sim, ela teve muitas dificuldades." Os lábios de Phyllis estreitaram-se até formar uma linha recoberta de batom. "Eles tentaram por muito tempo. Ela realmente queria aquele bebê, os dois queriam. Agora veja o que aconteceu."

Ellen sentiu uma pontada de culpa e lembrou-se de Carol vestida de Mamãe Ganso.

"Pobre mulher." Linda secou a parte superior dos lábios. "Não é mesmo muito azar? Eles finalmente conseguiram ter um bebê por milagre, e então nunca mais o viram. Fim da história."

"Não existe justiça", disse Phyllis, arquejando ligeiramente.

"É uma maldade", acrescentou Linda.

Ellen não sabia que era possível sentir-se ainda mais culpada do que já se sentia. Sempre pensara que Will era o seu bebê surgido por um milagre. Mas ele poderia ter sido o milagre de Carol. Apenas o DNA confirmaria isso com toda a certeza.

Ela precisava daquela amostra.

O momento passou e Linda disse: "Sabe de uma coisa? Se viver por tempo suficiente, você percebe que não há nada que não possa aguentar. Eu perdi meu marido e minha irmã caçula. Nunca pensei que estaria aqui depois disso tudo. A vida nos torna mais forte, e a morte também nos torna mais fortes."

Ellen pensou em sua mãe.

Phyllis sacudiu a cabeça, que oscilou ligeiramente quando elas contornaram o quarteirão.

"Ela sempre diz isso, mas acho que está contando vantagem."

"Ah!" Linda não a levou a sério. "Vá em frente, conte a ela sobre as ondas."

"Certo." Phyllis olhou para Ellen e seu rosto vincado de rugas tornou-se sério, mesmo enquanto ela movia os braços como uma profissional. "Vivi no Brooklyn por toda minha vida. Não podíamos acreditar quando nos aposentamos e viemos para cá. Água em toda parte, a Intercoastal, o oceano. Nós adoramos. Meu Richard costumava pescar e eu ia com ele no barco. É no barco que eu consigo pensar melhor."

"Está chato, deixe que eu conto." Linda fingiu que sussurrava por trás de sua mão. "Ela me deixa louca. Faz com que eu queira me afogar."

"Você vai me deixar falar com nossa convidada?", perguntou Phyllis, fingindo indignação.

"Vá em frente. Só não conte a versão mais longa." Linda virou-se para Ellen. "Sou italiana e adoro falar. Ela é judia e adora falar."

Phyllis sorriu.

"É por isso que somos boas amigas. Ninguém é páreo para nós."

As três riram. Passaram pelo carro de Ellen estacionado na rua principal e viraram à esquerda, entrando na Surfside Lane e acabando de circular o quarteirão.

"Esta é a minha teoria sobre as ondas." Phyllis estendeu os braços, as palmas das mãos para cima. "Coisas ruins são como ondas. Elas vão acontecer, e não há nada que você possa fazer. Elas são parte da vida, assim como as ondas são parte do oceano. Se você está parada na beira da praia, não sabe quando as ondas virão. Mas elas virão. Você tem que fazer o possível para voltar à superfície após cada onda. Isso é tudo."

Ellen refletiu a respeito e sorriu.

"Faz muito sentido."

De repente, Phyllis e Linda ficaram em silêncio. O olhar delas estava fixo na porta aberta de uma casa contemporânea de madeira, na esquina da residência dos Braverman. Uma bela ruiva saía pela porta, usando um leve vestido preto com uma bolsa preta no braço. Ela trancou a porta e seus elegantes sapatos pretos de salto alto ressoaram na calçada de concreto que levava à entrada para carros e a um Mercedes prateado.

"Quem é aquela?" Ellen percebeu o olhar travesso que Phyllis e Linda trocaram.

"Alguém de quem não gostamos, evidentemente."

Phyllis caiu na risada.

"Esqueci minha cara de pôquer."

Linda olhou para ela.

"Você não tem uma cara de pôquer. Eu sei, eu jogo pôquer com você."

"Contem-me tudo, senhoras." Ellen sorriu. "Adoro uma fofoca."

"Ela é uma grandessíssima esnobe", respondeu Phyllis, com um vestígio de sorriso no rosto. "O nome dela é Kelly Scott, e sua família tem mais dinheiro do que Deus. Ela é de Palm Beach."

"Lugar de gente metida", acrescentou Linda, com uma risadinha maliciosa. Phyllis assentiu.

"Nós nos encontramos pelo menos quatro vezes e ela age como se nunca tivesse me visto antes. Odeio isso."

"Eu também", disse Linda.

"Então somos três", falou Ellen, e todas riram outra vez. Mas ela estava observando a casa dos Braverman enquanto andavam, olhando as fitas amarelas, o memorial de Timothy e as cortinas. Lá dentro estava Carol Braverman.

E Ellen precisava de seu DNA.

Hoje.

Capítulo 55

O CÉU COMEÇOU A TOLDAR-SE DE NUVENS, baixando a temperatura, e Ellen se ajeitou no banco do motorista com a janela aberta, olhando a casa dos Braverman. Eram 10h36, mas não havia nenhum sinal de Carol e a bandeirinha vermelha da caixa de correspondência ainda estava abaixada.

Ellen ainda tinha esperança de que Carol enviasse uma carta. Ela checou seu BlackBerry. Marcelo não havia enviado nenhuma mensagem nem telefonado. Ellen se perguntou se ainda teria um emprego para o qual retornar. Ou uma paixão.

Por favor, me diga o que está acontecendo. Eu posso ajudar.

Ela ficou de olho na casa e sentou-se ereta quando o caminhão do correio apareceu na rua principal e começou a parar nas casas, entregando pacotes de correspondência. Nenhum sinal de Carol com um envelope para ser postado, e agora era tarde demais. O caminhão do correio entrou na Surfside, subiu a rua pelo lado direito e entregou a correspondência na casa dos Braverman.

Droga.

Ellen sentia-se no limite. Quente e irritada. Ela bebeu o suco morno e vasculhou a bolsa em busca das instruções para o teste de DNA, revisando mais uma vez as possibilidades de amostras. Chiclete, lata de refrigerante, bituca de cigarro, blablablá. Ela deixou a lista de lado e olhou de novo para a casa dos Braverman, que enfim mostrava alguma atividade. Carol estava saindo pela porta da frente.

Ellen ficou em estado de alerta. Não podia continuar esperando que algo acontecesse. Tinha que fazer algo acontecer. Ela desceu do carro com seus óculos escuros e sua viseira e começou a encenar o esquete sou-apenas-uma-praticante-de-jogging enquanto cruzava a rua principal e entrava na Surfside.

Ela caminhava devagar, mantendo-se do lado oposto da rua. Carol deixou a porta da frente e desapareceu na garagem. Ellen reduziu o ritmo, dando passos menores, e no minuto seguinte Carol saiu da garagem com uma sacola de jardineiro de plástico verde. Ela usava um bonito vestido de verão e uma viseira. Seu cabelo loiro-escuro estava outra vez preso em um rabo-de-cavalo.

Ellen manteve os olhos fixos à sua frente, mas conseguia observar Carol cruzando o gramado em direção ao memorial de Timothy. Ela se ajoelhou e colocou a sacola de jardineiro ao seu lado. Vestiu um par de luvas de algodão floridas e começou a limpar o canteiro em frente ao memorial.

É como se ela estivesse cuidando de um túmulo.

Ellen sentiu uma pontada de remorso quando virou a esquina, e assim que ficou fora de vista deu início a uma corrida leve. Não sabia por quanto tempo Carol ficaria lá fora, e ela não podia perder essa chance. O ar parecia quase que úmido demais para respirar, e Ellen estava pingando de suor quando deu a volta no quarteirão e chegou ao cruzamento da Surfside Lane com a rua principal. Lá, ela ajoelhou-se junto a uma cerca alta fingindo que amarrava o cadarço de seu tênis.

Carol trabalhava num ritmo tranquilo, removendo as ervas daninhas e colocando-as num monte à sua esquerda. Um pequeno saco plástico de adubo e uma grande caixa de calêndulas amarelas haviam sido depositados no gramado junto ao memorial. O sol a pino banhava a parte da frente do gramado. Ellen recuperou o fôlego, mas ainda suava por trás de seus óculos escuros. Carol deveria estar se sentindo da mesma forma, porque no instante seguinte ela tirou os óculos escuros e a viseira e os colocou de lado. Ellen lembrou-se da lista das amostras de DNA:

Cabelo com folículo.

Não podia ter certeza de que haveria um fio de cabelo nos óculos ou na viseira e, como não teria outra chance, acabou descartando a ideia. Ela trocou de pé e fingiu que amarrava o cadarço do outro tênis, observando Carol aproximar-se da caixa de calêndulas e pegar um pequeno pacote de flores. Em sua posição agachada, Ellen viu Carol remover as plantas da caixa e depositá-las no chão. Ela pegou a sacola de jardinagem e tirou de dentro uma lata de refrigerante, puxou o anel e deu um gole.

Bingo!

Ellen examinou o quarteirão. Não havia ninguém à vista. Ela tirou a luva de plástico do bolso, colocou-a em uma das mãos e ergueu-se vagarosamente. A seguir, Ellen tirou o BlackBerry do outro bolso e pressionou o número de informações de Miami. Pediu o telefone dos Braverman e, enquanto aguardava que a ligação se completasse, caminhou em direção a Carol, que estava ajoelhada junto a suas flores, cavando furos com os dedos para plantar novas calêndulas. Ellen ouviu o telefone chamar uma vez, depois outra vez, e no instante seguinte Carol olhou para sua casa.

Atenda o telefone, Carol.

Ellen tirou o saco de papel do bolso e começou a descer a Surfside Lane, mantendo a mão enluvada ao lado do corpo, fora de vista. Nesse meio tempo, Carol se ergueu e tirou as luvas de jardinagem enquanto corria para casa.

Sim!

Ellen atravessou a rua para o lado da casa dos Braverman e seu coração batia acelerado. Ela andou apressada pela calçada, de olho na lata de refrigerante. Não havia ninguém se exercitando nem passeando com cachorros e ela não teria outra oportunidade. Ellen deu início a uma corrida leve, com o celular que chamava o número de Carol ainda junto à orelha. Estava a três metros de distância, depois a um metro e meio, e depois bem em frente à casa dos Braverman. O refrigerante de Carol era um Sprite Diet e estava ao lado da sacola.

Agora, agora, agora!

Ela correu para o gramado dos Braverman, abaixou a mão enluvada, agarrou a lata de refrigerante e disparou como uma bala, voando quarteirão abaixo. Ellen virou a lata para despejar o refrigerante e correu como nunca. Ela deu a volta no quarteirão, fez o caminho de volta para a rua principal e atravessou a rua correndo.

Bi Biii!, buzinou um caminhão, que derrapou até parar bem atrás dela.

Ellen escancarou a porta do carro, meteu-se dentro e jogou a lata no saco de papel. Depois girou a ignição, pisou no acelerador e seguiu direto para a ponte. Sentiu vontade de comemorar. O vento que vinha da ponte emaranhava seus cabelos. Ela parou num farol vermelho e aproveitou para tirar a luva e deixá-la no banco. Já servira a seu propósito. Ellen tirou os óculos e a viseira, aliviada por finalmente livrar-se de seu disfarce. Ela viu a placa da rua e teve de olhá-la uma segunda vez.

Charbonneau Drive?

O farol ficou verde, mas, em vez de seguir direto, ela virou à direita e entrou numa rua.

Capítulo 56

Charbonneau Drive era o que se lia na placa da rua, e Ellen pensou no lembrete do dentista que encontrara no saco de lixo dos Braverman. Sabia que o nome Charbonneau soava familiar, mas não conseguia lembrar-se de onde o conhecia. Ela havia passado por essa rua sempre que ia e voltava da ponte. Charbonneau Drive tinha que ter alguma ligação com Carol Braverman. O nome era muito diferente para que não houvesse ligação.

Curiosa, ela dirigiu ao longo da Charbonneau Drive, que era uma rua sinuosa e agradável. Ela passou por um rancho de estuque branco, um falso château francês e uma McMansão* de tijolos. As casas possuíam a mesma variedade de estilos de Surfside Lane, mas de uma safra mais recente. Palmeiras margeavam a calçada, lançando uma sombra matizada sobre a rua, mas não eram tão antigas quanto as palmeiras de Surfside, e a vegetação, arbustos brancos e buganvílias, parecia recente. Uma mulher com camiseta de corrida e shorts fazia seu jogging, e dois homens passeavam com dachshunds gêmeos. Ela seguiu em frente e acabou numa rua sem saída, na qual se erguia uma enorme mansão de

---

* McMansion, no original. É uma gíria arquitetônica com conotações pejorativas. Refere-se a casas grandes como mansões, mas construídas apressadamente e com material de segunda. (N. T.)

estuque rosa com telhado de telhas de argila. A casa tinha três andares e pelo menos trinta janelas espanholas em arco e uma área coberta que abrigava uma grande entrada principal. Numa placa no gramado lia-se Charbonneau House, e logo abaixo aberta ao público.

Eu sou o público.

Ellen parou num estacionamento com piso de fragmentos de conchas e desligou a ignição. Seria uma visita rápida, mas em todo caso guardou sua amostra de DNA sob o assento. Depois desceu do carro e andou até a casa. O estuque fora pintando novamente e as telhas do telhado estavam conservadas. A mansão, porém, era muito mais antiga do que as casas ao redor. O terreno tinha no mínimo quatro mil metros quadrados de um luxuriante gramado, a brisa era agradável e o lugar lembrava uma Flórida mais lenta e antiga. Ela caminhou sob o toldo, subiu as escadas de lajotas mexicanas vermelhas, entrou e olhou ao redor.

O saguão de entrada tinha chão de lajotas pretas e brancas e era dominado por uma gigantesca escadaria revestida por um tapete oriental. Do saguão saíam três grandes aposentos, mobiliados como salas de reuniões, e ela entrou no aposento central, que dava para uma área externa com um gramado verde e uma pequena fonte circular.

"Posso ajudá-la?", perguntou uma voz, e Ellen deu meia volta. Deparou com uma mulher de cabelo castanho-escuro curto, olhos claros com rugas amigáveis e um sorriso caloroso. "Você está procurando alguma coisa?"

"Estava dirigindo e vi a placa. Como não sou daqui, achei o prédio tão bonito que gostaria de visitá-lo."

"Obrigada. Temos muito orgulho da Charbonneau House e do trabalho que fazemos aqui."

"Posso perguntar que trabalho é esse?"

"Nós promovemos espetáculos teatrais e outros eventos culturais para as crianças da região." A mulher, muito profissional em sua blusa branca, saia de algodão cáqui e sandálias vermelhas, fez um gesto em direção ao corredor. "Além das salas de conferência e de aulas, temos um teatro completo nos fundos, com setenta e cinco lugares. Temos um grande bastidor e vários camarins. Apresentamos três espetáculos por ano e acabamos de encerrar a temporada de *Era uma vez um colchão*."*

"Muito bom!", disse Ellen, com sinceridade. "Eu vi que há uma Charbonneau House e uma Charbonneau Drive. Suponho que tenha alguma relação com a família Charbonneau."

"Sim, exatamente. Os Charbonneau são uma das famílias mais antigas dessa área, e eles doaram a casa para a comunidade." A mulher apontou para um retrato a óleo em uma adornada moldura dourada, um dos dois que flanqueavam as janelas. "Esse é nosso benfeitor, Bertrand Charbonneau, que infelizmente faleceu há cerca de cinco anos, aos noventa e um anos de idade."

"Que interessante." Ellen olhou para o retrato de um homem magro, com cabelos prateados e óculos, vestindo um terno verde-claro e inclinado contra uma parede formada por estantes de livros. Ela tentou não examinar a pintura para descobrir alguma semelhança com Will. Sua mente já estava imaginando coisas, mas o saco no carro iria eliminar o trabalho de ficar adivinhando.

"Bertrand era um homem maravilhoso, um amigo de meu pai. Ele foi um dos primeiros residentes da comunidade e construiu muitas das propriedades daqui. Esta casa, seu lar na infância, é apenas um de seus muitos presentes para a comunidade."

---

* Comédia musical feita a partir da adaptação do conto de fadas *A princesa e o grão de ervilha*, de Hans Christian Andersen. (N. T.)

Ellen estava tentando imaginar onde Carol Charbonneau Braverman se encaixava nisso, se é que ela se encaixava, mas não queria demonstrar interesse, ainda mais sabendo que a mulher conhecia a família. "Suponho que Bertrand Charbonneau gostava de teatro."

"Sua esposa, Rhoda, teve uma breve carreira de atriz antes de se retirar para cuidar dos filhos. Mas mesmo assim ela continuou muito ativa no teatro infantil." A mulher caminhou até o outro retrato a óleo e Ellen a seguiu. A pintura mostrava outro homem, ao lado de uma piscina, vestindo um informal suéter marrom. Na placa lia-se Richard Charbonneau.

"Então este deve ser o filho de Bertrand", disse Ellen, examinando as feições do homem. Ele tinha os mesmos olhos azuis que ela vira em Carol e em Will. Talvez isso fosse um tour pelos antepassados de Will, mas logo ela saberia.

"Sim, Richard foi contemporâneo de meu pai. Ele e sua esposa Selma deram continuidade aos esforços de seu pai. Infelizmente, ambos faleceram muitos anos atrás em um acidente de carro."

"Isso é muito triste. Você acha que a família irá manter a tradição? Realmente parece uma ideia maravilhosa."

"Quanto a isso não há problema." A mulher sorriu com satisfação. "Richard e Selma tinham uma filha, Carol, e ela trabalha com as crianças todas as quartas e sextas de manhã. Ela conhece todos os aspectos do teatro infantil e até dirige uma peça por ano."

"Bem, isso é maravilhoso." Ellen sentiu um aperto no peito e afastou o olhar do retrato, ocultando sua emoção. Se Will era realmente Timothy, então Bertrand Charbonneau era seu bisavô e Richard Charbonneau seu avô. E, nesse caso, Will seria parte de uma família maravilhosa e teria nascido extraordinariamente rico. Seu pensamento avançou para o dia em que ela iria receber os resultados do teste de DNA e para a decisão que teria de tomar. Ou não.

Você terá de fazer uma escolha que eu não desejaria nem ao meu pior inimigo.

"Isso é tudo?", perguntou a mulher, passando a mão na cabeça.

"Sim, obrigada", respondeu Ellen, virando-se para ir embora.

Ela deu outro adeus à mulher, deixou a sala e apressou-se pelo saguão de entrada em direção à porta. Quando chegou à calçada, passou de uma caminhada ligeira a uma desabalada corrida, esmagando as conchas sob seus pés. Ela queria esquecer a Charbonneau House, a Charbonneau Drive e suas amostras de DNA, que responderiam a uma pergunta que ela nunca quis fazer.

Seu coração pulava dentro do peito e ela ofegava. Ellen estava sem fôlego quando chegou ao carro. Ela abriu a porta, agarrou o saco de papel embaixo do assento e ergueu o braço para jogá-lo no bonito gramado.

Sua mão deteve-se no meio do caminho. Pensou em Will e interrompeu o que estava a ponto de fazer. Era seu direito de nascença, não o dela. Era sua verdade, e não a dela. Ellen fora até lá para descobrir se Will pertencia a ela ou aos Braverman, mas nenhuma dessas alternativas era verdadeira. Will pertencia a ele mesmo.

Ela abaixou o braço. Voltou para o carro, sentou-se no banco do motorista e colocou o saco no banco do passageiro.

Estava na hora de voltar para casa.

Capítulo 57

A fila do balcão de passagens estendia-se sinuosa à sua frente, e Ellen a observava preocupada. Não queria perder o voo. Teria muita sorte se conseguisse um lugar. Não podia esperar para reencontrar Will, e Ellen sentia-se quase como ela mesma outra vez depois de ter trocado de roupa e vestido novamente seu suéter e jeans — o que de qualquer forma ela iria precisar no aeroporto refrigerado.

Ellen conferiu seu relógio. Havia conseguido engolir um sanduíche de peru nos primeiros quinze minutos na fila, e agora não tinha mais nada a fazer além de olhar para os passageiros que também não tinham mais nada a fazer. A garota à sua frente balançava ao som da música de seu iPod, e o homem na frente dela parecia um gerente, e seus polegares voavam sobre as teclas de seu BlackBerry, com a velocidade de alguém que sofre de síndrome do túnel do carpa. Um homem atrás dele falava ao celular num rápido espanhol, o que a fez pensar em Marcelo. Ela havia telefonado para ele naquela manhã, mas Marcelo não atendeu, e Ellen deixou uma mensagem avisando que amanhã voltaria ao trabalho.

"Com licença, sua fila está andando?", perguntou um idoso atrás dela. Ellen ficou na ponta dos pés para enxergar o balcão de passagens. Apenas um funcionário atendia os passageiros, e dois dos quiosques de autoatendimento ostentavam avisos de Fora de Serviço.

"Sinceramente, não." Ellen sorriu, mas o homem resmungou. "Posso andar para Denver mais rápido do que isso."

"Você tem razão." Ellen olhou para o outro lado, e seu olhar recaiu sobre a fila da primeira classe, com apenas quatro pessoas. "Quanto será que custa a primeira classe?"

"É um roubo", respondeu o idoso, e a fila moveu-se cerca de um centímetro para a frente.

Seu olhar retornou à fila da primeira classe, na qual uma bela ruiva acabara de chegar, puxando uma mala Louis Vuitton. A mulher parecia vagamente familiar, e quando ela começou a procurar alguma coisa em sua bolsa preta, Ellen lembrou-se onde a vira antes. Era a garota que morava em frente à casa de Carol Braverman.

Seu nome era Kelly Scott e sua família tinha mais dinheiro do que Deus.

Ellen observou a ruiva se abanando com alguns papéis. Ela parecia sexy com seus sapatos de salto alto bem fino e um vestido azul cobalto cuja cor ousada se destacava em meio aos tons pastel de Miami. Homens de negócios que passavam por ali dirigiam-lhe mais do que uma segunda olhada, percorrendo seu corpo e pernas bem torneadas com os olhos.

A fila se mexeu e Ellen avançou. Outro homem de negócios passou por ela, carregando uma mala leve e andando tão rápido que sua jaqueta esportiva sob medida abriu-se no peito. Ele postou-se no final da fila da primeira classe e Ellen olhou para o homem.

Perplexa, ela o reconheceu imediatamente.

Capítulo 58

O homem de negócios era Bill Braverman, e Ellen ficou admirada com a coincidência de ele aparecer no aeroporto exatamente na mesma hora que sua vizinha. Ela pôde vê-lo melhor do que antes. Bill era um homem alto e musculoso, com cabelos escuros e um nariz que se parecia com o de Will, mesmo de perfil. Ela tentou não encará-lo enquanto ele abria a carteira e pigarreava. Quase no mesmo instante, a ruiva virou-se e deu uma olhada atrás de si. Ela olhou diretamente para Bill, que estava parado atrás dela, mas, estranhamente, não o cumprimentou. Em vez disso, virou-se para frente e olhou para o balcão de passagens.

Ellen não entendeu. A ruiva tinha que ter visto Bill. Ele estava logo atrás dela e era o homem mais alto da fila, além de ser seu vizinho.

"A fila está andando", disse o idoso, e Ellen moveu-se para a frente, sem deixar de observar os acontecimentos. Havia qualquer coisa de suspeito entre Bill e a ruiva, mas ela não iria tirar conclusões apressadas. Continuou observando enquanto Bill pegava a carteira e olhava para a frente da fila, sem dar nenhum sinal de que havia reconhecido sua vizinha, postada logo à sua frente com seus cabelos vermelhos sedosos e vestido sexy. Todos os homens do aeroporto olhavam para ela, mas Bill fazia questão de ignorá-la.

Ellen pensou a respeito. Os dois tinham que se conhecer, e evidentemente haviam visto um ao outro na fila. Contudo, agiam como se fossem estranhos. Existia apenas uma explicação possível, mas Ellen resistia a essa ideia.

"Você pode andar de novo", disse o idoso atrás dela, e Ellen ocupou o espaço vazio que se formara à sua frente. Continuou olhando, esperando que estivesse errada. A ruiva andou até o balcão de passagens, e imediatamente o rosto do funcionário calvo se iluminou. Bill olhou na direção dela. A ruiva pegou sua passagem, inclinou-se para pegar sua mala Vuitton e começou a puxá-la. Bill parecia não notá-la enquanto ela se afastava. A ruiva foi para o controle de segurança e Ellen a perdeu de vista.

A fila avançou. Um dos funcionários surgiu na frente da fila, fez um megafone com as mãos e gritou:

"Alguém vai para Philly? Philly, venha cá!"

"Aqui!" Ellen passou por baixo do cordão de isolamento para sair da fila e correu para a frente, dando um jeito de ficar perto de Bill. Tão perto que podia sentir o cheiro residual de cigarros envolvendo-o. De modo tão casual quanto possível, Ellen disse:

"É duro voltar para Philly no frio."

"Aposto que sim."

"Para onde você está indo?"

"Vegas."

"Uau, nunca estive lá. Divirta-se."

"Você também. Boa viagem." Bill deu um rápido sorriso e foi para o balcão, pegou sua passagem e andou para o controle de segurança, com a jaqueta aberta no peito.

Três pessoas depois, Ellen conseguiu sua passagem e correu para o controle de segurança, mas já havia perdido Bill e a ruiva de vista. Ela ficou novamente no fim da fila, e depois de algum tempo passou pelo controle de segurança. Ellen olhou rapidamente para os iluminados avisos de partida para Las Vegas. O embarque para Vegas era a dois portões do seu. Ela correu para o portão, examinando os passageiros que aguardavam o voo. Encontrou-os imediatamente. Bill estava sentando em uma das amplas poltronas cinzas lendo o *Wall Street Journal*, e do outro lado, bem na frente dele, estava a ruiva, folheando um grosso exemplar da *Vogue*, cruzando e descruzando as pernas. Era um jogo que eles estavam jogando, preliminares de pessoas que viajavam com frequência.

Ellen ocultou-se atrás de um pilar e observou Bill e a ruiva até a hora do embarque da primeira-classe. Eles juntaram-se à fila, deixando alguns passageiros entre ambos. A ruiva apresentou sua passagem e, assim que entrou no corredor de embarque, virou-se para trás, procurando ostensivamente por sua mala, e dirigiu a Bill um sorriso que durou uma fração de segundo.

Então ele está traindo a Branca de Neve?

Ellen foi para o seu portão, enojada e triste. Ela entrou, e seus pensamentos foram para Carol, plantando calêndulas no memorial de Timothy no gramado em frente à casa. Sendo gentil com o garoto do supermercado. Representando Mamãe Ganso para os pequenos. Dando aulas de teatro para crianças na Charbonneau House. Ellen estava tão preocupada que mal ouviu o funcionário pedindo seu cartão de embarque.

Ela entrou no avião, encontrou seu lugar e guardou sua mala cilíndrica no compartimento acima das poltronas. E então sentou-se, repentinamente exausta. Lá fora, na pista, um carrinho de bagagens movia-se ruidosamente, mas Ellen fechou os olhos. Não queria ver mais nada. Nem Miami ou seu calor. Nem Bill Braverman ou sua amante. Nem Charbonneau Road. Nem calêndulas. Sentia-se terrível por dentro, machucada e deprimida. Não queria pensar em deixar que Will ficasse com os Braverman. Não queria pensar em deixar Will de modo algum. Will era seu filho e seu lugar era junto dela. E de seu pai. E de Connie. E de Oreo Fígaro.

Ellen interrompeu o curso de seus pensamentos. Não fazia sentido torturar-se daquela forma até que visse os resultados do DNA.

Prometeu a si mesma que até lá manteria o melodrama reduzido ao mínimo.

Capítulo 59

"Mamãe!", gritou Will, deixando seus Legos para trás e correndo para encontrar Ellen assim que ela fechou a porta da frente contra o frio da rua.

"Querido!", disse Ellen, pegando-o no colo e dando-lhe um abraço bem apertado, subitamente tomada por uma poderosa onda de emoção. Ela o beijou na bochecha e tentou fazer de conta que essa era uma volta ao lar igual a outra qualquer.

"Estou fazendo um castelo! Um castelo bem grande!" Will começou a chutar para que ela o pusesse no chão.

"Que bom." Ellen o colocou no chão, ainda chutando, e ele chegou ao piso como um boneco de mola. Will correu para seus Legos e esparramou-se de barriga para baixo no tapete. Ellen desejou que pudesse tirar um instantâneo mental daquela cena e guardá-la para sempre.

"Bem-vinda ao lar!" Connie sorriu, secando as mãos num pano de prato enquanto entrava na sala de estar. "Você voltou cedo, heim?"

"Terminei tudo cedo." Ellen tirou o casaco, sacudindo o frio do qual havia se desacostumado. Ela sentia-se feliz como nunca por estar em casa. Oreo Fígaro ergueu a cabeça. Ele estava sentado sobre o encosto do sofá, com as patas dianteiras quase que inteiramente sob seu corpo. A sala de estar exalava um delicioso aroma de café quente e de frango com alecrim. "Connie, eu estou sonhando ou isso é o jantar?"

"Vai ficar pronto em dez minutos, e Will deu uma boa cochilada, de modo que estará acordado para comer." Connie lhe dirigiu um olhar significativo. Impulsivamente, Ellen a agarrou e lhe deu um grande abraço.

"Quer casar comigo?"

"Quando você quiser", respondeu Connie, soltando-a com um sorriso. Ela foi até o armário, pegou o casaco e o vestiu. Depois pegou seu sacolão de viagem, bolsa e sacola que estavam no banco sob a janela. "Você está queimada de sol, heim?"

"Pois é." Ellen pôs a mão na ponta do nariz. Seria difícil explicar isso amanhã no trabalho. Mas, de qualquer forma, tudo seria difícil de explicar amanhã no trabalho.

"Mais uma coisa." Connie pegou suas coisas e seu sorriso desapareceu. "Sinto muito por aquela história do telefone. Espero que não tenha lhe causado problemas."

"Não se preocupe, eu dou um jeito nisso", disse Ellen, embora não soubesse como. "Você cuidou muito bem dele e é isso que importa."

"Obrigada." Connie virou-se para Will. "Até mais, jacaré!"

"Até logo, crocodilo!", gritou Will por sobre o ombro. Ele estava feliz brincando no chão. A ordem fora restaurada em seu mundo.

"Vejo vocês mais tarde!" Connie preparou-se para sair e Ellen foi até Will e tocou seus cabelos. Os fios louros-escuros eram macios sob as pontas de seus dedos, e ela tentou não notar que a cor de seus cabelos era quase igual à dos de Carol.

"Por favor, diga obrigado a Connie."

"Obrigado, Connie!" Will ficou em pé, correu e abraçou sua babá. Ellen percebeu como isso a deixou feliz. Não queria pensar como Connie reagiria se Will fosse Timothy. Ela afastou esses pensamentos enquanto levava Connie até a porta. Depois, tirou os tamancos e deitou-se no tapete para brincar com Will.

Ela ainda tinha uma amostra de DNA para coletar, mas faria isso depois de construir o castelo de Lego.

Capítulo 60

Ellen leu as instruções para a amostra de dna enquanto Will estava na pia da cozinha, enxaguando a boca com água morna. Seus dedinhos agarravam-se como uma lagartixa ao redor do copo de vidro. Embora ela tivesse que usar um teste não convencional para Carol e Bill, iria coletar a amostra de Will pelo método convencional. Precisava fazer isso naquela noite, porque todas as amostras deveriam ser enviadas juntas para o laboratório.

"É para cuspir, mamãe?", perguntou Will, com o olhar confiante por sobre a borda do copo.

"Mais duas vezes, amigo."

Will pôs na boca um segundo gole de água e cuspiu na pia.

"Assim está bem?"

"Sim, e nós temos que fazer mais uma coisa."

"Certo." Will encheu a boca pela terceira vez e, de brincadeira, deixou a água escorrer queixo abaixo.

"Muito bom, obrigada." Ellen enxugou seu sorriso molhado com um guardanapo, pegou o copo de sua mão, depositou-o sobre o balcão e virou-se para encará-lo, colocando a mão em seu pequeno ombro. "Agora abra a boca, querido, assim como você faz para o doutor."

"Isso dói?"

"Não, nem um pouco." Ellen pegou o cotonete. "Vou passar esse cotonete na parte de dentro de sua bochecha, é só isso. É o mesmo tipo de cotonete que usamos para limpar suas orelhas."

"Você está limpando minha boca?"

"Sim." *Mais ou menos.*

"Por que minha boca está suja? Eu escovei os dentes hoje de manhã."

"Pronto para abrir a boca?"

Will abriu a boca como um filhote de pássaro, e Ellen rolou o cotonete na parte interna de ambas as bochechas por cerca de um minuto, certificando-se de que havia coberto a maior área possível. Depois, ela recolheu o cotonete e, seguindo as instruções, colocou-o para secar sobre um pedaço de papel dobrado.

"Bom trabalho, meu amor."

Will começou a pular para cima e para baixo.

"Precisamos de mais um, está bem?"

"Por quê?" Will abriu a boca outra vez. Ellen pegou outro cotonete e o esfregou na parte interna de suas bochechas.

"Só para garantir. Terminamos. Bom trabalho."

"Podemos comer a sobremesa agora?"

"Claro que podemos."

Qualquer coisa, exceto gelatina de limão.

Capítulo 61

Ellen tinha acabado de sair do chuveiro quando seu celular começou a tocar. Ela correu para o quarto, pegou o BlackBerry e conferiu o visor. O código de área era 215, um número de Philly que ela não conhecia. Ellen apertou a tecla Responder.

"Alô?" Era Marcelo, e Ellen sentiu o calor espalhar-se por seu corpo ao ouvir o som de sua voz. Ela afundou na cama e puxou seu roupão rosa de algodão felpudo para perto.

"Oi."

"Recebi sua mensagem. Desculpe por não ter podido responder antes. Você está em casa?"

"Sim. Como eu disse, volto ao trabalho amanhã. Se você estiver livre, podemos nos encontrar de manhã e falar daquela história envolvendo Sarah."

"Não acho que isso possa esperar. Gostaria de ir à sua casa hoje à noite, se você não se importar."

Uau. Ellen checou o relógio: 21h08. Will estava na cama, dormindo a sono solto.

"Claro."

"Isso não é uma visita social", acrescentou Marcelo, e Ellen sentiu-se ruborizar.

"Entendido..."

"Estou a caminho. Chego aí em meia hora."

"Ótimo", disse Ellen. Assim que desligou, ela voou para o guarda-roupa. Trocou de roupa quatro vezes e acabou vestindo um suéter azul-claro com a gola em V e jeans, mas em vez de colocar uma camiseta por baixo, usou uma combinação cor de marfim com um laço na parte de cima.

Embora a roupa de baixo fosse a última de suas preocupações.

Capítulo 62

Quando Marcelo bateu na porta, o cabelo de Ellen já estava seco e caía encaracolado sobre seus ombros, e ela havia aspergido perfume sobre si mesma, colocado maquiagem nos olhos e passado maquiagem para encobrir manchas de pele sobre a reveladora queimadura de sol em seu nariz.

"Olá", disse Marcelo, entrando sem sorrir.

"Que bom ver você." Ellen sabia que não podia lhe dar um beijo de boas-vindas, mas também não queria apertar sua mão. Então ela apenas fechou a porta atrás dele.

"Posso pegar o seu casaco?"

"Não precisa, não vou demorar."

Ai, ai. "Você quer beber alguma coisa?"

"Não, obrigado."

"Você quer sentar?"

"Obrigado." Marcelo andou até o sofá e sentou-se, rígido. Ellen ocupou a cadeira do canto.

"Achei que seria melhor conversarmos aqui em vez da minha sala, já que estamos conspirando", disse ele.

"Sinto muito pelo que aconteceu."

"Eu sei." Marcelo parecia tenso. Havia uma nova contração ao redor de sua boca. "Tenho quebrado a cabeça para decidir o que fazer, como lidar com a situação." Ele juntou os dedos entre as pernas, inclinando-se ligeiramente para a frente. "Para começar, não devia ter feito o que fiz... Começar um envolvimento romântico com você. Eu estava errado, desculpe."

Ellen engoliu em seco, ferida.

"Você não tem que se desculpar, e isso não foi tão terrível assim."

"Foi, principalmente se considerarmos como as coisas deram errado depois."

"Mas nós podemos dar um jeito nisso."

"Não, não podemos."

Ellen sentiu como se estivessem tendo uma briga de namorados, e eles nem sequer eram namorados.

"Eu sou o seu editor, e não há como ficarmos juntos, no final das contas."

"Mas nós recém-começamos." Ellen surpreendeu-se com a emoção em sua voz. "Outras pessoas do jornal namoram."

"Não editor e repórter. Não com um subordinado direto." Marcelo sacudiu a cabeça, abatido. "Enfim, voltando ao ponto, eu menti para a minha equipe. Nunca antes eu havia mentido para a minha equipe. Demonstrei um favoritismo em relação a você que eu não tinha demonstrado para mais ninguém, e eu fiz isso porque me preocupo com você." Sua voz suavizou-se, mas seu olhar permaneceu firme. "Mas agora eu sei o que fazer."

"Eu também sei." Ellen pensara sobre isso no avião, mas Marcelo ergueu a mão.

"Deixe-me falar, por favor. Foi por isso que vim aqui hoje à noite. Não quero que você vá trabalhar amanhã de manhã."

Não. "Por que não?"

"Terei uma reunião com a equipe e acho que você não deve participar. Vou contar a eles o que aconteceu. Não a respeito de meus... sentimentos, não sou tão louco assim." Marcelo sorriu. "Vou dizer a eles que menti sobre o seu paradeiro porque você tinha um assunto pessoal a resolver e não queria que eu ou eles soubessem a respeito, e eu pensei que essa seria a melhor forma de lidar com a situação."

"Você vai dizer verdade?"

Marcelo riu. "Não é tão estranho assim. Estamos num jornal. Nós nos importamos com a verdade."

"Mas não agora, não dessa forma." Ellen não podia permitir que ele fizesse isso. Seria um suicídio profissional.

"Vou pedir desculpas e dizer que, em retrospecto, foi uma decisão equivocada de minha parte."

"Você não pode fazer isso, Marcelo." Ellen não sabia por onde começar. "Isso vai afetar sua credibilidade para sempre. Eles já estão falando de você, e isso só vai pôr mais lenha na fogueira. Você nunca irá superar isso."

"Os repórteres são pessoas inteligentes e inquisitivas. Eles falam, eles especulam e eles fazem fofoca. Não há nada a fazer a esse respeito."

Ellen moveu-se para a frente e assumiu um tom de urgência. "Esse não é o modo certo de lidar com a situação. Um de nós tem que admitir que estava mentindo, e essa pessoa não pode ser você."

"Se eu disser a verdade, tudo vai passar."

"Não, isso irá segui-lo para sempre. Não posso deixar que faça isso."

"Não é você quem decide", disse Marcelo com um sorriso triste, e Ellen percebeu que se ele não queria fazer isso para si mesmo, talvez fizesse por ela.

"Você me prejudicaria mais se agisse assim. Eles já pensam que estamos dormindo juntos, e eu ficarei marcada para sempre. Seria melhor se você me suspendesse por mentir para você."

"É *isso* que você quer?" Marcelo franziu o cenho.

"É o único jeito. Se você me suspender, eu serei tratada como qualquer outro empregado que mentiu para o patrão. Todo mundo mente para o patrão."

"Mente?!" Marcelo parecia horrorizado, e Ellen achou isso adorável.

"Se nós lhes dissermos que eu menti para você, então serei apenas alguém que matou a aula."

"Matou aula?"

"Faltei ao trabalho. Estou até bronzeada. Mas, por outro lado, se você disser que mentiu por mim, a coisa vai ficar maior do que é e nunca vai desaparecer."

Marcelo crispou os lábios enquanto examinava seu rosto, e Ellen percebeu que estava ganhando terreno.

"Você deveria saber. Você é um jornalista. Empregados mentem para os patrões. Isso não é notícia. Patrão mente pelo empregado? Isso é manchete!"

"Não sei." Marcelo passou os dedos nos cabelos, murmurando. "*Que roubada.** Quanta bagunça."

"Marcelo, se você se preocupa comigo, vai me suspender sem pagamento."

"É isso que você quer?"

"Sim. Por uma semana."

Os lábios de Marcelo comprimiram-se acidamente.

"Três dias."

"Feito."

Marcelo olhou para ela e seu dissabor era evidente.

"É uma ação disciplinar contra você. Poderá colocar seu emprego em perigo."

---

* Escrito originalmente em português. (N. T.)

Ellen sabia disso, mas não era hora de chorar. Ela os colocara nessa confusão e agora iria tirá-los dela.

"Veja o lado positivo. Se você me despedir, terá que me levar para sair. Eu poderia perder o emprego, mas ganharia um namorado."

"Você está me deixando louco", concedeu Marcelo, levantando-se. Ellen também se ergueu. Eles estavam a menos de um metro de distância, tão perto um do outro que podiam se abraçar. Mas ninguém tocava ninguém.

"Estou brincando", disse ela, mas Marcelo virou-se e andou até a porta, parou e lhe dirigiu um triste sorriso final.

"Então, por que não estamos rindo?", perguntou ele.

Para isso Ellen não tinha resposta.

Capítulo 63

Ellen colocou as instruções do teste de DNA sobre a colcha da cama e abriu os dois sacos de papel que estavam em sua mala, um contendo as bitucas de cigarros de Bill, e o outro a lata de refrigerante de Carol. Ela os depositou ao lado do envelope comercial branco que continha os cotonetes com as amostras de Will. Do canto da cama, Oreo Fígaro acompanhava com preocupação todos os seus movimentos.

Ellen sentou-se ao lado do gato, acariciando preguiçosamente suas costas nodosas e pegando o formulário do teste de paternidade que ela baixara do computador. Ela leu os primeiros parágrafos, que continham cláusulas legais e condições, e depois a autorização e forma de envio dos resultados.

A autorização continha várias linhas a serem preenchidas para a identificação das amostras: nome, data da coleta, raça, relacionamento, Suposta Mãe, Suposto Pai, Suposto Avô (paterno ou materno), Susposta Avó (paterna ou materna) e Outros. Ela preencheu o espaço correspondente à Suposta Mãe para Carol, Suposto Pai para Bill e Criança para Will. Depois fez as etiquetas correspondentes que o formulário pedia, cortou-as com uma tesoura e colou-as nos dois sacos de papel marrom e no envelope de Will, como num trabalho de artesanato do inferno.

Ela juntou os dois sacos marrons, o envelope e os formulários e os depositou em um pacote da FedEx. Preencheu o espaço destinado ao endereço, selou o pacote e deixou-o em sua mesinha de cabeceira. Ela despacharia o pacote da FedEx depois de deixar Will na escola, mas não queria pensar na justaposição desses dois eventos.

Ellen sentou-se com as costas apoiadas na cama e acariciou Oreo Fígaro, mas ele recusou-se a ronronar. Em três dias ela descobriria que Will não pertencia aos Braverman e que os dois ficariam juntos, felizes para sempre. Esperar três dias parecia o mesmo que esperar para sempre e, ao mesmo tempo, parecia pouco demais. Porque em três dias ela poderia descobrir que Will pertencia aos Braverman, e então...

Foi nesse ponto que Ellen parou de pensar. Ela havia prometido a si mesma no avião.

E Oreo Fígaro conteve o seu ronronar.

Capítulo 64

Na manhã seguinte o frio estava congelante, o céu era de um cinza opaco, o ar úmido provocava calafrios, oprimindo como um punho fechado. Ellen estava sentada em seu carro no estacionamento de um shopping local. O tráfego movia-se apressado para cima e para baixo em uma agitada avenida Lancaster. Os pneus estavam manchados pelo sal* da rua e os vidros traseiros ainda degelavam. Ela observava preguiçosamente a paisagem à medida que o frio invadia o seu carro e o calor se dissipava. Ela deixara Will na escola havia apenas meia hora, mas parecia que o fizera havia mais tempo. O pacote da FedEx contendo as amostras de DNA estava ao seu lado como um carona indesejado. Ellen estava protelando, e embora soubesse disso, não conseguia evitar.

Tudo o que tinha de fazer era descer do carro, abrir a maçaneta de metal da caixa de correio da FedEx e jogar o pacote dentro. Assim que fizesse isso, o assunto estaria fora de suas mãos. A tarefa teria sido realizada. O laboratório faria a cobrança em seu cartão de crédito, processaria as amostras e lhe enviaria os resultados por e-mail. Sim ou não. Dela ou deles.

---

* Sal colocado nas ruas para derreter a neve. (N. T.)

Ellen não conseguia acreditar que ainda hesitava, não depois de ter seguido os Braverman e colocado sua carreira em perigo, além de ter perdido um homem pelo qual sentia-se profundamente atraída antes mesmo de ter ficado com ele. Lembrou mais uma vez a si mesma que não tinha que fazer nada com os resultados do teste depois que os recebesse. Mesmo que os resultados fossem favoráveis aos Braverman, ela não era obrigada a contar para ninguém. Poderia ser um segredo seu para sempre. Por que ela hesitava depois de tudo que tinha passado?

Seu olhar moveu-se para a caixa de correio da FedEx e ela releu seu cartaz de coleta pela milésima vez. As lojas do shopping ainda não estavam abertas, e a frente de vidro de uma filial da Subway permanecia escura, seus balcões e caixas eram apenas sombras amorfas. Ela tomou um gole de café, mas não conseguia sentir o gosto, e colocou o copo outra vez no suporte. Um vapor quente saía de sua caneca de viagem sem tampa. Estivera muito distraída naquela manhã para encontrá-la, temendo a tarefa que teria de realizar.

Eu posso esquecer a coisa toda.

Ellen girou a ignição e o carro ligou o motor, emitindo um som gutural. Seu café vibrava no suporte e uma pequena onda formou-se na superfície do líquido.

Ela não tinha que enviar as amostras pelo correio. Poderia simplesmente ir embora e deixar as amostras se decomporem, ou seja lá o que acontecesse com elas. Poderia dar um fim àquela insanidade agora. Seu advogado, Ron, aprovaria, e seu pai também. Ele a mataria se soubesse o que ela estava fazendo. O carro estava imóvel, e a ventilação do aquecimento soprou um ar frio. Ela ainda não pisara no acelerador.

Não posso esquecer a coisa toda.

Ellen pressionou o botão e baixou o vidro da janela. Uma golfada de ar frio a atingiu em cheio. Ela puxou a alça da caixa de correio e jogou o pacote da FedEx dentro. A tampa fechou-se com um último clanc.

Está feito.

Ellen acelerou, sabendo que aquele dia ainda iria ficar muito pior.

Capítulo 65

Ellen empurrou os pensamentos sobre as amostras de DNA para o fundo de sua mente, tentando ignorar a ironia enquanto guiava para o funeral de Amy Martin. Ela dirigiu pela decadente área ao redor de Stoatesville, com suas ruas residenciais lutando para sobreviver depois que toda a atividade produtiva se foi, deixando para trás os botecos de esquina e as vitrines vazias. Ela dobrou à esquerda e à direita em meio ao emaranhado de ruas, e finalmente avistou a casa convertida, que se destacava por causa de sua fachada de estuque recém-pintada na cor marfim. Era a única construção bem conservada em todo o quarteirão. Ela sabia que a funerária devia ser lá, porque elas sempre ficavam nos prédios mais bonitos, mesmo numa área horrível. Esse pensamento a deprimiu. Você não deveria ter que morrer para estar em um lugar bonito.

Ela encontrou uma vaga na rua, estacionou e desceu do carro.

O vento frio soprou com força, e ela fechou ainda mais seu elegante casaco preto enquanto descia a rua. Os saltos de suas botas ressoavam no pavimento arenoso da calçada, e ela chegou à funerária, identificada por uma falsa placa de ouro na entrada. A porta de vidro estava embaçada. Ellen girou a maçaneta e entrou, aquecendo-se momentaneamente e tentando se orientar. O saguão de entrada continha algumas cadeiras de carvalho e um aparador de nogueira falsa, sobre o qual repousavam um vaso marrom com flores de seda esmaecidas e um livro de assinaturas com capa de vinil aberto. O lugar parecia vazio e o ar cheirava a poeira mesclada com um vago perfume de flores. Um tapete cor de vinho cobria o chão e um longo corredor à esquerda conduzia a duas portas com aberturas para ventilação. Apenas a segunda porta estava aberta, e a luz vazava da sala. Nenhuma placa indicava que aquele era o velório de Amy, mas era um bom palpite.

Ellen andou até o livro de assinaturas e olhou para a página aberta. Examinando a lista de nomes: Gerry Martin, Dr. Robert Villiers e Cheryl Martin Villiers, Tiffany Lebov, William Martin. Isso a fez pensar. Amy havia se afastado dessas pessoas quando estava viva, mas eles se reuniram ali para prantéa-la. A morte havia suavizado as mágoas e diferenças, as palavras raivosas e os sentimentos feridos. Ellen sentiu-se comovida por estar entre eles. Sua conexão era tênue, se é que havia alguma conexão. Ela pegou a comprida caneta branca ao lado do livro e assinou seu nome.

Ellen cruzou o corredor em direção à porta aberta e deixou-se ficar na soleira por um instante. A sala era larga e retangular, mas apenas duas fileiras de cadeiras marrons dobráveis tinham sido dispostas logo à frente, onde um grupo de mulheres havia se reunido. O caixão estava fechado, e Ellen considerou um tanto macabro admitir para si mesma que estava quase decepcionada. Não teria a chance de ver como era Amy Martin, ainda que morta, para comparar suas feições com as de Will. Mas, de qualquer forma, isso já não era mais importante. As amostras de DNA iriam solucionar o mistério Amy Martin.

Ellen caminhou em direção ao grupo à frente e, ao se aproximar, viu Gerry sendo confortada por Cheryl, que sorriu ao reconhecê-la.

"Ellen, é muito gentil de sua parte ter vindo aqui", disse ela com a voz suave. Gerry soltou-se dos braços da filha e virou-se para olhá-la. A dor havia aprofundado os vincos ao redor de seus lábios caídos, e ela parecia estar perdida dentro de um terninho preto vários números acima do seu.

"Sinto muito por sua perda." Ellen aproximou-se, estendendo a mão.

"Foi realmente gentil de sua parte ter vindo." A voz de Gerry soava áspera, e ela piscou para afastar as lágrimas dos olhos. "Eu sei que Amy iria querer conhecê-la. Talvez algum dia você possa levar o garotinho lá em casa."

Cheryl assentiu por trás dela. "Eu também gostaria de conhecê-lo quando ele estiver melhor."

"Eu ficaria feliz em fazer isso", disse Ellen com uma pontada de dor. Esquecera-se de que havia mentido para elas sobre precisar do histórico médico de Will.

Cheryl disse: "Pena que meu marido e meu irmão já tenham ido embora. Eles estiveram aqui ontem à noite e hoje cedo, mas tiveram que ir". Ela apontou para uma jovem perto de sua mãe. "Esta é uma amiga de Amy."

"Melanie Rotucci", disse a garota, estendendo-lhe a mão. Ela parecia estar na casa dos vinte e, se não fossem as circunstâncias daquele dia, poderia ser bonita, ainda que seus traços não fossem muito refinados. Seus olhos cinzas estavam vermelhos e inchados de chorar, e sua pele clara mostrava-se pálida e baça. Sua boca tinha o formato de um arco de cupido, e seu traço mais bonito era o cabelo longo e escuro que lhe caía pelos ombros cobertos com uma jaqueta de couro preto.

Ellen apresentou-se, surpresa por conhecê-la. Cheryl e Gerry haviam dito que Amy não tinha amigas.

Cheryl devia ter lido sua mente.

"Melanie conheceu Amy na clínica de reabilitação e elas se tornaram boas amigas."

"Amy estava em reabilitação?", perguntou Ellen, confusa. Tudo isso era novidade para ela.

"Nós não sabíamos até conhecermos Melanie. Parece que Amy estava realmente tentando mudar de vida. Ela esteve em reabilitação duas vezes por causa da heroína. Ela estava quase melhorando, não é, Melanie?"

"Eu realmente pensei que ela fosse conseguir." A boca de Melanie estreitou-se numa linha resignada, coberta de batom vermelho. "Na segunda vez ela ficou limpa por trinta e cinco dias. Quando completasse noventa dias, ela iria contar para vocês."

"Meu pobre bebê", sussurrou Gerry, mergulhando em novos soluços. Cheryl a abraçou com mais força.

A tensão enrijeceu o rosto jovem de Melanie.

"Preciso de um cigarro", resmungou ela, erguendo-se.

"Eu lhe faço companhia", disse Ellen, intrigada.

Capítulo 66

"Deve ser duro para você", disse Ellen quando as duas saíram da funerária e dividiram um sujo degrau, tão estreito que as forçava a ficar bem perto uma da outra. Melanie usou as mãos em concha para conseguir acender o cigarro em meio ao vento frio, usando um isqueiro Bic de plástico amarelo que ela acionou com o polegar.

"É terrível."

"Vocês eram muito amigas?"

"Bem, nós nos conhecemos há pouco tempo, mas quando você conhece pessoas na reabilitação a intimidade é mais rápida. Amy dizia que a reabilitação é como a idade do cachorro, um ano parece sete." Melanie deu uma tragada no cigarro e a fumaça vazou de seu triste sorriso.

"Onde é a clínica de reabilitação?"

"Eagleville, Pennsylvania." Melanie recostou-se contra o corrimão de ferro e cruzou as pernas enfiadas em jeans apertados e botas pretas.

Ellen já tinha ouvido falar daquele lugar.

"Posso lhe perguntar quantos anos você tem?"

"Vinte e dois."

"Bem mais jovem do que Amy."

"Eu sei. Ela cuidava de mim como uma irmã mais velha, uma mãe ou algo assim."

Isso deu uma ideia a Ellen.

"Alguma vez ela mencionou que tinha um filho?"

"De jeito nenhum!" Melanie olhou para Ellen como se ela estivesse louca. "Amy não tinha filhos."

"Acho que ela teve e deu para adoção." Ellen mal acreditava no que dizia, depois de tudo o que acontecera em Miami. "Ela teve um bebê, mas acho que não contou para você."

"Suponho que seja possível."

"Era um bebê muito doente, com um problema cardíaco."

"Eu não sabia *tudo* sobre ela." Melanie estreitou os olhos por trás de uma cortina de fumaça de cigarro. "Amy era uma pessoa reservada, com certeza. Mas nós participamos de grupos juntas, dos seminários que eles nos fazem assistir, das palestras e atividades recreativas. Até nossos intervalos para fumar nós passávamos juntas. Ela nunca mencionou um bebê doente."

Ellen conteve suas emoções. "Ela nunca mencionou um namorado? Talvez seu nome fosse Charles Cartmell."

"Não. Ela costumava sair com muitos homens, mas também estava tentando mudar isso. Amy disse no grupo que estava cheia de sair com sujeitos abusivos. Ela não queria mais fazer isso."

"Algum deles a visitou na reabilitação?"

"Não. Podíamos receber visitas nos fins de semana, mas ela nunca recebeu. Nem eu, o que estava bem para mim. Se minha mãe aparecesse, eu lhe daria um chute no traseiro."

Ellen deixou passar. "Estava pensando num homem em particular, alguém que Amy namorou havia uns três ou quatro anos. Até que ele não tinha má aparência, não muito alto, cabelos castanhos, mais para o comprido. Eles podem ter viajado juntos, para algum lugar quente. Ela nunca mencionou férias na praia com um cara?"

Melanie fez uma pequena pausa, com o cenho franzido. "Não, mas eu sei que há pouco tempo atrás ela costumava sair com um sujeito chamado Rob. Rob Moore."

O coração de Ellen disparou. "O que ela disse dele?"

"Disse apenas que ele era um cretino."

"Quando ela saía com ele?"

"Não sei, mas faz tempo."

"Três ou quatro anos atrás?"

"Sim, foi mesmo no passado dela."

Ellen pensou que, se você está na faixa dos vinte, três anos atrás constituía outra era. "Ela disse de onde ele era?"

"Não que eu me lembre."

"Ela disse qualquer outra coisa sobre ele, onde vivia ou com que trabalhava?"

"Não, ela não falou nada disso." Melanie soprou um cáustico cone de fumaça.

"E quanto à idade dele? Ou o tipo de carro que dirigia, ou de onde ele era, ou algo assim?"

"Não, ela só falou que ele era um sujeito ruim. Costumava bater nela e Amy o deixou. Ela não ia aguentar aquilo para sempre. Com ela era assim. Amy era o tipo de pessoa que nós pensávamos que iria conseguir." Lágrimas brilharam nos olhos injetados de Melanie. "Dois dos conselheiros vieram hoje de manhã. Eles teriam dito a mesma coisa."

Os pensamentos de Ellen dispararam. "Odeio perguntar isso, mas sinto que preciso saber. O que aconteceu com ela? Como a encontraram?"

"Eu a encontrei", respondeu Melanie, sem rodeios.

"Deve ter sido terrível para você."

Melanie não respondeu.

"Então ela teve uma overdose de heroína? Como é que você sabe de uma coisa dessas? Havia uma agulha no braço dela?"

"Não. Ela não injetava isso, nenhuma de nós injetava. Ela cheirava. Havia droga na mesa e o cartão de crédito que ela usava, um Visa." Melanie jogou os cabelos para trás do ombro. "Enfim, nós combinamos que iríamos sair naquela noite, mas ela não apareceu. Então fui à casa dela por volta das nove da manhã seguinte. Ela estava no sofá, vestida para sair."

"Como você conseguiu entrar?"

"Eu tenho uma chave. Ela estava toda dura. A família acha que foi overdose, mas eu me pergunto se não foi droga ruim." Melanie vacilou e deu outra tragada. "A polícia disse que ela havia morrido na noite anterior."

Ellen processou a informação. "Por que você acha que foi droga ruim e não apenas uma overdose?"

"Quando se trata de droga de rua, a gente nunca sabe."

"Ela morava em Brigantine?"

"Sim."

"Sozinha?"

"Sim. Ela tinha um quarto numa boa casa e um novo emprego de garçonete num restaurante. Ela também ia aos encontros todos os dias. Nunca perdeu nenhum." Melanie sacudiu a cabeça com tristeza. "Foi ela que me disse para usar Subutex."

"O que é isso?"

"Uma pílula. Se você tomá-la e usar heroína, não vai ficar chapada. Amy sempre carregava duas pílulas com ela."

Ellen ouvira falar de drogas como essas. Certa vez havia escrito uma matéria sobre Antabuse, uma droga que deixa os alcoólatras enjoados se eles beberem.

"Mas naquela noite ela não tomou a pílula. O vidro estava em sua mesinha de cabeceira, com os dois comprimidos dentro."

Isso soou estranho para Ellen. "Então por que ela usou heroína em vez de Subutex?"

"Ela devia estar sentindo muita falta. A heroína é assim. Você ama e odeia. Ela devia saber que não era para comprar na rua, mesmo numa área boa."

"Ela não teria contado a você se estivesse pensando em usar de novo? Com que frequência vocês se falavam?"

Melanie jogou a bituca de seu cigarro na calçada. "A gente se falava todo dia por telefone, e ela era a rainha das mensagens. Mandava mensagens a toda hora."

"Você olhou as mensagens de Amy antes de ela morrer?"

"Puxa, que estranho. Não olhei. Esqueci completamente." Imediatamente, Melanie pôs a mão na bolsa para pegar o celular prateado com joias falsas engastadas na superfície. Ela abriu o aparelho e apertou diversos botões para recuperar as mensagens, e depois começou a percorrê-las de trás para a frente. Ellen chegou perto dela e as duas leram juntas a mensagem.

> comprei 7 jeans novos numa liquidação. espere até vê-los! bjs.

Ellen olhou para a parte de cima da tela, que mostrava o horário em que a mensagem havia chegado: 21h15. "Ela parece feliz."

"Sim, com certeza." Melanie pressionou mais algumas teclas. "Aqui está outra. É daquele dia, por volta das cinco da tarde."

Com as cabeças quase encostando uma na outra, Ellen e Melanie leram a mensagem, que dizia:

> US$ 228 em gorjetas, o melhor dia de minha vida! indo ao shopping para celebrar. te vejo mais tarde! bjs.

"Isso é tão aleatório." Melanie sacudiu a cabeça. "Não parece que ela estava pensando em usar droga."

"Certamente que não." Ellen pensou a respeito. "Viciados em recuperação têm padrinhos, não é? Amy tinha um?"

"Claro, Dot Hatten. Ela esteve aqui de manhã. Não sei se Amy telefonou para ela naquela noite. Eu estava muito abalada para perguntar, e talvez ela não contasse. Eles mantêm tudo em segredo, como advogados ou algo assim."

"Você acha que ela não falaria comigo?"

"Eu sei que não."

"Você tem o número dela, em todo caso?"

"Não."

"Onde ela mora?" Ellen poderia obter o número da internet.

"Em Jersey, mas se você quer saber mais sobre Amy, deveria perguntar a Rose. Ela esteve aqui antes. É outra de nossas amigas. Ela é mais velha." Melanie torceu o nariz. "Ela estava na reabilitação comigo e Amy."

"Ótimo, você me passa o número dela?"

"Tenho o número do seu celular bem aqui." Melanie pressionou algumas teclas do aparelho, encontrou um número e o leu em voz alta.

"Espere, preciso pegar uma caneta." Ellen vasculhou sua bolsa, mas Melanie a interrompeu com um gesto.

"Não precisa. Me dê o número do seu celular e eu mando uma mensagem para você."

"É claro", disse Ellen. Isso a fez lembrar de sua idade, enquanto ela estava ali, em pé, no umbral da mortalidade.

Capítulo 67

Rose Bock era uma afro-americana de meia-idade, com enormes óculos de aviador e um sorriso doce. Ela usava o cabelo ao natural e vestia uma camisa de xadrez azul por baixo de um terno azul-marinho, o que a fazia parecer uma contadora. Ellen falara com ela pelo celular e a mulher estava em Philly. As duas se encontraram num lugar que vendia hambúrgueres perto do campus da Penn,* cheio de estudantes barulhentos.

"Obrigada por falar comigo." Ellen bebeu um rápido gole de Coca Diet. "Minhas condolências por Amy. Melanie me disse que vocês eram chegadas."

"Nós éramos." O sorriso de Rose desvaneceu-se rapidamente. "Então, como você a conheceu? Você não disse isso no telefone."

"Para resumir uma longa história, eu adotei um bebê que pode ser dela. Pelo menos é isso que dizem os documentos de adoção."

"Amy teve um bebê?" Rose ergueu as sobrancelhas, e Ellen começou a ficar oficialmente cansada dessa reação.

"Olá, senhoras." A garçonete chegou com um hambúrguer em uma cestinha de plástico azul, colocou-a na mesa e foi embora. Rose pegou o hambúrguer e sorriu timidamente.

---

* Universidade da Pensilvânia. (N. T.)

"Não consigo resistir ao cheeseburguer duplo daqui. Troquei um vício por outro."

"Fique à vontade." Ellen sorriu. "Espero que não se importe que eu diga isso, mas você não parece uma típica viciada em drogas."

"Sim, eu pareço", disse Rose sem rancor. "Eu fui viciada em remédios, Vicodin e Percocet, por quase nove anos. Comecei a tomar por causa de um problema nas costas e nunca mais parei."

"Imagino que o Vicodin esteja numa categoria diferente da heroína."

"Você está errada. Ambos são opiáceos e agem da mesma forma. Posso estar num nível econômico diferente do de Amy, mas nós duas éramos viciadas. Eu facilmente poderia estar lá hoje, deitada dentro de um caixão." Rose pegou seu grosso cheeseburguer e deu uma mordida de um jeito que pareceu quase raivoso para Ellen. Mas ela queria ater-se ao assunto.

"Estou tentando entender como Amy morreu. A família me disse que foi uma overdose acidental, ou que era heroína ruim das ruas."

"Ela não teve uma overdose." Rose sacudiu a cabeça, e alguém começou a rir numa mesa próxima, um grupo de estudantes sob efeito da cafeína. "É mais provável que fosse droga ruim. A droga das ruas vem misturada com estricnina."

Ellen estremeceu. "Veneno."

"Sim."

"Melanie me disse que Amy ainda tinha seu Subutex, que ela não tomou, e nós duas lemos suas últimas mensagens, que eram alto-astral. Amy não mencionou para Melanie que estava considerando usar drogas de novo. Ela falou qualquer coisa assim para você?"

"De jeito nenhum." Rose terminou de mastigar, pegou o café e tomou um gole.

"Fico pensando por que ela não chamou você ou Melanie, se realmente se sentia tentada a usar drogas de novo."

"Você fica pensando?" Rose retraiu o corpo, entre uma mordida e outra. "Não sou a madrinha dela, mas sou, quer dizer, era sua amiga. Pensava que ela iria me chamar se quisesse usar drogas. Nunca vou superar isso até o dia em que eu morrer."

"Sinto muito. Você não pode se culpar."

"É isso que o meu marido diz, e obrigada por me dizer, mas não ajuda." Rose pousou o cheeseburguer na mesa. "Eu teria apostado mil pratas em Amy. Ela teve duas recaídas, mas isso é parte do processo para alguns de nós. Ela finalmente tornou-se capaz de ficar limpa."

"Então ela nunca chamou você para dizer que se sentia tentada a usar?"

"Não, nunca." O rosto de Rose adquiriu uma expressão dolorida. "Nós nos falávamos por telefone dia sim, dia não, e a conversa era amena. Ela tinha arranjado um novo emprego e estava se preparando para se reconciliar com a família. O fato de ela ter começado a usar drogas de novo, dois dias depois de a gente ter se falado, foi um golpe e tanto." Rose sacudiu a cabeça.

"Melanie me falou sobre um cara chamado Rob Moore, com quem Amy namorou havia três ou quatro anos. Ele era violento e ela se afastou dele. Você sabe alguma coisa sobre esse sujeito?"

"Na verdade, não. Certa vez Amy me disse que ela teve um relacionamento tóxico, pelo menos isso eu sei. Mas nunca soube o nome dele. Ela falou do cara no grupo. Os terapeutas talvez saibam mais, mas não vão lhe dizer. É confidencial."

Ellen tentou outra abordagem. "Amy falou de onde ele era ou onde morava? O que ele fazia para viver? Estou perguntando porque existe a possibilidade de que ele seja o pai de meu filho."

"Gostaria de poder ajudá-la, mas não posso."

"Espere, talvez isso ajude." Ellen pegou a bolsa e tirou uma pilha de papéis. Um deles era a foto de Amy e o homem na praia, e ela a entregou para Rose. Por sorte ela ainda não havia esvaziado a bolsa após a viagem a Miami. Ellen apontou para o Homem da Praia. "Acho que este pode ser Rob Moore. Você já o viu por aí?"

"Não."

"Ela nunca lhe mostrou uma foto?"

"Não, apenas me disse que ele era um cretino." Rose entregou a foto de volta, mas parou de repente. Seus olhos se estreitaram. "Espere um pouco. Na semana passada ela ligou para o meu celular. Não pude atender a chamada, mas ela me deixou uma mensagem dizendo alguma coisa sobre um fantasma do passado." Rose olhou para o outro lado. Seus lábios entreabriram-se levemente enquanto ela tentava pensar em algo. "O que foi que ela disse? Que tinha recebido a visita de um fantasma do passado."

Os olhos de Ellen encontraram os dela e seu sangue gelou.

"Você acha que ela estava se referindo a Rob Moore?"

"Talvez."

Os pensamentos de Ellen tumultuaram-se, mas era muito arriscado dizer mais do que deveria. "O que ela disse quando você ligou de volta?"

"Disse que estava bem. Esqueci a mensagem e começamos a falar de outras coisas." Os lábios de Rose curvaram-se ao perceber as implicações. "Você acha que esse cara voltou para a vida dela, mas Amy não queria mais nada com ele? Ou será que ela pensou melhor?"

"Não sei o que pensar. Estou tentando entender o que aconteceu. Que dia ela ligou para você?"

"Sexta-feira. Não pude atender porque estava no recital de piano do meu filho."

Ellen pensou rapidamente. Havia se encontrado com Cheryl na terça-feira. Depois disso, Cheryl enviou a Amy um e-mail dizendo que Ellen estava à sua procura. Sexta era uma noite depois de Amy ter recebido o e-mail, isto é, supondo-se que ela checasse sua correspondência eletrônica com frequência. Ellen sentiu um sinistro aperto em seu peito ao tentar reunir as peças desse quebra-cabeça.

"Por que isso é importante? Você acha que Rob Moore teve alguma coisa a ver com a recaída de Amy?"

"Eu não sei", respondeu Ellen, sentindo uma estranha percepção formar-se dentro de si. Gostaria de poder contar a Rose que pretendia descobrir, mas estava muito abalada para falar. Muitas coisas não faziam sentido, ou talvez fizessem. Ela pressentia que não era especulação. A morte de Amy tinha relação com a visita que Ellen fizera a Cheryl. Ela própria havia acionado essa cadeia de eventos. E Rob Moore tinha tudo a ver com a morte de Amy.

"Você ainda está aí?"

"Desculpe." Ellen fingiu que checava o relógio e logo depois se levantou. "Meu Deus, estou atrasada. Preciso ir. Muito obrigada."

"Agora?!" Rose piscou, confusa. "Estamos no meio da conversa."

"Eu sei, mas eu preciso ir." Ellen agarrou o casaco e a bolsa que estavam na cadeira. "Vou ver o que descubro e, se alguma coisa surgir, conto para você. Obrigada, de novo."

"Você acha que nós devemos chamar a polícia?"

"Não", disse Ellen, rápido demais. "Tenho certeza de que é apenas especulação, mas vou pensar a respeito. Tenho que ir. Obrigada, mais uma vez."

Ela virou-se e saiu da lanchonete.

Capítulo 68

Ellen saiu apressada da lanchonete com a cabeça girando. Estava quase correndo quando puxou o casaco ao redor de si mesma com as mãos trêmulas. Seus saltos ressoavam no concreto congelado e ela quase colidiu com dois estudantes que saíram de repente de uma livraria. Ellen continuou andando rapidamente, ignorando suas risadas. Exalava o ar em rajadas curtas e furiosas que saíam de sua boca sob a forma de vapor. Seus olhos ardiam e ela piscou para afastar as lágrimas, dizendo a si mesma que era apenas o frio. Ao chegar ao carro, Ellen procurou pelas chaves, abriu o veículo e ligou o motor. Pouco depois já estava enfiada no meio do trânsito.

Bi Biii! O motorista de uma van apertou a buzina, mas ela não olhou para trás. Era fim de tarde e uma noite prematura caía, frígida como gelo negro. Carros entupiam a rua em ambas as direções com os faróis acesos. Ellen dirigia no piloto automático em meio a um mundo que virara de cabeça para baixo ao redor dela.

Costumava pensar que Will lhe pertencia, e que seria dela para sempre. Achava que ele tivesse uma jovem mãe em algum lugar e um pai vagando por aí. Acreditava que eles se foram de vez, apenas um jovem casal que havia cometido um erro. Mas tudo isso não passava de uma fantasia criada pela imaginação de um escritor. Era tudo ficção. E agora Ellen sentia um medo mortal da verdade.

Suas mãos agarravam a direção com força. Seu coração batia furiosamente. Ela reduziu a velocidade até parar num farol vermelho. O flamejante círculo vermelho penetrava em sua consciência como um ferro quente. Sentia-se emotiva demais para pensar claramente. Não sabia onde ir ou o que fazer. Não podia procurar a polícia porque perderia Will. Fizera tudo sozinha por tempo demais e agora não podia continuar assim nem por um minuto mais. Pegou o celular e pressionou um número

"Por favor, atenda", disse Ellen, enquanto aguardava que a chamada se completasse.

Capítulo 69

"Entre. O que aconteceu?" Marcelo abriu a porta da frente e Ellen entrou apressada, impelida por uma força que ela não entendia completamente, mas que sem dúvida mobilizava os sentimentos dentro dela. Havia levado uma hora para chegar à casa dele em Queens Village, mas a viagem não a acalmara. O máximo que ela conseguiu fazer foi esconder o pânico quando ligou para Connie avisando que chegaria tarde.

"Estou com um problema, mas... não sei por onde começar." Ellen passou a mão pelos cabelos e começou a andar de um lado para o outro da bem arrumada sala de estar de Marcelo. Enxergava apenas um borrão de paredes de tijolos expostos, mesas de vidro e móveis de couro preto. Marcelo fechou a porta atrás de si e Ellen girou nos calcanhares para encará-lo. "Nem ao menos sei por onde começar."

"Tudo bem", disse Marcelo suavemente. Havia firmeza em seus olhos escuros. "Tente começar pelo começo."

"Não, eu... não posso." Ellen não sabia por que fora até lá, nem se isso era a coisa certa a fazer. Sabia apenas que precisava falar com alguém. "Acho que estou no meio de alguma coisa... que eu não sei o que é."

"Você fez alguma coisa ilegal?"

"Sim e não." Ellen não sabia como responder. Não sabia o que pensar. Pôs as mãos no rosto e afundou os dedos nas bochechas. "Não, mas... Eu acho que esbarrei em alguma coisa... Que eu queria nunca ter começado. É a pior... a pior coisa que poderia acontecer."

"O que poderia ser tão ruim?", perguntou Marcelo, cético. Ele se aproximou e a segurou pelos ombros. "O que é?"

"É horrível demais, é simplesmente..." Ellen não podia continuar. Receava colocar aquilo em palavras e cair num abismo, numa escuridão que viria tão inexoravelmente quanto a noite. Sentiu algo soltando-se em seu peito, como se seu coração estivesse se libertando das amarras, livre de tudo o que o prendia a seu lugar, de tudo o que a mantinha viva, e ela ouviu um soluço irromper, um soluço que veio das profundezas e eclodiu livremente. Quando se deu conta, estava chorando, e Marcelo a envolveu em seus braços, acalentando-a num abraço apertado. Ela sentia-se encolher contra sua macia camisa, soluçando em meio aos civilizados aromas de escritório que emanavam dele, vestígios da vida que Ellen levava antes.

Marcelo estava dizendo algo. "Seja o que for, podemos dar um jeito. Tudo vai ficar bem, você verá." Ele a segurava bem apertado, embalando-a gentilmente, e ela o ouviu dizer outra vez que tudo ficaria bem. Ellen escutava suas palavras como uma criancinha atenta a um conto de fadas.

"Eu cometi um... um erro, um erro terrível." Ellen olhou para ele através das lágrimas e pôde ver em seus olhos que ele abrira a guarda, e tudo o que sobrara era uma dor nua e crua que deveria estar espelhando sua própria dor. Ele acariciou suavemente suas bochechas, limpando as lágrimas. Ellen sentiu o braço dele em suas costas e reclinou-se contra ele, deixando que Marcelo a amparasse. Os olhos dele encontraram os dela, e estavam tão cheios de emoção que ela sentiu uma espécie de enleio. Não conseguia lembrar-se de já ter sido olhada daquele jeito antes. No instante seguinte seu rosto desceu sobre ela e Marcelo a beijou suavemente nos lábios, uma vez e mais uma.

"Vai dar tudo certo", murmurou ele. "Você está aqui agora e nós faremos dar certo."

"Mesmo?", perguntou Ellen, ainda presa ao enleio, e quando Marcelo inclinou-se para beijá-la de novo, com mais profundidade e urgência, ela correspondeu. Naquele momento Ellen entregou-se a ele e às suas próprias emoções, beijando-o profundamente, extraindo dele conforto e força, mergulhando na ilusão de seu abraço, apenas por enquanto, nos breves instantes antes que ela descobrisse a verdade e entendesse que, com toda a certeza, nada ficaria bem, que todos os seus piores receios se tornariam realidade e não havia nada que alguém pudesse fazer para impedir isso.

No minuto seguinte Ellen sentiu suas mãos nas costas de Marcelo, seus dedos impetuosos contra o fino tecido da camisa, puxando para tão perto quanto possível. Ele respondeu segurando-a mais apertado ainda, beijando-a com mais urgência. A respiração dele acelerou-se quando os dois caíram desajeitadamente no sofá.

O peso de Marcelo pressionava suas costas contra o couro do sofá, ou talvez fosse ela que o estivesse puxando contra si, quase que constrangedoramente ansiosa para perder-se nele e se esquecer de tudo. De Amy. De Carol. Até mesmo de Will. Por um momento Ellen não era mais uma mãe, mas apenas uma mulher, e o calor dos beijos de Marcelo e o peso de seu corpo espantavam todos os pensamentos de sua mente e obliteraram todas as suas preocupações. Sob a luz suave ela o viu sorrir de prazer enquanto a ajudava a livrar-se do casaco e jogá-lo no tapete.

"Deixe que eu faço", sussurrou Marcelo, e Ellen ergueu-se parcialmente e levantou os braços, permitindo que ele puxasse o suéter que ela usava. Quando sua cabeça emergiu da gola preta,

Ellen viu a mais doce das expressões apoderando-se de seu rosto. Ele parou por um segundo, interrompendo a urgência que o dominara antes. Seu olhar moveu-se do rosto de Ellen para seu pescoço, e finalmente para o laço preto de seu sutiã.

"*Meu Deus, você é tão linda*",* disse Marcelo suavemente, e embora ela não soubesse a tradução, a forma como ele falou transmitia tanto desejo que a fez acalmar-se e arrefecer seus arroubos juvenis. Ela deitou-se no couro frio com a cabeça para trás e a garganta exposta. Seu peito subia e descia ao sabor do desejo, o coração latejava nos ouvidos e Ellen olhava para ele através das lágrimas que pararam de cair, convidando-o com os olhos.

"Você é tão bonita", disse Marcelo, e por um segundo ambos ficaram suspensos no tempo e no espaço, deixando que o desejo cru de seus primeiros beijos esfriasse e se dissipasse. Então olharam-se como adultos maduros, sentindo que começavam algo de verdade, fosse o que fosse que viesse depois. Marcelo olhou para ela com um sorriso sério, e então moveu a cabeça, num gesto que poderia ser apenas uma pergunta silenciosamente proposta.

"Sim", sussurrou Ellen, erguendo os braços.

Em resposta, Marcelo inclinou-se sobre ela e a beijou de forma profunda e vagarosa. Seus braços e pernas enrolaram-se no corpo um do outro, as línguas brincando e provocando, e no momento certo as roupas foram arrancadas, camada por camada, até que a pele encontrou a pele, o calor encontrou o calor e o coração encontrou o coração.

Até não haver mais absolutamente nada que os separasse.

---

* Escrito originalmente em português. (N. T.)

Capítulo 70

Ellen acordou nua. Seus braços e pernas estavam entrelaçados com os de Marcelo e sua cabeça repousava em seu peito almiscarado. Ela perguntou-se que horas seriam e se desvencilhou dele. Marcelo havia abaixado a luz do abajur em algum momento, deixando a sala na penumbra, exceto pela claridade da rua insinuando-se pelas frestas das persianas. Ellen ergueu-se sobre o cotovelo e apertou os olhos para enxergar o relógio. Nove horas. A vida a atingiu em cheio, como um trem de carga cheio de ruído, poder e algo mais. Medo. De repente, ela entendeu de uma vez só tudo o que havia acontecido, como se tivesse visto os eventos se desenrolando num pesadelo.

Amy foi assassinada. Karen Batz também. Rob Moore estava matando todos os que sabem que Will é Timothy.

Ellen se ergueu do sofá, procurando por suas roupas. Enfiou a saia, colocou o suéter e calçou as botas. Marcelo continuava dormindo, ressonando de modo suave e regular, e ela não queria acordá-lo para explicar tudo. Não tinha um minuto a perder. Agarrou o casaco, encontrou a bolsa e vasculhou-a procurando as chaves do carro. Seu coração começara a acelerar-se. Ellen cruzou a porta da frente. Algo lhe dizia que ela precisava correr para casa.

Agora mesmo.

Capítulo 71

ELLEN FECHOU A PORTA DA CASA DE MARCELO atrás de si, apertou o casaco contra o peito e saiu da varanda, mergulhando com a cabeça baixa numa tempestade de neve. Os flocos caíam como uma saraivada, conduzidos por um vento furioso que mordia a pele de suas bochechas enquanto ela corria para a calçada. O pavimento estava coberto de neve e ela quase escorregou a caminho do carro.

A porta rangeu ao ser aberta. Ellen entrou rapidamente. Ligou a ignição e os limpadores de para-brisa. A neve acumulava-se em vários pontos do vidro, mas ela não estava disposta a esperar que os flocos derretessem. Acionou o descongelador e deu ré, enquanto procurava pelo BlackBerry dentro da bolsa. Ela pegou o aparelho e pressionou a tecla de ligação direta para Connie, ao mesmo tempo em que acelerava. O carro voou como uma bala pela rua escura, e a chamada foi completada.

"Connie? Você está segurando as pontas?", perguntou Ellen, tentando evitar que o nervosismo transparecesse em sua voz. Ela simplesmente sabia que precisava ir para casa.

"Claro. Estou assistindo à TV. Você disse que poderia chegar tarde."

"Não tão tarde assim." Ellen sentiu uma pontada de culpa, mas esforçou-se para prestar atenção no caminho à sua frente.

Mudou de pista para ultrapassar um caminhão, dobrou à direita e depois à esquerda, pegando um tráfego lento, pois todos estavam cuidadosos em virtude da tempestade de neve. Os limpadores de para-brisa oscilavam loucamente, produzindo uma batida frenética que lembrava o coração de Ellen.

"Não se apresse, El. Chuck também teve que trabalhar até tarde."

"Como está o meu menino?"

"Apagou como uma lâmpada."

"Bom." Ellen esperou pela familiar tranquilidade em seu peito ao saber que tudo estava bem, mas não houve tranquilidade nenhuma naquela noite. Ela ultrapassou um moroso Toyota e trocou de pista, dirigindo-se para o cruzamento que conduzia à via expressa.

"Oh, sim, o gato está vomitando e eu tive que deixá-lo lá fora por algum tempo."

"Certo. Chegarei em casa em menos de uma hora."

"Dirija com cuidado. Está nevando um bocado por aqui. Já estamos com mais de quinze centímetros de neve."

"Pode deixar, tchau." Ellen pressionou Encerrar, jogou o BlackBerry de lado e desviou-se de uma picape que tentava chegar a um lugar para estacionar. Ela acelerou em direção ao cruzamento, onde a luz do farol mudava para o vermelho, e atravessou voando rumo à sua casa.

Quando chegou à via expressa, Ellen sabia exatamente o que ele iria fazer.

Capítulo 72

Ellen correu para sua varanda em meio a uma violenta nevasca, mantendo a cabeça baixa para proteger-se do vento, e deixando suas pegadas na neve enregelante e úmida. Havia pensado em chamar a polícia, mas não queria se expor. Estava por sua própria conta e risco.

Subiu correndo os degraus cobertos de neve da varanda e se forçou a ficar calma, compondo seu rosto em uma máscara de normalidade. Ela enfiou a chave na fechadura e a torceu. A porta da frente abriu-se para um cenário reconfortante que, no entanto, não lhe trouxe conforto nenhum.

Connie a saudou do sofá com um amplo sorriso.

"É a Bruxa do Norte!"

"Está frio lá fora." Ellen fingiu sorrir e tirou o casaco. Os abajures emprestavam à sala de estar um brilho doméstico. Os brinquedos estavam guardados e a TV exibia, sem som, um programa sobre cirurgia plástica. Ellen pegou o casaco de Connie e o entregou para ela, quase que incapaz de esconder sua urgência. "Você vai ficar bem indo para casa hoje à noite, não vai? Seu carro tem tração nas quatro rodas?"

"Claro, isso não é problema." Connie vestiu o casaco e puxou o rabo-de-cavalo por sobre a gola. Depois, pegou a sacola e a bolsa do banco sob a janela. "Ele com certeza não vai ter aula amanhã."

"Ainda bem que eu estou em casa, não é?" Ellen abriu a porta para deixar Connie sair. "Vamos apenas hibernar e fazer biscoitos."

"Voto nos biscoitos com gotas de chocolate."

"Você venceu!" Ellen esforçou-se para dar outro sorriso enquanto Connie pegava suas coisas e cruzava a sala. "Falando sério, tenha cuidado lá fora."

"Não se preocupe, sou invencível." Connie lhe dirigiu um último sorriso e saiu. Ellen fechou a porta, trancou-a e colocou a trava de segurança.

Vai, vai vai.

Não sabia como ou por que, apenas sabia o que sentia por dentro. Se Rob Moore estava matando pessoas que sabiam sobre Timothy, então ela e Will tinham que sair dali imediatamente, naquela noite mesmo. Ellen subiu correndo a escada, lançou-se no quarto de Will e andou apressada até a cama.

"Will, acorde, querido." Will dormia deitado de costas, com os braços abertos pendendo para o lado e começando a se mover. Oreo Fígaro não se mexeu. Continuou formando uma bola preta e branca aos pés da cama. Ela ergueu Will, que vestia seu pijama térmico do Elmo, e o amparou em seu ombro. Ele emitiu alguns sons, como se estivesse choramingando.

"Mamãe?"

"Oi, querido." Ellen acariciou suas costas. "Você pode continuar dormindo, quero vestir você com alguma coisa mais quente."

Will pôs os braços em torno do pescoço de Ellen e ela andou rapidamente até o armário, inclinou-se de lado para escancarar a última gaveta e agarrou um dos trajes de neve de Will. Voltou para a cama, desdobrou o traje de neve com um movimento rápido e o enfiou pelos pés e pernas de Will.

"O que é, mamãe?"

"Está tudo bem, meu amor. Vamos sair um pouquinho."

Ellen puxou o traje de neve, soltou os braços de Will de seu pescoço e calçou os tênis no menino.

"Segure-se no meu pescoço. Vamos dar um passeio."

"Está bem", disse Will, sonolento, segurando-se com força enquanto ela o erguia novamente. Ellen saiu do quarto e desceu a escada apressada, enquanto mantinha uma das mãos firme nas costas dele. Chegou lá embaixo e olhou para o relógio junto à TV: 22h15. Precisava ir logo. Agarrou sua bolsa que estava no banco sob a janela e então lembrou-se de que precisava de dinheiro. Costumava guardar duzentas pratas na gaveta da cozinha para emergências, e esta com certeza era uma emergência.

Ela correu para a sala e percebeu que a camioneta dos Coffman não estava na entrada para carros, e as janelas da casa deles estavam às escuras. Era uma sorte que eles não estivessem em casa, pois se a vissem saindo tão tarde em meio a uma tempestade de neve poderiam ter uma ou duas perguntas a lhe fazer. Ela apressou-se pela sala de jantar com Will e virou em direção à cozinha escura.

Estava a ponto de pressionar o interruptor, mas, de repente, viu um borrão nas sombras e a parte de trás de sua cabeça explodiu de dor.

Seus braços afrouxaram-se e Will escorregou por entre seus dedos. Tudo ficou escuro e a última coisa que ela ouviu foi o grito de Will.

"Mamãe!"

Capítulo 73

Ellen recobrou a consciência e percebeu que estava caída de lado no chão da cozinha. Sua cabeça latejava e ela tentou gritar, mas uma fita adesiva cobria seus lábios. Tentou mover as mãos e percebeu que elas estavam torcidas em suas costas, presas uma na outra. A dor arqueava as articulações dos ombros. Seus tornozelos também estavam presos. Ela estava voltada para a sala de jantar, de costas para a cozinha.

Will.

Ellen sentiu uma onda de terror percorrer cada um de seus ossos. O BlackBerry ressoou na sala de estar, e era como se esse som viesse de outro tempo e lugar. Ouviu um ruído atrás de si, o áspero barulho de algo sendo rasgado. Ela rolou no chão e virou-se para o outro lado. O que viu a deixou horrorizada.

Will estava deitado de frente para ela, com um pedaço de fita adesiva colado sobre a boca. Ele chorava intensamente e seu corpinho miúdo tremia com os soluços. Um homem estava inclinado sobre ele, enrolando fita adesiva ao redor de seus tornozelos recobertos pelo traje de neve azul.

"Bom dia", disse o homem, olhando para ela com um ligeiro sorriso.

Era o Homem da Praia, Rob Moore. Ele tinha um bigode castanho caído e parecia mais velho e áspero do que na foto com Amy, mas era o mesmo homem. Cabelos castanhos desgrenhados encaracolavam-se sobre o colarinho de um velho casaco preto que ele usava com jeans e Timberlands sujos de neve.

Uma jarra de plástico vermelho com um longo bico estava no chão ao lado dele. Tinha que ser gasolina, pois a cozinha exalava esse odor. Ellen gritou em sua própria garganta, um uivo materno de ultraje e pavor.

"Eu simpatizo com sua emoção", disse Moore, rindo de novo enquanto cortava a fita adesiva com um dente incisivo torto.

Lágrimas jorravam dos olhos de Will, que se arregalaram de medo. Ellen rastejou para perto dele, fazendo ruídos.

Moore se enrijeceu. Um sorriso distorcia seus lábios. De repente, ele ergueu um de seus pés, que calçavam pesadas botas, e o baixou com força sobre a cabeça de Will.

"Mexa-se e eu o esmagarei como um inseto."

Ellen ficou paralisada de medo. Will verteu mais lágrimas e suas bochechas adquiriram uma intensa coloração vermelha. Moore inclinou-se para a frente e pisou com mais força em sua cabeça.

Will fechou os olhos, apertando-os. Sua testa enrugava-se de dor. A sujeira e a neve das botas caíam sobre seu rostinho. Moore estava esmagando seu crânio.

Ellen gritou e gritou, sacudindo a cabeça freneticamente.

"Moça, afaste-se e cale essa boca dos infernos."

Ellen rastejou para trás, contorcendo-se até finalmente bater com a parte posterior da cabeça no fogão. Ela olhou para Moore, implorando-lhe que parasse.

"Esse é um olhar de amor que você está me dando?" Moore manteve a bota sobre a cabeça de Will, mas aliviou um pouco a pressão. A vermelhidão que recobria as bochechas de Will foi se desvanecendo. Ele estava se engasgando sob a fita adesiva.

Ellen rezou a Deus para que ele conseguisse respirar. Para que seu crânio não estivesse ferido. Para que seu coração suportasse a pressão.

"Eu pensei que você já tivesse se divertido bastante com seu namorado", disse Moore.

Ellen esforçou-se para pensar em meio ao pânico. Provavelmente, Moore a estava seguindo. Será que ele estivera no funeral? O que ele faria com a gasolina? Ela se recusou a aceitar a resposta mais óbvia. Sua garganta emitiu sons primais.

"Oh, cale a boca." Moore tirou a bota da cabeça de Will e o deixou chorando histericamente. Lágrimas misturavam-se com a lama em seu rosto.

Ellen silenciou e estabeleceu contato visual com Will, tentando dizer-lhe que tudo ficaria bem. Ela precisava pensar no que fazer. Seus pensamentos dispararam. Ninguém viria para ajudá-la. Os Coffman não estavam em casa. Os vizinhos do outro lado nunca estavam em casa. Todos os outros estavam enfiados em suas camas por causa da tempestade de neve.

Moore pegou a jarra de plástico e abriu a tampa, liberando um inconfundível odor. Ele virou a jarra em cima de Will e a gasolina jorrou do bico, espalhando-se pelas pernas do menino recobertas pelo traje de neve. O tecido azul tornou-se preto por causa do solvente.

Um horror gélido e absoluto paralisou os pensamentos de Ellen. Moore iria queimá-los. Estava a ponto de matar os dois. Ela começou a gritar por trás da fita adesiva.

Ding-dong!

De repente, a campainha ressoou na sala de estar.

Ellen gritou ainda mais alto por trás da fita adesiva, embora soubesse que era inútil.

"Cale a boca!" Moore largou a jarra de gasolina e pisou com força na cabeça de Will.

Ellen sacudiu a cabeça para a frente e para trás como louca. Rezou freneticamente para que Moore parasse de machucar Will. Não sabia quem estava na porta. Era muito tarde para visitas, a menos que fosse Martha Coffman. Talvez eles já tivessem voltado e estivessem precisando de alguma coisa. Talvez um dos filhos dela estivesse doente.

Ding-dong!

Moore fez uma careta de raiva. O rosto de Will tornou-se azul e vermelho ante os olhos de Ellen. Um grito silencioso contorcia suas feições. Lágrimas jorravam de seus olhos. O muco escorria de seu nariz sobre a fita adesiva.

Ding-dong!

"Desista!" Moore voltou-se, tirando enfim a bota de cima da cabeça de Will.

Ellen esforçou-se para pensar. Se fosse Martha Coffman, talvez ela tivesse visto alguma coisa da cozinha. Ela iria ligar para o 911 se Ellen não abrisse a porta.

Ding-dong!

"Merda!" Moore enraiveceu-se. Seus olhos pareciam selvagens e descontrolados. Ele enfiou a mão no bolso do casaco e, quando a tirou, segurava um grande revólver com um cano de aço.

Ellen ficou congelada.

Capítulo 74

"Está vendo o seu filho?" Moore inclinou-se e encostou o cano do revólver na têmpora de Will. "Vou estourar a cabeça dele."

Ellen estava aterrorizada demais para chorar. A emoção estrangulava os sons em sua garganta.

"Vou soltar você apenas porque estão insistindo. Você abre a porta e diz a quem quer que esteja lá para ir embora. Faça uma coisa errada, apenas uma, e eu arranco a cabeça desse garoto dos ombros."

Ellen assentiu freneticamente. Essa poderia ser sua única chance. Tinha que fazer com que alguma coisa acontecesse. Poderia correr esse risco? Poderia não correr?

"Eu mato ele. Você entendeu?"

Ellen sacudiu a cabeça, sim-sim-sim.

Ding-dong!

"Certo, então." Moore ergueu o revólver, esticou-se sobre Ellen e aproximou-se de suas costas. Ele a pegou pelos pulsos e a ergueu no ar, sibilando em sua orelha: "Lembre-se disso, sua vaca. Uma palavra e o garoto leva bala."

Ellen sacudiu a cabeça, desesperada para tranquilizá-lo. No instante seguinte suas mãos foram liberadas e ela sentiu-se como uma boneca quebrada no chão duro.

Moore soltou seus tornozelos, virou-a e arrancou a fita adesiva de sua boca. Isso doeu até que ele encostou a arma entre os olhos dela.

"Não o machuque, não o machuque", Ellen ouviu-se sussurrando sem parar, como se fosse uma oração.

"Nada de truques." O rosto de Moore estava a quinze centímetros do dela, um close-up de olhos injetados, bigode engordurado e bafo de cerveja. Ellen ergueu-se desajeitadamente e lutou para ficar em pé. Seus joelhos tremiam como gelatina. Seus pensamentos dispararam, examinando as possibilidades.

"E se for minha vizinha? E se ela não quiser ir embora?"

"Faça ela ir." Moore a empurrou para fora da cozinha, e ela meio que andou, meio que tropeçou através da sala de jantar, dando uma rápida espiada pela janela. As luzes ainda estavam apagadas na casa dos Coffman. Connie teria entrado sozinha. Então, quem estava tocando a campainha?

Marcelo!

Ele era a única possibilidade. Ele a ajudaria. Juntos, eles salvariam Will. Ela correu pela sala de jantar. Seu coração disparou e Ellen atravessou rapidamente a sala de estar em direção à porta.

Ding-dong!

Ellen não podia ver o rosto de quem estava na porta, apenas a sombra de uma silhueta sob a amarelada luz da varanda. Ela abriu a porta e ficou petrificada em meio a uma lufada de vento gélido.

Em sua porta estava a última pessoa do mundo que Ellen esperava ver.

Capítulo 75

Era Carol Braverman, parada com seu longo casaco preto e uma bolsa acolchoada pendurada no ombro. Seus cabelos estavam puxados para trás num coque, seus olhos brilhavam de emoção e sua boca formava uma linha acetinada.

"Ellen Gleeson?", perguntou ela.

Ellen assentiu, atordoada, enquanto Carol entrava na casa e começa a olhar ao redor da sala de estar.

"Sou Carol Braverman, mas você já sabe disso." Carol girou nos calcanhares e seu casaco fez um ruído chique. Ela olhou para Ellen com determinação em seus olhos azuis. "Você adotou o meu filho."

"Desculpe, o quê?!" Ellen lutava para reagir. Milhões de pensamentos inundavam sua cabeça, e ela não podia processar nenhum deles com a necessária rapidez.

"Vim assim que tudo foi conferido. Ele é meu filho, Timothy. Ele foi raptado em Miami logo após o aniversário."

"Não sei do que você está falando", disse Ellen, começando a pensar com mais clareza. Will estava na cozinha sob a mira de um revólver. Moore podia ouvir cada palavra pela outra entrada da cozinha, junto à escada. Precisava fazer com que Carol fosse embora. Uma mãe aflita já era suficiente. Carol era uma variável que ela não podia prever naquele momento.

"Desculpe, mas eu acho que você sabe do que eu estou falando." Os olhos de Carol suavizaram-se ligeiramente. "Posso imaginar o que você deve estar passando, e sinto muito por você. Realmente sinto. Mas nós duas sabemos a verdade. Você está com o meu bebê, e eu o quero de volta."

"Não, não estou com o seu bebê." Ellen deu um passo na direção dela, deixando a porta da frente aberta e enchendo a sala de ar frio. "Por favor, saia da minha casa."

"Você está com o meu filho, não finja que não sabe de nada. Você esteve em Miami dois dias atrás."

"Não, você está enganada." A boca de Ellen ficou seca. Como Carol sabia? Isso não importava agora. Um plano começara a formar-se em sua mente. Ela não estava mais amarrada. Assim que conseguisse se livrar de Carol, estaria livre para se mover. "Não sei do que você está falando", disse ela. "Saia da minha casa agora mesmo."

"Deixe-me explicar." Carol ergueu a mão. "Uma repórter que trabalha com você ligou para minha casa e me contou tudo. Sarah Liu é seu nome. Ela me contou tudo sobre você e o garoto que você chama de Will."

Ellen sentiu-se como se tivesse levado um choque elétrico. Sarah telefonara para os Braverman? Como? Por quê?

"Sarah pegou você no computador, imprimindo uma foto do meu filho. Ela ligou para sua casa e descobriu que você não estava na cidade. Ela imaginou que você tinha ido a Miami." Carol fez uma pausa e coçou a cabeça. "Por que você foi lá? Queria nos investigar?"

A mente de Ellen girava, e ela lutou para recobrar-se. Tinha que salvar Will. Moore estava na cozinha com uma arma apontada para a cabeça de seu filho.

"Sarah pediu a recompensa, é claro." Carol deu um sorriso ligeiramente triunfante. Seus brincos de diamantes faiscaram. "Um milhão de dólares, dinheiro suficiente para mudar uma vida. É por isso que oferecemos uma recompensa tão alta. Sabíamos que cedo ou tarde isso faria com que alguém saísse das sombras, e fez."

"Isso é insano. Caia fora."

"Pesquisei você no Google e encontrei os artigos que você escreveu sobre ele. Eu sei que você não sabia que ele tinha sido sequestrado, mas isso não é problema meu. Ele é meu e eu quero meu filho." Carol assumiu um tom de voz indignado. "Meu marido está a caminho. Seu voo atrasou por causa da neve, e eu não quis esperar."

Ellen quase entrou em parafuso emocional. Costumava pensar que esse era seu pior pesadelo, mas agora via as coisas de outra forma. Seu pior pesadelo estava em sua própria cozinha. Precisava tirar Carol de lá. De repente, um ruído veio da escada e ambas se viraram nessa direção. Oreo Fígaro apareceu aos pés da escada, parando e bocejando ao sentar-se com o rabo preto ao seu redor.

"Onde está Timothy?", perguntou Carol. "Eu exijo vê-lo."

"Ele não é Timothy, é meu filho, e está dormindo fora."

"Um garoto de três anos dormindo fora?" Carol andou em direção à escada, mas Ellen colocou-se na frente dela e bloqueou o caminho.

"Pare onde está. Você não tem o direito de andar pela minha casa." Ela elevou a voz para ganhar alguma autoridade. Se Carol desse mais um passo em direção à escada, poderia ver a cozinha pela outra entrada. Ela sentiria o cheiro de gasolina e todos acabariam mortos. Ellen depôs a mão com firmeza sobre a manga do casaco de Carol. "Caia fora, agora!"

"Pensei que poderíamos fazer isso sem chamar a polícia, mas talvez não. Você está com o meu filho, e eu não vou sair daqui sem ele." Carol tentou soltar o braço, mas Ellen o segurava com toda sua força. Ela estava tentando salvar a vida de Carol, mas a mulher colocava em perigo o filho que ambas amavam.

"Eu não sei quem você é. Não sei do que você está falando."

"Você sabe que ele é meu, e eu estou apelando a você de mãe para mãe." Subitamente, os olhos de Carol encheram-se d'água. "Eu mantive a esperança. Todo esse tempo eu sabia que ele iria aparecer. Sabia que ele estava vivo. Eu podia senti-lo."

"Caia fora daqui, droga!" Ellen lutou contra um pânico crescente. Imaginava Moore ouvindo-as. O tempo estava se esgotando. Podia suportar perder Will para Carol, mas não podia suportar que ele morresse, não enquanto ela ainda estivesse respirando.

"Nós contratamos um detetive e ele confirmou tudo o que Sarah disse, inclusive suas passagens aéreas de ida e volta."

"Vá embora!" Ellen a empurrou para a porta, mas Carol empurrou-a de volta com uma expressão determinada.

"Eu não vou sair!" Ela agarrou-se ao batente da porta, enraizada como uma árvore. "Esperei dois anos para vê-lo e isso é tempo demais. Vou ficar na sua porta a noite inteira, se precisar. Eu quero o meu filho!"

"Ele não está aqui!" Ellen gritou alto o suficiente para que Moore pudesse ouvir. "Vá! Agora!"

"Então chame a polícia." Carol cruzou os braços. "Mas você não vai fazer isso, vai? Porque você sabe que está com o meu filho."

"Caia fora!" Ellen gritou ainda mais alto, lutando contra o impetuoso impulso de correr para a cozinha, agarrar Will e sair voando como louca. Os olhos de Carol estreitaram-se com uma nova suspeita.

"Seus olhos se moveram. Você acabou de olhar para algum lugar lá no fundo, atrás de você. Ele está lá, não está?"

"Não, eu não olhei. Agora..."

"Eu sei que ele está lá!" De repente, Carol acertou Ellen no rosto e ela oscilou para trás, desequilibrada, recuperando-se tarde demais.

"Não, pare!"

"Timothy!" Carol soltou-se e voou para a sala de jantar.

"Não! Pare! Espere!" Ellen a perseguiu, deu um salto desesperado e pegou Carol pela barra de seu longo casaco. As duas mulheres caíram no chão da sala de jantar, deslizando pelo piso e chocando-se contra as cadeiras como pinos de boliche.

"Eu quero meu filho!", gritou Carol, enquanto as duas mães lutavam no chão da sala de jantar, derrubando as cadeiras.

"Não!" Ellen lutou com toda sua força para manter Carol no chão, e estava quase conseguindo quando as duas ouviram o som de uma áspera risada.

"O que foi isso?", perguntou Carol de costas no chão.

Ellen sentiu o coração paralisar-se de medo quando virou-se para trás. Rob Moore estava em pé acima delas, com as pernas abertas como um soldado. Ele apontou a arma para as duas.

"Briga de garotas", disse ele.

"*Você!*", disse Carol com a voz abafada, e Moore sorriu ligeiramente.

"Carol?! Faz tempo que não nos vemos."

Capítulo 76

"Vamos começar a festa." Moore apontou para a cozinha com o cabo do revólver. "Para a cozinha, senhoras."

"Eu poderia matar você!", gritou Carol, esforçando-se para se erguer com a ajuda do cotovelo. "Você sequestrou o meu bebê!"

"Pobrezinha da princesa", disse Moore, fungando.

"Eu lhe dei o dinheiro, e você deveria me devolver o bebê. Esse era o acordo. Você nunca deveria ter ficado com o bebê. Nunca!"

"O acordo mudou."

Ellen olhou de Moore para Carol, estupefata. Eles tinham um acordo? Incrédula, ela endireitou-se e ficou sentada. Ao mesmo tempo, espremia o cérebro tentando achar um jeito de salvar Will. Tinha que fazer com que ele escapasse vivo disso tudo.

"Por que você fez isso, por quê?", gritou Carol. "Tudo o que você tinha que fazer era me dar ele de volta. Você recebeu o seu dinheiro."

"Minha namorada queria ficar com ele. Estava sempre dizendo que não podia ter filhos, e quando eu lhe disse que não, ela se mandou com ele."

Ellen precisava de uma pausa que lhe desse tempo para pensar. "O nome dela era Amy? Amy Martin era a sua namorada?"

"Sim, aquela vaca idiota."

"Você matou Amy?"

"Não me diga", respondeu Moore.

"E a advogada também? Karen Batz?"

"Claro."

"Mas por quê? Ela sabia?"

"Eu não ia deixar nenhuma ponta solta. Se ela descobrisse, ia botar a boca no trombone. Carol contrataria os melhores advogados que o dinheiro pode comprar e eu iria em cana."

"Seu desgraçado!" O olhar de Carol perfurou Moore. "Aquele era o meu bebê! Eu pensava nele o tempo todo! Você arruinou minha vida!"

"Você arruinou sua vida, sua pirralha. Você torrou o seu dinheiro."

"Não se trata de mim. Trata-se de você. Você me disse que me daria o meu bebê de volta. Você mentiu! Você ficou com ele!"

Ellen continuava pensando em como salvar Will. Cedo ou tarde, encontraria uma brecha.

"Você sabe o que fez?" Carol levantou-se e Oreo Fígaro entrou na sala de jantar. "Você quase matou meu marido. Você arruinou meu casamento."

"Então você deveria ter lhe contado a verdade. Deveria ter dito: 'Querido, sua mulherzinha não é a garota comportada que você acha que é. Usei nosso filho para pagar meu pequeno hobby'."

"Ela usou o filho?", disse Ellen, tentando ganhar tempo. "Ela fez isso?"

"Sim, foi tudo ideia dela", disse Moore, com desprezo. "Você não pensou nisso, pensou? Por essa você não esperava. A miss boazinha aqui apostou todo o seu dinheiro, e por isso precisava pôr a mão na grana do filho."

"Cale a boca!", gritou Carol, mas Moore a ignorou.

"Ela me conhecia do cassino Miccosukee. Eu estacionava carros para vadias ricas, e ela me contratou para sequestrar seu filho. Pegou o dinheiro do resgate do fundo fiduciário do filho. Ela me disse que a babá estaria lá, e então..."

"Pare, pare!" Carol gritou mais alto e assustou Oreo Fígaro, que correu para se esconder embaixo da mesa de jantar. "Você não deveria matá-la. Você não deveria ficar com o bebê!"

"Chega!" Moore fez um gesto com a arma e seu olhar se dirigiu para a cozinha. "Você quer ver seu filho? Ele está lá."

"Está?!" O rosto de Carol inundou-se de felicidade. Ela correu para a cozinha, e o súbito movimento fez com que Oreo Fígaro escapasse para junto de Ellen. Nesse momento, um brilho mortiço e letal surgiu nos olhos de Moore. Ellen não tinha tempo para pensar, apenas para agir.

E tudo aconteceu de uma só vez.

Capítulo 77

Carol chegou à porta da cozinha e viu Will caído no chão.

"Meu bebê!", gritou ela.

Moore ergueu a arma e apontou-a para a parte de trás da cabeça de Carol. Ellen pegou Oreo Fígaro do chão e o arremessou contra o rosto de Moore.

"Reowwh!" O gato gorducho guinchou em protesto, contorcendo o corpo, e a surpresa fez com que Moore perdesse o equilíbrio. Ele ergueu as mãos e caiu para trás. A arma disparou em direção ao teto. Oreo Fígaro caiu no chão, endireitou-se e escapou dali.

Ellen lançou-se como um míssil cujo alvo era a arma de Moore. Ela jogou-se contra ele, fazendo-o cambalear para a cozinha. Ellen agarrou a arma com toda a sua força e lutou para arrancá-la dele.

"Me larga!", berrou Moore. Ele continuou puxando a arma, o que fez com que Ellen girasse até chocar-se contra a soleira da porta. Sua cabeça bateu na madeira, mas ela pendurou-se no pulso dele, lutando pela arma enquanto Moore tentava apontar o cano do revólver para Carol, que havia pegado Will e o estava levando para a outra porta.

"Corra!", gritou Ellen.

"Cale a boca!" Moore arremessou-a contra o fogão, libertou seu pulso e apontou a arma para Carol.

Carol olhou por sobre o ombro, e com um único movimento colocou Will no chão, atrás dela, bloqueando-o com seu corpo. Ela ergueu os braços num gesto de proteção. Olhando para Moore, Carol gritou: "Não ouse ferir o meu filho!"

Moore puxou o gatilho, atirando à queima-roupa, e Ellen gritou, horrorizada.

O peito de Carol explodiu em farrapos de lã. Seu queixo caiu e a cabeça foi jogada para trás. Ela desabou no chão da cozinha, dobrando os joelhos e com as pernas entortadas de um modo grotesco.

"Não!" Ellen atirou-se contra Moore, mas dessa vez suas mãos seguravam uma chapa de ferro fundido que estava sobre a salamandra. Ela a girou no ar e, com toda a força que possuía, desferiu um golpe que acertou em cheio o rosto de Moore. A extremidade afilada perfurou sua testa, formando um buraco escancarado. Imediatamente, um horrível jato de sangue vermelho brilhante jorrou da perfuração. Moore arregalou os olhos. Ele tombou contra a parede e escorregou para o chão, inerte.

Ellen ouviu sua própria voz gritando alguma coisa, mas nem ela sabia o que era. A arma caiu no chão e Ellen a pegou, apontando-a para Moore enquanto ele permanecia sentado no chão. Ela o manteve sob sua mira, sem saber se deveria atirar nele ou salvá-lo. Um sorriso torto assomou em seu rosto antes que seus olhos se revirassem e seu olhar se tornasse fixo. Ellen correu até Carol e a pegou com cuidado. Pôs a mão sob seu queixo para sentir o pulso, mas não havia pulso. O sangue que jorrava do buraco em seu peito, logo acima do coração, havia ensopado o seu casaco.

Ellen encostou o corpo de Carol no chão e inclinou-se, tentando ouvir sua respiração. Não havia nenhum som. Ela abriu os lábios de Carol e começou a aplicar-lhe respiração boca a boca, mas era tarde demais para isso. Ela tentou mesmo assim, só que de nada adiantou. A cabeça de Carol pendeu para trás, já que o pescoço não podia mais sustentá-la e sua boca estava aberta. Abalada, Ellen ouviu os sons de seus próprios soluços. Depôs Carol no chão com todo o cuidado e recitou uma oração silenciosa.

Will.

Meio que engatinhando, meio que cambaleando, Ellen chegou onde Will estava, imobilizado e soluçando. Seus olhos aterrorizados encontraram os dela, e se pareciam tanto com os de Carol que essa percepção fez Ellen despertar. Ela o pegou e saiu correndo da cozinha com ele, poupando-o daquela horrenda cena e dizendo-lhe que tudo ficaria bem. Ellen entrou apressada na sala de estar, colocou Will em seu colo e começou a reconfortá-lo enquanto removia a fita adesiva de sua boca. Seus gestos eram cuidadosos, mas Will chorou ainda mais, com o muco borbulhando em seu nariz.

"Aguente firme, querido, só vai doer um pouquinho." Ela arrancou a fita adesiva e a deixou cair. Will chorou a plenos pulmões, como um bebê recém-nascido.

"Mamãe, mamãe! Está doendo!"

"Já passou, já passou." Ellen continuou falando com ele enquanto pegava um Kleenex sobre a mesa de centro e limpava seu nariz. A fita adesiva havia arrancado um pouco de pele ao redor de sua boca, deixando a área irritada e grudenta, formando uma feia mancha em volta de seus lábios.

"Está doendo!"

"Pronto, já vai passar." Ellen secou seus olhos com um novo lenço de papel e tentou confortá-lo enquanto removia a fita adesiva de suas mãos e pés, e o cheiro de gasolina invadia suas narinas. Ela o estava despindo de seu traje de neve quando percebeu o sangue pingando atrás de sua orelha direita.

Deus, não.

"Está tudo bem, querido", disse ela, mas as lágrimas do menino continuavam escorrendo. Ela pegou outro Kleenex da caixa, apertou-o contra o ferimento e reviu, num rápido vislumbre, a bota de Moore esmagando o rosto de Will no mesmo local. Ellen ficou transtornada, mas escondeu suas emoções. Não sabia se Will estava com hemorragia interna, por dentro da orelha ou por trás do olho. Ele precisava de uma ambulância. Ela pressionou o lenço de papel contra seu ferimento, correu com ele até o telefone da sala e discou 911, enquanto Will chorava em seus braços.

"Qual é a emergência?", perguntou o atendente, e Ellen se concentrou, compondo a introdução de uma matéria jornalística naquele mesmo instante.

"Um intruso armado invadiu minha casa hoje à noite. Ele tentou matar a mim e ao meu filho, e eu o matei em legítima defesa." Ellen sentiu sua garganta se apertar. Não podia acreditar em suas próprias palavras. Ela nunca havia ferido alguém antes, muito menos matado. "Ele atirou e matou uma mulher chamada Carol Braverman. Ele também feriu meu filho, que tem três anos, e que está com um sangramento atrás da orelha. Eu preciso de uma ambulância agora, e também da polícia."

"Você disse que duas pessoas foram mortas?"

"Sim. Escute, preciso de uma ambulância para o meu filho. O homem... pisou na cabeça dele e está sangrando. Ele está chorando e eu estou preocupada."

"Mamãe!" Will chorou ainda mais, e Ellen esforçou-se para ouvir o atendente.

"Mantenha-o acordado, a ambulância já está a caminho. Você pode continuar na linha até eles chegarem."

"Mamãe! Mamãe!", chorou Will, com mais força.

"Não, está bem. É melhor que eu cuide dele. Apenas venha rápido, por favor, rápido!" Ela desligou, abraçou Will com força e se pôs a balançá-lo suavemente, como nos velhos tempos, até que seu choro finalmente se acalmou. Ela pegou mais alguns Kleenex e secou suas lágrimas. Depois pegou outro para o ferimento atrás da orelha.

"Onde dói, querido? Conte para mim."

"Na cabeça."

Por favor, Deus, não. "É por isso que nós vamos ver o doutor, para que ele possa curar você."

"Dr. Chodoff?"

"Não, um doutor especial."

"Eu quero o dr. Chodoff!", soluçou Will.

"Vamos pegar o seu casaco", disse Ellen, narrando suas ações para acalmar a ambos. Ela foi até o armário, pegou o casaco de veludo com capuz que estava pendurado em um cabide e sentou-se com Will no sofá. Depois, enfiou os braços do menino pelas mangas fofas do casaco para deixá-lo pronto. Os tênis dele cheiravam a gasolina e ela os removeu.

"Sapatos fedidos, heim?", perguntou Ellen, como parte de sua narrativa. Will assentiu. Seu pequeno peito ainda tremia em virtude dos últimos soluços. Ela tocou com suavidade no ferimento atrás de sua orelha, e sob a luz do abajur pôde ver um grande corte no escalpo, que sangrava. Ellen rezou para que não fosse uma fratura no crânio e pegou outro lenço de papel, pressionando-o contra o ferimento.

"Mamãe, o que é isso?"

"Você tem um dodói atrás da orelha. Nós vamos dar um passeio até o doutor e ele vai olhar isso."

"Quem era aquele homem?"

"Na cozinha? Era um homem muito mau. Um homem horrível. Mas ele não vai mais machucar você."

"Ele machucou você, mamãe?"

"Não, eu estou bem. E você também. Você vai ficar bem depois de ver o doutor." Ellen o abraçou e Will esfregou os olhos com o punho fechado.

"Minha cabeça dói."

"Fique acordado. Está bem, querido?" Ellen o balançou um pouquinho e falou com ele sobre nada em particular, enquanto o sangue vermelho e brilhante de seu ferimento ensopava um Kleenex após o outro, fazendo-os parecer as papoulas de papel que ele fazia na escola.

Ela os escondeu de sua vista até que o sangramento finalmente diminuiu, o que só a deixou mais preocupada. Oreo Fígaro apareceu e sentou-se em frente ao sofá, enfiando as pernas embaixo do corpo.

Will fungou e disse: "Você machucou Oreo Fígaro, mamãe."

"Não, não machuquei. Eu sabia que ele ia ficar bem."

"Você atirou com ele."

"Eu sei." Ellen não corrigiu a frase. De agora em diante, ele poderia cometer todos os erros gramaticais que quisesse.

"Isso não foi bom."

"Você tem razão." Ellen virou-se para Oreo Fígaro. "Me desculpe, Oreo Fígaro."

O gato expressou seu perdão olhando para cima e piscando. E continuou cuidando deles até que as viaturas policiais chegaram, com suas luzes vermelhas iluminando as rubras manchas na acolhedora sala de estar, respingos de sangue sobre as vacas e os corações cuidadosamente impressos na parede.

"O que é isso, mamãe?", perguntou Will, contorcendo-se para tentar enxergar.

"É a polícia que está aqui para nos ajudar, amiguinho." Ellen ergueu-se e olhou pela janela para ver a rua, que fora transformada num cenário de filme. Viaturas policiais estavam estacionadas logo em frente, com os escapamentos ondulando o ar enevoado e seus holofotes salpicando luzes na escuridão. Policiais uniformizados saltaram dos carros, vultos negros contra a brancura da neve correndo em direção à varanda de Ellen.

"Eles estão vindo, mamãe."

"Sim, eles estão vindo." Ellen andou até a porta enquanto os policiais corriam na varanda, com sapatos pesados como botas de soldados, e chegavam à porta da frente.

Eles estão vindo para salvar Will.

E para destruir a única vida que até então ele conhecia.

Capítulo 78

Ellen abriu a porta e os policias encheram a sala. Imediatamente, começaram a olhar ao redor, correndo para a sala de jantar e em direção à escada, com os sapatos ecoando contra o piso. Pela janela ela viu as luzes piscando enquanto os policiais revistavam a parte da frente e de trás de sua casa.

Will ficou quieto em seus braços, olhando com os olhos arregalados para um policial mais velho com óculos de aros de arame. Ele pôs a mão no cotovelo de Ellen e a levou para um canto.

"Sou o policial Patrick Halbert", disse ele. Flocos de neve manchavam os ombros de sua jaqueta de náilon. "Você é a residente que ligou para o 911?"

"Sim." Ellen apresentou-se. "Onde está a ambulância?"

"Está a caminho. A senhora está ferida?" O policial Halbert olhou para o casaco de Ellen, e ela percebeu que estava coberta de sangue.

"Não, esse sangue não é meu. É de meu filho, que está ferido. Quando a ambulância vai chegar?"

"Em cinco minutos, no máximo." O tom de voz do policial Halbert soava oficial, mas, sob a insígnia de seu boné, seus olhos pareciam preocupados. Ele olhou para Will de cima a baixo. "A senhora disse ao atendente que foi uma invasão de domicílio?", perguntou ele.

"Sim, foi."

"Há mais alguém na casa?"

"Pat!" Um dos policiais o chamou da cozinha. "Temos dois aqui!"

"Precisamos ir, ele está com um sangramento na cabeça. Você pode nos levar ao hospital?", disse Ellen.

"É melhor esperar. Assim eles podem tratar do seu garoto no caminho." O policial Halbert tocou nos pés de Will, que estavam recobertos pelas meias. "Sem sapatos, amigo?"

Will encolheu-se e o policial pegou uma Bic de dentro de sua jaqueta e tirou um bloco de anotações de seu bolso traseiro. "Senhora Gleeson, por que não me conta o que aconteceu?"

"Não podemos falar sobre isso depois que meu filho for atendido? Essa é minha prioridade e, de qualquer forma, não convém falar na frente dele."

"Esse não vai ser o seu depoimento oficial. Nós vamos conversar depois, na delegacia. Eu sei quem você é, minha esposa lê os seus artigos no jornal." O policial Halbert sorriu de um modo mais caloroso. "Vamos conversar até que a ambulância chegue."

"É uma longa história. Havia um intruso em minha casa. Ele tinha uma arma. Ele entrou e tentou matar a mim e ao meu filho. Ele jogou gasolina nele." Ellen olhou para Will. O olhar do menino permanecia fixo no policial, mas ela sabia que ele estava ouvindo. "Então uma mulher chamada Carol Braverman chegou e interrompeu o homem, e ele atirou nela quando ela tentou salvar Will. Tentei fazer respiração boca a boca, mas era tarde demais." Ellen sentiu uma pontada de culpa, mas manteve o controle. Não era hora de desmoronar. "Eles estão na cozinha."

"Os corpos são deles?"

"Sim." Ellen vislumbrou luzes vermelhas e brilhantes aproximando-se na rua. Era a ambulância que chegava, espalhando neve com seus pneus traseiros. "Eles chegaram."

"Vamos indo." O policial Halbert guardou rapidamente sua caneta e seu bloco. "Nós a acompanharemos até o hospital, senhora Gleeson."

Ellen já estava do lado de fora, abraçando Will para protegê-lo da tormenta. Ela o abraçou com força enquanto o policial Halbert e outros policiais a acompanhavam, e eles desceram os degraus da varanda em direção à neve noturna. Um paramédico pulou da cabine da ambulância e abriu as portas traseiras do veículo, derramando uma áspera luz fluorescente sobre a neve.

Ellen apressou-se pelo pavimento com Will, arando a neve molhada com suas botas. "Quanta neve, heim?"

"Um montão!", respondeu Will, com prazer.

"Já são mais de vinte centímetros", acrescentou o policial Halbert, segurando Ellen pelo braço enquanto o paramédico corria ao seu encontro.

"Esse é o garoto?" O paramédico gritou para sobrepor-se ao ruídos dos motores ligados. Ele estendeu os braços para Will e Ellen lhe entregou o menino.

"Sim, ele tem três anos e está sangrando atrás da orelha. Sua cabeça foi... pressionada na lateral."

"Você vai atrás, mamãe." O paramédico apressou-se com Will para a parte traseira da ambulância. Eles subiram e Ellen os seguiu, pisando no chão de metal corrugado.

"Aqui vamos nós, Will", disse ela, pondo a mão em seu pé com meia. Ela devia estar louca por não ter lhe calçado outro par de sapatos. "Vamos passear de ambulância. Legal, né?"

"Esperem! Esperem!", gritou alguém, e todos olharam para trás. Um sedan preto havia estacionado atrás das viaturas, e um homem corria em direção a eles em meio à tempestade neve. Ele acenava com os braços e sua jaqueta esporte abria-se e fechava-se na neve que caía. Policiais surgiram à sua frente e o bloquearam, mas sob a luz da ambulância aberta Ellen reconheceu suas feições agoniadas.

Era Bill Braverman.

"Parem! Esperem!" Ele lutou com os policiais para chegar à ambulância, mas eles o detiveram, e o embate destacava-se como uma silhueta à luz dos holofotes das viaturas. Um vento áspero soprou, e a neve revoluteava enquanto Bill lutava para se livrar dos policiais e chegar até as portas da ambulância, gritando: "Esperem, parem, deixem-me ver!"

"Senhor, saia daqui! Nós temos que ir!", gritou o paramédico, empurrando-o. Mas Bill avistou Will e sua expressão encheu-se de alegria.

"Timothy, é você! Graças a Deus, é você!" Bill segurou seus braços e Will começou a chorar, aterrorizado.

"Mamãe!", gritou ele, e Ellen deu um pulo, bloqueando o caminho.

"Bill, vamos resolver isso mais tarde. Tenho que levá-lo ao hospital. Ele tem um ferimento na cabeça."

"*Você?!*" O ultraje transfigurou a fisionomia de Bill. "*É você!* Você é a mulher que adotou o nosso filho!" Ele começou a subir na ambulância, apoiando-se na porta aberta, mas os policiais o puxaram para trás e o paramédico o impediu de entrar. Ele gritou: "Esse é o *meu filho*! É Timothy! Onde está a minha esposa? O que você fez à minha esposa?". Ele virou-se zangado para os policiais que o flanqueavam. "Eu sou Bill Braverman. Onde está minha esposa, ela está aqui? Ela está bem?"

"Ela está bem aqui." Confuso, o paramédico apontou para Ellen, que havia se virado para acalmar Will.

"Mamãe! Mamãe!" Lágrimas saltavam de seus olhos e seu lábio inferior tremia.

O policial Halbert colocou a mão no braço de Bill.

"Sua esposa é Carol Braverman?"

"Sim, onde ela está? Ela está bem?"

"Por favor, venha comigo", disse o policial Halbert. "Preciso falar com o senhor." Os outros policiais os cercaram, abrindo caminho para a ambulância enquanto a neve redemoinhava em torno deles.

"Mas aquele é o meu filho! Meu filho! Ele está ferido? Onde está minha esposa? Aquele é o nosso filho!"

"Mamãaaaaeeee!", gritou Will, confuso. Ellen afastou a franja da testa do menino. O sangue gotejava por trás de seu pescoço, e as gotas vermelhas e brilhantes manchavam seu casaco.

"Está tudo bem, querido, está tudo bem."

"Temos que ir!", gritou o paramédico, prendendo Will na maca. Ele se virou para fechar as portas e baixar os trincos. Depois, desviou-se de Ellen e inclinou-se em direção ao motorista na cabine.

"Fechado e seguro, Jimmy!"

"Está tudo bem", continuava dizendo Ellen ao segurar a mão de Will. Ela olhou pela janela e, antes de a ambulância partir, ouviu um grito angustiado em meio à tormenta. Bill Braverman havia perdido a esposa na mesma noite em que encontrara o filho.

"Certo, rapazinho, isso não vai doer nem um pouco", disse o paramédico a Will, enquanto enrolava o medidor de pressão tamanho infantil ao redor de seu braço.

"Está tudo bem, querido", disse Ellen, segurando sua mão, mas Will chorou com mais força. "Está tudo bem, tudo vai ficar bem."

A janela traseira mostrava a silhueta dos policiais em meio à brancura revoluteante, e Ellen sentiu-se inundar por uma profunda tristeza. Estava triste por Bill, por Carol e por ela mesma.

E especialmente por Will.

Capítulo 79

Ellen deixou-se cair na cadeira coberta de pano da sala de espera do pronto-socorro, ignorando as antigas edições da *People* e da *Sports Illustrated*. O lugar estava vazio, exceto por dois jovens policiais que assistiam à TV com o volume baixo. O médico a mandara esperar enquanto Will era levado para a ressonância magnética e radiografia.

Ela fechou os olhos e encostou a cabeça nas duras costas da cadeira, tentando bloquear as imagens em sua mente. Will com gasolina em seu traje de neve. Rob Moore parecendo excitado ao apontar sua arma para Carol. Carol erguendo os braços para proteger Will. Bill gritando na tempestade de neve. O sangue na sua camisa.

Ellen olhou para baixo, entorpecida. O sangue havia secado até se transformar numa mancha negro-avermelhada, endurecida e estranhamente lustrosa. Por alguma razão, incomodava-a o fato de não saber se o sangue era de Moore ou de Carol.

Ela ajeitou-se na cadeira. Dispusera-se a descobrir a verdade e descobrira. Teria que abrir mão de Will quando chegasse a hora. Ela entendia isso no plano racional, mas não podia começar a sentir isso no plano emocional. Era algo que viria depois, quando ela finalmente entregasse Will. Então poderia deixar os sentimentos correrem soltos, após ter certeza de que ele estava vivo e bem. Saudável outra vez.

Ellen ouviu um ruído e ergueu a cabeça.

As portas do pronto-socorro se abriram, e pelos vidros ela podia ver Bill Braverman, com a jaqueta esporte manchada de sangue, entrando com o policial Halbert e outro policial. Ela sentiu um aperto na boca do estômago quando eles a viram e caminharam para a sala de espera.

"Senhora Gleeson?" O sorriso do policial Halbert estava mais cansado do que antes. "Como está o seu filho?"

"Ainda não sei."

"Os médicos aqui são ótimos, a senhora vai ver." O policial Halbert puxou uma cadeira em frente a ela, e o outro policial sentou-se ao lado. Bill Braverman sentou-se com eles e lançou a Ellen um olhar irritado. Seus olhos luziam de hostilidade, e sua boca tornara-se uma linha rígida. Ele provavelmente havia manchado a jaqueta de sangue ao segurar Carol, e Ellen não conseguia evitar seu olhar.

"Sinto muito por sua esposa", disse-lhe Ellen.

"Obrigado", respondeu Bill, roucamente. Seus olhos escuros, inchados e vermelhos, não se suavizaram. "Gostaria de uma explicação sua."

O policial Halbert ergueu a mão. "Senhor Braverman, pegaremos o depoimento dela mais tarde, conforme lhe disse."

"Eu gostaria de saber agora", retrucou Bill. "Ela está sentada aqui, meu filho está no hospital e minha esposa está morta. Quero saber como isso aconteceu."

"Não é assim que procedemos, senhor Braverman."

"Estou me lixando para os seus procedimentos."

O policial Halbert estava a ponto de replicar quando Ellen ergueu a mão.

"Está bem", disse ela. "Ele tem o direito de saber e não há razão para se ater às formalidades."

Halbert contraiu os lábios. "Ainda vamos precisar de seu depoimento depois."

"Certo." Ellen respirou fundo e moveu-se na cadeira para encarar Bill. "Tudo começou com um cartão branco que eu recebi pelo correio sobre um garoto raptado." Ela lhes contou como soubera de Amy Martin e Rob Moore enquanto o policial Halbert tomava nota, e prosseguiu até chegar ao momento atual, explicando-lhes como correra para casa naquela noite. "Estava preocupada com a possibilidade de que Moore viesse atrás de mim e de Will, e estávamos tentando sair de casa quando ele apareceu."

O policial Halbert a interrompeu. "Estávamos imaginando como Rob Moore entrou em sua casa. Não há sinais de arrombamento."

"Acho que a porta dos fundos estava aberta. O gato entra e sai a toda hora, e às vezes nós deixamos a porta aberta. Afinal, eu moro em Narberth."

"Eu sei." O policial Halbert sorriu. "Nunca tivemos um assassinato naquela área."

"Agora você tem dois", interferiu Bill, mas o policial Halbert prosseguiu.

"Deixe-me esclarecer alguns pontos. Moore tentou assaltar você?"

"Não, ele foi até lá para matar a mim e a Will. Ele nos prendeu com fita adesiva e estava despejando gasolina no meu filho."

"Nós vimos a jarra de plástico." Halbert conferiu suas anotações. "Agora, você pode nos dizer o que aconteceu antes, quando Carol Braverman chegou?"

"Sim, diga", insistiu Bill.

Ellen assentiu, e subitamente ficou trêmula. Não queria que ele descobrisse dessa forma, mas não havia nada que ela pudesse fazer.

"Bem, o fato é que os dois planejaram juntos o sequestro do bebê. Carol pagou Moore para fazer isso."

Bill ficou vermelho. "*O quê?*"

"É verdade."
"Não é droga nenhuma!"
"Eu juro que..."
"Como é que você sabe?"
"Foi Carol que disse. Ela disse que Moore deveria devolver o bebê, mas ele não devolveu. Ela tinha dívidas de jogo e precisava usar o fundo fiduciário do filho para pagá-las."
"Isso não é possível!", retrucou Bill. O policial Halbert olhou para ele, mas não disse nada.
"Também fiquei surpresa, mas foi isso que ela fez", disse Ellen. "Moore contou que foi tudo ideia dela."
"Como ela poderia conhecer Moore? É impossível que ela conhecesse esse lixo."
Ellen pensou por um minuto, relembrando a terrível cena com o estômago tenso.
"Ela disse que eles se conheceram num cassino. Miccosukee, acho que foi isso que disseram. Esse nome significa alguma coisa para você?"
Bill piscou.
"O que é Miccosukee?", perguntou Halbert.
"É um cassino. Fica numa reserva indígena nos arredores de Miami", respondeu Bill. Ellen respirou aliviada.
"Moore disse que era manobrista lá."
"Ele disse que ela tinha dívidas de jogo?", inquiriu Bill.
"Sim." Ellen podia ver que ele não acreditava nela. Algo que ela dissera, porém, o havia feito pensar. Ela só não sabia o quê. Continuou a lhes contar cada detalhe da história, da chegada de Carol na casa ao momento em que Moore apontou a arma para elas na sala de jantar. "Ele disse que Carol havia gastado todo o seu fundo fiduciário para pagar as dívidas de jogo e queria usar o dinheiro de Will, isto é, de Timothy."

Bill estreitou os olhos. "Quem disse isso?"

"Moore disse, e ela não negou. De que outra forma eu poderia saber isso?"

Bill ficou sem resposta e o policial Halbert permaneceu em silêncio, olhando para os dois.

Ellen prosseguiu: "Ela disse que você não sabia do plano. Disse que você ficou tão perturbado quando ele não devolveu o bebê que isso quase o matou, além de ter arruinado seu casamento."

Bill fez pouco caso dessa afirmação. "Nosso casamento é maravilhoso."

Ellen hesitou. "Vi você pegando um avião alguns dias atrás, de Miami para Vegas."

Os cílios de Bill se moveram quando ele entendeu o que ela estava insinuando, e ele passou a mão nos cabelos. "Bem, nós tivemos alguns problemas. Fizemos de tudo para que ela engravidasse, e depois que ele nasceu Carol não queria mais nada comigo. Ela teve depressão pós-parto, acho que era isso. Ela sempre jogava pôquer no computador, mas depois ficou pior. Eu a confrontei e ela me disse que frequentava cassinos. Ela me disse que ia parar. Pensei que tivesse parado." Os olhos de Bill brilharam e sua cabeça pendeu. "Eu lhe disse que, se continuasse jogando, iria deixá-la e levaria Timothy comigo."

"Talvez seja por isso que ela escondeu essas coisas de você."

"Tenho certeza de que sim", disse Bill, subitamente vencido. Ellen percebeu a mudança nele. Era como se estivessem montando um quebra-cabeça juntos, cada um fornecendo parte das peças.

"Estou curiosa, como ela iria pagar as dívidas com o dinheiro do resgate? Como isso funcionaria?"

Halbert e o outro policial pareciam aguardar a resposta. Bill esfregou o rosto com as mãos.

"Deixe-me pensar. Quando o sequestrador telefonou — esse tal de Moore — disse que não devíamos chamar nem a polícia nem o FBI, e nós concordamos. Ele também disse que a mãe deveria entregar o dinheiro. Eu disse que não, estava preocupado com a segurança de Carol. Não queria mandar minha esposa se encontrar com um assassino." Os lábios de Bill curvaram-se. "Mas Carol disse que ela mesma queria fazer isso. Disse que se sentia culpada por não ter tirado Timothy do carro a tempo, e eu acreditei nela."

Ellen podia entender por que ele acreditara em Carol. Ela parecia uma esposa e mãe perfeita. A fantasia de Mamãe Ganso, o teatro infantil na Charbonneau House. Depois que sua trama deu errado, Carol devia estar expiando uma culpa insuportável.

Bill sacudiu a cabeça. "Pegamos o dinheiro do fundo fiduciário de Timothy, que foi instituído por meus sogros. Eles eram muito ricos. O curador é um advogado da cidade, e ele aprovou. Antes de Carol ter feito a entrega, ela deve ter tirado uma parte do dinheiro. Só Deus sabe quanto e onde ela escondeu. Deve ter sido isso que ela usou para pagar as dívidas."

Ellen pensou a respeito. Fazia sentido. "Ela pegou parte do dinheiro antes de entregá-lo, e Moore deve ter concordado com isso. Como ela entregou o dinheiro?"

"Numa maleta de ginástica. Foi ele que exigiu assim."

"Você olhou dentro da maleta?"

"Não, por que deveria?" Bill sacudiu novamente a cabeça. "Nós colocamos o dinheiro na maleta, ela pegou e foi embora."

Ellen não tinha resposta. Era uma trama engenhosa, até que deixou de ser.

"Se Moore tivesse devolvido Timothy, o plano teria funcionado. Tudo estaria bem. Mas ele matou a babá e ficou com Timothy, só Deus sabe por quê."

Ellen lhe disse que Amy queria o bebê porque não podia ter filhos. Bill arregalou os olhos, descrente.

"Então por que não ficou com ele?"

"Ele esteve doente, conforme você sabe. Carol disse que leu os artigos que escrevi sobre ele."

"Eu também li."

"Então, quando eu quis adotá-lo no hospital, Timothy Braverman tornou-se Will Gleeson."

Bill contraiu o lábio superior em sinal de aversão.

"Alguém pode oferecer para adoção um bebê que não lhe pertence e se safar desse jeito? Como é que o governo ou algum órgão público não descobriu isso? A gente supõe que eles façam alguma investigação para que isso não aconteça."

Ellen concordou. "Eles investigam a pessoa que vai adotar, como eu, mas não investigam as mulheres que oferecem seus bebês para adoção. Engraçado, não é?"

Bill suspirou e seus ombros curvaram-se. "Não consigo acreditar que Carol tenha feito isso comigo e com Timothy. Por causa do dinheiro."

"Pessoas desesperadas fazem coisas desesperadas." Ellen fez uma pausa, sentindo uma estranha paz que vinha ou da compreensão ou da exaustão. "Não nos cabe julgá-la agora. Ela encontrou uma solução terrível para um problema terrível, uma solução que resultou em assassinato e, no fim, em sua própria morte."

O policial Halbert interferiu. "Estou olhando para um pai e uma mãe, e os dois amam o mesmo garotinho. Nenhum de vocês fez nada de errado. Trata-se de uma situação sem vencedores. Sinto muito por ambos."

"Obrigada", disse Ellen, na falta de algo melhor para dizer. Bill suspirou outra vez e olhou para ela com outros olhos. Ele descobrira a verdade, e a verdade dele era tão terrível quanto a dela.

"Sinto muito", disse ele após alguns instantes, e Ellen assentiu, tentando não chorar.

"Eu também sinto muito." E acrescentou algo que precisava ser dito. "Isso pode soar terrível agora, mas quero lhe contar como Carol morreu, porque ela se redimiu. Ela deu a vida por Will. Por Timothy. Ela salvou a vida dele."

"O que aconteceu?" Os lábios de Bill tremiam. Ellen contou toda a história, e após ouvi-la ele deu um grande soluço e submergiu em sons roucos, sufocados, que curvavam seus ombros largos e faziam seu corpo desmoronar até que seu rosto caísse em suas mãos, perdido em seu próprio inferno.

Ouviu-se uma suave batida na porta, e a enfermeira do pronto-socorro surgiu na sala de espera. "Ellen, seu filho voltou do Raio X."

"Como ele está?", perguntou ela, levantando-se.

"O médico vai lhe dar todas as informações", respondeu a enfermeira, e Ellen dirigiu-se para a porta.

"Não, espere." Bill ergueu a cabeça das mãos. Seus olhos injetados e suas bochechas estavam manchados de lágrimas. Ele inspirou profundamente pelo nariz. "Sou o pai dele. Posso entrar também?"

Ellen virou-se para ele. "Você se importaria de não entrar? Isso poderia perturbá-lo. Eu volto e lhe conto como ele está."

"Ele é tudo o que eu tenho agora. Pelo amor de Deus, acabei de perder minha esposa."

"Não se trata de mim ou de você. Trata-se de Will."

"Timothy", corrigiu Bill, levantando-se e secando o rosto com as costas da mão.

"Seja qual for o seu nome, ele precisa de conforto agora. Ele precisa de mim." Ellen viu os olhos de Bill se endurecerem, mesmo úmidos. "Por favor, seja realista. Ele ainda não sabe quem você é. Você é um estranho para ele."

O policial Halbert também se levantou. "Senhor Braverman, ela adotou o menino e ainda é a mãe dele."

"Ela nunca foi sua verdadeira mãe", retrucou Bill, e Ellen engoliu em seco. A enfermeira do pronto-socorro ergueu a mão com autoridade na direção de Bill.

"O senhor consta como responsável no formulário de admissão?"

"Não."

"Bem, a senhora Gleeson consta. O nome dela está no formulário como mãe do menino e, de acordo com o regulamento do hospital, ela é a única pessoa que pode ser admitida no pronto-socorro. O senhor não pode entrar conosco."

Ellen virou-se para entrar. "Bill, eu vou pedir a alguém que venha até aqui e lhe diga como ele está", disse ela, seguindo a enfermeira. A mulher dirigiu-se para a ala de emergência e pressionou o código para destravar a porta.

"O que foi tudo aquilo?", perguntou a enfermeira.

"É uma longa história." Ellen sacudiu a cabeça. "Só quero ver se meu filho está bem."

Capítulo 80

Elas chegaram ao quarto de Will e Ellen teve uma sensação de *déjà vu*. O menino estava deitado sob as cobertas, usando uma camisola de hospital e parecendo minúsculo na cama para adultos. Sua cabeça estava envolta em bandagens e ele estava recostado no travesseiro com os olhos fechados. Outra enfermeira erguia as laterais da cama perto do médico do pronto-socorro, um jovem de cabelos despenteados que parou de escrever em sua prancheta para lhe dirigir um sorriso tranquilizador.

"Não se preocupe, ele está bem", disse rapidamente o médico, e ela quase vibrou de tanto alívio.

"Qual foi o resultado do raio X?" Ellen foi até a cama e segurou a mão de Will, que se mostrou estranhamente fria ao toque. Suas pálpebras pareciam meio azuladas, e ela concluiu que isso não era um problema, embora fosse assustador.

"Não houve fratura. Ossos de crianças são bem mais flexíveis do que os de adultos, e isso ajudou seu filho. O corte atrás da orelha já foi suturado."

"Graças a Deus. E quanto ao coração dele?"

"Tudo bem." O médico parecia solidário. "Você tem que superar isso, mamãe. Ele está bem agora. Não se preocupe demais."

Farei isso imediatamente.

"Gostaria de interná-lo e ficar de olho nele durante a noite."

"Claro, é melhor garantir que tudo esteja bem. Eu posso ficar, né?"

"Sim. Vou arrumar um quarto para ele e colocar uma cama extra para você."

"Ótimo." Ellen olhou para Will. "Ele caiu mesmo no sono."

"Eu dei um sedativo leve e ele vai descansar até amanhã."

"Bom, obrigada!" Ellen puxou uma cadeira. "Sabe, ele presenciou coisas terríveis esta noite, e nas próximas semanas haverá grandes mudanças em sua vida. Você pode me dar os nomes de alguns psicólogos que possam ajudá-lo?" Sua garganta se apertou. "Com a transição?"

"Falarei com a assistente social para que lhe passe algumas recomendações." O médico se afastou, mas antes deu um leve toque em seu braço. "Cuide-se."

A enfermeira saiu com ele, dizendo: "Eu lhe aviso quando tivermos um quarto para ele".

"Sim, obrigada." Ellen voltou-se para a outra enfermeira. "Você pode dizer ao homem na sala de espera que ele está bem?"

"Certo, mas apenas como um favor para você. Não gosto dele." Ela se foi arrastando os pés, e Ellen pegou a mão de Will.

Sua respiração soava ligeiramente congestionada, e o muco saía por cima da crosta sob seu nariz.

Ellen fechou os olhos para escutar melhor.

O som de Will respirando.

Ela nunca ouvira uma coisa assim tão doce.

Capítulo 81

Duas horas depois, Ellen ninava Will em um quarto particular, segurando-o bem perto de si na escuridão enquanto ele dormia. A tv, sem som, mostrava fotos da casa de Ellen. Drama do bebê acaba em duplo homicídio, era o que se lia na tarja vermelha na tela. Ela leu as informações que surgiam, às vezes escritas de modo pouco ortodoxo.

> A polícia informa que Ellen Gleeson, moradora de Narberf, foi atacada em sua casa numa tentativa de matar a ela e ao seu bebê, que ela adotou, mas que, na verdade, era Timothy Rravermark, uma criança raptada de ricos socialites de Miami...

Ellen virou o rosto e olhou para a neve do outro lado da janela. O hospital estava quieto e o único ruído eram as vozes indistintas das enfermeiras no corredor. A porta estava entreaberta e ela sentiu o mundo a distância. A neve acumulava-se nas vidraças, formando montes com bordas de gelo fino como uma faca. O vapor do aquecimento embaçava o vidro, borrando as luzes de fora. Ela e Will deram uma volta completa juntos, acabando em um hospital. Ellen perguntou-se como era possível que eles fossem separados, se é que isso era fisicamente possível. Contudo, tentou se isolar desses pensamentos enquanto pudesse, assim como a neve isolava o quarto, o hospital e o mundo inteiro.

Em algum lugar lá fora estava Marcelo, que tentara lhe telefonar. Mas ela não pudera atender a chamada e havia desligado o celular. Avisos no hospital diziam que celulares interferiam nos equipamentos, e ela queria passar algum tempo sozinha com Will.

Por um momento, Ellen pensou em seu pai, ainda na Itália. Ela iria lhe telefonar amanhã, quando estivessem em casa. Não sabia quando ele estaria de volta e não tinha ideia de como lhe contar as novidades que o deixariam arrasado. Teria de chamá-lo para se despedir de Will e não conseguia imaginar a cena.

Ele é Will. Ele é nosso.

Pensou em Connie também, e em como ela ficaria triste. A babá amava Will e sentiria sua perda de uma forma quase tão intensa quanto Ellen. Dessa vez não haveria mais até-jacaré. Mas, acima de tudo, ela se preocupava com a forma como Will enfrentaria a situação. Ele amava Connie, isso era certo, e ele iria precisar de ajuda para lidar com o trauma e a transição. Em três anos aquela criança havia conhecido e perdido três mães. Ela iria contratar um dos terapeutas recomendados pelo médico assim que voltasse para casa com ele.

Will mexeu os braços, respirando profundamente, e Ellen olhou para ele. Sua cabeça enfaixada repousava sobre o peito dela. Luzes multicoloridas da TV refletiam-se em seu rosto, matizando suas feições como um caleidoscópio. Mas ela podia perceber a pequena elevação de suas bochechas, os ossos ainda ocultos sob sua pele gordinha de bebê, cujos contornos se definiriam com o tempo. Ellen tentou ignorar o fato de que não saberia como seria a aparência de Will quando ele crescesse. Ou como ele se sairia na escola. Ou quem seriam seus amigos, ou sua esposa. Ou as minúcias. Ele sempre iria gostar de gatos ou de cães também?

Ele dançaria numa festa? E mais tarde, quando chegasse a hora do vestibular? E quando tivesse que se barbear? E quanto a ir para a faculdade? Como ele seria quando crescesse? Todas as coisas da vida de um garoto. Seu garoto. Mas ele não era seu garoto. Não mais.

Ela abraçou Will enquanto um comercial de Bowflex* surgiu na tela, e em pouco tempo mergulhou num sono angustiado, fazendo-se mil outras perguntas cujas respostas jamais saberia.

Coisas que um dia nem sequer se permitiria perguntar.

---

* Marca de aparelhos para exercícios físicos. (N. T.)

Capítulo 82

Custou para amanhecer. O céu ainda estava escuro até depois das seis, quando o fulgor do inverno ergueu uma cortina de veludo negro, apenas para revelar mais uma cortina, de um azul escuro e acinzentado. Ellen despertou lentamente, ainda abraçando Will, e esperou, deitada na cama, ouvindo o hospital ganhar vida aos poucos por meio das enfermeiras que falavam baixinho sobre a tempestade de neve, sobre o número insuficiente de funcionários, sobre a mãe com o bebê sequestrado no quarto 302. Hoje, a repórter era a notícia.

"Mamãe, quando a gente for para casa podemos fazer um boneco de neve?", perguntara Will, depois que o médico lhe deu alta.

"Claro que podemos." Ellen fechou o zíper do casaco dele e Will já estava pronto para ir, exceto pelos pés descalços. Tudo o que ele tinha nos pés era um par de meias de algodão, esticadas até perderem a forma. "No que é que eu estava pensando ontem à noite? Esqueci seus pés!"

Will deu uma risadinha enquanto olhava para baixo, e suas cabeças quase se tocaram.

"Meus pés estão dentro das meias!"

"Estão? Então me mostre, só para ter certeza. Sacuda os pés para mim."

"Olhe." Os dedinhos de Will moveram-se dentro das meias. "Viu? Eles estão lá dentro."

"Ufa, que alívio. Você sabe o que isso me lembra?"

"O quê?"

"Oreo Fígaro, quando ele está embaixo dos lençóis. Lembra o que ele faz cada vez que eu arrumo a cama? Entra embaixo dos lençóis novos e corre de um lado para o outro."

"Ele fica perdido."

Ellen colocou o capuz do casaco na cabeça do menino. "Isso mesmo. Ele não sabe como escapar e nós temos que ajudá-lo."

Nesse momento a enfermeira chegou com os papéis da alta de Will numa prancheta. "Você pode me dar seu autógrafo?", perguntou ela, entregando a prancheta para Ellen e sorrindo para Will. "Como você está?"

"Estou com os meus pés."

"Bom." A enfermeira sorriu. "Você precisa deles."

Ellen enfiou a bolsa embaixo do braço, pegou a caneta que a enfermeira lhe ofereceu e rabiscou seu nome. "Obrigada."

"Só para lhe avisar, está cheio de repórteres lá fora."

"Ótimo." Ellen voltou-se para Will e esforçou-se para sorrir pelo bem do menino. "Ouviu isso, companheiro? Você sabe o que é um repórter, não sabe?"

"Você é uma repórter!" Will apontou para ela, sorrindo. Ellen pegou seu dedinho e lhe deu um beijo rápido.

"Isso mesmo, e tem um monte de pessoas como eu lá fora, mas elas podem gritar o seu nome e tirar fotos suas. Está pronto para isso?"

"Pronto!"

"Muito bom. Vamos para casa."

"Eu quero fazer um boneco de neve!", gritou Will, e Ellen o apressou.

A enfermeira lhe perguntou: "Você tem carona para casa?".

"Chamei um táxi. Usei meu celular. Por favor, não me ponha na cadeia do hospital por causa disso."

"Não se preocupe." A enfermeira a tranquilizou. "Se eu fosse você, ligaria para o táxi e lhe diria para esperar na saída de emergência em vez da entrada principal. O segurança pode lhe dar uma ajuda. O nome dele é Mel."

"Boa ideia", disse Ellen, agradecida. "Vou parar na loja de presentes."

"Loja de presentes!" Will vibrou e as duas mulheres riram.

"Você sabe o que é isso?", perguntou-lhe a enfermeira.

"Brinquedos!"

Ellen pegou Will no colo.

"Obrigada."

"Boa sorte", disse a enfermeira, com um olhar compassivo.

Ellen sabia que as enfermeiras sentiam-se tristes por causa dela, mas ela não se sentia triste porque estava isolada. Ellen percebeu então que não era a neve ou o hospital que a isolava. Era o próprio Will. Enquanto estivesse com ele, manteria o controle sobre si mesma. Tinha de fazer isso por causa dele. Era isso que significava ser mãe.

"Vamos para casa, mamãe!" Will sacudiu os pés.

"Primeiro, diga obrigado para a enfermeira."

"Obrigado", gritou Will, acenando.

"De nada", disse a enfermeira, saindo do quarto.

"Obrigada", disse Ellen outra vez. Ela carregou Will para fora do quarto e andou pelo corredor, enquanto ele acenava e agradecia as enfermeiras. Todas acenaram de volta, com sorrisos encorajadores.

"Tchau, Willie!", disse a última enfermeira, sentada junto à escrivaninha perto do elevador.

Will fez cara feia. "Meu nome não é assim."

Ellen pressionou o botão para descer. "Vamos perdoá-la e ir para a loja de presentes."

"Tá bom!", disse Will. O elevador chegou e as portas se abriram. "Quero apertar o botão!"

"Como é que se diz?" Ellen entrou e Will se contorceu para alcançar o painel dos botões.

"Por favor!", disse ele, e as portas se fecharam. Quando se abriram outra vez, Ellen saiu do elevador e procurou alguma placa indicando a localização da loja de presentes.

"Lá está ela!", disse um homem, e ela olhou para ele, alarmada. Algumas pessoas começaram a correr em sua direção e Ellen ergueu a mão.

"Não tenho nenhum comentário a fazer, rapazes. Nem agora, nem nunca."

"Não somos da imprensa, senhorita Gleeson", disse o homem. "Sou o agente especial Manning, do FBI, e este é o agente especial Orr."

Capítulo 83

"Oh", disse Ellen, surpresa. Pela primeira vez notou que alguns policiais uniformizados estavam atrás deles, um dos quais ela reconheceu da noite passada. O mais jovem. Algo estava errado. Sua boca ficou seca.

"Mamãe, onde está a loja de presentes?"

"Só um pouquinho, querido." Ellen perguntou ao agente do FBI: "O que você está fazendo aqui?"

"Esse garoto é Will Gleeson?"

"Estamos aqui para levá-lo em custódia. É para a proteção dele."

"O quê? Por quê?" Ellen estava pasma. "Ele não precisa de proteção. Ele está comigo."

"Conforme a senhorita sabe, ele é Timothy Braverman, filho de Carol e William Braverman, sequestrado em Miami, e nós estamos aqui para facilitar seu retorno."

"*O quê? Aqui? Agora?*" Os braços de Ellen apertaram-se com força ao redor de Will. Seus pensamentos se tumultuaram, confusos. Ela não esperava por isso, não ainda. "Ele nem sequer comeu. Está sem sapatos. Nós temos que ir para casa."

"Senhorita Gleeson, estamos autorizados a levar a criança. Aqui estão os documentos, a senhorita pode olhar." O agente especial Manning estendeu-lhe um maço de papéis azuis dobrados em três, e Ellen viu a inscrição. As palavras MANDADO e APREENSÃO flutuaram diante de seus olhos.

Ela olhou em volta procurando pela saída, mas a única que havia estava mais adiante. Lá fora, a imprensa se amontoava. Os repórteres observavam tudo pelas portas de vidro. Os flashes das câmeras espocavam como explosões. Ellen começou a entrar em pânico.

"Espere, escute. Eu conheço Bill Braverman. Eu ia pegar seu número com a polícia e combinar um cronograma que fosse melhor para Will."

"Senhorita, estamos aqui a pedido do senhor Braverman. Sinto muito, mas de acordo com a lei a senhorita não pode ficar com a criança. Precisamos ter certeza de que a senhorita não irá evadir-se com ele."

"Nós vamos para a loja de presentes, mamãe!", gritou Will, sua voz tremendo com uma nova ansiedade.

"Não vou me evadir com ele, prometo. Sei que tenho que fazer uma transferência, mas não agora. Não desse jeito. Queria explicar tudo para ele. E ele ainda não tomou o café da manhã, e o meu pai..."

"Senhorita Gleeson, temos que levá-lo agora. Por favor, não torne isso mais difícil do que já é para a criança." O agente especial Manning estendeu as mãos, mas Ellen recuou com Will.

"Não vou entregá-lo desse jeito. Ainda sou a mãe dele. Eu tenho advogado. Devia tê-lo chamado na noite passada, mas queria ter certeza que Will não estava ferido."

"Eu disse a vocês que nós teríamos problemas", falou uma voz por trás dos agentes do FBI. Bill Braverman emergiu do fundo do grupo ao lado de um homem mais velho, de terno. "Eu disse que ela ia tentar fugir."

"Não estou tentando fugir!", gritou Ellen, chocada. "Só não achei que íamos fazer isso nesta manhã, agora. Ele acabou de sair do hospital. Preciso falar com ele, prepará-lo..."

"Mamãe, quem são eles?", perguntou Will, apertando o ombro dela.

Bill colocou-se ao lado dos agentes do FBI. Seus olhos escuros estavam frios e sua expressão endurecera. Ele vestia roupas diferentes das que usara na noite passada, e parecia um homem de negócios. "Eu sou o pai dele, e tenho o direito legal de ficar com meu filho. Agora mesmo."

"Precisamos conversar sobre isso. Digo, sobre o momento certo."

"Não, não precisamos."

"Mamãe, o que é?" Will começou a chorar.

"Bill, olhe para ele. Pense nele", disse Ellen, desesperada. Não podia acreditar que aquilo estava acontecendo. Era ela contra todos eles. "Esse é o jeito mais absurdo de fazer isso. É a pior coisa possível para ele."

"Você quer dizer, para você", retrucou Bill, e o coração de Ellen disparou.

"Ele não sabe o que está acontecendo. Eu preciso explicar. Ia chamar um terapeuta quando chegássemos em casa."

"Eu chamo um terapeuta. Em Miami também existem terapeutas. Vou cuidar bem dele. Ele é meu." Bill deu um passo à frente, mas o homem de terno o conteve e dirigiu-se para Ellen.

"Senhorita Gleeson, sou Mike Cusack e represento Bill. Pela lei, a senhorita não tem direito à criança, e nós temos razões para acreditar que a senhorita vai sair da cidade com ela."

"Eu não vou, juro. Só estava indo para casa."

"A senhorita tentou fugir na noite passada, não tentou? Foi o que a senhorita disse à polícia."

"Aquilo era diferente." Ellen tentou pensar em meio ao pânico. "Aquilo foi quando eu soube que Will estava em perigo, mas agora não é mais assim."

"A senhorita não o devolveu para os Braverman quando soube que ele era Timothy. Sua intenção era ficar com ele."

Ellen sentiu-se ao mesmo tempo acusada e condenada. Todos observavam. Os fotógrafos lá fora continuavam disparando os flashes.

"Não tinha certeza do que fazer. Não tinha certeza de que ele era o filho deles e..."

"Meu cliente quer o filho dele de volta e a polícia está aqui para garantir seus direitos legais. Por favor, não seja egoísta. Faça a coisa certa."

"Mamãe?", soluçou Will. "Mamãe?"

"Está tudo bem, querido." Ellen acariciou as pernas dele, sentindo-se desesperada por dentro. Ela apelou para os agentes do FBI. "Eu vou devolvê-lo, prometo. Mas não neste minuto. Venham comigo para casa. Sigam-me. Vocês verão que não vou a lugar nenhum."

"Não podemos fazer isso, senhorita Gleeson. Estamos aqui para levá-lo, com ou sem a sua cooperação. Se tiver alguma queixa, pode ligar para..."

"Ligar para quem?", explodiu Ellen, perdendo o controle. "Eu não preciso ligar para ninguém! Vou devolver ele mais tarde! Só quero fazer isso do jeito certo! Ele é um menino, apenas um menininho!"

"Mamãe, não!"

"Sinto muito, senhorita Gleeson." O agente especial Manning estendeu os braços para Will, e os policiais avançaram atrás dele, como que formando uma fila.

Ellen gritou: "Vocês não vão fazer isso desse jeito! Não desse jeito!".

"Senhorita Gleeson, por favor." O agente especial Manning agarrou Will pelos ombros e ele gritou.

"Mamããaeee!!"

"Não toque nele!" Ellen recuou, mas a porta do elevador estava fechada às suas costas. Will gritou ainda mais alto e ela girou ao redor segurando-o com força, à procura da saída de emergência, mas um dos agentes do FBI agarrou-a pelo cotovelo e o agente especial Manning arrancou Will de seus braços.

"Ele é meu filho!", gritou ela, subitamente de mãos vazias.

Will berrou a plenos pulmões: "Mamããaeee!"

"Vamos indo, pessoal!", gritou o agente especial Manning, carregando um histérico Will em direção à saída.

"Não!", gritou Ellen, tentando agarrar o pé de Will. Mas sua meia azul foi tudo o que ela conseguiu pegar.

"Will! Está tudo bem!"

"Mamããaeee!" Os olhos de Will arregalaram-se de pavor e ele estendeu os braços para Ellen por cima do ombro do agente do FBI. Sua cabeça enfaixada oscilava enquanto eles o levavam pelo saguão de entrada, movendo-se como que numa falange.

"Will!" Ellen lançou-se atrás deles, mas dois policiais a seguraram enquanto ela se contorcia para abrir caminho. Outro policial juntou-se a eles e Ellen lutou contra os três. O policial Halbert tentava atrair sua atenção, e havia simpatia nos olhos dele.

"Senhorita Gleeson, por favor, fique aqui. Por favor, pare. Não nos obrigue a prendê-la."

"Mamããaeee, venha!", gritou Will, antes que as portas do hospital se fechassem atrás dele e milhares de flashes disparassem.

"Me larguem, seus desgraçados!", gritou Ellen, fora de controle. Will se fora daquele jeito e isso a atingiu em cheio. Não conseguia parar de gritar. Não conseguia respirar. A sala girou ao seu redor, um borrão de pisos polidos, rostos chocados e flashes de câmeras. Ellen sentiu que estava enlouquecendo. Ela os estapeou com os documentos do tribunal e depois com as mãos vazias. "Eles não podem levá-lo desse jeito! Não desse jeito!"

"Ellen, não!" Um homem gritou, e quando ela se deu conta Marcelo surgiu junto aos policias e Ellen tentou alcançá-lo.

"Marcelo! Eles levaram Will! Chame Ron Halpren! Chame Ron!"

"Deixem ela em paz!" Marcelo afastou os policiais para o lado. "Vocês estão loucos? Vocês estão machucando ela. Eu estou com ela agora. Deixem ela em paz!"

"Ela tem que deixar o menino ir!", gritou um dos policiais.

"Ela já fez isso! Vocês estão tentando matá-la?" Marcelo colocou um braço em volta de Ellen e, num movimento certeiro, correu junto com ela, afastando-se dos policias e da entrada. Ellen meio que tropeçou, meio que encolheu-se contra ele. Seu cérebro finalmente cedeu e o coração assumiu. As lágrimas a impediam de enxergar claramente. Não havia ar para respirar.

"Will!" Ellen ouviu a si mesma uivando com toda a força de seus pulmões, um som que nunca antes ouvira saindo dela e que nem sequer parecia humano. Estava enlouquecendo. Podia ver isso pela expressão pasma das enfermeiras que passavam, e de um velho carregando uma pilha de jornais do dia, e de uma mulher tão assustada que chegou a cobrir a boca com a mão.

Ellen gritou de novo, mas Marcelo a impediu de cair. De repente, seguranças em uniformes azul-marinho estavam correndo ao lado deles. Marcelo lhes disse alguma coisa e todos correram por um corredor iluminado, e depois por outro, até que chegaram às portas e ao ar frio, e a um estacionamento e a um luminoso vermelho no qual se lia EMERGÊNCIA, e a um carro marrom com o motor ligado e com outro segurança sentado ao volante.

Marcelo a empurrou para o banco de trás e ela caiu sentada gritando, com seu rosto molhado e nariz escorrendo contra o banco de couro frio. Marcelo enfiou-se no carro logo depois dela, segurando-a por trás enquanto ela lutava, e uivava, e sufocava-se, e chorava, e o carro finalmente arrancou.

Capítulo 84

Quando acordou, Ellen estava deitada com as roupas que usara antes, num quarto que ela não conseguia reconhecer. Sentado na beira da cama, Marcelo segurava sua mão. A mente dela estava confusa e estranha, vazia de pensamentos.

O quarto era bastante escuro. As persianas de madeira estavam fechadas, as paredes eram cobertas de fotografias em preto e branco, e a cômoda de laca preta ficava sob um espelho de ônix.

Marcelo fixou os olhos nela, e a concentração formava um vinco em sua testa. Sua expressão era tensa e os cantos de seus lábios curvavam-se para baixo. Ele usava uma camisa branca, aberta, e os contornos de seu corpo esmaeciam-se na escuridão.

"Você está acordada?", perguntou ele, suavemente.

"Que horas são?"

O olhar dele moveu-se para a esquerda, provavelmente para conferir um relógio ao lado da cama, e depois voltou a pousar sobre ela.

"Sete e meia da noite. Você esteve dormindo desde de manhã."

Ellen tentou entender. "Eu dormi o dia todo?"

"Você precisava disso."

"Onde estou? Me sinto estranha."

"Você está na minha casa e tomou um Valium."

"Eu tomei?" Ellen não se lembrava.

"Sim. Você estava tão... perturbada. Eu lhe ofereci um e você disse que sim. Só drogo minhas mulheres com o consentimento delas."

"Por que você tem Valium?"

"Uma antiga namorada. A relação expirou, mas as pílulas não."

Marcelo sorriu e Ellen percebeu por sob sua nuvem farmacológica que ele estava tentando animá-la. Ele não ousara retornar aos eventos do dia para lembrar por que ela estava lá. Ellen sabia, mas não queria saber. Havia trocado um isolamento por outro.

"Por que você me trouxe aqui em vez da minha casa?"

"Sua casa era a cena de um crime."

É claro.

"Mas já foi liberada. Além disso, a imprensa estava lá fora."

"Quem nós mandamos?"

"Sal."

Ellen ergueu uma sobrancelha.

"Quem melhor do que ele?"

"Faça-o contar isso direito, Marcelo. Dizer a verdade, toda ela. Isso é o melhor a fazer."

"Bom."

"Ainda bem que não é Sarah." Ellen sentiu-se amargurada, apesar da droga. "Foi ela que telefonou para os Braverman, você sabe, para receber a recompensa."

"Soube disso pela polícia." O sorriso de Marcelo desvaneceu-se. "O que provavelmente explica por que ela se demitiu no outro dia."

"Demitiu-se?"

"Chegou e pediu as contas, esvaziou sua escrivaninha e foi embora. Sem aviso prévio, sem nada."

"Ela disse que não precisava do emprego porque agora estava rica? Ela ganhou na loteria."

"Não, ela disse que eu era o pior editor do país e que eu era apenas...", Marcelo pausou um momento e sorriu, "...um rostinho bonito."

"Ela disse isso?"

"Não é engraçado. Eu sou bonito." Marcelo acariciou a bochecha de Ellen e ela começou a sentir algo. Isso a deixou preocupada. Não queria sentir nenhuma emoção agora, nem mesmo as boas.

"Você tem outro comprimido?"

"Sim, mas não acho que você deva tomar ainda. Seu advogado está aqui."

"Advogado?"

"Ron. Você me pediu para chamá-lo, e ele chegou no fim da tarde."

"Ele está aqui?" Ellen começou a se levantar, mas Marcelo a empurrou para trás gentilmente.

"Fique onde está. Ele virá aqui." Ele ergueu-se e saiu do quarto. Ellen ficou deitada, imóvel, tentando manter o equilíbrio. Não era hora de emoção, mas de ação. Talvez ainda houvesse alguma coisa a ser feita. No instante seguinte, passos soaram na escada e Marcelo retornou ao quarto seguido por Ron Halpren, vestindo terno escuro e gravata.

"Oi, Ron", disse Ellen, para mostrar que era um ser humano funcional. "Por favor, não diga nada para me consolar ou eu vou pirar."

"É justo." Ron sentou-se na cama. Sua barba grisalha e seus olhos enrugados expressavam suavidade.

"Também não me olhe assim."

Ron deu uma risadinha tristonha. "Está bem, vou ser o advogado, e não o amigo. Eu soube o que aconteceu. Eu li os documentos."

"Documentos?"

"Os documentos do tribunal que eles lhe deram no hospital", disse Marcelo. Ele estava de pé atrás de Ron, com os braços cruzados.

Ellen lembrou-se, mas não se empolgou. "Então? Há alguma coisa que eu possa fazer?"

Ron hesitou. "Nenhuma."

Ellen tentou manter o controle. "Quero dizer, apenas em relação ao momento certo."

"O que tem isso?"

"É tão... cedo. Abrupto. Ele tem roupas em casa, e brinquedos, e livros, e DVDs, e um gato." Ellen se interrompeu. Will sentiria falta de Oreo Fígaro. Talvez pudesse lhe dar o gato. "Por que não podemos facilitar a transição? É para o bem dele, não para o meu." Ela lembrou-se quando eles disseram isso no hospital.

"Não funciona desse jeito. Pelo menos não com os Braverman. Falei com Mike Cusack, um peso-pesado do Morgan Lewis. Imagino que o senhor Braverman tenha alguma grana."

"Sim."

"Bem, ele está usando artilharia pesada e, sob o ponto de vista legal, você só pode fazer uma transição, conforme se diz, se eles concordarem. E eles não estão concordando. Eles não confiam em você nem na situação."

"Não se trata de mim."

"Eu sei, e você deveria se ater a isso. Não é nada pessoal." Ron deu um tapinha na mão dela. "Braverman tem que ir para casa enterrar sua mulher, e seus advogados dizem que ele quer um novo começo. Juntar os cacos."

Ellen sentiu seu coração apertar. "Entendo isso, mas e se não for o melhor para Will? Mandá-lo para um funeral com um pai que surgiu do nada? Isso irá apavorá-lo."

"Você está falando outra vez do que é melhor para ele, mas lembre-se de que a lei não é assim. Trata-se de poder familiar. Braverman tem poder absoluto sobre ele, e está usando isso." O olhar de Ron encontrou o dela. "Acho que você também precisa juntar os cacos. Você precisa entender que Will será amado e muito bem cuidado. Eles já chamaram um pediatra e um terapeuta especializado em crianças pequenas."

Ellen sentiu as lágrimas lutando para assomar, mas conteve--as. Will teria especialistas médicos, mas não teria mãe. Ela nem sequer podia pronunciar as palavras.

"Com o tempo ele vai ficar bem."

"Ele não é uma propriedade para ser entregue. Ele é uma criança com sentimentos."

"Crianças são flexíveis."

"Odeio quando as pessoas dizem isso", retrucou Ellen, mais asperamente do que pretendia. "É como se fingíssemos que os sentimentos da criança não contam porque eles nos atrapalham. Mas você sabe o que acontece, Ron? As crianças engolem a dor e cedo ou tarde isso vem para fora. De um modo ou de outro a dor vem para fora. E aí você sabe quem fica ferido? Não são os adultos. São as crianças. *Will*. Um dia ele vai se sentir ferido e nem saberá por quê." Ellen soltou um pequeno soluço e cobriu a mão para conter outro. "Ele perdeu uma mãe quando tinha um ano. Agora está perdendo outra. Não podemos ser um pouquinho sensatos? Isso é pedir demais?"

"Não temos escolha, e Will ficará bem no final." Ron lhe deu outro tapinha na mão e depois a apertou. Marcelo saiu do quarto por um minuto e depois voltou com um copo d'água.

"Pegue outro comprimido", disse ele, oferecendo-lhe a pílula que estava na palma de sua mão aberta. Ellen ergueu-se um pouco, engoliu o Valium e tomou a água como se vivesse no Saara.

"Ron, posso ligar para Will? Posso falar com ele, pelo menos?"

"Não."

"Você está brincando."

"Não." Ron sacudiu a cabeça. "Eles acham que uma separação total é melhor."

"Para quem? Para eles ou para Will? Me acusaram de ser egoísta, mas eles é que são egoístas."

"Compreendo você, mas não há nada que possamos fazer."

Ellen desejou que a pílula fizesse efeito logo. "Onde você acha que ele está agora?"

"Will? Na cidade, ainda. Eles ficarão por aqui até que o legista libere o corpo de Carol Braverman."

Ellen sentiu uma pontada. "Quando vai ser isso?"

"Em poucos dias."

"Bem, conhecendo Bill, ele deve estar no Ritz ou no Four Seasons. Eu diria o Ritz."

"Eu diria o Four Seasons", falou Marcelo, mas Ron franziu o cenho.

"Nem pensem nisso, vocês dois. Cusack me disse que se você tentar ver Will ele vai pedir um mandado de segurança contra você."

Marcelo franziu o cenho. "Essas pessoas são mais cruéis do que podemos imaginar."

"Esse é o ponto." Ron encolheu os ombros. "Cusack disse que o sujeito está tentando proteger o filho, e eu acredito nele."

"Protegê-lo de mim?"

"Sim."

Ellen tentou processar isso. "Eu não posso mesmo telefonar para Will?"

"Não. O terapeuta infantil deles disse que isso iria confundir o menino e impedi-lo de recriar os laços com o pai."

"Um especialista disse isso?"

"Você pode achar especialistas para dizer qualquer coisa."

"Então devemos achar nosso próprio especialista."

Ron sacudiu a cabeça. "Não, não há nenhum julgamento aqui, e nenhum juiz. Eles ganharam. Mas no que diz respeito às boas notícias, perguntei se eles poderiam informar você sobre as condições físicas e emocionais de Will na semana que vem, e eles concordaram."

"Muito gentil da parte deles." Ellen sentiu a raiva ascender, emudecida pela droga.

"Bem, vamos pegar o que pudermos e recomeçar daí."

"Eles precisam saber do histórico médico dele. Eles nem sequer sabem disso. Eu tenho a ficha médica."

"Tenho certeza de que podemos enviá-la para os pediatras dele."

Ellen escorregou de volta para o travesseiro, tentando não bater em alguém. Nem chorar. Nem gritar. Nem voltar no tempo para o dia em que leu o terrível cartão branco no correio.

"Tente descansar, Ellen. Você sabe o que diz Shakespeare: 'O sono tece as mangas desfiadas da atenção'."

"Shakespeare nunca foi mãe."

Ron ergueu-se.

"Telefone se tiver alguma pergunta. Fique aqui. Estarei pensando em você. E Louisa também."

"Obrigada." Ellen olhou Ron sair pela porta, seguido por Marcelo, e lhe disse: "Ron, obrigada por não dizer 'Eu avisei'."

Ron não respondeu, e os dois desceram a escada, os passos ressoando outra vez. Depois, Marcelo subiu com outra bebida.

"Por favor, me diga que é uísque."

"Coca."

"Ou que não é." Ellen ergueu-se um pouco e tomou um gole, provando a doçura da bebida.

"Você está com fome?"

"Não." Ellen lhe entregou o copo e deitou de novo. Sua mente estava outra vez afortunadamente confusa. Pensamentos sobre Connie e seu pai surgiram em meio às nuvens que se formavam. "Tenho que contar para a babá o que aconteceu."

"Provavelmente ela já sabe. Está em todos os canais de tv."

"Ela vai ficar tão chateada." Ellen sentiu uma pontada profunda. "Ela não deveria descobrir desse jeito."

"Deixe que eu cuido de tudo." Marcelo colocou o copo na mesinha de cabeceira. "Não quero que você se preocupe com isso. Qual é o número dela?"

"Está no celular, em minha bolsa. O nome dela é Connie. Meu pai também precisa saber. Ele está na Itália, se casando."

Marcelo franziu o cenho. "Quando ele volta para casa?"

"Esqueci."

"Vamos esperar, então."

"Preciso dar comida para o gato."

"Deixe isso por enquanto. É hora de descansar." Marcelo apertou o braço dela.

"Obrigada por ser tão bom."

"Ron está certo. Você precisa juntar os cacos. E eu vou te ajudar."

"Você não precisa fazer isso."

"Eu quero fazer. É um privilégio." Marcelo acariciou seu braço, e Ellen sentiu o corpo relaxar.

"Vou passar a noite aqui?"

"Sim."

"Onde você vai dormir?"

"Você decide. Tenho um quarto de hóspedes, mas prefiro ficar aqui com você."

A mente de Ellen começou a enevoar. "Isso é um encontro?"

"Estamos além de encontros."

Ellen fechou os olhos. Ela gostava da voz de Marcelo, suave e profunda. Seu sotaque tornava as palavras sibilantes, sua fala parecia mais com um ronronar do que com palavras. "Mas, e quanto ao trabalho? Digo, você é o meu editor."

"Vamos dar um jeito nisso."

"Antes você estava tão preocupado com isso."

"Digamos que, desde então, tudo assumiu uma perspectiva melhor."

E Ellen não podia dizer se Marcelo a beijou no rosto ou se ela sonhou com isso.

Capítulo 85

Ellen acordou e o quarto ainda estava escuro. Ela estava vestida, deitada sobre o acolchoado, e Marcelo estava junto dela, também vestido, e com o braço em volta de sua cintura. O relógio na mesinha de cabeceira marcava 3h46 em números brilhantes. Ela esperou que o sono voltasse, mas era como se um interruptor tivesse sido ligado em seu cérebro. Uma luz acendera-se no quarto escuro de sua mente, iluminando cada canto, inundando cada rachadura na parede, preenchendo as frinchas do piso, tornando incandescentes até mesmo os grãos de poeira.

Will se foi.

Ellen o imaginou num hotel. Ele estaria se perguntando onde ela estava, o que havia acontecido, por que não estava em casa, por que não estava com seu gato, por que não ia para a escola. Bill o estaria chamando de Timothy e sorrindo para ele, e o menino estaria cercado de advogados, pediatras e terapeutas, mas sem mãe. Seu mundo virara de cabeça para baixo. Ele fora de uma vida com mãe e sem pai para uma vida com pai e sem mãe, como do negativo para o positivo, sua existência ao reverso.

Ele é apenas um garotinho.

Ellen sabia o que fazer a seguir, ou as lágrimas jorrariam e ela seria engolfada. Afastou a mão de Marcelo de seu quadril, moveu-se para a borda da cama e rolou tão silenciosamente quanto podia. Desceu as escadas no escuro, pé ante pé, percorrendo a parede áspera com as pontas dos dedos para se orientar. Seus pés tocaram no chão e ela atravessou a sala em direção à mesa de vidro, onde havia um laptop preto com a tampa aberta. Ela pressionou uma tecla e o protetor de tela apareceu, uma fotografia colorida de um velho barco de pesca de madeira em meio à maré baixa, com sua pintura laranja gasta e descascada. Uma rede de pesca emaranhada amontoava-se em sua proa sob a luz do crepúsculo. Ela abriu o Word e pressionou uma tecla. Uma tela branca e brilhante surgiu na tela. Ellen pegou o laptop e sentou-se no sofá, fazendo uma pequena pausa antes de começar. O título lhe ocorreu com facilidade.

Perdendo Will

Ela parou um minuto, olhando para o título em preto e branco, o falso papel de jornal tornando tudo real. Ela engoliu em seco e colocou seus sentimentos de lado. Tinha que fazer isso por seu trabalho. E por Marcelo. E, acima de tudo, por ela própria. Escrever sempre a ajudara antes. Sempre clareara seus sentimentos e pensamentos, e ela nunca achou que pudesse entender algo completamente até que escrevesse sobre isso, como se cada história fosse contada para si mesmo e para os leitores ao mesmo tempo. Na verdade, fora escrevendo que ela havia começado seu relacionamento com Will, e assim Ellen completava o círculo outra vez. Então ela começou:

> Na semana passada me pediram para escrever uma matéria sobre como é perder um filho. Nossa preocupação era que, em meio a todas as estatísticas e gráficos complementando uma matéria sobre o

aumento dos índices de homicídio na cidade, o valor da vida de uma criança poderia se perder. Então me propus a entrevistar mulheres que perderam seus filhos.

Falei com Laticia Williams, cujo filho de oito anos, Lateef, foi morto por balas perdidas, uma vítima de um conflito entre duas gangues. Também falei com Susan Sulaman, uma mãe de Bryn Mawr cujos dois filhos foram raptados pelo pai anos atrás.

E agora, aos exemplos delas posso acrescentar o meu.

Como vocês provavelmente sabem, perdi meu filho nesta semana quando descobri algo totalmente desconhecido para mim até então: a adoção tinha sido ilegal. Meu filho é, na verdade, uma criança chamada Timothy Braverman, que foi sequestrada na Flórida há dois anos.

Espero que não me julguem presunçosa por inserir minha própria experiência neste relato. Eu sei que meu filho está vivo, ao contrário do de Laticia Williams. Mas perdoem-me se eu sugerir que o modo como você perde uma criança não altera o fato de que, no final, a criança está perdida para você. Se você a perder por assassinato, rapto ou uma simples virada do destino, irá acabar na mesma situação.

Seu filho se foi.

O que se sente neste momento?

Laticia Williams sente raiva. Uma raiva que consome tudo em seu caminho. Ela sente raiva a cada minuto que passa sem o filho. Sente raiva a cada noite em que não o coloca na cama. Sente raiva a cada manhã em que não prepara seu sanduíche favorito de banana e manteiga de amendoim e o leva para a escola. Na região em que ela mora, as mães levam os filhos para a escola a fim de ter certeza de que eles chegarão lá vivos.

Mas, é claro, nada garante que seus filhos continuarão vivos depois que elas forem para casa.

Seu filho, "Teef", foi baleado em sua própria sala de estar enquanto assistia à TV, por balas perdidas que entraram pela janela até deixar suas marcas letais na bochecha do menino. O agente funerário que preparou o corpo de Lateef para o enterro levou a noite inteira para restaurar o rosto do menino. Sua professora disse que ele era o palhaço da turma, um líder entre os colegas, que encheram sua carteira escolar com cartões póstumos do Dia dos Namorados.

Para Susan Sulaman, a sensação de perder um filho é de vazio. Uma profunda ausência em seu coração e em sua vida. Porque seus filhos estão vivos com o pai, ou assim ela acredita, e Susan procura por eles em todos os lugares aonde vai. À noite, ela dirige pelas vizinhanças onde as crianças talvez estejam, esperando avistá-las por acaso. Durante o dia, examina os rostinhos nos ônibus escolares que passam por ela.

Susan Sulaman vive assombrada por sua perda.

Eu lhe perguntei se ela se sentia melhor ao saber que, pelo menos, as crianças estavam com o pai. A resposta?

"Não. Sou a mãe delas. Elas precisam de mim."

Eu sei como ela se sente, e Laticia também. Sinto raiva, sinto-me assombrada, e tudo ainda é recente. É tão novo, uma ferida ainda sangrando, a carne aberta, o corte profundo inchado e dolorido que ainda não foi suturado ou cauterizado, anos de cicatrizes ásperas e duras.

Perder Will é como uma morte.

Minha mãe morreu recentemente e a sensação é bem parecida. De repente, alguém que estava no centro de sua vida se foi, extraído tão rapidamente quanto o caroço de uma fruta. Uma ponta afilada é enfiada no centro do seu mundo. Depois, vem um cruel movimento de pulso e a extração quase cirúrgica de seu próprio coração.

E, como a morte, isso não acaba com o relacionamento.

Ainda sou a filha de minha mãe, embora ela tenha partido. E ainda sou a mãe de Will Gleeson, embora ele também tenha partido.

Aprendi que o amor de uma mãe por seu filho é algo único entre as emoções humanas. Toda mãe sabe disso instintivamente, mas isso não significa que não seja necessário falar a respeito.

E continua sendo verdadeiro, seja a criança adotada ou não. Isso eu não sabia antes, mas agora eu sei. Assim como não importa como você perde seu filho, também não importa como você o encontra. Há uma certa simetria nisso, mas que agora não traz nenhum conforto.

Eu não dei Will à luz, mas estou ligada a ele como se fôssemos do mesmo sangue. Sou a verdadeira mãe dele.

É o amor que une.

Apaixonei-me por Will no momento em que o vi no hospital, com tubos presos ao seu nariz com fita adesiva para mantê-los no lugar, lutando por sua vida. Daquele dia em diante, ele era meu.

E, embora como mãe eu às vezes ficasse cansada, nunca me cansei de olhar para ele. Nunca me cansei de vê-lo comer. Nunca cansei de ouvir o som de sua voz ou as palavras que ele inventava, como o nome do nosso gato. Nunca me cansei de vê-lo brincar com Legos. Só não gostava de pisar neles com os pés descalços...

É difícil comparar o amor, e pode ser tolo tentar, mas aprendi uma coisa de minha experiência de perder Will. Porque eu amei antes, é claro. Amei homens antes, e posso até estar me apaixonando por um homem agora.

É assim que o amor de mãe é diferente:

Você pode deixar de amar um homem.

Mas você nunca vai deixar de amar seu filho.

Mesmo depois que ele se foi.

Ellen recostou-se e tentou ler novamente a última linha, mas ela começou a ficar borrada e Ellen sabia por quê.

"Ellen?", chamou Marcelo suavemente, descendo a escada.

"Acabei minha matéria." Ela limpou os olhos com as mãos. Marcelo foi até ela em meio à escuridão e sua boca era uma sombra preocupada no brilho da tela. Ele pegou a mão de Ellen.

"Vamos nos deitar", sussurrou ele, puxando-a gentilmente para fazê-la ficar em pé.

Capítulo 86

A MANHÃ DO DIA SEGUINTE ESTAVA MAIS CLARA, e Ellen viajava no banco de passageiro do carro de Marcelo, olhando pela janela, estreitando os olhos ante o brilho do sol sobre a neve recém-caída. A camada de cima havia endurecido com o frio, e a crosta exibia um fulgor polido. O excesso de neve fora removido das ruas que conduziam à casa de Ellen, deixando atrás dos carros estacionados montes que chegavam à altura da cintura.

Eles viraram numa esquina e um trio de crianças com trajes de neve e cachecóis brincavam nos montes de neve. Uma das crianças, uma menina chamada Jenny Waters, era da mesma classe de Will, e Ellen virou o rosto, sentida. Eles deixaram a avenida Montgomery e ela percebeu que a paisagem havia mudado com a neve. Ela havia transformado arbustos em montículos irreconhecíveis, esparramava-se como um colchão no teto dos carros estacionados e aumentara o tamanho dos galhos desfolhados das árvores, duplicando sua espessura. Tudo o que era familiar tinha mudado, e Ellen tentava não ver isso como uma metáfora ruim.

Na noite passada, depois que acabara sua matéria, ela havia voltado a dormir um sono agitado, sentindo-se ferida e nervosa por dentro. Uma ducha matinal a ajudara, e ela trocara sua blusa por um velho suéter cinza de Marcelo. Seu cabelo, ainda molhado, caía solto pelos ombros, e ela não se preocupara em colocar nenhuma maquiagem. Ellen considerou isso um sinal de confiança em seu novo relacionamento e, de qualquer forma, ela não queria ver seu rosto no espelho.

"Eu devia ligar para o meu pai", disse Ellen, mudando de assunto mentalmente.

"Seu celular está em sua bolsa. Eu recarreguei para você."

"Obrigada. Sinto-me mal por não ter ligado para Connie também. Provavelmente ela foi a um jogo de futebol hoje. Ela adora o Penn State."

"Ela ligou para você hoje e eu atendi. Ela vai se encontrar com você em sua casa. Espero que você não se importe. Ela não viu problema nisso."

"Sim, claro que está bem." O coração de Ellen se alegrou. "Como ela está? Ela está bem?"

"Ela está muito chateada, mas acho que vê-la será bom para você." Marcelo virou o carro para entrar em sua rua e Ellen engoliu em seco quando olhou para a casa onde morava. Vans da imprensa estavam estacionadas em cada espaço disponível, com antenas de comunicação que perfuravam o céu azul. Repórteres com videocâmeras amontoavam-se na calçada.

"Odeio a imprensa", disse Ellen.

"Eu também." Marcelo olhou para ela, preocupado. "Você gostaria que eu desse uma volta no quarteirão?"

"Não, vamos fazer isso logo." Ellen apertou seu casaco ao redor do corpo.

"Parece que a imprensa nacional está aqui, e a TV também." Marcelo espichou o pescoço enquanto diminuía a velocidade ao se aproximarem da casa. "Vou deixar que você leia a matéria de Sal antes de revisar."

"Você vai revisar hoje à tarde, por volta das duas?"

"Isso pode esperar. Envio para você por e-mail."

"Obrigada." Ellen sabia que ele estava esticando o prazo de fechamento por causa dela. "Você vai entrar?"

"Se você quiser. Eu gostaria de conhecer Connie."

"Então venha e fale com ela. Acho que vai ser bom." Eles se aproximaram da casa e, para surpresa de Ellen, sua vizinha, a sra. Knox, estava do lado de fora, ignorando os repórteres e abrindo caminho para ela. Essa visão a fez sentir uma pontada súbita de culpa misturada com gratidão. Talvez sua vizinha não fosse tão xereta assim, no final das contas.

"Aqui vamos nós." Marcelo estacionou em fila dupla e acendeu os faróis de emergência. "Vamos ter que fazer isso rápido."

"Certo." Ellen agarrou sua bolsa e os dois abriram as portas e saltaram para fora. Ela deu a volta no carro, correndo e quase escorregando na neve. Marcelo pegou seu braço e ambos correram para a calçada em frente à casa. Os repórteres avançaram em sua direção, quase que formando um só corpo, brandindo os microfones, apontando as câmeras e gritando perguntas.

"Ellen, quando você descobriu que ele era Timothy Braverman?" "Ellen, você pretendia devolvê-lo?" "Marcelo!" "Ei, El, como o FBI descobriu quem o seu filho era?" "Ellen, você não vai dar uma declaração?" "Marcelo, dá um tempo! Você é um de nós."

Ellen apressou o passo, com Marcelo logo atrás dela mantendo a imprensa afastada. Ela voou pelos degraus da frente espalhando a neve e cruzou a porta da frente, que Connie abrira para ela.

"Connie!", gritou Ellen, e seu tom de voz expressava mais angústia do que saudação.

Aos prantos, as duas mulheres se abraçaram.

Capítulo 87

Depois que Marcelo foi embora, Ellen sentou-se na sala de estar com Connie, contando-lhe tudo enquanto ambas dividiam uma caixa de lenços de papel. E choraram de novo ao concluir que Will já não fazia mais parte de suas vidas.

"Não consigo acreditar no que aconteceu." Connie secou os olhos com um Kleenex e sua voz soou estridente. "É surreal."

"Eu sei." Ellen continuou acariciando Oreo Fígaro, que sentou-se em seu colo formando uma bola sedosa.

"Espero que você não se importe, mas cheguei aqui cedo e fui até o quarto dele. Fiquei olhando todas aquelas coisas, seus brinquedos, seus livros." Connie suspirou e seu peito oscilou dentro do blusão. "Arrumei os livros dele, você sabe, força do hábito, e fechei a porta. Não acho que você iria querer entrar. Está bem?"

"Está bem. Qualquer coisa que você fizer estará bem."

Connie sorriu com tristeza. Seu rabo-de-cavalo repousava sobre o ombro.

"Deveria ter lido mais para ele. Acho que não li o suficiente."

"Você leu o bastante para ele."

"Você achava que eu devia ler mais para ele." Connie olhou diretamente para ela, com os olhos brilhando. "Você costumava achar isso, não é?"

"Você foi a melhor babá que eu poderia desejar."

"Mesmo?", perguntou Connie, e ela piscou por causa das novas lágrimas que caíam.

"Mesmo. Você não pode imaginar o quanto lhe sou grata. Nunca poderia ter trabalho se não fosse por você. E eu precisava trabalhar, por Will e por mim."

"Obrigada por dizer isso."

"Devia ter dito antes, milhares de vezes. É verdade." Ellen coçou Oreo Fígaro atrás das orelhas e ele começou a ronronar alegremente, com o peito roncando contra a palma da mão de Ellen. "Sabe, eu costumava ficar com um pouquinho de ciúme."

"Do quê?"

"De você e do tempo que você passava com Will. De como vocês eram próximos. Não gostava muito do fato de que você o amava e ele amava você. Isso me fazia sentir ameaçada."

Connie permaneceu em silêncio, inclinando a cabeça e ouvindo. O sol que entrava pelas janelas da sala era forte demais para suportar, e Ellen não entendia o que motivara sua confissão. Mas não importava por que ela dissera. A única coisa que importava era que isso precisava ser dito. E então ela prosseguiu.

"Sinto muito por isso, mas hoje eu entendo. Quanto mais pessoas amassem aquele garoto, melhor. Nós realmente o amamos, as duas juntas, e esse amor foi bom para ele."

Ellen sentiu seus olhos encherem-se de água outra vez, mas piscou para afastar as lágrimas.

"Eu costumava pensar que as crianças eram como um copo de vidro ou algo assim. Que elas quebrariam se a gente despejasse muito amor nelas. Mas elas são como o oceano. Você pode enchê-las de amor e, quando pensa que chegou à borda, você pode continuar amando-as mais e mais."

Connie inspirou com força pelo nariz. "Concordo, mas ouça

isso. Will pode ter me amado, mas ele sempre soube quem era sua mãe. Ele sabia a diferença entre mim e você, e nunca se esqueceu disso."

"Você acha?", perguntou Ellen, embora essas palavras apenas a ferissem mais, agora que ele se fora.

"Eu sei disso. Fui babá durante toda minha vida e, preste atenção no que lhe digo, as crianças sempre sabem quem é sua mãe. Sempre!"

"Obrigada." Ellen colocou o gato no sofá e ergueu-se lentamente, pois suas juntas pareciam subitamente endurecidas. "Bem, suponho que eu tenha que ir até a cozinha para ver como estão as coisas por lá."

"Não, você não precisa." Connie secou os olhos de maneira resoluta. "Eu estive lá e senti náuseas de ver tudo aquilo, e aquilo ainda pode te fazer muito mal."

"Tenho que viver aqui. Pensei em me mudar, mas não vou fazer isso de jeito nenhum." Ellen entrou na sala de jantar, que ainda estava desarrumada. Ela se lembrou de Carol a seu lado no chão, as duas olhando para Rob Moore atrás do cano de seu revólver.

"Sei que não é mais uma cena de crime, mas não sabia se devia arrumar as cadeiras ou não."

"Eu faço isso." Ellen pegou uma cadeira do chão e a arrastou ruidosamente de volta a seu lugar junto à mesa. Depois fez o mesmo com as outras, sentindo o início de um estranho tipo de satisfação. Talvez fosse isso que as pessoas queriam dizer com a frase juntando os cacos. Ela inspirou profundamente, cruzou os braços em volta do corpo e seguiu para a entrada da cozinha. "Vamos ver se está tão ruim assim."

"Estou logo atrás de você", disse Connie, e as duas ficaram lado a lado olhando para a cozinha.

Meu Deus!

Ellen apoiou-se contra o batente da porta, examinando a cena. Uma grande e reluzente poça de sangue preto-vermelho havia secado nas tábuas do assoalho, preenchendo as veias e os nós da madeira e formando um desenho macabro contornado com tinta. Deveria ter sido lá que Carol morreu.

"Repugnante, não é?", perguntou Connie, e Ellen assentiu com um aperto no peito. Ela reviu a pobre Carol, com os braços erguidos, formando um escudo com o seu corpo, e afastou esse pensamento.

Do outro lado da cozinha, perto da porta dos fundos, havia mais uma ilha de sangue, pequena, mas igualmente repulsiva, onde Moore havia caído. O cheiro de gasolina persistia no ar, e dezenas de manchas amarelas marcavam o piso nos locais em que o solvente respingara. Ellen fechou os olhos com força para afastar a imagem da boca de Will coberta pela fita adesiva, seu traje de neve ensopado de gasolina.

"Eu lhe disse que estava ruim."

"É pior do que ruim." Ellen mordeu os lábios, pensando. "Você acha que eu posso raspar as manchas de sangue?"

"Não, e eu juro que consigo sentir o cheiro."

"Só tem uma solução."

"Cobrir tudo com um tapete?"

"Não." Ellen foi até a janela e a abriu. Depois moveu os ganchos de metal e escancarou a janela antitempestade, deixando entrar uma lufada de ar fresco e nervoso que de alguma forma parecia limpar tudo. "Vou arrancar toda essa droga de chão."

"Você mesma?" Connie sorriu, surpresa.

"Claro. Será que é tão difícil assim? É apenas destruição. Qualquer idiota pode destruir alguma coisa." Ellen foi até o armário da pia, encontrou sua caixa de ferramentas de plástico laranja e a colocou em cima do aquecedor, tentando não notar que uma das chapas estava faltando. Ela abriu a caixa e pegou o martelo. "Não sou pedreiro, mas acho que dá para fazer com o lado afilado do martelo. Se começar agora, consigo terminar até a noite."

"Você quer fazer isso *agora*?"

"Por que não? De um jeito ou de outro, esse piso vai ser arrancado. Não quero isso em minha casa nem mais um minuto." Ellen aspirou o ar fresco, pegou o martelo e ajoelhou-se sobre uma das manchas de gasolina. Ergueu o martelo acima da cabeça e baixou a ponta afilada com toda sua força.

Crac! A ponta do martelo despedaçou a madeira, mas, infelizmente, ficou cravado no piso.

"Opa." Ellen puxou o cabo do martelo e a parte metálica soltou-se, lascando mais madeira. "Parece que funciona, mas nesse ritmo só vou terminar no ano que vem."

"Tenho uma ideia melhor." Connie deu a volta em Ellen, abriu a porta do porão e desceu as escadas. Quando retornou, Ellen tinha destruído apenas parte de uma única tábua do assoalho. Ela levantou os olhos e viu Connie erguendo um pé-de-cabra como a Estátua da Liberdade do seriado de TV *This old house* [Esta velha casa].

"É isso aí!", disse Ellen. "Nem sabia que tinha um desses. Obrigada." Ela se levantou, satisfeita, e tentou pegar o pé-de-cabra, mas Connie o segurou com força.

"Eu vou usar isso. Você usa o martelo. Vamos fazer isso juntas, assim iremos duas vezes mais rápido. Além disso, também quero destruir alguma coisa."

"Você não ia a um jogo de futebol?", perguntou Ellen, comovida.

"Não importa." Connie ficou de quatro e enfiou a extremidade do pé-de-cabra sob o piso lascado. "Mark vai ter que ganhar sem mim desta vez."

Os olhos de Ellen encheram-se de lágrimas, e ela não sabia o que dizer. Então não disse nada. Ajoelhou-se outra vez, ergueu o martelo e as duas mulheres trabalharam juntas nas horas seguintes, destruindo com ímpeto as evidências de um pesadelo com as únicas ferramentas que tinham em mãos.

Um martelo, um pé-de-cabra e seus corações.

Capítulo 88

Depois que Connie foi embora, Ellen empilhou a última de suas tábuas de assoalho quebradas na varanda de trás, porque os repórteres ainda estavam acampados na frente de sua casa. Ela voltou para a cozinha, fechou a porta contra o frio e trancou a janela, respirando profundamente. O cheiro de gasolina se fora, mas o piso estava uma bagunça. A remoção das tábuas de cima havia deixado exposto o piso antigo por baixo, e ela não havia conseguido arrancar todos os pregos. Eles apareciam aqui e ali, formando uma pista de obstáculos para Oreo Fígaro, que andava cheio de cuidados em direção à sua tigela de comida.

Ellen foi até a geladeira, atenta para não pisar num prego nem no gato, e abriu a porta. Estava a ponto de pegar a garrafa de água quando sua mão parou em meio ao gesto. A tigela de Pirex de gelatina de limão a encarava, com uma brilhante caverna cavada no meio.

É bom, mamãe!

Ela agarrou a garrafa de água e bateu a porta, determinada a sobreviver pelo resto do dia. Uma quietude caíra sobre a casa, um eco vazio de como ela se sentia. Ellen conferiu o relógio da parede: 14h25. Estranho que Marcelo ainda não tivesse ligado, e ela precisava telefonar para o pai. Saiu da cozinha com a água, torceu a tampa e engoliu um pouco. Depois foi para a sala de estar, ouvindo apenas o som de seus próprios passos no chão. Achou a bolsa e começou a procurar o BlackBerry, mas ele não estava lá. Provavelmente deixara cair no carro de Marcelo.

Ela olhou para cima, aborrecida, e pelas janelas pôde ver uma comoção na calçada. Repórteres e fotógrafos amontoavam-se ao redor de um táxi que parou em frente à casa, e no instante seguinte seu pai emergiu da multidão.

Pai?

Ellen correu para a porta enquanto seu pai tentava se livrar da imprensa. Ele trazia pelo braço uma atraente mulher vestindo um elegante casaco branco de lã. Provavelmente, sua nova esposa. Ellen quase havia esquecido o nome dela.

"Querida, que diabo é isso?", perguntou seu pai ao entrar. Seus olhos cor de avelã estavam arregalados de espanto. Ele bateu os pés para tirar a neve dos sapatos. "Isso é loucura!"

"Eu sei, é terrível." Ellen se apresentou e estendeu a mão para a nova esposa de seu pai. "Bárbara, não é?"

"Olá, Ellen." Bárbara sorriu com genuína ternura. Seu batom era recente, e os dentes, brancos e regulares. Ela era pequena, com feições delicadas, maquiagem de bom gosto e cabelo com reflexos penteados ao redor do queixo. "Sinto muito que tenhamos que nos conhecer nessas circunstâncias."

"Por que você não me ligou?", interrompeu seu pai. "Graças a Deus que existe a internet, ou a gente não saberia droga nenhuma."

"É que tudo ficou tão insano."

"Nós estávamos no hotel e eu liguei o computador para checar os resultados dos jogos. E lá estava a foto de minha filha, e o meu neto se fora! Pegamos o primeiro avião."

"Por que vocês não se sentam? Eu explico tudo." Ellen apontou para o sofá, mas seu pai a ignorou, agitado e agindo de forma estranha, como se fosse bem mais velho do que era. "Viemos direto do aeroporto. Tenho ligado para o seu celular."

"Desculpe, eu o deixei num carro." Ellen tinha que lhe contar as novidades, mas não iria começar por Marcelo. "Está sendo difícil, papai."

"Posso imaginar", disse Bárbara, com evidente preocupação. Seu pai, porém, estava tão perturbado que parecia desorientado.

"Então, onde está Will?" Ele olhou ao redor da sala, sua cabeça oscilando ligeiramente. "Ele não está mesmo aqui?!"

"Não, papai." Ellen manteve-se calma apenas porque ele estava demasiadamente perturbado. Nunca o vira tão abalado e fora de controle.

"Isso não pode ser. Os policiais estão com ele ou o quê?"

"Ele está com o pai, e eles já estão falando com terapeutas e pediatras. Estou rezando para que ele esteja bem."

"Onde ele está? Para onde o levaram?"

"Ele está num hotel na cidade."

"Quero vê-lo." O pai endureceu o maxilar, e a pele flácida de suas bochechas flanqueavam sua boca como um buldogue.

"Não podemos, papai."

"O que você quer dizer com não podemos?" Os olhos de seu pai faiscaram. "Ele é meu único neto. Meu neto."

"Se tentarmos vê-lo, eles vão pedir um mandado de segurança. Espero que, se colaborarmos com eles, talvez possamos..."

"Isso não pode ser legal! Avôs têm direitos!" A face de seu pai ficou vermelha de emoção. "Vou chamar um advogado. Não vou aceitar isso. Ninguém tira o meu neto de mim!"

"Eu tenho um advogado, papai. Ele disse que o que eles estão fazendo está dentro da lei."

"Então seu advogado é um charlatão." Seu pai apontou o dedo para o peito de Ellen, mas Bárbara pôs a mão na manga de seu casaco.

"Don, não grite com ela. Já falamos sobre isso. Você sabe o que ela está passando."

"Mas eles não podem levá-lo embora!" Seu pai deixou as mãos caírem, e sua expressão oscilava entre a confusão e a dor. "Eu fico fora por um minuto e, quando volto, meu neto se foi? Como isso pode ser legal?"

"Papai, relaxe." Ellen deu um passo em sua direção. "Sente-se, tome uma xícara de café e eu lhe conto a história toda. Você vai entender melhor a situação."

"Eu entendo muito bem a situação!" Seu pai virou-se em sua direção, com o dedo novamente apontando para ela. "Lembro-me quando você veio me ver. Você pensava que aquele garoto na foto era Will. Não estou certo? Você está feliz agora?"

"O quê?", perguntou Ellen, chocada.

"Don!" Bárbara gritou tão alto que por um momento ele ficou parado, confuso. "Cale a boca! Agora!" Mesmo sendo pequena, ela o encarou de igual para igual. "Não posso acreditar no que estou vendo. Não posso acreditar que esse é o homem com quem acabei de me casar. Eu sei que você é melhor do que isso."

"Como é?!", disse seu pai, mas já não havia mais acusações em sua voz.

"Não se trata de você, nem mesmo de Will." Bárbara ergueu sua mão de unhas bem-feitas. "Trata-se de sua filha, de sua única filha. Comece a prestar atenção na filha que você tem, em vez do neto que você não tem."

"Mas ela não deveria ter dito nada. Deveria ter ficado de boca fechada!"

Ellen sentiu como se tivesse levado um tapa no rosto, e a boca de Bárbara abriu-se em espanto.

"Don, ela fez o que qualquer boa mãe faria. Ela fez o que era certo para seu filho, mesmo que isso tenha lhe custado muito."

Ellen recobrou-se enquanto ouvia Bárbara. Ela tinha dado a melhor e a mais clara explicação do motivo que a levou a seguir aquela droga de cartão branco. Ellen nunca havia pensado nisso exatamente dessa forma.

O olhar de seu pai moveu-se de Bárbara para Ellen, e repentinamente seus olhos ficaram muito tristes. Ele passou os dedos trêmulos em seus finos cabelos. "Sinto muito, El. Não queria dizer aquilo."

"Eu sei, papai."

"É só que Will era... minha chance."

"O que você quer dizer com isso?", perguntou Ellen. Os olhos de seu pai encheram-se de lágrimas. A única vez em que o vira chorar fora no funeral de sua mãe, e vê-lo assim a deixou com um nó na garganta.

"Ele era minha chance, El. Minha segunda chance."

Ellen tocou seu braço, pressentindo o que ele iria dizer antes que ele o dissesse. Ela lhe deu um grande abraço e ele entregou-se a seus braços com um leve gemido.

"Tudo o que eu fiz de errado com você eu ia fazer do jeito certo com ele. Queria fazer isso por você. Por sua mãe."

Ellen achou que seu coração ia se partir, e no minuto seguinte seus olhos brilharam de lágrimas e ela se pôs a chorar como um bebê nos braços do pai.

"Sinto muito, querida", ele sussurrou, e Ellen soluçou, sentindo o aroma de sua cara loção pós-barba. Ela experimentou um verdadeiro conforto em seus braços, de uma forma como nunca sentira antes. A profunda dor de seu coração cedeu apenas um pouquinho, e ela sentiu o quão poderoso era algo tão simples, mas tão profundo: o amor de um pai.

E deu graças a Deus por ele estar vivo.

Capítulo 89

Foi só depois que eles partiram e Ellen estava enxaguando suas xícaras de café que o telefone tocou. Ela fechou a torneira, atravessou a sala e checou a identidade de quem estava ligando. Era o número principal do jornal. Ellen pegou o telefone.

"Alô?"

"Ellen?", perguntou Marcelo, preocupado. "Você está bem? Eu estive ligando para o seu celular."

"Acho que o deixei cair em seu carro. Eu queria ligar para você, mas meu pai e minha madrasta acabaram de sair."

"Como você está?"

"Bem, tudo bem." Ela ergueu os olhos e viu que os Coffman ainda não tinham voltado. A casa deles continuava às escuras. "Provavelmente você quer que eu dê uma olhada na matéria, não é?"

"Só se você estiver a fim."

"Não tenho certeza."

"Então deixe para lá. Adorei o que você escreveu para a matéria sobre os homicídios."

"Bom, obrigada." Ellen sentiu um calor que não podia negar.

"Vou terminar tudo aqui por volta das nove. Felizmente há notícias que favorecem você."

"Difícil imaginar isso, a julgar pela multidão lá fora."

"Você gostaria de companhia esta noite? Não acho que deva ficar sozinha."

"Eu gostaria, sim."

"Então estarei aí." A voz de Marcelo se suavizou. "Até lá, cuide-se."

"Te vejo mais tarde." Ellen desligou e atravessou o aposento, sentindo uma sensação estranha quando chegou ao início da escada. Era o local exato onde Carol havia deixado Will, antes de fazer seu gesto final.

Ellen sentiu um aperto no peito e se forçou a pisar naquele local e subir a escada. Ela teve um rápido vislumbre do cenário lá fora, na calçada. Os repórteres ainda estavam lá, fumando cigarros e segurando copos descartáveis com café para se protegerem do frio. Naquela tarde o céu passou a última hora antes do crepúsculo descendo, derramando estrias púrpuras e rosadas por trás dos cedros trêmulos e das antenas parabólicas, uma típica noite suburbana de inverno.

Os tamancos de Ellen ressoaram na escada de madeira, ecoando na casa silenciosa, e ela se perguntou por quanto tempo continuaria percebendo cada ruído que nunca antes percebera. Agora, Ellen vivia numa casa de ecos. Teria de trocar os tamancos por chinelos se quisesse manter a sanidade.

Ela chegou ao topo da escada, que terminava em frente ao quarto de Will, e olhou para a porta fechada. Não que isso ajudasse. Adesivos de borboletas, desenhos rabiscados e uma placa de carro na qual se lia QUARTO DE WILL cobriam a porta. Quase que instintivamente, Ellen estendeu a mão para a maçaneta. Então perguntou-se se deveria entrar.

"Mrrp?" Oreo Fígaro miou, esfregando-se contra seu jeans, o rabo enrolado ao redor da perna de Ellen.

"Não pergunte", disse-lhe Ellen, girando a maçaneta. Ela abriu a porta, e o cheiro de Cheerios e Play-Doh a atingiu em cheio. Ela esforçou-se para não chorar, e seu olhar passeou pelo quarto escuro, exceto pelo retângulo branco da persiana da janela, que brilhava por causa da neve e dos holofotes da TV lá fora. Não sabia por quanto tempo esteve parada lá, mas foi por tempo suficiente para que a luz do dia se desvanecesse, fazendo com que os bichos de pelúcia se desmaterializassem em formas obtusas e as lombadas dos livros se afinassem em linhas retas bem marcadas. As estrelas do teto tinham um brilho esmaecido, e a constelação WILL a levou de volta no tempo, para as incontáveis noites em que ela o abraçara antes de deitar-se, lera para ele, conversara ou apenas ouvira sua adorável cadência grave e aguda, a música de suas histórias na escola ou na natação cantada em seu registro de garotinho, como o mais doce dos flautins.

Ela observou quase que entorpecida enquanto Oreo Fígaro pulava sem fazer ruído para os pés da cama de Will, onde ele costumava dormir enrodilhado junto a um coelhinho de pelúcia molenga, cuja silhueta das orelhas era delineada pela luz que vinha da persiana. Will ganhara aquele coelho numa festa que Courtney organizou para Ellen no trabalho, quando ela adotou Will. Sarah Liu tinha dado o coelho para ele.

A raiva assomou ao peito de Ellen. Sarah, que deveria ser sua colega. Sarah, que mais tarde venderia os dois por dinheiro. Sarah, que lhe roubara a escolha de devolver Will e de quando fazer isso. Ele poderia estar ali agora, no lar ao qual ele pertencia, abraçado com seu gato, em vez de estar num quarto estranho de hotel, perdido e confuso.

"Sua cadela!", gritou Ellen. Com um único movimento, ela atravessou o quarto, pegou o coelho e o arremessou contra as estantes de livros, derrubando um carrinho de brinquedo. Oreo Fígaro pulou da cama, assustado.

A raiva queimava em seu peito, e ela se apressou em sair do quarto.

Com ódio.

Capítulo 90

Ellen postou-se nos degraus de tijolos cobertos de neve da entrada e bateu na porta da frente da bela casa em estilo holandês colonial. A viagem a Radnor não havia dissipado sua raiva, mesmo com os repórteres a seguindo, e ela bateu outra vez na porta, imersa na luz de cálcio branco dos holofotes de tv. Os repórteres gravavam cada um de seus movimentos, mas ela não se importava. Eles estavam fazendo o trabalho deles, e ela fazia o dela.

"Olá!" Sarah abriu a porta da frente, e seus olhos escuros faiscaram, alarmados. Ela ergueu a mão para proteger os olhos dos holofotes.

"O que você está fazendo aqui?"

"Deixe-me entrar. Nós estamos na tv, amiga."

"Você não tem o direito de vir aqui!" Sarah tentou fechar a porta, mas Ellen a empurrou.

"Obrigada, mas eu vou entrar." Ela investiu pela soleira da porta e foi parar numa quente e elegante sala de estar, mobiliada com peças de camurça cinza e um grosso tapete felpudo combinando. Dois garotos estavam sentados no tapete, brincando com um ruidoso videogame em uma tela grande.

"Espere! Meus filhos estão aqui."

"Estou vendo." Ellen mascarou suas emoções e acenou para eles. "Olá, garotos, como estão?"

"Bem", respondeu um deles sem olhar. Sarah fechou a porta e fez um sinal para eles.

"Meninos, vão para o quarto", ela disse, com a voz em *staccato*, e eles largaram os controles do jogo e levantaram-se imediatamente, deixando Ellen surpresa. Ela não era capaz de obter esse tipo de obediência de seu cabelo, muito menos de seu filho. Os meninos saíram da sala e Sarah pegou o controle, apertou o botão vermelho para desligar e colocou-o em cima da TV, cuja tela ficou escura.

"Sarah, como você pôde fazer isso?" Ellen estava controlando seu temperamento. "Não apenas comigo, mas com Will?"

"Não fiz nada para ele. Pelo menos não fiz nada de errado." Sarah deu um passo para trás, puxando a barra de seu suéter preto justo.

"Você não pode acreditar numa coisa dessas."

"Eu acredito e é verdade. Seu filho está onde deveria estar, com seus verdadeiros pais." Sarah não parecia estar nem um pouco arrependida. Sua boca ainda estava rígida. "Eu fiz a coisa certa."

"Você não fez porque era a coisa certa. Você fez pelo dinheiro." Ellen deu um passo à frente, lutando contra o impulso de dar um tapa na cara de Sarah. "Você não podia esperar para largar o emprego, agora que está rica."

"Não importa o que eu fiz. O que importa é que ele não era legalmente seu. Ele era Timothy Braverman."

"Eu poderia ter dito isso a eles, mas você me impediu de fazer isso."

"Não, você não teria dito. Nenhuma mãe teria."

"Talvez você não contasse, mas eu poderia ter contado, e por sua causa Will foi levado da pior maneira possível." A raiva de Ellen borbulhou até a superfície. "Sem explicações, sem tempo para se acostumar, ele foi apenas levado. Esse é o tipo de coisa que pode traumatizá-lo por toda a vida."

"Tudo o que eu fiz foi dizer a verdade."

"Não finja que você agiu de acordo com a moral, porque você não fez isso. Você acha que foi ético me espionar? Vasculhar meu computador? Você até enganou meu filho para que ele lhe dissesse onde eu estava!"

"Ele não era seu filho. Era o filho deles."

"Ele era *meu* filho."

"Não legalmente."

"Ele era meu filho até que eu afirmasse outra coisa." Ellen sentiu lágrimas raivosas escorrerem, e bem lá no fundo sabia que estava gritando com a pessoa errada. Não estava com raiva de Sarah, estava com raiva de tudo e de todos. Com raiva do que acontecera, em primeiro lugar. Mas ainda não conseguia se conter. "Eu nunca faria nada para ferir seus filhos, não importa o que acontecesse."

"Você não está preocupada com Will. Está preocupada com você mesma."

"Quer saber? Você está certa. Eu amo meu filho e queria ele em casa comigo. Mas, acima de tudo, quero que ele seja feliz. E graças a você, ele está sofrendo e..."

Ouviu-se um ruído atrás delas, vindo do outro lado da sala. Ellen virou-se e ficou chocada com o que viu. Era Myron Krims, o marido de Sarah. Mas ele estava numa cadeira de rodas. Ela o havia visto apenas uma vez, anos atrás, e ele caminhava bem. Na época, ele era um dos principais cardiologistas da cidade, mas obviamente agora ele estava doente. Seu suéter preto e calças cáqui nadavam em seu corpo, e seu cabelo tornara-se completamente grisalho. Olheiras circulavam seus olhos, e seu aspecto parecia vago.

"Querida?", falou Myron com a voz trêmula, "Estava chamando você."

"Com licença." Sarah correu para o marido e Ellen viu quando ela se inclinou sobre ele, sussurrou alguma coisa em seu ouvido, e então empurrou sua cadeira para fora da sala. Sarah retornou depois de alguns instantes. Seu rosto era uma máscara rígida.

"Bem, agora você sabe."

Por um minuto, Ellen não sabia o que dizer. "Eu não fazia ideia."

"Nós não fazemos propaganda disso."

"O que aconteceu?"

"Ele tem esclerose múltipla." Sarah ajeitou uma almofada de camurça que não precisava ser ajeitada.

"Por quanto tempo?"

"Pelo resto de sua vida."

Ellen ficou vermelha. "Quero dizer, quanto tempo faz que ele está assim?"

"Isso não é da sua conta. Não é da conta de ninguém, só de nós dois."

Ellen viu uma ruga prematura na testa de Sarah e perguntou-se por que nunca a notara antes. Por todo esse tempo havia pensado que ela era a única que tinha de sustentar a casa sozinha, mas estava errada.

"Eu estava fazendo o que era melhor para a minha família." A voz de Sarah permanecia controlada, e seu olhar resoluto. "Fiz o que tinha de fazer."

"Você podia ter me contado." Ellen sentiu-se desarmada, sem fôlego. "Você podia ter me avisado."

"O que você teria dito? Não pegue o dinheiro?" Sarah fungou. "Era a minha família ou a sua família. Eu escolhi a minha família. Você teria feito o mesmo."

"Eu não sei", respondeu Ellen após um segundo. Estava relembrando o que o policial dissera na sala de espera do pronto-socorro. *Trata-se de uma situação sem vencedores.* De repente, ela não sabia mais o que era certo ou o que era moral, o que era legal ou justo. Já não sentia mais satisfação nenhuma em confrontar Sarah. Não estava calma o suficiente para analisar a situação. Nem sequer poderia dizer o que teria feito se estivesse no lugar de Sarah. Sabia apenas que Will se fora, e havia um vazio profundo em seu peito onde antes existira um coração. Seus ombros se encolheram e ela sentiu-se pesada. Ela pôs as mãos no rosto, e no segundo seguinte o assento do sofá começou a afundar quando Sarah sentou-se a seu lado.

"Vou lhe dizer uma coisa", sussurrou Sarah. "Eu sinto muito."

E ao ouvir essas palavras, Ellen deixou escapar as poucas lágrimas que ainda lhe restavam.

Capítulo 91

ELLEN FOI PARA CASA SENTINDO-SE OCA E EXAUSTA, sensível e dolorida. Jogou sua bolsa e chaves no banco sob a janela e sacudiu seus tamancos cheios de neve. Tirou o casaco e ia pendurá-lo, mas ele caiu no chão do armário e ela não tinha energia para pegá-lo. Estava com sede, mas não pegou nada para beber. Estava com fome, mas não se deu ao trabalho de comer. Nem sequer teve forças para enfurecer-se com os repórteres que a seguiram da casa de Sarah, importunando-a com perguntas. Oreo Fígaro apareceu para roçar-se em suas pernas, mas ela o ignorou e foi para o andar de cima ler a matéria de Sal.

Subiu a escada devagar, e o som de seus tamancos era como o tique-taque de um relógio batendo mais devagar. Nunca se sentira assim em toda sua vida. Estava vazia como um fantasma. Foi para o escritório movendo-se no piloto automático, acendeu a luz e andou até o computador. Sentou-se e arrastou o mouse, e o monitor de seu computador acordou com o protetor de tela de Will posando com Oreo Fígaro.

Por favor, não.

Ela abriu o Outlook e olhou para a pilha de nomes em negrito acumulada em sua caixa de mensagens. Aguardou que o e-mail de Marcelo se abrisse e cruzou os braços ao redor do corpo para ler a matéria. Mas não foi o e-mail de Marcelo que chamou sua atenção. Ela moveu o mouse, clicou em outro e-mail e abriu, lendo-o rapidamente.

E então ela gritou.

E quando parou de gritar, correu para o telefone.

Capítulo 92

Ellen voou como um foguete, fazendo as rodinhas da cadeira da escrivaninha deslizarem para trás. Correu para a porta e lançou-se escada abaixo.

Clop, clop, clop, clop, ela soava como um cavalo de corrida. Ellen chegou à sala de estar, agarrou a bolsa e as chaves do banco sob a janela, apanhou o casaco do chão do armário, abriu a porta e alcançou o ar frio.

Bateu a porta atrás de si e desceu voando os degraus, espalhando neve por todo lado, com o coração na boca, indiferente aos repórteres que surgiram à sua frente conforme haviam feito cinco minutos antes, erguendo as câmeras que tinham estado descansando e ligando os geradores para acionar holofotes e microfones.

"Ei, aonde você vai agora?", perguntou um repórter, enquanto a filmava, e outros juntaram-se a ele. "Ellen, o que está acontecendo?" "Você vai voltar à casa de Sarah?"

Ellen embrenhou-se pela neve em frente à sua casa, permanecendo em sua propriedade, onde a imprensa não podia segui-la, lutando contra a neve profunda para chegar ao carro. Da calçada, os repórteres gritavam perguntas.

"Você não pode nos dar uma declaração?". "Ellen, vamos lá, dê uma colher de chá para a gente!" "Por que toda essa atividade? Você vai ver Will?"

O carro apitou ao abrir as portas. Ellen ligou o motor e deu marcha à ré enquanto pressionava o botão para abaixar a janela.

"Mexam-se, todos vocês!", gritou ela, fazendo gestos frenéticos pela janela, com o coração acelerado. "Saiam do caminho! Saiam do meu caminho!"

"Aonde você vai?" "Teve notícias de seu filho?" "Eles vão deixar você ver o menino?"

"Saiam, saiam, SAIAM!" Ellen manobrou para fora da entrada de carros, acelerando até que eles saíssem do caminho. Alguns gritavam perguntas enquanto outros pularam para seus carros e furgões, prontos para segui-la novamente.

"Ellen, eles estão no Four Seasons, você sabia?" "É para lá que está indo?"

"SAIAM!" Ellen começou a dirigir depressa, espalhando a neve e o sal da rua, acelerando até a esquina e virando à esquerda tão rápido que quase perdeu a direção na Wynnewood Road. Ela conseguiu manter o controle do carro e acelerou pela rua na qual a neve fora prensada e onde quase não havia tráfego, e quando chegou a City Line estava sendo seguida por furgões da imprensa com suas antenas parabólicas expostas e uma variedade de veículos que a perseguiam. O farol ficou vermelho, mas ela o ultrapassou e acelerou em direção ao cruzamento. Correndo, ela passou na frente de um limpador de neve, de um ônibus e até de uma ambulância.

Nada iria detê-la.

Nem agora, nem nunca.

Capítulo 93

Ellen caminhou apressada pela sala de espera atrás do agente especial Orr, passando pelo grosso selo de ouro do FBI, pela fotografia emoldurada do presidente e do procurador-geral, pelos pôsteres dos dez mais procurados e por tudo o mais que estivesse pendurado nas paredes brancas. Ela seguiu o agente especial Orr por um reluzente corredor até chegarem a uma porta de madeira com uma placa na qual se lia: sala de reuniões.

O agente especial Orr girou a maçaneta.

"Pode entrar, senhorita Gleeson", disse ele, deixando-a passar e indo embora logo em seguida.

Ellen entrou, tentando se recompor. Dirigira o mais rápido possível para chegar lá, e eles já estavam todos em seus lugares. O agente especial Manning levantou-se de seu lugar na cabeceira da mesa e, ao lado dele, Ron Halpren levantou-se também, com um sorriso incerto. Ele vestia um smoking de um jantar beneficente, e Ellen o cumprimentou.

"Desculpem-me por atrapalhar sua noite, cavalheiros", disse ela, sentando-se ao lado de Ron. Ela cumprimentou com a cabeça o agente especial Manning, que havia retomado seu lugar na cabeceira. "Obrigada a você também, agente especial."

"É o meu trabalho." Seu sorriso era apenas educado e ele estava vestido de modo informal, com um blusão do FBI sobre uma camisa Oxford. Atrás dele havia uma grande vidraça de vidro fumê com uma vista noturna da cidade coberta de neve. "Só espero que não seja perda de tempo."

"Não é." Ellen olhou para o outro lado da mesa, onde Bill Braverman estava sentado, chamativo com sua jaqueta esportiva e camiseta polo, ao lado de seu advogado, Mike Cusack, que estava vestido como ele.

"Então, por que estamos todos sentados aqui?", perguntou Bill, os olhos faiscando de raiva.

Ellen se recompôs, dobrou as mãos sobre a mesa de reuniões e inspirou profundamente.

Capítulo 94

"Está bem, aqui vai." Ellen fez uma pausa, com o coração na garganta. Estava a ponto de soltar uma bomba, e olhou nos olhos de Bill com simpatia. "O fato é que você não é o pai de Will."

"Isso é mentira!", disparou Bill.

"É verdade, e eu tenho a prova."

"Você está insultando a mim e a minha esposa!"

Cusack pôs a mão no ombro de Bill para contê-lo. "Por favor, deixe-me explicar."

"Por que eu deveria?" Bill soltou o braço, dirigindo um olhar fulminante para Ellen. "Você não me engana nem por um minuto. Que truque é esse?"

"Não é um truque."

"Senhorita Gleeson", interrompeu Cusack, parecendo desconfiado, "a senhorita deveria saber que causar intencionalmente danos emocionais é algo passível de processo, e nós não hesitaremos em processá-la."

Ron franziu o cenho. "Não vou deixar que você a ameace, Mike."

"Mas isso é obviamente um truque proposital." Cusack ergueu uma sobrancelha agrisalhada. "Não me diga que você caiu naquele e-mail idiota. Você também anda mandando dinheiro para embaixadores etíopes?"

"Não é um truque, posso lhe garantir", disse Ron. Seu tom era equilibrado e sensato.

O agente especial Manning pigarreou. "Vamos nos acalmar e deixar que a senhorita Gleeson nos diga do que se trata."

"Obrigada." Ellen organizou seus pensamentos. "Para resumir uma longa história, quando estive em Miami obtive amostras de DNA de Carol e Bill Braverman. Eu os segui a um restaurante e colhi algumas pontas de cigarro que Bill deixou num cinzeiro..."

"Você fez o quê?", interveio Bill, levantando-se, mas Cusack o fez sentar-se.

"Eu também peguei uma lata de Sprite Diet da qual Carol havia bebido e a enviei para um laboratório que encontrei na internet."

"Isso é ridículo!" Bill bateu na mesa com a mão pesada, mas Ellen não perdeu o foco. Não podia culpar Bill por sua reação, mas não iria voltar atrás.

"Recebi os resultados por e-mail, e Ron repassou o e-mail para vocês. Honestamente, eu havia esquecido dos testes e não tinha dúvida de que Will era mesmo Timothy depois daquela noite na minha cozinha. Rob Moore disse que sua namorada era Amy Martin, e eu sabia que Amy era a pessoa que tinha dado Will para adoção."

A seu lado, Ron acrescentou: "É uma perfeita linha de custódia".

"Sim, é", disse o agente especial Manning, e embora Ellen não falasse linguagem legal, ela entendeu o sentido.

"Os resultados dos testes chegaram, e eles mostram que Carol Braverman era claramente a mãe biológica de Will. Mas Will não compartilha o DNA de Bill. Os resultados indicam que Bill não é o pai de Will."

"Você está dizendo que Carol me traiu?" Os olhos de Bill ficaram ainda maiores.

"Sinto muito, mas ela deve ter traído você." Ellen sentiu-se péssima por Bill, mas continuou. "Você disse que seu casamento não era dos melhores..."

"Ela não faria isso!" Bill ficou vermelho. "Ela não fez, e certamente não iria me enganar fazendo-me pensar que o filho de outro homem era meu!"

"Sinto muito, realmente sinto muito." Ellen levou um segundo para se recompor, e então disse as palavras que havia ensaiado durante todo o percurso até ali. "Will não é seu filho, você não tem direito legal sobre ele. Minha adoção continua legal e eu quero meu filho de volta."

Ron acrescentou: "Minha pesquisa mostrou que a lei seria a mesma em quase todas as jurisdições, inclusive na Flórida. Como Carol não tem parentes vivos, Ellen está qualificada para ficar com Will".

"Isso é um truque!", gritou Bill, erguendo-se num salto.

"Baseado num teste de DNA da internet?" Cusack permaneceu em sua cadeira. Sua expressão estava um pouquinho menos hostil. "Quem você pensa que nós somos?"

O agente especial Manning fez um gesto para que Bill se sentasse e ele obedeceu, embora estivesse furioso.

"É um laboratório legítimo", disse Ellen, esforçando-se para manter a calma. Ela havia discutido os procedimentos dessa reunião com Ron, que foi a primeira pessoa para quem ligou após ler o e-mail. "Mas se você quiser fazer outro teste para confirmar os resultados, é um direito seu."

"*É um direito meu?!*", repetiu Bill, incrédulo.

"Estou de acordo com um laboratório escolhido pelo FBI, com o teste ministrado sob a supervisão deles."

"Não vou fazer nenhuma porcaria de teste de DNA!" O maxilar de Bill endureceu-se com determinação. "Timothy é meu filho, e eu vou ficar com ele!"

Ron ergueu o dedo de modo profissional. "Sob o ponto de vista legal, podemos pedir que você faça um teste de DNA. Se levarmos agora mesmo essa questão aos tribunais, qualquer juiz mandaria você fazer o teste. Eu e minha cliente estamos mais do que preparados. Me acompanhem aqui." Ron abriu uma pasta do tipo sanfona, pegou uma pasta de papel manilha, tirou alguns papéis de dentro e os entregou ao agente especial Manning, a Bill e a Cusack. "Esses documentos estão prontos para serem entregues. Tenho um juiz de emergência, aguardando. Se você e Will não fizerem o teste voluntariamente, o tribunal exigirá que vocês o façam. Também vou pedir ao tribunal que nesse meio tempo coloque Will em custódia protetora, para que você não saia desta jurisdição com ele."

"Você deve estar brincando!" Bill agarrou os papéis do centro da mesa e examinou a primeira página. Seus olhos moviam-se rapidamente da esquerda para a direita, e seus lábios estavam crispados de fúria.

Mas Ellen pôde ver que Cusack, sentado ao lado de Bill e também lendo os papéis, ergueu novamente a sobrancelha.

Ron acrescentou: "Mike, se quiser um minuto a sós com seu cliente, eu e Ellen não nos incomodaremos de esperar lá fora".

Cusack ergueu os olhos por alguns instantes, imerso em pensamentos. "Sim, obrigado. Gostaria de conferenciar com meu cliente."

Ellen e Ron ergueram-se da mesa, saíram da sala de reuniões e foram para o corredor. Eles fecharam a porta atrás de si e Ron pôs uma mão paternal em seu ombro.

"Ellen, não fique tão excitada." Um sulco formou-se em sua fronte. "Lembre-se de que o laboratório da internet pode estar errado. Até os laboratórios mais confiáveis obtêm falsos resultados em testes, em todos os tipos de testes, e eu não quero que você fique com tamanhas expectativas."

"Eles não são tão vagabundos assim", disse Ellen. E ela sabia do que falava. "Jerry Springer* usa esses testes."

Ron sorriu. "Prepare-se para o pior e você ficará agradavelmente surpresa."

"Boa maneira de acabar com o entusiasmo, doutor."

Depois de quinze intermináveis minutos, a porta da sala de reuniões se abriu e o agente especial Manning pôs a cabeça para fora.

"Estamos prontos para vocês", foi apenas o que ele disse.

---

* Apresentador de TV norte-americano, famoso por realizar debates entre ex-cônjuges. (N. T.)

Capítulo 95

Ellen entrou na sala de reuniões seguida por Ron e sentou-se à mesa encarando Cusack. Bill abandonara sua cadeira e estava parado junto à janela, com os braços cruzados e a expressão sombria. Ellen viu a tensão em torno de seus olhos e sabia que ele estava mais angustiado do que zangado. Sentiu pena dele.

Cusack começou: "Decidimos, em espírito de cooperação, fazer um teste de DNA. O FBI recomendou um laboratório que eles usam o tempo todo, e nós levaremos amostras de Bill e de Timothy esta noite".

"Nós apressaremos as coisas. Devemos ter os resultados por volta da segunda-feira."

Ellen sentiu o coração disparar, mas não demonstrou nenhuma emoção em deferência a Bill.

Cusack continuou: "Contudo, não achamos que seja necessário colocar Timothy em custódia protetora com o FBI à espera dos resultados. Timothy está no Four Seasons, com uma babá que foi altamente recomendada. Bill gostaria de manter o garoto com ele no hotel, e ele garante que não deixará a jurisdição. Temos certeza de que vocês irão concordar com isso".

Cusak aguardou em silêncio a resposta de Ellen. Bill fez o mesmo, ainda junto à janela, com os braços cruzados.

Ron coçou a cabeça com seu sorriso tipicamente gentil. "O que você quer fazer, Ellen?", perguntou ele. "Você pode deixar o menino com Bill até os resultados chegarem, ou o FBI pode mantê-lo confortável em um hotel."

O agente especial Manning acrescentou: "O Four Seasons está fora do nosso orçamento". E deu uma risadinha, mas ninguém mais riu.

Ellen encontrou os olhos de Bill do outro lado da sala e sentiu que eles partilhavam um vínculo. Era uma situação sem vencedores, a cada passo do caminho. Quanto à custódia protetora, isso havia sido ideia de Ron. Ela realmente não queria que Will ficasse com um policial. Ellen levou apenas um minuto para decidir-se.

"Tenho confiança de que Bill irá cuidar bem de Will, e nesse momento isso é o melhor para ele. Não quero bagunçar sua vida de novo se o teste estiver errado."

"Obrigado", disse Cusack, e Ron assentiu.

Mas Bill não respondeu. Apenas virou-se, e pela janela olhou para a noite fria e escura. Ele estava sendo confrontado com a possibilidade de perder seu filho.

E Ellen sabia exatamente como ele se sentia.

Capítulo 96

Mais neve caíra, cobrindo as minivans, os balanços e os bancos do jardim com um branco imaculado. O céu da tarde era de um azul brilhante e ensolarado e o vento era frio e fresco, como se o gelo intenso houvesse matado todos os germes, deixando apenas o mais puro e saudável ar.

Ellen inspirou, de pé em sua varanda, sem o casaco, como uma louca dama, cruzando os braços sobre o peito, com cabelos que há pouco receberam xampu, trajando apenas um suéter lavado a seco e meias limpas e do mesmo par. Até mesmo tamancos novos ela estava usando.

"Ellen, podemos esperar dentro de casa", disse Marcelo, parado do lado direito de Ellen.

"Não, vamos ficar aqui", disse o pai, à sua esquerda.

"Eu concordo", disse Bárbara ao lado do marido, em seu adorável casaco branco. Atrás deles, estavam Connie e o seu marido, Chuck. Ela disse: "Cavalos selvagens não conseguiriam me arrastar dessa varanda".

Todos sorriram, principalmente Ellen, apesar dos repórteres, âncoras de TV e fotógrafos que se amontoavam na calçada em frente à sua casa e se espalhavam pela rua, gritando perguntas, gravando vídeos e tirando fotos, numa algazarra que exigia cinco policiais para manter o tráfego fluindo.

Marcelo sorriu, perplexo. "Deixem-me entender isso direito. Está gelado aqui fora, mas nós estamos na varanda?"

"Certo!" Ellen e seu pai responderam em uníssono, e depois olharam um para o outro.

"Grandes mentes", seu pai disse, e Ellen riu.

Marcelo pôs o braço em volta de seu ombro. "Sabe de uma coisa? Eu gosto disso."

"Bom", disse ela, aconchegando-se nele.

De repente, um sedan preto virou a esquina e Ellen sentiu o coração disparar. Ela deu um passo à frente para olhar mais de perto. O sedan reduziu a velocidade quando chegou aonde estavam os fotógrafos, que começaram a içar as câmeras por cima dos ombros. As luzes de emergência do sedan foram ligadas, piscando uma luz amarela enquanto o carro estacionava em frente à casa.

"Meu Deus", disse Ellen, com a respiração suspensa, já se movendo. A imprensa interpôs-se à frente, apontando câmeras e microfones para o sedan. A porta se abriu e Bill emergiu do banco do motorista ao lado de Cusack, que estava no banco de passageiro. Repórteres os engolfaram com suas câmeras e microfones, e Ellen correu pela calçada em direção à multidão. No instante seguinte ouviu uma voz no centro do tumulto.

"Mamãe! Mamãe!"

"Will!", gritou Ellen, com as lágrimas nublando seus olhos enquanto penetrava na multidão e abria caminho às cotoveladas. Ela alcançou o sedan no momento em que Bill soltava Will do assento do carro e o carregava em direção a Ellen, em meio aos repórteres enlouquecidos.

"Mamãe!", gritou Will, com os braços estendidos para ela. Ellen o pegou e o abraçou com tanta força que quase o apertou como a um boneco.

"Está tudo bem agora, está tudo bem", disse ela, enquanto Will chorava e enrolava os braços em torno de seu pescoço. Os repórteres gritavam perguntas e enfiavam as câmeras em seus rostos. Mas Ellen vislumbrou os olhos de Bill, e sua expressão era sofrida.

Então ela o chamou. "Quer entrar e tomar um refrigerante?"

"Não, obrigado", respondeu Bill, fazendo um gesto vago em direção a Will. "Comprei sapatos novos para ele."

"Obrigada." Ellen sentiu uma onda de simpatia. "Outra hora, então?"

"Até logo", disse Bill, com os olhos fixos nas costas de Will, com a dor moldando sua expressão. Ele se afastou em meio aos cliques das câmeras, e a sensação de culpa de Ellen transformou-se em felicidade quando Marcelo, seu pai e Chuck postaram-se ao seu lado e a protegeram enquanto ela corria de volta para a calçada em frente, apressava-se pela porta aberta da varanda e entrava na casa quente e acolhedora.

Will não tocou o chão por pelo menos meia hora, sendo passado da mãe para o avô, para a mãe, para a nova avó, para a mãe, para Marcelo, para Connie, para Chuck e de novo para Ellen, até que ele parasse de chorar e que todos o tivessem abraçado com força, o enchido de beijos e se acalmado ao sentir o peso dele em seus braços, e perceber que ele realmente estava seguro e que por fim voltara para casa.

Ellen sentiu seu coração verdadeiramente em paz pela primeira vez desde que vira o cartão branco tanto tempo atrás. Ela colocou Will na sala de estar, mas ele franziu o cenho, apesar de estar no centro de um adorável círculo.

Seus olhos brilhantes vasculharam a sala, ignorando as faixas torcidas de crepe verde, os balões verdes de hélio no teto e até a pilha de caixas de presentes de uma família louca de amor.

"Qual é o problema, querido?", perguntou Ellen, confusa. Ela inclinou-se e roçou seu cabelo macio com os dedos. Pensou que talvez nunca conseguisse parar de tocar seu cabelo.

"Onde está Oreo Fígaro, mamãe?"

"Oh, ele estava aqui há um minuto", respondeu Ellen, olhando ao redor. No instante seguinte eles avistaram o gato sob a mesa, fugindo de toda aquela comoção. Um borrão preto e branco com um rabo em forma de ponto de interrogação.

"Lá está ele!", gritou Will, correndo atrás do gato que escapara para a cozinha.

"Oh, oh." Ellen foi atrás de Will e todos olharam para os dois com a respiração suspensa. Eles haviam discutido sobre como Will reagiria ao ver a cozinha outra vez. Ellen falara com um psicólogo infantil, que lhe dissera para deixar que Will tomasse a iniciativa de fazer perguntas.

O terapeuta também aprovou sua ideia de redecorar o local, e ela rezava para que Will também aprovasse. Ellen conteve a respiração quando Will chegou à soleira da porta da cozinha.

"Mamãe!", gritou Will, surpreso. "Olhe aqui!"

"Eu sei, é uma surpresa para você." Ellen se aproximou por trás e pousou a mão na cabeça dele. Ela e Marcelo passaram todo o fim de semana trabalhando na cozinha, instalando madeira laminada no chão e pintando as paredes para cobrir as manchas de sangue. A cor da parede fora a escolha mais fácil, ainda que, quando o sol se derramava pela janela de trás, o aposento desse a impressão de que estava crescendo. Ela duvidava que um dia fosse se acostumar com uma cozinha verde brilhante, ou que devesse se acostumar.

"É minha cor favorita!", exclamou Will. Ele agarrou o gato e lhe deu um beijo. "Eu amo você, Oreo Fígaro."

"Eu também amo você", replicou Ellen, com sua voz de Oreo Fígaro.

Will deu uma risadinha e colocou o gato de volta no chão. "Posso abrir meus presentes agora?"

"Sim, mas primeiro me dê um beijo." Ellen inclinou-se e Will jogou os braços ao redor de seu pescoço. Se ela esperava por um grande beijo de reencontro, não levou nenhum, pelo menos não enquanto os presentes estivessem esperando para serem abertos. Will correu para fora da cozinha e Ellen lhe gritou: "Eu te amo!"

"Eu também te amo!"

Ellen foi até o armário e pegou um saco de lixo para as embalagens dos presentes, e enrijeceu-se ao lembrar que na última vez em que estivera ali havia matado um homem. Virou-se para a parede contra a qual Moore escorregara, como que para tranquilizar-se de que não haveria sangue.

Mas havia.

Um repentino e terrível flashback surgiu do nada. Ante seus olhos, Moore escorregava de novo, encostado à parede. Sangue vermelho e brilhante jorrava de um fundo buraco em sua testa. Um sorriso torto cruzou seus rosto. Ellen gelou ao lembrar-se disso. O sorriso era torto porque seu lábios caíam para a direita. Como Will.

Ela ligou as peças, assombrada. Não percebera isso antes porque estava certa de que Bill Braverman era o pai de Will. Mas agora que sabia que ele não era, o sorriso torto assumiu um novo significado. Ela então lembrou-se do que Moore dissera a Carol naquela noite.

Você devia dizer a ele: "Querido, sua mulherzinha não é a garota comportada que você acha que é".

Ellen olhou para a parede, mas ela estava verde outra vez. Ela ficou um momento parada, trêmula, tentando organizar os pensamentos e processar o que acabara de descobrir.

Se Bill não era o pai de Will, ela tinha uma boa ideia de quem fosse.

Epílogo

Cerca de um ano depois, houve outro inverno nevado e outra festa com presentes desembrulhados, balões e fitas de crepe ziguezagueando pela sala de estar, que dessa vez estava cheia de coleguinhas de Will movidos a açúcar. Eles corriam para cima e para baixo, brincavam com os brinquedos novos, comiam o bolo em camadas da padaria e faziam uma bagunça infernal em seu quarto aniversário.

"Cuidado!", gritou Will, correndo com uma nova espada a laser. Ellen agarrou a espada em meio à corrida.

"Não corra com isso."

"Por favor!"

"Não, você vai machucar alguém."

"Ah, mamãe!" Will saiu correndo atrás de seu amigo Brett, e o pai de Ellen chegou, com um brilho traiçoeiro nos olhos.

"Eu fico com essa arma, minha senhora."

"Para quê?" Ellen lhe entregou a espada.

"Você vai ver. Isso vai servir muito bem." Seu pai examinou a espada a laser e Bárbara juntou-se a ele com seu elegante terninho branco e um colorido chapéu de festa na cabeça.

"Ellen, tire aquilo de suas mãos. Ele vai dar um jeito de envergonhar a gente."

"Tarde demais", disse Ellen com um sorriso. Ela aprendera a amar Bárbara, que sabiamente não havia tentado substituir sua mãe, porque, afinal, ninguém poderia fazer isso. Porém, em algum lugar ao longo dessa jornada, Ellen tinha aberto sua mente para a seguinte possibilidade: se você podia amar um filho sem se importar com o modo como ele chegou a você, também podia amar uma mãe sem se importar com o modo como ela chegou a você.

"Preciso disso para minhas aulas de golfe." Seu pai fez um gesto em direção à sala cheia, onde Bill Braverman e sua bonita namorada conversavam com Connie e Chuck. Seu pai o chamou.

"Bill, venha aqui. Preciso de um conselho seu."

"Estou indo." Bill andou até ele em seu traje um tanto inadequado para a ocasião — paletó de linho, calças e sapatos com borlas — abrindo caminho por entre as crianças enquanto acariciava os cabelos de Will.

"Veja como eu sou rápido, Bill", gritou Will para ele.

"É mesmo, garotão!!!" Bill entrou na sala de jantar sorrindo, mas o pai de Ellen estava sério.

"Mostre-me o que você estava me dizendo antes, sobre a minha tacada." O pai de Ellen virou a espada, de modo que a ponta tocou o chão, e contornou o cabo com os dedos, balançando-a como um taco de golfe. "Você disse que o problema era o meu cotovelo, certo? Não é esta a posição?"

"Não exatamente. Deixe que eu lhe mostro." Bill concentrou-se em sua missão, e Bárbara resmungou.

"Por favor, rapazes, qualquer coisa menos golfe."

"Não há nada além do golfe", disse Bill, sorrindo. Depois ele se virou para Ellen. "A propósito, trouxe aqueles papéis para você assinar, para o fundo fiduciário de Will. Quando ele for maior, poderá decidir quanto ele quer reservar para a Charbonneau House."

"Ótimo, obrigada." Ellen sorriu, e no instante seguinte sentiu um braço envolvendo sua cintura e empurrando-a para a cozinha. Antes que se desse conta, Marcelo a tomara nos braços, abraçara-a gentilmente e lhe dera um de seus melhores beijos.

"A festa está maravilhosa", ronronou ele em seus ouvidos. "Muito romântica."

"É a festa das barras de Snicker.* Snicker tem tudo a ver com romance." Ellen pôs seus braços ao redor dele, esticando as mãos por cima de seus ombros. Seu anel de noivado brilhou sob a luz do sol, e ela nunca teria imaginado que o verde formava um fundo perfeito para um diamante. Isso lhe deu uma nova compreensão da fotossíntese.

"Você está fazendo aquilo de novo, não está?", perguntou Marcelo, rindo.

"Fazendo o quê?"

"Olhando para o seu anel."

"Apenas me beije", disse Ellen com um sorriso. Mas de repente Will irrompeu na cozinha e parou antes de correr na direção dos dois.

"Marcelo", disse ele, olhando para cima, "você vai beijar a mamãe?"

"Só se você permitir, Will."

"Beija! Ela gosta!" Will abraçou a perna de Marcelo e depois saiu correndo da cozinha.

"Boa jogada, pedir permissão."

"Eu sei quem é o patrão." Marcelo a beijou de forma suave e doce, e depois sussurrou: "*Eu te amo.*"**

E, para isso, Ellen não precisava de tradução.

---

* Marca de barra de chocolate. (N. T.)
** Escrito originalmente em português. (N. T.)

Agradecimentos

Sempre fui fã do "escreva sobre aquilo que você sabe", e este romance nasce de um novo lado meu: colunista de jornal. Há mais de um ano eu comecei a escrever uma coluna semanal para o *The Philadelphia Inquirer* chamada "Chick Wit" (Dê uma olhada no meu website: scottoline.com). Resumindo, este romance nasceu naturalmente das minhas observações sobre as recompensas e os estresses de uma vida de repórter, especialmente em tempos de crise econômica, mas é importante deixar isso bem claro: *Olhe outra vez* é uma ficção. Eu o criei, palavra por palavra.

Desta forma, a sala de redação não é a do *The Philadelphia Inquirer*, e os donos fictícios do jornal, assim como seus repórteres, empregados e editores não são do *Inquirer*. E apesar de, como todo jornal, o *Inquirer* ter sofrido com a crise econômica, ele continua progredindo graças ao talento, trabalho duro e sabedoria empresarial de seu extraordinário editor, Brian Tierney, com a ajuda do ganhador do prêmio Pulitzer e grande pessoa, Bill Marimow, e do mago do marketing, Ed Mahlman, além da minha amiga e editora, Sandy Clark, que tem sido uma guia calorosa e amorosa neste novo território. Devo muito a ela, portanto, obrigada, Sandy.

Precisei fazer muita pesquisa para *Olhe outra vez*, e devo muito aos seguintes especialistas (todo e qualquer erro é meu). Um grande abraço ao brilhante Cheryl Young, um advogado especializado em divórcio e questões familiares que conhece profundamente os intricados caminhos da lei, além de compreender suas implicações humanas. Um grande abraço, como sempre, para Glenn Gilman, e para o detetive de casos extraordinários, Art Mee. Muito obrigada ao dr. John O'Hara, do Hospital de Paoli, assim como a Brad Zerr, que me colocou em contato com o dr. Gleen Kaplan, diretor do setor de cirurgia pediátrica do Hospital de Paoli, em Paoli, na Pensilvânia, e com Tina Saurian, coordenadora das enfermeiras da maternidade. Agradeço também ao dr. Paul Anisman, chefe do setor de cardiologia pediátrica do Hospital Nemours/Alfred I. Dupont para Crianças em Wilmington, Delaware. Dr. Anisman mostrou-me o hospital e respondeu a todas as minhas perguntas tolas, e eu pude testemunhar pessoalmente o trabalho maravilhoso que ele e sua equipe fazem para bebês e crianças de todo o mundo.

Agradeço também a Rosina Weber, da Universidade de Drexel, assim como ao querido amigo e agora professor de Harvard, James Cavallaro, e sua fantástica esposa, Madja Rodrigues. Muito obrigada ao dr. Harvey Weiner, diretor de relações acadêmicas e comunitárias de Eagleville, por seu conhecimento e pelo bom trabalho que desempenha para aqueles que sofrem de dependência de drogas ou álcool. Muito obrigada também a William Fehr, consultor e colega da Mama Scottoline. Meus sinceros agradecimentos a Barbara Capozzi, Karen Volpe, Joey Stampone, dra. Meredith Snader, Julia Guest, Frank Ferro, Sandy Claus, Sharon Potts e Janice Davis.

Devo amor e gratidão à brilhante e entusiasmada turma da St. Martin's Press, começando por minha editora, Jennifer Enderlin, cujos comentários sobre um esboço inicial de *Olhe outra vez* melhorou o romance em mil por cento. (Sem mencionar que ela deu ao livro este ótimo título, depois de eu passar semanas me descabelando). E enormes abraços espalhados para o gênio CEO, John Sargent, à ultrachique editora Sally Richardson, ao indomável Matthew Shear, o mágico do marketing, Matt Baldacci, o mago das vendas, Jeff Capshew, o duo dinâmico da publicidade, John Murphy e John Karle, e para Courtney Fischer e Brian Heller. Estou impressionada pela incrível energia, talento e trabalho em equipe que a St. Martin's demonstrou; não se trata de uma editora, mas de uma usina, e eles trabalham como loucos por um objetivo em comum, como este livro. Não poderia me sentir mais feliz ou mais afortunada por pertencer à SMP, e estou endividada com todos vocês. Muito obrigada.

Meu mais profundo agradecimento e amor à minha genial agente e querida amiga, Molly Friedrich, ao incrível Paul Cirone, à nova mãe Jacobia Dahm, e ao nosso mais recente membro da equipe, a afetuosa e talentosa Lucy Carson! Bem-vinda Lucy! Esta pequena tribo na Agência Friedrich tem me nutrido por um longo tempo, e eu me sinto abraçada por vocês.

Meu agradecimento e muito amor à minha maravilhosa assistente, Laura Leonard, que me ajuda em tudo o que faço e que é simplesmente indispensável na minha vida.

E à minha família, que é minha vida.

Este livro, composto na fonte Fairfield
e paginado por Crayon Editorial, foi impresso
em Off-set 75g na gráfica Imprensa da Fé.
São Paulo, Brasil, inverno de 2009.